Klarant Verlag

Bärbel Muschiol wurde 1986 in Weilheim, Oberbayern, geboren. Glücklich verheiratet lebt und arbeitet sie mit ihrem Mann und ihren zwei Kindern, heute noch immer im tiefsten Bayern. Im Genre Erotik und in der Belletristik hat sich die Autorin mittlerweile einen festen Platz in den Bestsellerlisten geschaffen.

Bärbel Muschiol

Rocker Heart

Dead Riders

Klarant Verlag

Klarant Verlag, www.klarant.de
ISBN: 978-3-95573-642-2
1. Auflage, 2017
Umschlagabbildung: Klarant Verlag unter Verwendung von shutterstock Bildern.

Printed in the EU.

Besuchen Sie uns im Internet: www.klarant.de

Prolog

Abigail

Es ist dunkel und kalt, das Tropfen von Wasser erfüllt die tödliche Stille.

Weder weiß ich, wo ich bin, noch warum man mich hierhergebracht hat.

Alles, was ich spüre, ist eine so tief empfundene Angst, dass ich kaum noch atmen kann.

Aufgrund der Dunkelheit kann ich nicht genau sagen, wie viel Zeit ich bereits in diesem Kellerraum verbracht habe. Aber es müssen mittlerweile bestimmt drei Wochen sein. Ganz am Anfang war ich nicht allein, es wurden noch weitere Mädchen und Frauen hier in diesem feuchten, kalten Loch gefangen gehalten.

Die Unwissenheit darüber, was mit ihnen passiert ist, verstärkt meine Panik nur noch mehr.

Mein Vorstellungsvermögen kennt keine Grenzen. Ich stelle mir die schlimmsten Dinge vor und habe jede Nacht Alpträume.

Jeder von ihnen ist dasselbe wie mir zugestoßen. In der einen Sekunde war ihr Leben noch in Ordnung, in der nächsten wurden sie in einen schwarzen Van mit getönten Scheiben gezerrt.

Trotz der Tatsache, dass ich geschrien und mich wie verrückt gewehrt habe, ist es den Männern, die mich überfallen haben, gelungen, mich zu überwältigen. Seitdem habe ich unzählige Schläge abbekommen, wobei diese Typen stets darauf bedacht sind, mich nicht im Gesicht zu verletzen.

Ich spüre ihre gierigen Blicke auf meinem Körper, ich weiß, dass sie sich vorstellen, wie es wäre, mich zu packen und zu vergewaltigen, doch bis jetzt hat mich keiner von ihnen dahingehend angerührt. Keiner, bis auf den Arzt, der mich gleich am ersten Tag gegen meinen Willen untersucht hat.

Obwohl sie sich meist auf Spanisch unterhalten, habe ich dank der wenigen Gespräche, die sie in gebrochenem Englisch führen, mitbekommen, wie sie sich über eine Auktion und einen Mann namens Ramon unterhalten haben.

Sie haben sich darüber gestritten, welchen Weg sie über die kanadische Grenze nehmen sollen und sich darüber gefreut, dass ihre Pläne so reibungslos funktionieren.

Alleine das Wissen, dass sie mich außer Landes schaffen wollen, lässt mich verzweifeln. Ich habe diesen Männern nichts entgegenzusetzen.

Obwohl ich mich nie gut mit meiner Tante verstanden habe, bin ich sehr behütet und vor allem religiös bei ihr aufgewachsen. Dank der Nachrichten, die sie sich immer angeschaut hat, weiß ich, dass in den vergangenen Wochen unzählige Mädchen von der Bildfläche verschwunden sind.

Wenn ich der Presse glauben kann, dann wurden sie von einem mexikanischen Menschenhändlerring gekidnappt. Und obwohl die Polizei bis zu meiner Entführung schon eine heiße Spur hatte, ist es ihr nicht gelungen, die Verdächtigen zu schnappen und die vermissten Frauen zu befreien.

Neben meiner Tante Ive sind mein Onkel Catcher und seine Frau Susan die einzige Familie, die ich noch habe. Die beiden leben in Tacoma, einer mittelgroßen Hafenstadt im Pierce County im Bundesstaat Washington. Die Hafenstadt liegt am südlichen Ende des Puget Sounds und ca. 30 Meilen südwestlich von Seattle. Catcher ist ein Mitglied der Dead Riders, einem im ganzen Land bekannten Motorcycle Club. Er ist ein Herzblut-Rocker, dem sein MC über alles geht. Seit ich denken kann, wünsche ich mir nichts sehnlicher, als bei ihm zu leben. Laut seinen Worten ist das Leben, das er führt, nichts für ein junges Mädchen. Und auch wenn ich ihm das vorbehaltlos glaube, war es schon immer mein Plan, zu ihm zu ziehen. Ich weiß, dass es ihm nicht möglich ist, mich in regelmäßigen Abständen zu besuchen. Wenn er dann aber endlich da ist, stehen wir uns immer sehr nah. Trotz der Tatsache, dass er eigentlich nur mein Onkel ist, ist er die einzige Vaterfigur, die ich in meinem Leben hatte.

Meine Eltern sind, als ich noch sehr klein war, bei einem Zugunglück gestorben. So traurig es ist, aber ich kann mich nicht mal mehr an sie erinnern.

Die Matratze, auf der ich sitze, ist nass und klamm. Ich fühle mich schwach, denn obwohl sie mir regelmäßig eine Schale mit irgendeinem Hackfleisch-Bohnen-Eintopf bringen, konnte ich nicht viel davon essen

Plötzlich reißt mich das schleifende Geräusch von einem sich im Schloss drehenden Schlüssel aus meinen Gedanken und lässt mich zusammenzucken. Sofort nachdem die Türe aufgerissen wird, blendet mich der grelle Lichtkegel einer Taschenlampe.

„Steh auf, chica."

Vor Angst wie gelähmt bleibe ich einfach sitzen.

Der fette Kerl, der mich mit seinen dunklen Augen regelrecht verschlingt, hat mir das letzte Mal so fest in den Bauch geschlagen, dass es noch immer schmerzt.

Ganz am Anfang hatte ich noch genug Mut, um sie anzuflehen mich einfach gehen zu lassen, mittlerweile bleibe ich lieber stumm.

„Steh auf!"

Jetzt brüllt er mich an.

Am ganzen Leib zitternd stütze ich mich mit den Händen an der Wand ab und stehe auf. Im ersten Moment befürchte ich, dass mich meine Beine nicht tragen werden, doch das Adrenalin, das mein Körper vor lauter Angst ausschüttet, hilft mir dabei, auf den Füßen zu bleiben.

„Komm!“

Noch immer strahlt er mir mit der Taschenlampe direkt ins Gesicht. Eine Welle der Übelkeit stiegt in mir hoch, droht mich beinahe zu überwältigen.

Auf wackeligen Beinen gehe ich auf den Mexikaner zu.

Als ich noch einen Meter von ihm entfernt bin, streckt er seine Hand nach mir aus und packt mich grob am Arm. Ein heftiger Schmerz zuckt bis in meine Schulter, Tränen steigen mir in die Augen. Noch während ich damit beschäftigt bin, sie wegzublinzeln, denn ich möchte ihm nicht zeigen, wie viel Angst und Schmerz ich empfinde, engt sich mein Blickfeld immer mehr ein. Schwarze Punkte huschen wie Ameisen vor meinen Augen umher. In meinen Ohren pocht es wie verrückt, meine Finger kribbeln.

Der Mann zerrt mich brutal hinter sich her. Das Letzte, woran ich denke, ehe ich das Bewusstsein verliere, ist, dass ich meinen Plan, zu meinem Onkel nach Tacoma zu ziehen, wohl niemals umsetzen werde...

Das nächste Mal, als ich blinzelnd meine Augen öffne, finde ich mich auf einer Couch liegend wieder. Um mich herum herrscht rege Betriebsamkeit.

Wo zum Teufel bin ich hier?

Panisch sehe ich mich um. In dem großen Raum befinden sich Dutzende von Frauen. Manche von ihnen weinen, andere hingegen starren leblos vor sich hin. Als ich an den Armbeugen von manchen Frauen violett schimmernde Flecken und Einstichlöcher entdecke, zieht sich mein Magen stechend zusammen - sie wurden unter Drogen gesetzt. Hektisch setze ich mich auf. Sobald sich nicht mehr alles um mich herum dreht, prüfe ich, ob mir auch irgendetwas gespritzt wurde.

Zu meiner großen Erleichterung finde ich keinen Hinweis auf eine Injektion.

Die Spannung, die im Raum liegt, ist beinahe greifbar. Irgendetwas liegt in der Luft...

Instinktiv suche ich nach einer Fluchtmöglichkeit.

Vor der Türe und dem einzigen Fenster steht jeweils ein bewaffneter, äußerst gefährlich aussehender Mexikaner. Mittlerweile bin ich mir ziemlich sicher, dass ich von dem Mädchenhändlerring, von dem ich aus den Nachrichten weiß, entführt worden bin.

Herrgott...

Natürlich bekommt man Angst, wenn man von solchen furchtbaren Sachen hört, aber man rechnet eigentlich nie damit, dass man jemals selber zu einem Opfer wird.

Ich zweifle nicht eine Sekunde daran, dass die Wachmänner mehr als bereit sind, ihre Pistolen zu benutzen. Außerdem fühle ich mich körperlich gar nicht in der Lage zu flüchten,

Die Jeans, die ich seit meiner Entführung anhabe, und das völlig zerrissene Shirt schützen mich nicht vor der Kälte, die in dem Raum herrscht.

Plötzlich taucht eine kleine, rundliche Frau vor mir auf. Ich erkenne auf den ersten Blick, dass sie keine der Mitgefangenen ist. Ihre braunen Augen wirken hart und kalt, ihr scheint das Schicksal ihrer Geschlechtsgenossinnen völlig egal zu sein.

„Zieh das an." Sie wirft mir einen silbernen Stofffetzen zu, den ich automatisch auffange.

Entsetzt stelle ich fest, dass es sich dabei um ein äußerst kurzes, ziemlich knappes Kleid handelt.

Jede Faser meines Körpers sträubt sich dagegen, diesen Nuttenfransen, wie ihn meine Tante nennen würde, anzuziehen.

Abwartend bleibt sie vor mir stehen, stemmt ihre Hände in die runden Hüften und sieht mich herausfordernd an. Am liebsten würde ich ihr an die Gurgel gehen und ihr die Augen auszukratzen doch ich widerstehe dem Impuls und atme stattdessen nur tief durch.

„Ich ziehe das Kleid nicht an. Mir ist kalt."

Lachend dreht sie sich zu einem der Wachmänner um.

„Hast du gehört Miguel? Der chica ist es zu kalt."

Der Typ mit der Waffe, der anscheinend Miguel heißt, beginnt laut zu lachen.

„Es ist mir scheißegal, ob dir kalt ist, chica. Du ziehst dieses Kleid an, oder ich werde dich nackt zur Auktion schicken!"

Auktion?

Vielleicht liegt es an dem Schock, den ich in dem Augenblick, in dem ich in den Van gezogen worden bin, erlitten habe, oder an der fehlenden Nahrung. Aber mir wird jetzt erst richtig klar, was mich erwartet...

Ich und die vielen anderen Frauen sind hergebracht worden, weil wir hier versteigert werden sollen.

Eine eisige Faust schließt sich um mein Herz.

Mir war klar, dass mich diese Typen nicht entführt haben, um mich für die nächsten zehn Jahre in irgendeinem Drecksloch gefangen zu halten. Aber jetzt, wo ich den Plan endlich durchschaut habe, bin ich völlig überfordert. Tief in meinem Inneren habe ich immer noch gehofft, dass ich gerettet werde. Jetzt hingegen realisiere ich, dass dieser kindliche

Traum nicht zur harten Realität passt. Ganz offensichtlich ist es um die Geduld dieser kleinen Mexikanerin nicht besonders gut bestellt, denn als ich immer noch keine Anstalten mache, den silbernen Fetzen anzuziehen, holt sie aus und verpasst mir einen harten Schlag ins Gesicht.

Ich schreie erschrocken auf und halte mir die brennende Wange.

Gerade als sie erneut ausholen will, taucht plötzlich dieser Miguel neben ihr auf und hält sie zurück.

„No, Nerea. Du weißt, dass sie den Höchstpreis erzielen muss."

Höchstpreis? Ich? Wieso?

Mein Verstand ist völlig überfordert.

„Perra estúpida... Ich wünsche mir, dass du laut schreien wirst, wenn dich dein neuer Besitzer von deinem Jungfernhäutchen befreit."

Mit diesen Worten dreht sie sich um und kümmert sich um die restlichen Frauen. Wobei *kümmern* nicht das richtige Wort ist, immerhin sorgt sie nur dafür, dass wir uns alle in halb nackte Schlampen verwandeln, damit wir bei der Auktion möglichst viel Geld einbringen.

Als der Wachmann weiter vor mir stehen bleibt und keine Anstalten macht, sich zurück an seinen Posten zu begeben, wird mir klar, dass er mich beim Umziehen beobachten will.

Da ich mir ziemlich sicher bin, dass mir eine erneute Weigerung mehr als nur eine Ohrfeige einbringen wird, ziehe ich mich langsam aus. Als ich nur noch im Slip und meinem weißen BH vor dem bewaffneten Mexikaner sitze, werde ich immer nervöser. Mir ist klar, dass ich bereits hochrot im Gesicht bin. So schnell ich kann schlüpfe ich in das viel zu enge Kleid und hoffe, dass ich nicht annähernd so nackt darin aussehe wie ich mich fühle.

Kaum dass ich die Träger über meine Schulter gestreift habe, wendet sich Miguel wieder von mir ab und geht zurück auf seinen Platz vor dem Fenster.

Wenig später erscheint ein hübsches rothaariges Mädchen vor mir. Ich schätze sie auf Anfang zwanzig. Die vielen Hämatome an ihren Armen und die blutigen Striemen, die quer über ihren Rücken verlaufen, verraten mir, dass sie ebenfalls nicht freiwillig hier ist.

Sie hält mir einen roten Lippenstift vor die Nase.

Mit den Worten „Nerea besteht darauf", lässt sie ihn mir in den Schoß fallen.

„Nerea?"

Die Rothaarige nickt und zeigt auf das mexikanische Miststück, das mich geschlagen hat.

Der Impuls, diesen blöden Lippenstift einmal quer durch den Raum zu werfen, wird beinahe übermächtig. Gerade als ich ihm nachgeben will, schüttelt meine Mitgefangene warnend den Kopf.

„Tu das nicht. Sei nicht blöd. Nerea hat kein Problem damit, dich schwer zu verletzen. Spar dir deine Kraft. Du wirst sie noch brauchen."

Mit diesen warnenden Worten lässt sie mich verwirrt, wütend und verängstigt zurück.

Seit meiner Entführung habe ich so viel geweint, dass ich jetzt leer und ausgelaugt bin.

Selbst wenn ich wollte, ich habe keine einzige Träne mehr, die ich noch vergießen könnte....

Anstatt ihn durch den Raum zu werfen, lege ich den Lippenstift einfach neben mich und schlinge mir die Arme um den Oberkörper.

Es muss mir irgendwie gelingen, diese Auktion zu verhindern – es muss mir gelingen zu flüchten. Immer wieder lasse ich meinen Blick durch den Raum schweifen, immer wieder suche ich nach etwas, das ich als Waffe benutzen kann, doch ich finde einfach nichts.

Das Licht, das durch das Fenster zu uns reinscheint, wird immer schwächer, ehe es nach Stunden des Wartens völlig erlischt. Ich weiß nicht, was die anderen Mädchen erlebt haben, manche von ihnen sehen regelrecht gebrochen aus.

Eine von ihnen liegt völlig apathisch auf dem Boden, die Innenseiten ihrer Schenkel sind blutverschmiert. Es herrscht eine angespannte Stimmung, die ungefähr genauso unheimlich ist, wie die um Mitternacht auf einem Friedhof.

Die Stille, die sich über uns ausgebreitet hat, zeugt von der unendlichen Angst und von der Resignation, die uns alle fest im Griff hat.

Plötzlich ertönt ein lautes Poltern. Ein schriller, wütender Schrei hallt durch das Haus.

Erschrocken setze ich mich auf, die Türe, vor der einer der Wachmänner steht, wird so kraftvoll aufgestoßen, dass sie krachend gegen die Wand schlägt. Drei neue Frauen werden gebracht.

Eine von ihnen kämpft wie eine Löwin. Sie schreit und flucht was das Zeug hält.

Die Haare der Kämpferin stehen in alle Richtungen ab, aus dem Riss an ihrer Lippe tropft Blut.

Auch wenn sie gegen die beiden Kerle, die sie immer weiter in den Raum schleifen, keine Chance hat, gibt sie nicht auf. Ihre Wut und der Hass, der in ihren Augen funkelt, geben mir neue Kraft.

Sie wirft sich mit aller Kraft nach links und tritt einem der Arschlöcher mit voller Kraft gegen das Schienbein, während sie versucht, den anderen in die Hand zu beißen.

Erst als der Wachmann sich vor sie hinstellt und ihr einen harten Schlag in den Magen verpasst, sinkt sie kraftlos vornüber.

Das gepresste *ufff,* das sie von sich gibt, als sämtliche Luft aus ihren Lungen weicht, wird von dem lauten Lachen der Mexikaner übertönt.

„Das hast du jetzt davon Schlampe!"

Einer der Männer löst ihre Handschellen, doch nicht etwa, um sie zu befreien, oh nein, er dreht ihr die Arme auf den Rücken und lässt das unnachgiebige Eisen wieder zuschnappen.

Trotz ihres desolaten Zustands und der vielen blauen Flecken, die sich nach und nach auf ihrer weißen Haut bilden, ist sie eine echte Schönheit.

Das schwarze Minikleid, das sie trägt, ist so zerrissen, dass es nicht mehr viel von ihren Brüsten verbirgt.

Noch immer versucht sie, japsend wieder zu Atem zu kommen. Selbst die Tränen, die ihr über das Gesicht rinnen, können nicht über ihren ungebrochenen Willen hinwegtäuschen. Der Glanz in ihren grünen Augen verrät mir, dass sie sich noch lange nicht geschlagen gibt. Die beiden anderen Frauen sind ruhig, sie wirken nicht wie Gefangene. Obwohl sie ernst dreinblicken, wirken sie relativ entspannt, so als würden sie eh gleich wieder von hier verschwinden – sehr merkwürdig.

Der Kerl, dem sie gegen das Bein getreten hat, dreht sich zu Nerea um und ruft ihr etwas auf mexikanisch zu. Die nickt nur und eilt mit einem feuchten Lappen auf das Mädchen zu. Gerade als ich denke, dass sie vielleicht doch nicht so herzlos ist, kapiere ich, dass sie der Neuen nicht helfen will, sondern dass sie damit beginnt, sie für die anstehende Auktion vorzubereiten.

So langsam hasse ich diese Frau mehr als die Männer, die mich entführt haben...

Nach einem kurzen Blick auf das völlig zerstörte Kleid reißt sie es ihr einfach vom Leib.

Erst als sie ihr das Blut aus dem Gesicht gewischt und ihr die Haare gebürstet hat, gibt sie Miguel zu verstehen, dass er sie nicht aus den Augen lassen soll.

Anscheinend hat auch Nerea erkannt, dass sich die brünette Schönheit nicht einfach so unterordnen wird. Als Miguel auf sie zugeht und seine Hand nach ihr ausstreckt, um grob ihren Busen zu kneten, holt sie einfach aus und verpasst ihm einen perfekten rechten Haken.

„Nimm deine Finger von mir, du widerliches Schwein."

Ich rechne damit, dass er zurück schlagen wird, doch Miguel schüttelt nur amüsiert den Kopf und leckt sich anzüglich über die Lippen.

Er legt ihr seine Hand auf die Schulter und drückt sie vor sich auf den Boden. Dann geht er zurück auf seinen Posten.

Kaum dass sie sich gesetzt hat, sieht sie sich aufmerksam um. Es kommt mir fast so vor, als würde sie nach etwas oder jemandem suchen. Ihr Blick huscht erst an mir vorbei, ehe er sofort zurückschnellt. Sie zieht ihre Augenbrauen nachdenklich zusammen, ehe sich ihre Lippen zu einem flüchtigen Lächeln verziehen.

Unschlüssig erwidere ich ihren eindringlichen Blick.

„Bist du Abigail?"

Obwohl sie nur sehr leise geflüstert hat, gelingt es mir, sie zu verstehen.

Oh mein Gott... woher kennt sie meinen Namen?

Ich nicke zögerlich.

Jetzt verzieht sich ihr geschwollener Mund zu einem breiten Lächeln, dabei beginnt ihre Unterlippe erneut zu bluten.

In meinem Kopf herrscht plötzlich ein totales Chaos.

Wer ist diese Frau? Was macht sie hier und wieso scheint sie so erleichtert und glücklich darüber zu sein, dass sie mich gefunden hat?

Noch während ich überlege, wie ich mich ihr etwas nähern kann, öffnet sich erneut die Türe und zwei in schwarze Anzüge gekleidete Männer betreten den Raum.

Sie sehen auf ein Foto, das einer von ihnen in der Hand hält, ehe sie ihren Blick über all die anwesenden Frauen gleiten lassen.

Die Augen des etwas Größeren bleiben an einer schwarzhaarigen Latina hängen. Sie wirkt sehr jung, fast so jung wie ich. Seit ich sie das erste Mal gesehen habe, hat sie sich keinen Zentimeter bewegt, sie wirkt lethargisch und kraftlos.

Alles, was ihr an Kleidung geblieben ist, ist eine schwarze Spitzenkorsage und passende halterlose Strümpfe. Wobei die auch schon von Laufmaschen durchzogen sind. Die Gänsehaut, die sich über ihren Arm zieht, verrät mir, dass ihr ganz genauso kalt ist wie mir.

Mit großen Schritten gehen die beiden Anzugträger auf sie zu, bleiben direkt vor ihr stehen und ziehen sie grob auf die Füße.

„Du bist als Erste dran, chica."

Das hämische Grinsen, das der etwas Kleinere zur Schau trägt, ist der beste Beweis dafür, dass er kein Problem damit hat, Frauen gegen ihren Willen festzuhalten und zu verkaufen.

Scheiße! Warum um alles in der Welt ist mir das nur passiert?

Während sie von den beiden Arschlöchern aus dem Raum gebracht wird, wehrt sie sich nicht gegen den schmerzhaften Griff. Sie hat aufgegeben und sich ihrem Schicksal ergeben. Das einzige Zeichen ihrer immer stärker werdenden Angst ist das Zittern, das ihren Körper erbeben lässt.

Gerade als ich aufspringen und ihr helfen will, hält mich die Brünette, die meinen Namen kennt, mit einem heftigen Kopfschütteln zurück.

Ohne auf die Wachmänner zu achten, leckt sie sich über die blutende Lippe und ruft mir zu, dass ich nicht zu viel riskieren soll.

Noch bevor ich weiß, was ich jetzt tun soll, schließt sich die Türe hinter dem gebrochenen Mädchen und den beiden Typen – zu spät.

Unweigerlich stelle ich mir die Frage, wer als Nächste dran ist?

Was, wenn sie mich als Nächste holen?

Scheiße!

Die Angst, die sich jetzt in mir ausbreitet, toppt alles, was ich bisher gespürt habe. Ich stehe kurz vor einem Nervenzusammenbruch.

Tief in meinem Inneren weiß ich, dass es mir nicht helfen wird, wenn ich jetzt hysterisch werde – dumm nur, dass ich das nicht kontrollieren kann.

Ich zwinge mich tief durchzuatmen und sehe zu der fremden Frau, die meinen Namen kennt.

Gerade als ich beschließe, das Risiko geschlagen zu werden in Kauf zu nehmen, zu ihr rüberzugehen und sie zu fragen, wer sie ist und woher sie meinen Namen kennt, öffnet sich erneut die Türe – die Anzugträger sind zurückgekommen, um sich eine von uns zu holen.

Oh Gott, bitte nicht mich....

Dieses Mal haben sie kein Bild dabei, sie gehen sofort auf die Brünette zu, die zuletzt zu uns gebracht worden ist. Ohne zu zögern nehmen sie die Frau mit, die mich zu kennen scheint.

Entsetzt springe ich auf, eile ihr zur Hilfe und kassiere dafür einen harten Schlag in die Seite. Obwohl der Schmerz echt heftig ist, gebe ich nicht nach.

„Hör auf, Abigail. Es wird alles gut, vertrau mir."

Obwohl sie Angst hat, das erkenne ich in ihren Augen, versucht sie mich zu beruhigen. Warum? Was weiß sie, was ich nicht weiß?

„Wer bist du?"

„Nicki...."

Den Rest ihrer Worte verstehe ich nicht, denn da fällt auch schon die schwere Holztüre hinter ihr ins Schloss.

Miguel packt mich am Genick und drückt mich auf den Platz, an dem bis gerade eben noch Nicki gesessen hat.

Auch wenn ich jetzt zumindest ihren Namen weiß, habe ich keine Ahnung, wer sie ist oder woher sie mich kennt.

Die beiden anderen Frauen, die mit Nicki hergebracht wurden, sitzen am anderen Ende des Zimmers eng beieinander. Ihre Kleidung ist sehr knapp, sie sehen aus wie Schlampen.

Die Mündung von Miguels Waffe zeigt direkt auf meinen Kopf, mein Herz beginnt zu rasen.

Wenn nicht bald ein Wunder geschieht, werde ich es hier niemals rausschaffen.

Alleine die Vorstellung, dass ich erst verkauft, dann vergewaltigt und schlussendlich ermordet werde, ist so skurril, dass mein eh schon überforderter Verstand einfach nicht mehr mitkommt. Verdammt, ich bin gerade einmal sechzehn – so kann es doch nicht enden! Nicht zum ersten Mal überlege ich mir, dass mein Leben bei meiner Tante im Nachhinein gar nicht so schrecklich war, wie ich es empfunden habe.

In diesem Augenblick würde ich einfach alles geben, um wieder bei ihr sein zu können.

Nerea und Miguel unterhalten sich auf Spanisch, eines der Mädchen wimmert leise. Jede von uns könnte die Nächste sein.

Vielleicht sollte ich es einfach riskieren und versuchen zu fliehen. Jetzt mal ehrlich, völlig egal was sie mir dann antun, es kann nicht schlimmer sein als das, was mich eh erwartet.

Ein lautes Knallen durchbricht die Stille – ein Schuss.

Sofort muss ich an Nicki denken. Was ist, wenn sie so lange gegen die Männer angekämpft hat, bis man sie einfach erschossen hat?

Erneut ertönen Schüsse. Dieses Mal sind es so viele, dass es sich beinahe anhört wie an Silvester.

Miguel und der andere Wachmann sehen sich nervös an. Laute Stimmen, Schreie und Flüche dringen durch die geschlossene Türe zu uns durch. Das klackernde Geräusch von schweren Stiefeln wird immer lauter. Panisch sehe ich zur Türe. Was ist da draußen nur los?

Als erneut Schüsse fallen, dieses Mal sind sie erheblich lauter, was bedeutet, dass der Schütze sich uns nähert, schreit Miguel dem anderen Wachmann einen Befehl zu, ehe er sich wachsam der Türe nähert.

Nerea geht auf Miguel zu, der reicht ihr eine Waffe, die er sich hinten aus dem Hosenbund zieht

Scheiße – Scheiße – Scheiße!

Was zum Teufel passiert hier gerade?

Ich kann nur hoffen dass das die Polizei ist.

Noch bevor Miguel die Türe öffnen kann, schwingt sie ihm auch schon entgegen.

Plötzlich geht alles so schnell, dass ich, obwohl sich alles direkt vor meinen Augen abspielt, nicht alles mitbekomme.

In der einen Sekunde steht Miguel mit der gezogenen Waffe vor der Türe, einen Moment später liegt er tot und mit weit aufgerissenen Augen auf dem dreckigen Boden. Auch den anderen Wachmann hat es erwischt.

Nerea reagiert sofort und schießt auf die Eindringlinge. Ihr Schuss löst eine weitere Salve von Schüssen aus. Es dauert nicht lange, bis auch sie mit verrenkten Gliedern auf dem Boden liegt.

Als die Blutpfütze neben ihrem Bauch immer größer wird, hält sich mein Mitleid in Grenzen. Dieses Miststück hat es verdient zu sterben.

Anstatt der erwarteten Polizisten stürmen finster dreinblickende, tätowierte Männer in den Kellerraum.

Einer von ihnen hat schulterlange blonde Haare, blaue Augen und unendlich viele Blutspritzer im Gesicht. Er sieht extrem furchteinflößend aus.

Doch es ist der Kerl hinter ihm, der trotz seiner dämonischen Erscheinung meine Aufmerksamkeit fesselt.

Er ist verdammt groß und breitschultrig. Genau wie die anderen Männer trägt er eine abgewetzte Kutte, die der, die mein Onkel immer trägt, sehr ähnlich sieht. Ohne es zu wollen, begegne ich seinem Blick. Er hat eisblaue glasklare Augen.

In seiner rechten Hand hält er eine schwarz-silberne Waffe. Auf seinem Handrücken erkenne ich eine Tätowierung. Es ist eine Pistole, deren Mündung auf eine Spinne zeigt.

Seine Weste steht offen, so dass ich das Pistolenhalfter an seinen Schultern erkennen kann. An seinem rechten Oberschenkel befindet sich eine gut dreißig Zentimeter lange Lederscheide, aus der ein silberner Messergriff rausschaut. Alles an diesem Mann wirkt hart, tödlich und gnadenlos.

Wie erstarrt erwidere ich seinen eindringlichen Blick. Selbst wenn mein Leben davon abhängen würde, könnte ich meine Augen nicht von den seinen nehmen.

„Abigail? Abigail!“

Wie durch einen dichten Nebel höre ich die vertraute Stimme meines Onkels.

Kann das sein?

Erst als ich von zwei starken Armen hochgerissen und an eine vertraute Männerbrust gedrückt werde, wird der Blickkontakt zu dem Typen mit den eisblauen Augen unterbrochen.

„Fuck Abi, ich habe mir solche Sorgen gemacht!“

Es dauert eine Sekunde bis ich kapiere, dass Catcher wirklich gekommen ist, um mich zu retten. Als ich es endlich realisiert habe, breche ich zusammen. Schluchzend presse ich mich an ihn. Inhaliere den Geruch von Leder, Mann, Motoröl und Schweiß.

Um uns herum bricht das reinste Chaos aus. Die anderen Frauen scheinen auch endlich zu kapieren, was hier los ist. Viele weinen, andere flehen um Hilfe.

Das alles interessiert mich nicht. Alles, was zählt, ist, dass ich in Catchers Armen liege und mir niemand mehr etwas tun kann.

Wieder ertönen Schüsse. Catcher stößt einen lauten Fluch aus. Ich zucke erschrocken zusammen. Als ich spüre, dass es unter meinen Fingern heiß und nass wird, weiche ich erschrocken zurück.

Eine Kugel hat meinen Onkel an der Schulter getroffen.

Während ich mir Sorgen mache, ist er einfach nur wütend. Knurrend dreht er sich um und sieht den Mann mit dem Pistolen-Spinnen-Tattoo auf dem Handrücken vorwurfsvoll an.

„Sorry Bro, diese Mexischlampe hatte anscheinend zwei Leben."

Er zuckt entschuldigend mit den Schultern. Zögernd werfe ich einen Blick auf Nerea, die neben dem Einschussloch in ihrem Bauch jetzt auch noch eine Kugel im Kopf hat.

Dank all dem Blut, dem Adrenalin und der vielen Aufregung wird mir plötzlich kotzübel.

Es gelingt mir gerade noch, mich von Catcher abzuwenden, ehe ich direkt vor mir auf den Boden spucke.

Da ich in den vergangenen Wochen nicht besonders viel gegessen habe, wundert es mich nicht, dass ich nur Galle erbreche.

Vor meinen Augen dreht sich alles, der metallische Geruch des Blutes steigt mir in die Nase und sorgt dafür, dass mir immer schlechter wird.

Catcher streichelt mir beruhigend über den Rücken, während er mir die Haare aus dem Gesicht hält.

Immer wieder tief durchatmend gelingt es mir endlich, meine Übelkeit in den Griff zu bekommen.

Stöhnend richte ich mich auf und wische mir mit dem Handrücken über den Mund.

„Alles OK, Abi?"

Ich schüttle verneinend den Kopf – es ist gar nichts OK.

„Lass uns nachsehen, ob mit Nicki alles OK ist."

Als ich Nickis Namen höre, hebe ich erstaunt den Kopf und sehe den Mann mit den eisblauen Augen an.

„Nicki?"

„Aye, wir sollten nachsehen, ob es Razzor gelungen ist, Ramon auszuschalten, oder ob er unsere Hilfe braucht."

Während mich Catcher über den toten Miguel hebt, dreht sich mir erneut der Magen um.

Ich habe in meinem ganzen Leben noch nie eine Leiche gesehen, geschweige denn, dass ich dabei war, wie jemand erschossen worden ist.

Wankend stütze ich mich an der Wand ab. Kaum dass wir den Kellerraum verlassen haben, wäre ich am liebsten wieder dorthin zurückgeflüchtet.

Da ich die vielen Schüsse gehört habe, wusste ich, dass viele Kugeln geflogen sind. Aber das, was ich jetzt sehe, kann ich nicht mit Worten beschreiben. Der Kelleraufgang ist über und über mit toten Mexikanern und Patronenhülsen übersät. An der Wand, ja sogar an der Decke befinden sich Blutflecken.

Hier sieht es aus wie an einem Kriegsschauplatz.

An den Reaktionen meines Onkels und seiner Männer kann ich erkennen, dass für sie dieser Anblick nichts Besonderes ist. So langsam beginne ich zu verstehen, was er all die Jahre über gemeint hat, als er mir sagte, dass sein Leben nichts für ein Mädchen wie mich sei.

In meinen Ohren tönt ein lautes Pochen, ich bekomme kaum noch Luft. Reglos sehe ich dabei zu, wie mein Onkel über die erste Leiche steigt.

„Oh Gott! Ich... ich kann das nicht! Ich kann das nicht! Ich kann das nicht...!“

Es ist wie ein Zwang. Ich kann einfach nicht aufhören, diesen Satz immer und immer wieder zu wiederholen. Catchers Arm ist mittlerweile blutüberströmt, auf seiner Stirn zeichnen sich Schweißperlen ab – er muss schreckliche Schmerzen haben.

„Hör mal, Abi. Du musst jetzt cool bleiben und die Nerven bewahren. Wir müssen schnellstens von hier verschwinden. Es wird nicht mehr lange dauern bis die Bullen auftauchen.“

Mir ist klar, dass er versucht mich zu beruhigen. Es gelingt ihm nicht.

Der Mann mit den schulterlangen blonden Haaren kommt auf mich zu. Er sieht mich verständnisvoll an.

„Komm schon, Mädchen, ich trage dich die Treppen rauf.“

Ich sehe von seinem blutbespritzten Gesicht auf seinen blutbespritzten Oberkörper.

Keine Chance. Alleine die Vorstellung, dass er mich hochhebt, lässt mich noch panischer werden.

Ich habe keine Ahnung warum, aber anstatt meinen Onkel anzusehen, suche ich mit meinen Augen die Umgebung nach dem Rocker mit den eisblauen Augen ab.

Unsere Blicke treffen sich, mein Herzschlag beruhigt sich etwas.

Wie kann es sein, dass mich die Nähe dieses furchteinflößenden Rockers so beruhigt?

Alles an ihm, seine Ausstrahlung und sein Erscheinungsbild sollten mich zu Tode ängstigen – aber eher das absolute Gegenteil ist der Fall. Alleine das Wissen, dass er meinen Onkel hierher begleitet hat, nur um mich zu retten, berührt mich tief in meinem Inneren. Dieser Mann hat für mich getötet und die Art und Weise, wie er mich ansieht, verrät mir, dass er es jederzeit und ohne zu zögern wieder tun würde.

Eines steht fest. Wenn er mir angeboten hätte, mich die Stufen raufzutragen, hätte ich ohne nachzudenken ja gesagt.

Mein Onkel hält sich die Schulter und sieht zu dem blonden Mann, der angeboten hat mich zu tragen.

„Slide, wir müssen los."

Slide? Was für ein seltsamer Name. Slide nickt kurz, ehe er noch näher an mich herantritt. Im ersten Augenblick denke ich, dass er mich hochheben will, als er dann nur seine rechte Hand nach mir ausstreckt und damit über meine Schulter streicht, atme ich erleichtert aus. Seine Finger legen sich an meinem Hals, ich spüre, wie er einen sanften Druck ausübt, dann wird alles schwarz.

1. Kapitel

Spider

Sechs verdammt lange Monate ist es her, dass ich an der Seite meiner Brüder Catchers sechzehn Jahre alte Cousine Abigail aus den Händen eines Mädchenhändlerrings befreit habe. Sechs Monate, in denen ich alles, wirklich alles versucht habe, um dieses Mädchen aus dem Kopf zu bekommen. Ich habe gesoffen, gefickt, gekämpft, gearbeitet und wieder gefickt – vergeblich.

Wann immer ich meine Augen schließe, sehe ich ihre langen blonden Haare und ihre ebenmäßigen Gesichtszüge vor mir. Das Blau ihrer Augen ist so intensiv und rein wie der Sommerhimmel nach einem heftigen Gewitter.

Fuck off! Selbst ihr Geruch hat sich so in mein Gedächtnis eingebrannt, dass ich ihn vermisse.

Die ersten Tage nach der Befreiungsaktion habe ich unendlich viele Stunden in ihrer Nähe verbracht. Mir war von vornherein bewusst, dass ich ein riskantes Spiel spiele, doch ich konnte der Verlockung einfach nicht widerstehen. Abigail ist meine Schwachstelle, und es hätte nicht mehr viel gebraucht, dann hätte mir Catcher trotz aller Brüderlichkeit eine Kugel verpasst. Ich bin ein verdammter Nomad, ein Mann ohne Seele, ohne Heimat und ohne Schutz. Auch wenn ich zu dem MC der Dead Riders gehöre, bin ich nirgendwo zuhause. Nomads gehören keinem Chapter an, weil sie ständig auf Reisen sind. Allerdings bedeutet das nicht, dass mein Leben nur aus Urlaub und Spaß besteht. Auf Reisen sein bedeutet, dass wir Nomads im ganzen Land unterwegs sind und unterschiedliche Aufträge für unsere MCs übernehmen. Die vergangenen acht Wochen war ich bei den Black Devils, einem befreundeten MC, der seinen Sitz außerhalb von Everett hat. Durch eine geplatzte Waffenübergabe hatten sie Ärger mit den Russen. Meine Aufgabe war es, ihnen unter Einsatz meines Lebens dabei zu helfen, diese Drecksbande bis auf den letzten Mann unschädlich zu machen.

Seit ich Abigail das erste Mal gesehen habe, halb nackt, verletzt und zu Tode verängstigt, bin ich süchtig nach ihr. Selbst als mir die Kugeln nur so um die Ohren geflogen sind, war alles, woran ich denken konnte, das Versprechen, dass ich ihr vor meiner Abreise gegeben habe.

Keine Ahnung welcher Teufel mich geritten hat, als ich ihr geschworen habe, wieder zu ihr zurückzukommen.

Selbst jetzt, hunderte Meilen von ihr entfernt, sehne ich mich danach, sie in meine Arme zu ziehen, sie fest an mich zu pressen und meine Nase in ihren Haaren zu vergraben. Ich will ihren köstlichen Duft inhalieren, ihren Herzschlag spüren und mich davon überzeugen, dass es ihr gut geht.

Damals wurde sie von schrecklichen Alpträumen geplagt, sie ist bei jedem lauten Geräusch panisch zusammengezuckt und war ständig auf der Hut.

Der Einzige, bei dem sie sich sicher gefühlt hat, war ich.

Wie das sein kann? *Fuck!* Keine Ahnung!

Ich gehöre weiß Gott nicht gerade zu der Art von Mann, bei dem sich traumatisierte sechzehnjährige Mädchen wohlfühlen.

Die meisten Menschen, die mich sehen, weichen mir instinktiv aus. Und das ist auch gut so, ich bin kein übermäßiger Menschenfreund.

Die Welt, in der ich lebe, ist rau und gefährlich. Die Gesetze der *normalen* Welt zählen für mich nicht. Macht mich jemand blöd an, oder bedroht meinen Club, bringe ich ihn ohne zu zögern um. So einfach ist das.

Das Chapter der Dead Riders in Tacoma ist etwas Besonderes, jeder Nomad, der sich dort für eine gewisse Zeit aufgehalten hat und beobachten konnte, wie friedlich ein Rockerleben doch sein kann, spielt mit dem Gedanken, sesshaft zu werden. Im Leben eines Mannes kommt irgendwann der Zeitpunkt, an dem er sich mehr wünscht als nur die offene Straße und seine Harley.

Ace, der Präsident des Chapters, ist das beste Beispiel dafür, dass auch ein Mann unseres Schlags glücklich sein kann. Hätte mir vor einem Jahr jemand gesagt, dass ausgerechnet der Rocker Dämon, wie er in unserer Welt genannt wird, sich eine Old Lady nimmt, ich hätte mich angepisst vor Lachen. Doch jetzt ist es so – Amy, seine Frau, ist hat gerade ein Baby bekommen. Überhaupt kommt es mir so vor, als würden meine Brüder in Tacoma an nichts anderes denken, als daran, die Bäuche ihrer Mädels mit Nachwuchs zu füllen.

Fluchend genehmige ich mir einen letzten tiefen Zug aus meiner Kippe, ehe ich den glühenden Stummel auf den verlassenen Highway, der sich vor mir erstreckt, schnipse.

Wenn ich zu Abigail will, dann muss ich nach Süden fahren, dumm nur, dass mein eigentliches Ziel im Norden liegt. Auch wenn der Kompass meines Lebens eine andere Wegrichtung vorgibt, sehnt sich jede Faser meines Körpers nach Catchers minderjähriger Cousine.

Ich kann mich noch genau an den Zeitpunkt erinnern, an dem ich gespürt habe, dass Abigail mehr als irgendein Auftrag für mich ist.

Wir befanden uns in Kanada in dem Haus, in dem die entführten Mädchen an irgendwelche Drecksäcke versteigert werden sollten. Der Boden war mit Leichen übersät, der unverkennbare Gestank des Todes lag in der Luft.

Abigail hatte die Nerven verloren, sie war völlig panisch, hat immer wieder ein und denselben Satz wiederholt. Auch wenn ich nicht mehr genau weiß, wie der genaue Wortlaut war, erinnere ich mich an den hilfesuchenden Blick, den sie mir zugeworfen hat. Es hat sich so angefühlt, als hätte mich der Blitz getroffen – die Zeit stand still.

All der Kummer und die Verzweiflung, die sich in den Tiefen ihrer Augen gespiegelt haben, haben sich in dem Moment auf mich übertragen.

Plötzlich waren mir all die toten Mexikaner, die anderen entführten Mädchen und die riskante Situation, in der wir uns befanden, völlig egal.

Bis auf die Tatsache, dass ich sie retten wollte, hat nichts mehr für mich gezählt.

Slide, der Vizepräsident der Dead Riders, hat sofort erkannt, dass sie am Ende ihrer Kräfte angekommen war.

Dank seiner Zeit bei der Army hat er sie pragmatisch, wie er nun mal ist, mit dem Vulkanier-Griff ausgeknockt.

Noch bevor sie zu Boden sinken konnte, habe ich sie aufgefangen.

Es mag völlig pervers klingen, aber als ich sie völlig schutzlos und halb nackt in den Armen gehalten habe, wusste ich instinktiv, dass dieses Mädchen nur für mich bestimmt ist...

Holy Shit! Dieser eine Moment hat mein Leben völlig durcheinandergebracht.

Was zum Teufel soll ich mit einem sechzehnjährigen Mädchen anfangen?

Wenn ich sie ficke, bringt Catcher mich um.

Wäre Abigail fünf Jahre älter, wäre diese ganze Scheiße nur halb so kompliziert.

Seit ich Tacoma und somit auch Abigail verlassen habe, stelle ich mir ununterbrochen die Frage, womit ich das hundertprozentige Vertrauen, das Abigail mir vom ersten Augenblick an entgegengebracht hat, verdient habe? Ein Mann wie ich hat nicht das Recht auf eine Frau wie sie!

In den vielen Stunden, die wir zusammen verbracht haben, ist irgendetwas mit mir geschehen. Ich bin nicht mehr der Mann, der ich vor der Begegnung mit ihr war.

Was ich will ist klar - dass ich es nicht haben kann auch. In der letzten Nacht, kurz bevor ich in den frühen Morgenstunden aufgebrochen bin, hat sie sich auf meinen Schoß gesetzt, mir tief in die Augen gehen und mir leise zugeflüstert, dass ich bei ihr bleiben soll.

Auch wenn ich ihr diesen Wunsch nicht erfüllen konnte, habe ich ihr wider besseren Wissens versprochen, sie so oft es geht zu besuchen.

Zur Hölle!

Abigail zu verlassen war das Schwerste, was ich jemals getan habe.

In den vergangenen zehn Jahren haben Dutzende von Frauen versucht meine Old Lady zu werden, sie alle wollten den Schutz und den Status, den meine zukünftige Frau einmal haben wird. Und trotz der Tatsache, dass sie alle viel erfahrener und reifer waren, ist es ihnen nicht gelungen, mich so zu faszinieren wie Abigail.

Fluchend ziehe ich mir meinen Helm an, werfe einen kurzen Blick auf das Display meines Mobiltelefons, ehe ich es zurück in meine Hosentasche schiebe und steige auf mein Bike.

Tief durchatmend lasse ich den Kopf in den Nacken fallen und starre in den langsam dunkler werdenden Himmel. Ich scheiße auf den Auftrag, ich scheiße auf alles!

Fluchend hole ich mein Telefon raus. Fünf Minuten später habe ich den Auftrag an einen anderen Nomad übergeben.

Was hat es schon zu bedeuten, dass ich die nächsten drei Tage in die falsche Richtung fahre, nur um zu sehen, wie es dem Mädchen geht, das mich bis in meine Träume verfolgt?

Wütend auf mich selbst schüttle ich den Kopf, starte den Motor und fahre nach Süden.

Ace hat mir schon vor sechs Monaten angeboten, mich in sein Chapter aufzunehmen. Vielleicht ist es an der Zeit sein Angebot anzunehmen?

Der Gedanke, Abigail jeden Tag zu sehen und sie immer in meiner Nähe zu haben, ist verlockend. Dennoch wird es die reinste Folter werden. Es ist nun mal so, dass ich sie nicht einfach packen und für mich beanspruchen kann. Catcher ist mein Clubbruder und Abigail ist sein Eigentum.

Wenn ich sie mir ohne sein Einverständnis nehme, ist das mein Todesurteil.

So wie ich das sehe, stecke ich in einer ausweglosen Situation.

Wenn ich überleben will, kann ich es mir nicht erlauben, so abgelenkt zu sein. Ein Mann, der nicht auf seine Umgebung achtet, hat schneller eine Kugel im Rücken, als er bis zehn zählen kann.

Fest entschlossen, mich nicht länger von meiner Sehnsucht nach Abigail ablenken zu lassen, beschließe ich, mit dieser Sache abzuschließen. Dieser Besuch wird mein letzter sein.

Ich werde ihr sagen, was Sache ist. Ich werde ihr sagen, dass ich nicht der Richtige für sie bin und dann werde ich auf mein Bike steigen und mich auf Nimmerwiedersehen verpissen.

Fuck off!

Bis jetzt habe ich es nicht länger als sechs Monate an ein und demselben Ort ausgehalten. Alleine die Idee, fest zu den Tacoma Riders zu wechseln, ist also völlig absurd. Mein Bike – die Straße und ich. So war es schon immer und so wird es auch immer sein.

Mein Weg führt mich über Port Angeles. Kurz nach Jefferson County, das nach dem dritten Präsidenten der Vereinigten Staaten, Thomas Jefferson, benannt wurde, dem hauptsächlichen Verfasser der amerikanisches Unabhängigkeitserklärung, entscheide ich mich, nicht wie geplant über Poulsbo und Port Orchard nach Tacoma zu fahren, sondern den längeren Weg über Brinnon und Shelton zu nehmen. So durchquere ich auch gleich Olympia und komme bei Poker und Mad vorbei. Im Gegensatz zu mir sind die beiden Nomads, mit denen ich vor der Sache mit Abigail durchs Land gefahren bin, in der Nähe vom Tacoma Chapter geblieben.

So wie ich die Sache einschätze, sind die beiden gerade dabei, mit Ace und Slide über ihren Beitritt zu verhandeln.

In Brinnon, einer Stadt, die am Hood Canal liegt, entschließe ich mich dazu, die Nacht in einem Motel zu verbringen. Bis nach Tacoma sind es noch geschätzt 90 Meilen. Mir fallen vor Müdigkeit die Augen zu, meine Schultern schmerzen von den vielen Stunden im Sattel höllisch.

Müde sperre ich die Türe auf, ziehe mir meinen Rucksack von den Schultern und lasse mich rückwärts aufs Bett fallen.

Bevor ich samt Kleidung einschlafe, streife ich mir die Stiefel von den Füßen und schalte mein Handy aus.

Yeah Mann, endlich Pause...

Die letzten Monate waren verdammt anstrengend. Dank meiner Bemühungen mir ein gewisses Mädchen und dessen blaue Augen aus dem Kopf zu schlagen, habe ich mir nicht viel Ruhe gegönnt.

Wie immer, wenn ich in den Schlaf drifte, ist das Letzte, woran ich denke, dieser eine Kuss, den ich mir von Abigails süßen Lippen gestohlen habe.

2. Kapitel

Abigail

Seit ich *ihn* das letzte Mal gesehen habe, ist nicht nur der Winter verstrichen und der Frühling ins Land gezogen, oh nein, Amy, die Frau des Clubpräsidenten der Dead Riders, hat vor knapp einer Woche eine wunderschönes Mädchen zur Welt gebracht. Sophie ist das schönste Baby, das ich jemals gesehen habe. Sie hat rabenschwarze Haare, genau wie ihr Vater und die grünen Augen ihrer Mutter.

Hier im Clubhaus, bei den Dead Riders und meinem Onkel, fühle ich mich sicher.

Die ersten Wochen nach meiner Rettung und *seiner* Abreise habe ich stundenlang am Fenster gesessen und auf das bewachte Tor gestarrt, das aus Sicherheitsgründen die einzige Zufahrt auf das Gelände ist.

Bis mich Catcher hierher gebracht hat, wusste ich nichts über das Leben in einem Motorradclub. Jetzt, ein halbes Jahr später, kenne ich mich aus.

Hier gibt es nicht nur Members, also Clubmitglieder, sondern auch Hangarounds, das sind Freunde des Clubs. Es gibt Anwärter, die Prospects genannt werden. Die müssen sich, bevor sie vollwertige Members werden und ihr Stimmrecht erhalten, ein Jahr lang beweisen. Natürlich gibt es auch noch Old Ladys, das sind die Frauen der Rocker. Zu guter Letzt rennen hier auch noch unzählige Mädels durch die Gegend, die von allen nur Bitches genannt werden. Was ihre Aufgabe ist, war nicht schwer zu erraten.

Hier herrscht eine strenge Hierarchie. Wichtige Entscheidungen werden bei den Besprechungen am Tisch getroffen. Bei diesen Sitzungen werden über die wichtigsten Dinge abgestimmt. Auch wenn ich verdammt neugierig bin, und bei so einer Abstimmung gerne mal Mäuschen spielen würde, habe ich keine Chance, jemals dabei zu sein. Nicht mal die Old Ladys der Männer dürfen daran teilnehmen. Wenn es um ihre Ladys geht, verstehen die Riders keinen Spaß. Sie werden beschützt, geehrt und respektiert, aber vor allem werden sie sprichwörtlich in Watte gepackt.

Seit ich zu Catcher und Susan gezogen bin, habe ich von meiner Tante nichts mehr gehört. Sie ist der Meinung, dass es meine Schuld ist, dass ich entführt worden bin.

Sie denkt, dass ich die Mexikaner mit meinem Verhalten provoziert habe. Welches Verhalten sie genau damit meint, konnte sie mir aber nicht erklären.

Ive ist eine zutiefst religiöse Frau. Sie ist weltfremd und naiv, sie hat keine Ahnung davon, was außerhalb ihres Kirchenkreises so alles passiert...

Für sie ist jeder Mensch, der nicht mindestens dreimal am Tag betet und sein halbes Leben in der Kirche verbringt, ein Gottesverräter und ein Sünder.

Ich muss wohl nicht erst erwähnen, dass sie und mein Onkel sich nicht besonders gut verstehen. Catcher und Ive sind so unterschiedlich wie nur irgend möglich.

Zufrieden sehe ich dabei zu, wie Susan Catcher mit einem liebevollen Kuss verabschiedet. Er und Slide, der Vizepräsident der Dead Riders, starten die Motoren ihrer Maschinen. Das laute Bollern kann ich sogar durch die geschlossene Fensterscheibe hören.

Ganz genau hier habe ich auch gesessen, als *er* sich ohne ein Wort des Abschieds aus dem Staub gemacht hat.

Seine Abreise war unvermeidlich, nichtsdestotrotz hat sie mich in ein tiefes Loch geworfen. Auch wenn es mir mittlerweile besser geht und ich nicht mehr jede Nacht davon träume, in einen Van mit abgedunkelten Scheiben gezogen zu werden, fällt es mir immer noch schwer, keine Angst zu haben. Der einzige Mensch auf dieser Welt, bei dem ich mich wirklich sicher gefühlt habe, hat sich gegen mich und für ein Leben auf der Straße entschieden.

Natürlich ist mir klar, dass wir niemals zusammengepasst hätten.

Er ist ein Nomad, ein Biker, der überall und nirgendwo zuhause ist. Uns trennt nicht nur ein Altersunterschied von zehn Jahren, sondern auch mein überfürsorglicher Onkel.

Ich weiß, dass alle denken, dass ein sechzehnjähriges Mädchen nicht wissen kann, was sie will, vor allem nicht nach den traumatisierenden Dingen, die mir widerfahren sind. Doch sie alle täuschen sich! Im Gegensatz zu meinen Freundinnen aus der Schule habe ich nie für irgendwelche Jungs geschwärmt.

Bis zu dem Augenblick, in dem ich *ihn* das erste Mal gesehen habe, wusste ich nicht, was Liebe ist. Ich habe von ihr geträumt, sie mir gewünscht und für sie gebetet, aber ich habe sie nie empfunden.

Es ist mir egal, was Nicki, Slides Old Lady Ellen und Amy glauben. Sie alle haben versucht mich davon zu überzeugen, dass *er* nicht der Richtige für mich ist. Doch sie täuschen sich.

Er, der Mann, dessen Namen ich nicht mehr laut aussprechen will, ist der einzige Mann, den ich jemals lieben werde. Woher ich das weiß? Ich habe keine Ahnung...

Seinen Namen zu hören bereitet mir seelische Schmerzen, *seinen* Namen auszusprechen ist jedoch noch viel schlimmer.

Traurig schließe ich meine Augen, lasse meine Stirn gegen die kühle Fensterscheibe sinken und erlaube mir einen Augenblick der Schwäche.

Das erste Mal seit Monaten flehe ich Gott an, mir den Mann zurückzuschicken, für den sich mein Herz entschieden hat: Spider!

Da Susan und Catcher der Meinung sind, dass ich nicht hier im Clubhaus leben kann, hat mein Onkel ein kleines Haus am Ortsrand von Tacoma gekauft. Im Moment renoviert er es mit der Hilfe seiner Clubbrüder, und soweit ich weiß, können wir bereits nächsten Monat einziehen.

Die laue Maisonne erobert den Himmel, vertreibt die letzten Wolken.

Es gefällt mir hier im Club. OK, ich muss zugeben, dass es eine Zeit lang gedauert hat, bis ich mich an das viele Fluchen, den Alkohol und an all das gewöhnt habe.

Um ehrlich zu sein, fühle ich mich zwischen all den Riders sehr viel wohler als bei meiner Tante. Jeder von ihnen weiß von meiner Vorgeschichte. Sie behandeln mich alle mit Respekt.

Das laute Klopfen an der Türe lässt mich erschrocken zusammenzucken. So viel zu meiner Behauptung, über die Folgen meiner Entführung hinweg zu sein. Diese verdammte Schreckhaftigkeit werde ich wohl nie mehr los...

„Mach auf Abi." Ghosts Stimme dringt dumpf durch die geschlossene Türe.

Prüfend werfe ich einen Blick auf die Uhr und stelle entsetzt fest, dass ich zu lange getrödelt habe. Ghost, ein Prospect, der von einem anderen Chapter der Riders nach Tacoma gewechselt hat und nächste Woche sein Jahr als Anwärter hinter sich gebracht hat, bringt mir gerade das Motorradfahren bei.

Mein Onkel ist völlig ausgeflippt, als er es herausgefunden hat. Als er dann aber festgestellt hat, dass Ghost wirklich gut auf mich aufpasst und sehr auf meine Sicherheit bedacht ist, hat er sein OK gegeben.

Mir ist klar, warum er, wenn auch widerwillig, zugestimmt hat, dass ich Motorradfahren lerne. Catcher hofft, dass es mir hilft, mehr aus mir herauszugehen. Ich weiß, dass er sich Sorgen um mich macht, aber das muss er nicht.

Ich bin glücklich und es geht mir gut – zumindest habe ich mir das so oft eingeredet, dass ich es fast schon glaube.

Nachdem ich die Türe geöffnet habe, lege ich den Kopf in den Nacken und sehe Ghost in die Augen. Er ist groß, wenn auch nicht so groß wie Spider. Ich schätze ihn auf 1,80 Meter. Seine Schultern sind breit, seine Hände groß und seine Haut ist braun gebrannt.

Er ist verdammt attraktiv. Auch wenn er es nie gesagt hat, weiß ich, dass er mich will. Ghost lässt mich nie aus den Augen, sein intensiver Blick ruht immer auf mir – er wacht über mich, passt auf mich auf.

Ich weiß, dass ich ein Miststück bin. Denn obwohl ich seine Gefühle nicht erwidere, suche ich trotzdem seine Nähe. Ich genieße die Stunden mit ihm, und freue mich darüber, dass er mir das Motorradfahren beibringt.

Gespielt wütend sieht er auf mich herab, das amüsierte Funkeln in seinen unheimlichen Augen verrät mir, dass er nicht richtig sauer auf mich ist.

„Du hast mich versetzt, Abi, mal wieder."

Ich ziehe die Nase kraus und lächle ihn entschuldigend an.

„Sorry."

Er verschränkt seine muskulösen Arme vor der Brust und lehnt sich in den Türrahmen, der somit komplett ausgefüllt ist.

„Das wird noch mal zur Gewohnheit."

„Nein, wird es nicht. Und außerdem habe ich mich gerade entschuldigt."

Laut mit der Zunge schnalzend zieht er seine rechte Augenbraue nach oben.

„Na, das ändert natürlich alles, Baby."

Wann immer er mich Baby nennt, rieselt ein leichter Schauer über meinen Rücken.

Als ich ihn bei unserer ersten Begegnung gefragt habe, warum ihn alle Ghost nennen, hat er sich lachend neben mich gesetzt und mir gesagt, dass ich ihm tief in die Augen schauen soll. Erst dachte ich, das wäre eine billige Anmache, doch nach genauerem Hinsehen habe ich es verstanden.

Das Grau seiner Augen ist so hell, dass man je nach Lichteinfall oft nur den schwarzen Rand erkennt, der seine Iris umschließt. Das sieht dann so aus, als wäre seine Iris weiß, echt gespenstisch.

Manchmal frage ich mich, warum ich mich nicht einfach in ihn verlieben kann?

Das Leben wäre so viel leichter, wenn man über sein Herz befehlen könnte.

Nicht zum ersten Mal frage ich mich, wo *er* wohl gerade ist, ob *er* auch an mich denkt?

Wahrscheinlich hat *er* mich und das Versprechen, das *er* mir gegeben hat, längst vergessen.

Als ich so meinen Gedanken nachhänge, an *ihn* denke und dabei Ghost ansehe, beugt dieser sich leicht zu mir vor.

„Geht es dir gut?"

Schnell verziehe ich meine Lippen zu einem künstlichen Lächeln, verbanne *ihn* aus meinen Gedanken und ziehe die Türe des Apartments, das sich im ersten Stock des Clubhauses befindet, und in dem ich zusammen mit Catcher und Susan lebe, hinter mir zu.

„Ja klar, es ist alles bestens!"

Da ich eine beschissene Lügnerin bin, vermeide ich es, Ghost anzusehen. Mittlerweile kennt er mich so gut, dass er sofort erkennt, wenn ich nicht die Wahrheit sage.

Ghost brummelt irgendetwas vor sich hin, während er mir die Treppe hinunter in den Hof folgt.

Wie immer hat er bereits das Bike, auf dem ich fahren lerne, vor die Tore der MC-eigenen Werkstatt geschoben. Es handelt sich dabei um eine tiefergelegte Deuce Harley mit Solositz. Das Motorrad wirkt neben den Maschinen der Riders winzig, aber es hat die richtige Größe für mich. Die Airbrushlackierung mit den bronzefarbenen Flammen ist fantastisch. Das Baby, wie Ghost es immer nennt, hat verchromte Griffarmaturen, Chromspiegel, getönte Blinkergläser und verchromte Bremssattelcover.

Das Motorrad ist wunderschön. Ursprünglich wurde es vor einem Jahr zur Reparatur in die Werkstatt gebracht, aber der Besitzer hat es aufgrund eines tödlichen Unfalls nie mehr abholen können.

Wann immer ich vor der Maschine stehe, beginnt mein Herz wie verrückt zu rasen. Meine Handflächen werden vor Aufregung schwitzig und meine Sinne schärfen sich.

Ich für meinen Teil kann nicht verstehen, warum Amy und Susan nicht fahren wollen.

Slides Lady Ellen ist in einem MC aufgewachsen, sie ist die Einzige, die meine Leidenschaft verstehen kann.

Nora, die Frau von Skorpion, einem sehr furchteinflößenden, jedoch sehr netten Rider, macht sich so viele Sorgen um mich, dass sie nicht dabei zusehen kann, wie ich das Fahren lerne.

Nora und Skorpion haben drei kleine Jungs. Ryan, der älteste von ihnen, ist sieben Jahre alt und kommt diesen Herbst in die Schule. Der jüngste, Owen, ist gerade ein Jahr alt. Mason, der mittlere, ist vor kurzem fünf geworden, er ist der Anstrengendste von allen und hält seine Eltern ununterbrochen auf Trapp.

Ghost setzt mir seinen Helm auf den Kopf, stellt die Riemen ein und lässt den Verschluss mit einem leisen Klicken einrasten. Anstatt sich sofort wieder aufzurichten, sieht er mir tief in die Augen, streicht mit seinem Finger über mein Kinn und beugt sich vor, um mir einen Kuss auf die Nasenspitze zu hauchen.

Mir ist klar, dass er sich aus Rücksicht zu mir und aus Respekt zu meinem Onkel zurückhält. Ghost ist fünf Jahre älter als ich, im Gegensatz zu mir ist er alles andere als unerfahren.

Früher oder später wird er die Geduld verlieren und sich eine der vielen Bitches schnappen, die sich ihm immer an den Hals werfen.

Bei der Vorstellung Ghost ebenfalls zu verlieren, wird mir übel.

Ich habe keine Ahnung, was ich tun soll. Auch wenn ich ihm das, was er sich wünscht, nicht geben kann, will ich trotzdem nicht, dass er es sich bei einer anderen Frau holt.

Verdammich, ist das alles kompliziert! Ich bin ein egoistisches Miststück.

An manchen Tagen stehe ich auf und beschließe, nicht länger auf *ihn* zu warten.

In meinen Augen wurde mir, als es den Dead Riders gelungen ist, mich aus den Händen der Mexikaner zu befreien, ein zweites Leben geschenkt.

Es ist nicht richtig, dass ich es nicht nutze, es ist nicht fair, dass ich hier sitze und einem Mann hinterhertrauere, der mich ganz offensichtlich nicht will.

„Hör mal, Abi, du bist heute viel zu unkonzentriert, wir sollten die Stunde verschieben."

„... ähm was?"

Ghost schüttelt den Kopf und stellt sich zwischen mich und die Maschine.

„Du bist heute zu unkonzentriert. Ich kann nicht zulassen, dass du dich so auf die Harley setzt."

„Nein, das stimmt nicht. Ich bin voll bei der Sache."

„Ach ja?"

Ich nicke mit dem Kopf.

„Ja."

Unter seinem tiefen Atemzug wölbt sich sein Brustkorb auf beeindruckende Weise.

Im Augenwinkel sehe ich meinen Onkel auf uns zukommen.

Wobei Catcher eigentlich gar nicht mein Onkel, sondern mein viel älterer Cousin ist.

Aufgrund des Altersunterschieds von über zwanzig Jahren war er immer viel mehr ein Onkel als ein Cousin für mich.

Als er bei uns ankommt, begrüßt er erst Ghost, ehe er mich in eine beschützende Umarmung zieht.

„Alles klar, mein Mädchen?"

„Ja, alles bestens."

Ghost gibt ein mürrisches Grummeln von sich.

„Das erzählt sie mir auch andauernd ...“
Catcher lacht trocken.
„Du hast mich um die Erlaubnis gebeten, Zeit mit meiner Kleinen verbringen zu dürfen. Also beschwer dich nicht, Bro.“
Catcher lässt mich wieder los. Küsst mich auf die Stirn und verschwindet in der Werkstatt.
„Am Horizont brauen sich ein paar dunkle Wolken zusammen. Lass uns endlich loslegen, bevor es regnet.“
Ohne mir zu widersprechen hebt er mich mit einem Arm hoch und setzt mich auf den Ledersattel.
„Was dir auch heute in deinem hübschen Kopf umhergeht, vergiss es und konzentriere dich.“
Seine Sorge rührt mich. Ohne darüber nachzudenken ergreife ich seine Hand und verflechte seine Finger mit den meinen.
„Keine Sorge, es geht mir gut.“
Auf seiner Stirn bilden sich zwei tiefe Falten.
„Nein, das tut es nicht.“
Mit diesen Worten wendet er sich von mir ab, setzt sich auf sein Bike und startet mit einem heftigen Tritt den Motor seiner schwarzen Harley.
Noch während ich mich frage, ob er recht hat, ob es mir wirklich nicht gut geht, tue ich es ihm nach, erwecke meine Deuce zum Leben und genieße das kraftvolle Vibrieren zwischen meinen Beinen.
Oh Gott, ich liebe dieses Gefühl...
Da ich noch nie Sex hatte, kann ich mir nur ungefähr vorstellen, wie es sich anfühlen muss mit einem Mann zu schlafen.
Aber in meiner Fantasie ist es noch eintausend Mal besser, als dieses Prickeln, das die Harley in mir auslöst.
„Fuck, Abi. Ich habe keine Ahnung, woran du gerade denkst, aber du solltest dringend damit aufhören! Dieser Ausdruck auf deinem Gesicht lässt mich die Kontrolle verlieren.“
Ghosts dunkle Stimme dringt trotz der bollernden Motoren bis zu mir herüber.
„Scheiß auf die Kontrolle!“
Bei diesen Worten gebe ich Gas, so dass das Vibrieren zwischen meinen Schenkeln stärker wird.
„Fuck! Du bist mein Untergang. Du hast keine Ahnung wie verdammt schmerzhaft es ist, mit einem Harten auf einem Bike zu sitzen.“
Ohne es zu wollen muss ich bei seinem gequälten Blick laut lachen.
„Stimmt, ich habe keine Ahnung, wovon du redest, aber ich weiß, wie gut es sich anfühlt, Motorrad zu fahren. Also hör auf, so viel zu reden und gib endlich Gas. Sonst wirst du gleich von einer Fahranfängerin abgehängt. Und ich weiß nicht, ob dein männliches Ego das verkraftet.“

Mit diesen Worten löse ich den Ständer meiner Deuce und rase auf das Tor zu.

Die zwei neuen Prospects, die heute Wache schieben, öffnen das Tor, als sie sehen, dass Ghost mir folgt. Ich rase auf die Straße.

Der Fahrtwind, die Kraft der Harley und das Adrenalin, das sich in mir ausbreitet, sorgen dafür, dass ich das Gefühl habe zu fliegen. Nur wenn ich Motorrad fahre bin ich frei.

Es fühlt sich so an, als würde ich dem Himmel einen High five geben...

Wir fahren über Puyallup Richtung Lakewood, meiden die Hauptverkehrsstraßen und fahren direkt am Puget Sound zurück zum Club.

In South Tacoma gibt mir Ghost mit einem Handzeichen zu verstehen, dass er tanken muss. Wir biegen zur Shell-Tankstelle ab und parken die Bikes direkt vor der Zapfsäule.

Kaum dass unsere Motoren verstummt sind, ziehe ich mir den Helm aus und streiche mir mit den Fingern durch meine total verknoteten Haare.

Ghost steigt von seiner Maschine und tankt sein Bike auf.

Um mir die Beine zu vertreten, tue ich es ihm nach und gehe auf ihn zu.

„Hast du ein paar Dollar für mich? Ich brauche jetzt was Süßes."

Er schlingt mir seinen Arm um die Taille und zieht mich an sich.

„Pro Kuss einen Dollar."

Sein Vorschlag bringt mich völlig durcheinander. Bis jetzt habe ich nur einen einzigen Mann geküsst und der hat mich danach verlassen.

Nervös sauge ich meine Unterlippe ein und kaue auf ihr herum.

Ghost scheint zu bemerken, wie verunsichert ich bin.

Langsam beugt er sich zu mir herab, vergräbt seine Nase in meinen Haaren und inhaliert meinen Körpergeruch. Mein Herz beginnt zu rasen, meine Knie werden weich. Auch wenn Ghosts Nähe nicht dieselbe Wirkung auf mich hat wie die von *ihm*, lässt Ghost mich dennoch nicht kalt.

Plötzlich zieht er sich von mir zurück und hält mir zehn Dollar unter die Nase.

Mit gesenkter Stimme raunt er mir zu, dass er früher oder später schon noch seinen Kuss bekommt.

Ich nehme ihm die zehn Dollar ab, und gehe auf wackeligen Beinen in den Tankstellen-Shop. Verrückterweise bereue ich jetzt, dass ich gekniffen und ihn nicht geküsst habe.

Es wird endlich Zeit über *ihn* hinwegzukommen, es wird Zeit, dass ich mein Herz für einen Mann öffne, der es wirklich will...

3. Kapitel

Spider

Erst habe ich meinen Weg mit Absicht verlängert. Dann plötzlich habe ich jede Meile, die zwischen mir und meinem Mädchen lag, verflucht. Und jetzt, wo ich es fast geschafft habe, macht mir das Schicksal einen Strich durch die Rechnung, mein hinterer Reifen ist platt. Fluchend setze ich den Blinker und schaffe es gerade noch so zur Tankstelle in South Tacoma.

Als ich zwei Harleys entdecke, auf denen der unverkennbare Totenkopf der Dead Riders zu sehen ist, atme ich erleichtert aus. Einer meiner Brüder kann mich bestimmt mit zum Club nehmen. Zwar widerstrebt es mir, mein Bike hier zurückzulassen, aber ich kann später einen der Prospects herschicken, um es mit dem Abschlepper zu holen.

Gerade als ich meine Waffe aus der Satteltasche geholt habe, um sie in meinen Rucksack zu stecken, trägt der Wind das laute Lachen einer Frau zu mir herüber. Der vertraute Klang lässt mich abrupt den Kopf heben. Da ist sie.

Ihre langen blonden Haare glänzen golden im Sonnenschein. Ihre schlanken Beine stecken in einer enganliegenden Jeans, ihr Oberkörper in einer schwarzen Lederjacke. Abigail. In ihrer Hand hält sie einen Schokoladenriegel, in den sie herzhaft reinbeißt.

Ihr lautes „Fuck, ist der lecker“, ertönt über den Platz.

Früher hat sie nicht geflucht, im Gegenteil, sie hat mich immer böse angesehen, wenn ich es getan habe. Nicht nur ihre Sprache hat sich verändert, auch ihre Körperhaltung.

Als ich sie verlassen habe, waren ihre Schultern gebeugt. Sie war immer nervös und hat dauernd über ihre Schulter gesehen. Jetzt hingegen wirkt sie lockerer.

Gerade als ich auf sie zugehen will, kommt ein Kerl aus der Tanke. Die Kutte, die er trägt, weist ihn als Prospect aus. An seiner Seite geht sie zu den Harleys.

Mit geballten Fäusten beobachte ich Abigail dabei, wie sie ein letztes Mal in den Schokoriegel beißt, ehe sie das letzte Stück in den Mund des Mannes schiebt, der ihr ihren Helm auf den Kopf setzt.

What a Fuck!

Ohne von mir Notiz zu nehmen, geht Abigail an mir vorbei. Der Prospect lässt sich zurückfallen, steckt seinen Geldbeutel in seine Hosentasche und verpasst Abigails Po einen Klaps. Lachend schlägt sie seine Hand weg und steigt, als wäre es das Selbstverständlichste auf der Welt, auf die schwarze Softail.

Echt jetzt?

Um mich etwas zu beruhigen atme ich so tief ein, bis es sich anfühlt, als würde mein Brustkorb platzen. Ich komme mir vor wie im falschen Film.

Ohne auf Abigail zuzugehen, oder die Waffe in meinen Händen zu benutzen, um dem blöden Wichser, der den Arsch meines Mädchens berührt hat, ein verdammtes Loch in den Kopf zu blasen, bleibe ich einfach stehen und starre meiner Rockerlady hinterher.

Ein Grund, aus dem ich sie verlassen habe, war, dass ich mir sicher war, dass sie nicht in meine Welt passt. Dass dieses unschuldige Schulmädchen niemals mit dem rauen Umgangston, der in einem MC herrscht, umgehen kann. Die letzten zwei Minuten haben mich eines Besseren belehrt.

Abigail ist nicht nur schöner als jemals zuvor, oh nein, sie fährt auch noch eine verdammte Harley.

Ich fühle mich, als wäre ich von einem Truck überrollt worden.

Als ich vor sechs Monaten beschlossen habe zu gehen, war ich mir sicher, dass ich das Richtige tue. Das es das Beste für Abigail ist, wenn ich ihr mehr Zeit gebe.

Jetzt im Augenblick fühlt es sich allerdings nicht mehr richtig an, sondern eher wie ein verdammter Fehler.

Fluchend lehne ich mich an mein Bike und starre auf die Stelle, an der bis gerade eben noch Abigail stand.

Vielleicht sollte ich mich einfach wieder verpissen?

Während der Fahrt habe ich mir eingeredet, dass ich nur nach Tacoma fahre, um zu sehen, wie es ihr geht. *Bullshit!* Ich hätte genauso gut Catcher anrufen und ihn nach ihr fragen können. Dann habe ich mir eingeredet, dass ich sie nur sehen will, um ihr zu sagen, dass sie mich vergessen soll - totaler Schwachsinn!

Alles, was ich will, ist, sie in meine Arme nehmen und sie halten.

Weder will ich, dass sie mich vergisst, noch werde ich sie jemals vergessen.

Seit unserer ersten Begegnung steht fest, dass sie zu mir gehört.

Nur zu mir!

Selbst wenn morgen die scheiß Welt untergehen würde, würde das nichts an meinem Entschluss ändern.

Das, was ich da gerade eben beobachten konnte, ist der beste Beweis dafür, dass ich weiß Gott genug Zeit damit verschwendet habe, durch die Weltgeschichte zu fahren.

Ich werde mein Leben als Nomad an den Nagel hängen – sobald ich am Clubhaus angekommen bin, werde ich Ace sagen, dass ich sein Angebot annehme und zu den Tacoma Dead Riders wechsle.

Anschließend suche ich den Prospect, der es auf Abigail abgesehen hat, und mache ihm klar, dass sie zu mir gehört.

Fuck!

Auch wenn ich gerade auf Gott und die ganze Welt wütend bin, ist es doch nur meine eigene Schuld, dass sich ein anderer Rider an meine Frau ranmacht.

Endlich verstaue ich meine Waffe im Rucksack, zünde mir eine Kippe an und wähle Catchers Nummer.

Zwanzig Minuten später sitze ich im Truck, mein Bike steht festgezurrt auf der Ladefläche des Schleppers und meine Tasche steht bei meinen Füßen unten am Boden.

Noch bevor wir vom Tankstellengelände gefahren sind, zünde ich mir erneut eine Kippe an.

„Wie geht es ihr?"

Ich verrate ihm nicht, dass ich sie gerade mit diesem Anwärter gesehen habe.

Catcher zuckt nichtssagend mit den Schultern.

„Ich würde sagen besser. So wie es aussieht, ist sie stabil genug, um sie im nächsten Schuljahr wieder einzuschreiben. Sie wirkt nicht mehr so gehetzt. "

Ja, das ist mir auch schon aufgefallen....

„Wie kommt sie mit dem Club klar?"

Auf den Gesichtszügen meines Bruders breitet sich ein stolzes Grinsen aus.

„Scheiße, Spider. Sie hat die letzten Monate Motorradfahren gelernt. Die Jungs lieben sie und sie liebt die Jungs. Abi macht sich großartig, sie wird mal eine spitzenmäßige Old Lady abgeben ...", er lacht kurz auf, „... nur muss der Typ, den sie sich mal aussucht, damit klar kommen, dass sie sich nicht auf den Sozius verweisen lässt, sondern dass sie ihre eigene Maschine hat."

Es kostet mich sämtliche Selbstbeherrschung, dass ich Catcher nicht auf der Stelle eine verpasse. Er weiß genau, dass ich Abi für mich will, und dennoch redet er über sie, als ob sie eine Wahl hätte – was soll die Scheiße?

Holy Fuck!

Catcher sieht prüfend zu mir rüber, ehe er ebenfalls einen lauten Fluch von sich gibt.

„Hör zu, Spider. Abi ist neben Susan die einzige Familie, die ich habe. Ich liebe dieses Mädchen. Glaub bloß nicht, dass ich glücklich darüber bin, dass sie gerne auf einer Maschine sitzt. Aber es hat ihr geholfen, den Mist, der ihr passiert ist, zu vergessen. Sie fährt gut und vorsichtig und niemals allein."

Ich schlucke meine Wut runter und starre aus dem Fenster.
„Wer begleitet sie?“
Stille. Es dauert ein paar Meilen lang, bis er mir endlich antwortet.
„Ghost, einer unserer Prospects, begleitet sie.“
In meinem Kopf beginnt es zu rattern.
„Diesen Namen habe ich schon mal gehört.“
Catcher nickt.
„Darauf will ich wetten, Bro. Ghost hat den Präsidenten seines ehemaligen Chapters abgeschlachtet.“
„Yeah, davon habe ich gehört.“
Laut den Gerüchten, die im Umlauf sind, hat ein Anwärter den Präsidenten seines Chapters mit vierzig Messerstichen hingerichtet, als er ihn dabei erwischt hat, wie der die Old Lady eines Members vergewaltigt hat.
So sehr ich den Wichser dafür hasse, dass er Interesse an meinem Mädchen hat, bewundere ich ihn für diese Tat.
„Und du denkst, dass er der Richtige ist, um auf Abi aufzupassen?“
Catcher nickt.
„Ghost ist loyal, zuverlässig und sein Interesse an ihr ist aufrichtig. Ein Mann, der kein Problem damit hat, seinen Präsidenten zu töten, um einer Old Lady zu helfen, zögert auch nicht, wenn es darum geht, Abigail zu beschützen.“
Aye, diese Argumentation kann ich nachvollziehen. Die restliche Fahrt schweigen wir.
Als wir das Tor des Clubs passieren, sehe ich die zwei Harleys vor der Werkstatt stehen, von Abigail fehlt jede Spur.
Bevor wir aussteigen, drehe ich mich zu Catcher und sehe ihn an.
„Hör zu, Bro. Ich bin damals gegangen, weil ich dachte, dass es das Beste für sie ist. Doch jetzt sehe ich ein, dass es ein Fehler war. Jetzt bin ich hier und ich werde bleiben. Abigail ist jung, zu jung, und dennoch kann ich mich nicht länger von ihr fernhalten. Ich schwöre dir, dass ich sie beschützen werde, aber ich schwöre dir auch, dass ich keinen anderen Mann in ihrer Nähe dulden werde.“
Kopfschüttelnd zieht er den Schlüssel aus der Zündung.
„Ich weiß nicht, wie es in ihrem Inneren aussieht. Als du vor sechs Monaten gegangen bist, hat sie das beinahe zerstört. Ghost hat uns dabei geholfen, sie wieder Stück für Stück zusammenzusetzen. Es ist durchaus möglich, dass du zu spät bist, Bro.“
Mit diesen Worten öffnet er die Türe und lässt mich alleine im Wagen sitzen. Meine Hände sind zu Fäusten geballt, innerlich koche ich.
Es ist mir scheißegal wie Catcher das sieht, Abigail gehört mir, so einfach ist das!

Mit meinem Rucksack in der Hand betrete ich das Clubhaus und mache mich auf die Suche nach Ace. Wie nicht anders zu erwarten finde ich ihn in seinem Büro. Doch er ist nicht allein. Auf seinem Schreibtisch stapeln sich die Unterlagen, während in einer kleinen hölzernen Wiege seine kleine Tochter schläft.

Um das Baby nicht zu wecken, räuspere ich mich leise, anstatt anzuklopfen.

Ohne seine Augen von dem Brief abzuwenden, den er gerade liest, winkt er mich in sein Büro. „Was gibt‘s?“

„Eine ganze Menge.“

Als er meine Stimme erkennt, sieht er mich endlich an.

„Hey Spider, es wurde aber auch Zeit, dass du dich mal wieder blicken lässt.“

„Aye Präs, das wurde es. Ich habe so das Gefühl, dass ich fast zu spät bin.“

Er nickt zustimmend.

„Da will ich dir nicht widersprechen Bro.“

Nachdem wir uns die Hand gereicht haben, lege ich meine Sachen ab und gehe leise zu seiner Tochter.

„Respekt, Ace. Ich hätte nicht gedacht, dass du in der Lage bist, eine so schöne Tochter zu zeugen.“

„Das war alles Amy.“

„Sie ist perfekt, ich gratuliere dir.“

„Danke. Ihr Name ist Sophie.“

Ich erkenne die Liebe in seinen Augen - der Rocker Dämon hat sein Glück gefunden.

„Wo steckt deine Lady?“

„Ich kann ihr nur raten im Bett liegenzubleiben und zu schlafen. Amy hat die Geburt ziemlich mitgenommen. Ich versuche, sie so gut es geht zu unterstützen.“

Mit einer Handbewegung bedeutet er mir mich zu setzen.

Seufzend lasse ich mich in den Stuhl fallen und lehne mich zurück.

Dank der letzten Tage, die ich hauptsächlich auf meinem Bike verbracht habe, schmerzen meine Schultern höllisch.

Ace setzt sich wieder hinter seinen Schreibtisch.

„Du siehst aus wie ein Mann mit einem Plan. Ich bin mir sicher, dass du nicht vorbeigekommen bist, um mir zu meiner Tochter zu gratulieren. Was kann ich für dich tun, Spider?“

Ohne viele Worte zu verschwenden, komme ich gleich auf den Punkt.

„Gilt dein Angebot noch?“

Ace sieht mir tief in die Augen, ehe er bedächtig nickt.

„Die Tacoma Riders können einen Mann wie dich immer gebrauchen. Du weißt, dass wir darüber am Tisch abstimmen müssen. Aber ich bin mir sicher, dass du willkommen bist.“

„Danke, Mann.“

Wir schweigen, in Gedanken bin ich bereits auf der Suche nach Abigail.

„Eins solltest du noch wissen, Spider. Abigail ist jetzt ein Teil meines Clubs, also auch ein Teil meiner Familie. Sie ist ein gutes Mädchen, das langsam anfängt, sich wieder am Leben zu beteiligen. Was du da vorhast ist echt krass, du solltest dir sicher sein. Wenn du auch nur den geringsten Zweifel in dir trägst, steig auf deine Maschine und komm erst wieder, wenn du dir sicher bist.“

Angespannt hole ich meine Kippen aus dem Rucksack. Als mir dann aber bewusst wird, dass da ein Baby neben mir liegt und schläft, stecke ich sie zurück.

„Ich bin dir dankbar, dass du dich um Abigail sorgst, Ace. Aber glaube mir, ich verspüre nicht den geringsten Zweifel. Dieses Mädchen gehört mir. Endgültig und für immer. Das Einzige, was mir Sorgen bereitet, ist der Altersunterschied.“

Jetzt grinst er mich schadenfroh an, ich zeige ihm meinen Mittelfinger.

„In meinen Augen kann sich das Mädchen glücklich schätzen. Es macht keinen Unterschied, ob sie mit einem Typen fickt, der nur drei Jahre älter ist, oder mit einem der ein Jahrzehnt Vorsprung hat. Wichtig ist, dass du sie mit Respekt behandelst und dass sie es auch will. Scheiße! Sex ist Sex, diese Mädels fangen immer früher damit an. Lieber landet sie in deinem Bett als in dem eines anderen Mannes.“

Seine Tochter gibt ein leises Quengeln von sich, sofort widmet er ihr seine komplette Aufmerksamkeit.

„Ich danke dir, Ace.“

„Nicht dafür, Bro. Im ersten Stock ist eines der Apartments frei, richte dich ein, es ist deins.“

Ich schiebe den Stuhl zurück an den Tisch und schultere meinen Rucksack.

„Perfekt. Somit spare ich mir schon mal die nervige Wohnungssuche. Außerdem kann ich so immer in der Nähe von Abigail sein.“

Fasziniert beobachte ich den allseits gefürchteten Rocker Dämon dabei, wie er seiner Tochter den Schnuller in den Mund schiebt. Als Sophie eine Sekunde später wieder friedlich schläft, begleitet er mich in den Flur vor seinem Büro.

„Eine Sache noch, Spider.“

Er legt mir seine Hand auf die Schulter.

„Während du weg warst ist viel passiert. Unser neuer Prospect und Abigail verbringen viel Zeit miteinander... - wundere dich also nicht, wenn du auf Probleme stößt.“

Meine Hände jucken, ballen sich zu Fäusten. Ich kann es kaum erwarten, diesem Ghost zu erklären, dass er mein Mädchen in Ruhe lassen soll.

„Aye, davon habe ich bereits gehört.“

Aus Ticks Zimmer, das direkt hinter mir liegt, ertönt ein leises Surren. Tick ist der Sergeant at Arms des Clubs und zugleich der Tätowierer.

„Gut. Ich will keinen Ärger, Spider! Und pass auf, dieser Typ hat eine Vorliebe für Messer.“

Danke für die Warnung!

Wieder beginnt das Baby zu weinen, Ace nimmt seine Hand von meiner Schulter und verschwindet in seinem Büro.

Und während sich der Präsident der Dead Riders um seine Familie kümmert, stehe ich noch ganz am Anfang...

4. Kapitel

Abigail

Die kleine Spritztour hat mir gutgetan – Ghost hat mir gutgetan.

Während er in seiner Hand ein Bier hält, umschließen meine Finger eine eiskalte Coladose. Die dunklen Wolken sind gen Osten gezogen, so dass wir vom Regen verschont wurden.

Entspannt sitze ich auf der Holzbank, lehne mich mit meinem Rücken an Ghosts Knie und genieße den Augenblick. Im Gegensatz zu mir, hat er sich einfach direkt auf die verwitterte Tischplatte gesetzt.

Hier auf der Rückseite des Clubs ist es, solange Noras Kinder nicht da sind, herrlich ruhig. Die große Wiese, der alte Baumbestand und die salzige Luft sorgen dafür, dass ich unheimlich gerne hier bin. Die alte Fabrikhalle, die jetzt das Clubhaus ist, befindet sich nur wenige Meilen entfernt vom Hafen.

„Das sollten wir definitiv öfters machen."

Sein gebrummtes „hmmmm?" bringt mich zum Lachen.

„Na, Motorradfahren, in der Sonne sitzen und faul sein."

Nicht dass ich mich in der letzten Zeit überanstrengt hätte, dank Catchers Bemühungen wurde ich für dieses Schuljahr freigestellt. Um dem Club etwas zurückzugeben und um zu verhindern, dass mir die Decke auf den Kopf fällt, habe ich geholfen, wo immer ich konnte. Noras Jungs sind toll, anstrengend, aber wirklich liebenswert. Es macht mir Spaß, auf sie aufzupassen. Hin und wieder helfe ich dabei die Bar aufzufüllen, oder gehe mit Susan und Ellen zusammen einkaufen.

Tick, der Tätowierer des Clubs, ist ein begnadeter Zeichner. Die Motive, die er ganz individuell für jeden hier im MC entwirft, sind wunderschön. In meinen Augen hat er ein großes Talent. An manchen Abenden sitzen Tick und ich stundenlang zusammen und entwerfen Tattoovorlagen.

Der brennende Totenkopf, der von zwei engelsgleichen Flügeln eingerahmt und von einem blutigen Dolch aufgespießt wird, ist das unverkennbare Symbol der Dead Riders.

Der MC, der mich so selbstlos gerettet und bei sich aufgenommen hat, ist jedem hier im County ein Begriff. Von Olympia bis Seattle weiß jeder Mensch, wer und vor allem, was die Dead Riders sind. Mittlerweile weiß ich, dass sich ihr Revier bis zum Mount-Rainier-Nationalpark erstreckt. Ich schließe meine Augen und recke mein Gesicht der warmen Maisonne entgegen.

Dass ich vor vier Monaten meinen siebzehnten Geburtstag feiern konnte, verdanke ich meinem Onkel und all den anderen Riders. Ich bin mir zu 100 Prozent sicher, dass ich nicht mehr leben würde, wenn sie damals nicht gekommen wären.

Trotz der warmen Maisonne überzieht bei der Erinnerung an meine Gefangenschaft eine unangenehme Gänsehaut meine Arme.

„Ist dir kalt?“

Auch ohne meine Augen zu öffnen, weiß ich, dass Ghost mich anschaut, ich kann seinen Blick spüren.

„Nein, ich habe mich gerade nur an etwas erinnert.“

Aus seiner Kehle löst sich ein gefährlich klingendes Fauchen.

Zärtlich streicht er meine Haare beiseite und umfasst mit seinen Fingern meinen Nacken.

„Ich habe dich, Baby. Ich werde nicht zulassen, dass dir etwas passiert.“

Seine Worte sorgen dafür, dass mein Herzschlag ins Stolpern gerät und für einen gefährlich langen Augenblick stehen bleibt.

Diesen Schwur habe ich schon einmal gehört. Als *er* ihn mir ins Ohr geflüstert hat, wusste ich, dass ich mich vor nichts mehr zu fürchten brauche.

Das Problem an der Sache ist nur, dass er mich angelogen hat. Denn wie zum Teufel soll *er* mich beschützen, wenn *er* nie bei mir ist?

Weder habe ich eine Ahnung, wo *er* steckt, noch davon, was *er* macht. Was ich jedoch weiß, ist, dass *er* seinen Schwur gebrochen und mich verlassen hat.

Instinktiv ziehe ich mich von Ghost zurück, stelle die leere Coladose ab und stütze mich mit den Ellenbogen auf den Knien auf.

Der Tisch hinter mir wackelt, plötzlich befinde ich mich in Ghosts Schatten.

Unsere Blicke treffen sich, sein Gesichtsausdruck ist mörderisch.

Seine Hände packen mich an den Schultern, ziehen mich zu sich hoch.

„Fuck, Abi. Sag mir, was ich tun muss, damit du keine Angst mehr hast. Was muss ich tun, damit du endlich mir gehörst? Völlig egal, was du von mir verlangst, ich werde es ohne zu zögern tun.“

Seine Augen leuchten gespenstisch, bis auf den schwarzen Kreis, der die Iris umrahmt, sind sie fast weiß.

Ich weiß, dass ich unfair bin und das Unmögliche von ihm verlange.

„Dreh die Zeit zurück, Ghost.“

Fasziniert sehe ich dabei zu, wie sich seine Nasenflügel vor Wut und Zorn blähen.

„Weißt du, Baby, ich wusste schon immer, dass es keinen Gott gibt. Das, was dir widerfahren ist, ist der beste Beweis dafür... Wenn ich es könnte, würde ich die Zeit nicht nur zurückdrehen, ich würde sie anhalten, damit ich dich auf ewig in meinen Armen halten kann, doch das geht nicht.“

Er holt tief Luft, löst die Finger seiner rechten Hand von meiner Schulter und streift mit ihnen sanft über mein Schlüsselbein. Bevor er weiterspricht, beißt er sich auf die Unterlippe und schüttelt leicht seinen Kopf.

„Du bist noch sehr jung, Abi. Dein ganzes Leben liegt vor dir, du musst es dir nur nehmen. Erlaube mir, dir die Welt zu zeigen, gib dich mir hin und ich werde dir beweisen, dass du dich auf mich verlassen kannst. Ich werde dich mit meinem Leben beschützen – immer!“

Ohne meinen Blick wieder frei zu geben, beugt er sich langsam zu mir runter. Obwohl er mir genug Zeit lässt, um zurückzuweichen, bleibe ich einfach stehen.

Jedes Mädchen auf dieser Welt sollte sich einen Mann wie Ghost wünschen. Vielleicht sollte ich ihm einfach geben, was er will?

Es ist ja nicht so, dass ich ihn nicht liebe. Die Liebe, die ich für ihn empfinde, reicht nur einfach nicht aus. um mich *ihn* vergessen zu lassen.

Meine Liebe zu dem Mann, der mich verlassen hat, ist um so vieles stärker als alles, was ich jemals empfunden habe.

Aber was hilft es mir? Was bringt es mir, bedingungslos zu lieben?

Vielleicht sollte ich mich einfach in diesem Kuss verlieren - vielleicht sollte ich Ghost erlauben, mich zu finden?

Mittlerweile ist er mir so nah, dass sich unser Atem vermischt.

Mein Herz zieht sich sehnsüchtig zusammen, es sehnt sich nach Liebe und Geborgenheit.

Der Augenblick, in dem ich den Kuss hätte verhindern können, ist längst verstrichen. Ghosts Mund streicht über den meinen, seine Zunge leckt um Einlass bittend über meine Lippen. Am ganzen Leib zitternd gebe ich seiner stummen Bitte nach und öffne mich für ihn. Zögerlich erwidere ich sein Zungenspiel – mein Herz blutet.

Ghost gibt ein leises Knurren von sich, schlingt mir seinen linken Arm um die Taille und legt seine Hand besitzergreifend auf meinen Po.

Knabbernd – leckend – suchend und fordernd. Zum ersten Mal zeigt Ghost mir, wie sehr er mich will und wie er sich die letzten Monate zurückgehalten hat.

Das Verlangen dieses Mannes ist wie ein Tornado, der über mich hinwegrollt.

In meinen Mund stöhnend presst er mich fester gegen seinen Unterleib, ich spüre die harten Konturen seiner Erregung an meinem Bauch. Trotz meiner Jungfräulichkeit weiß ich genau, was er von mir will. Auch wenn ich ihn jetzt küsse und in seinen Armen liege – dafür bin ich noch nicht bereit.

Er vergräbt seine Finger in den langen Strähnen meiner Haare, zieht meinen Kopf nach hinten und intensiviert sein Zungenspiel.

In meinem Inneren vermischen sich die verschiedensten Emotionen zu einem gefährlichen Cocktail: Lust – Angst – Verzweiflung – Liebe.

Kann ein Mensch so viele Empfindungen auf einmal ertragen und verarbeiten?

Ich kenne die Antwort auf diese Frage: nein.

Tränen steigen mir in die Augen, laufen mir über die Wangen. Ich weine nicht, weil ich Ghost nicht liebe, sondern weil meine Liebe für ihn nicht ausreicht.

Völlig egal, wie viele Männer noch ihr Glück bei mir versuchen, keiner wird es schaffen *ihn* aus meinem Herzen zu vertreiben.

Als Ghost die salzige Flüssigkeit, die auf unsere Lippen tropft, bemerkt, unterbricht er widerwillig unseren Kuss.

Seine vor Lust geweiteten Pupillen lassen seine eh schon ungewöhnlichen Augen noch unheimlicher aussehen.

„Fuck Baby. Was ist los? Habe ich dir wehgetan?"

Nicht in der Lage etwas zu sagen, schüttle ich nur verneinend meinen Kopf.

Laute Schluchzer lassen mich erbeben, meine Knie geben nach.

Fürsorglich hebt er mich in seine Arme, setzt sich zurück auf den Tisch und hält mich einfach nur fest.

Diese uneingeschränkte Akzeptanz, die er mir seit unserer ersten Begegnung entgegenbringt, ist unter anderem ein Grund, warum mir Ghost so wichtig geworden ist.

Er versucht nicht mich zu ändern, oder mich zu reparieren, er ist einfach nur für mich da, gibt mir was ich brauche und hält mich fest.

Ich kämpfe um meine Selbstbeherrschung. Es gelingt mir mit jedem Atemzug mehr, wieder etwas ruhiger zu werden. Hinter meinen Schläfen breitet sich ein dumpfes Pochen aus.

Die Leichtigkeit, die sich dank des Motorradfahrens in mir ausgebreitet hat, ist längst verpufft. Am liebsten würde ich mich jetzt auf die Harley setzen und mit Vollgas über die Straßen rauschen. Aber das wird Ghost mir nicht erlauben, er wird niemals zulassen, dass ich mich in meiner momentanen Verfassung auf ein Bike setze.

Erschöpft hebe ich meinen Kopf und sehe ihn an.

„Auch wenn du noch ein Anwärter bist, bist du durch und durch ein Dead Rider. Du liebst die Herausforderung. Ich weiß, dass du ein verdammt guter Mechaniker bist. Es liegt dir im Blut, kaputte Dinge wieder in Stand zu setzen, aber mich...", ich mache eine kurze Pause, „kannst du nicht mehr reparieren. Ich bin zersprungen und in tausend kleine Teile zerplatzt."

Feig wie ich bin, verheimliche ich Ghost, dass *er*, als er mich verlassen hat, ein sehr großes Stück von mir mit sich genommen hat.

Liebevoll streicht mir der Mann mit den Geisteraugen die letzte Träne, die sich aus meinem Augenwinkel löst, aus dem Gesicht.

„Ich nehme dich so wie ich dich kriegen kann..."

Im Augenwinkel sehe ich, wie jemand auf uns zukommt. Plötzlich höre ich nicht mehr Ghosts Stimme, sondern starre wie gebannt auf den Mann, der immer näherkommt.

Der schwarze Hoody, über dem er seine abgewetzte Kutte trägt, ist der gleiche, wie der, den er mir damals gegeben hat, als ich ihm gestanden habe, dass ich nicht schlafen kann, wenn mich sein Geruch nicht umgibt.

An seinem Oberschenkel befindet sich die Messerscheide, die er immer bei sich trägt, seine Füße stecken in schweren Stiefeln. Erst nachdem ich seinen Körper gemustert habe, fasse ich genug Mut, um ihm ins Gesicht zu sehen.

Rau – wild - ungebändigt...

Er ist tatsächlich hier! *Er* ist zurückgekommen! *Er* - Spider!

Das intensive Blau seiner Augen glüht vor Wut. Je näher er kommt, umso deutlicher kann ich erkennen, dass er kurz davor ist, ein Blutbad anzurichten. Instinktiv versuche ich, von Ghosts Schoß zu steigen, doch der hält mich fest.

„Shit. Du musst mich gehen lassen, Ghost. Lass mich los oder er tötet dich!"

„Fuck, Baby. Hast du mir die letzten Monate etwa gar nicht zugehört? Denkst du wirklich, dass ich dich mit ihm", er deutet auf Spider, „alleine lasse?"

Tief durchatmend wende ich meinen Blick von Spider ab und sehe Ghost an.

„Weißt du, warum ich mir so sicher bin, dass du mich nicht reparieren kannst?"

Er schüttelt verwirrt den Kopf.

„Ganz einfach, weil Spider immer einen Teil von mir bei sich trägt."

Ich erkenne den Augenblick, in dem er versteht, was ich sage. Natürlich weiß Ghost von mir und Spider, aber er scheint erst jetzt zu verstehen, dass ich hoffnungslos verloren bin.

Auch wenn er mich nicht loslässt, spüre ich, wie sich der Griff, mit dem er mich festhält, etwas lockert.

In dem Moment, in dem Ghost mich endgültig loslässt, zerbricht das Stück meines Herzens, das Ghost in den vergangenen Wochen so geduldig wieder zusammengesetzt hat, erneut in seine Einzelteile. Der Schmerz, der mich durchzuckt, ist derselbe, der sich in seinen unheimlichen Augen spiegelt.

Zitternd lehne ich mich zu ihm und flüstere ihm leise ins Ohr, dass meine Liebe zu ihm nicht ausreicht.

Spider ist nur noch wenige Meter von uns entfernt.

Hilflos küsse ich Ghost federleicht auf die Lippen. Wie soll er verstehen, was ich ihm gerade zu erklären versuche, wenn ich es doch selber nicht verstehe? In den vergangenen sechs Monaten habe ich Spider genauso oft verflucht, wie ich ihn mir zurückgewünscht habe. Ich habe mich geweigert, seinen Namen auszusprechen, ja selbst in meinen Gedanken habe ich ihn gemieden.

Im Leben gibt es Dinge, die einfach zusammengehören. Spider ist der Mond an meinem Nachthimmel, die Nadel auf meinem Kompass, der Grund meiner Existenz.

Er ist nicht nur das Gift, das mich tötet, sondern auch das Lebenselixier, das mich wiederbelebt.

„Du entscheidest dich für ihn?“

Ghosts Stimme klingt kalt, rau und fremd.

Ich sage nichts, klettere nur von seinem Schoß.

Mit zitternden Fingern streiche ich über seinen Handrücken.

„Das Letzte, was ich will, ist, dich zu verlieren, Ghost. Aber ich bin nicht dumm, ich weiß, dass ich nicht euch beide haben kann.“

Jetzt steht er auf.

„Nein, das kannst du nicht!“

Mit diesen Worten lässt er mich stehen und geht.

Was habe ich nur getan?

Ich spüre Spiders Wärme in meinem Rücken, drehe mich jedoch nicht zu ihm um.

Es fühlt sich falsch an, Ghost weggehen zu sehen.

„Das wirst du mir erklären müssen!“

Im vergangenen Jahr habe ich mir jede Nacht gewünscht, dass er zurückkommt, ich habe versucht, mich an den Klang seiner Stimme zu erinnern, meist bin ich gescheitert.

Jetzt hingegen höre ich nur die blanke Wut, die darin mitschwingt.

Tief durchatmend zwinge ich mich dazu, ihn anzusehen. Ich drehe mich zu ihm um, und suche seinen Blick.

„Ich erkläre dir gar nichts, Spider. Absolut gar nichts. Du bist gegangen, du hast dich verschissene sechs Monate nicht blicken lassen und jetzt tust du so, als hättest du einen Anspruch auf mich! Fick dich!“

Meine Tante würde einen Herzinfarkt bekommen, wenn sie hören würde, welche Wörter ich in den Mund nehme. Spider hingegen zieht nur verwundert eine Augenbraue nach oben.

„Weiß du, warum du so wütend auf mich bist, Abigail?“

Er legt seinen Kopf schief und streicht mit seinem Daumen über meinen Mund. Ich weiß, was er da macht, er versucht Ghost von mir abzuwischen.

Als ich nichts sage, spricht er weiter.

„Du bist nur so angepisst, weil du ganz genau weißt, dass du mein Mädchen bist. Du spürst tief in dir, dass ich sehr wohl einen Anspruch auf dich habe. Du gehörst mir, seit ich dich das erste Mal in diesem dreckigen Kellerloch in Kanada gesehen habe. Damals bin ich losgezogen, um dich zu retten, obwohl ich dich nicht kannte. Vor sechs Monaten bin ich gegangen weil ich dir eine Chance auf ein normales Leben geben wollte. Ich habe gedacht, dass ich dich freilassen muss, damit du das Leben führen kannst, das ein sechzehnjähriges Mädchen nun mal führen sollte. Ganz offensichtlich habe ich dich falsch eingeschätzt. Anstatt dir ein geregeltes Leben aufzubauen, fährst du Motorrad, fluchst wie ein Kesselflicker und wirfst dich in die Arme von gefährlichen Männern. Wenn ich gewusst hätte, dass du dich für das Leben als Bikergirl entscheidest, wäre ich niemals gegangen!"

Zu der Wut, die bis eben in seinen Augen gelodert hat, hat sich absolute Aufrichtigkeit gemischt.

„Als du gegangen bist, war ich am Boden zerstört. Aus Tagen sind Wochen geworden und aus Wochen Monate. Du hast nicht angerufen und du bist nicht zurückgekommen. Das Leben, das ich jetzt führe, fühlt sich gut und richtig an. Nach dem Sommer werde ich wieder in die Schule gehen, ich werde meinen Abschluss machen und hoffentlich irgendwann vergessen, was mir passiert ist. Tagsüber fühle ich mich gut, doch nachts warten meine Ängste wie Dämonen unter dem Bett, nur um über mich herzufallen.

Du kannst sagen, was du willst, du kannst mir vorwerfen, was du willst, aber mach nicht schlecht, was ich mir aufgebaut habe. Ohne Ghost hätte ich mich wahrscheinlich aus irgendeinem Fenster gestürzt. Wenn du sauer auf jemanden sein willst, dann schau in den Spiegel."

Spider sagt nichts, schaut mich nur mit diesem hungrigen Blick an.

Schweigend legt er mir seine Hand auf den Rücken, zieht mich an sich und vergräbt seine Nase an meinem Scheitel.

In dem Augenblick, in dem er tief einatmet und sich aus seiner Brust ein dunkles Grollen löst, gebe ich mich geschlagen.

Sehnsüchtig lehne ich mich an ihn, streiche mit meinen Lippen über die Haut an seinem Hals und schließe meine Augen. Geborgenheit.

Der vertraute Geruch von Leder, Motoröl, Schweiß und Schießpulver steigt mit in die Nase.

Als er spürt, dass ich nachgebe, küsst er mich auf den Kopf.

„Ich werde dich nie wieder aus den Augen lassen."

Seine Worte klingen zu schön, um wahr zu sein.
„Versprich nicht, was du nicht halten kannst, Spider.“
„Tue ich nicht, Schätzchen!“
Und plötzlich ist meine Welt wieder heile.
Wie kann es sein, dass dieser Mann so eine Macht über mich ausübt?
Eine kleine Ewigkeit später gibt er mich wieder frei.
Ich verschlinge meine Finger mit den seinen und betrachte das Waffen-Spinnen-Tattoo auf seinem Handrücken.
„Lass uns von hier verschwinden, ich brauche dringend eine Dusche. Ich habe die letzten Tage nur auf meinem Bike verbracht.“
„Ja, das riecht man.“
Ich schmunzle ihn zufrieden an, er schnalzt laut mit der Zunge.
„Du bist frech geworden, mein Engel.“
Oh Gott, ich habe ein gefühltes halbes Leben darauf gewartet, diesen Kosenamen wieder aus seinem Mund zu hören.
Ich schüttle amüsiert den Kopf, gehe aber nicht weiter auf seine Bemerkung ein.
Hand in Hand gehen wir zurück ins Clubhaus.
Nachdem ihn viele begrüßt haben, und ich möglichst unauffällig nach Ghost Ausschau gehalten habe, führt er mich die Treppe hoch.
„Du wohnst in dem Apartment direkt neben unserem?“
„Yep. Wenn ich mein Versprechen halten will, ist das der beste Ort für mich.“
„Welches Versprechen?“
Er küsst mich auf die Stirn, ehe er mich in seine Arme zieht.
„Na das, in dem es darum geht, dass ich dich für den Rest meines Lebens nicht mehr aus den Augen lassen werde.“
„Oh.“
Zugegeben, das war nicht gerade der geistreichste Kommentar, aber zu mehr ist mein Verstand gerade nicht in der Lage.
Ich folge ihm in sein neues Zuhause und setze mich auf den schwarzen Holzstuhl in seinem ansonsten leeren Wohnzimmer.
Als er damit beginnt sich direkt vor mir auszuziehen, werde ich nervös.
Jetzt, da er wieder da ist und mir unmissverständlich klargemacht hat, dass ich zu ihm gehöre, weiß ich nicht genau, was er von mir erwartet.
Es ist zwar nicht so, dass ich ihn nicht begehre, aber ... verdammich.
Ich glaube, ich bin noch nicht dazu bereit, mit ihm zu schlafen.
Mir ist klar, dass er zehn Jahre älter ist als ich und dass ein Mann wie er gewisse Bedürfnisse hat.
Unsicher kaue ich auf meiner Unterlippe herum und starre ihm wie gebannt auf die perfekt definierten Bauchmuskeln.

Wenige Augenblicke später steht er, nur noch mit einer schwarzen Shorts, auf der kleine weiße Totenköpfe abgebildet sind, vor mir.
So scharf der Anblick, den er mir bietet, auch sein mag, ich kann nichts gegen das Lachen tun, das sich aus meiner Kehle löst.
„Oh Scheiße, Spider. Du trägst die gleiche Shorts wie Ryan."
Aus dem gerade eben noch entspannten Mann wird innerhalb von einem Wimpernschlag ein furchteinflößender Rocker.
Oh oh.
Mit zwei großen Schritten überwindet er die Distanz zwischen uns und baut sich bedrohlich vor mir auf.
„Wer zum Henker ist Ryan und warum zur Hölle weißt du, welche Unterwäsche er trägt?"
Als ich kapiere, dass er nicht wütend auf mich ist, weil ich gelacht habe, sondern weil er auf Ryan eifersüchtig ist, fällt mir ein Stein vom Herzen.
Der Muskel an seinem Kiefer zuckt bedrohlich. Spider ist kurz davor, die Kontrolle zu verlieren.
„Reg dich ab, du böser Rocker. Ryan ist Skorpions siebenjähriger Sohn."
Mit einem lauten „Fuck" fährt er sich mit der Hand über die Stirn.
Kopfschüttelnd atmet er seufzend aus.
„Tu das nie wieder, Abi."
„Was? Babysitten?"
Er küsst mich stürmisch auf den Mund.
„Nein, mich in den Glauben lassen, dass du etwas mit anderen Männern hattest, während ich weg war."
Mit diesen Worten verlässt er das Wohnzimmer und verschwindet im Badezimmer.
Sprachlos, etwas durcheinander und von meinen Emotionen überwältigt, bleibe ich auf dem Stuhl sitzen und lausche dem stetigen Rauschen der Dusche.

5. Kapitel

Spider

Ohne zu zögern stelle ich den Hebel auf eiskalt und stelle mich unter den Wasserstrahl.

Fuck off!

Ich habe ganz vergessen, wie intensiv ich reagiere, wenn diese Frau in meiner Nähe ist.

Tief in meinem Inneren herrscht ein Krieg. Einerseits will ich Ghost dafür danken, dass er sich während meiner Abwesenheit um mein Mädchen gekümmert hat, auch wenn ich bezweifle, dass er es für mich getan hat. Andererseits will ich ihm jeden Knochen brechen, weil er sie geküsst und berührt hat. Vielleicht sollte ich einfach beides tun?

„Hey Ghost", ich zertrümmere ihm die Nase, „danke, dass du", ich breche ihm beide Arme, „auf mein Mädchen", ein paar knacksende Rippen, „aufgepasst hast."

Die Eifersucht hat mich so fest im Griff, dass ich nicht mal spüre, wie meine Körpertemperatur aufgrund des eisigen Wassers sinkt.

Ace hatte recht, Abigail hat sich in den vergangenen Monaten verändert. Sie ist selbstsicherer und mutiger geworden. Aber es ist nicht nur ihr Charakter, der sich festigt, auch ihr Körper ist nicht mehr derselbe wie vor sechs Monaten.

Nach ihrer Entführung war sie unterernährt und dürr, jetzt hat sie etwas zugelegt.

Bei Gott, die perfekten Rundungen ihres Körpers könnten einen Toten zum Leben erwecken. Das Problem an der Sache ist nur, dass ich alles andere als tot bin.

Es mag sein, dass ich ein verfluchter Bastard bin, aber ich werde Abi nicht vor ihrem achtzehnten Geburtstag anrühren.

Wie ich diese zwei Jahre überleben soll, ohne den Verstand zu verlieren, weiß ich auch noch nicht. Fest steht nur, dass ich die Sache mit Abi richtig machen will.

Wenn es um Frauen geht, war ich bisher immer ein gewissenloses Arschloch.

Zum ersten Mal in meinem Leben bin ich bereit, das Wohlergehen und die Bedürfnisse eines Mädchens über die meinen zu stellen.

Fluchend schlage ich mit meiner Faust gegen die Fliesen, eine von ihnen zerbricht.

Die Tatsache, dass sie in meinem Wohnzimmer sitzt und auf mich wartet, lässt mich hart werden.

In den vergangenen Monaten habe ich so viele Pussys gefickt, dass mein Schwanz eigentlich Schwielen haben müsste.

Langsam stelle ich das Wasser auf warm, umfasse meinen Schwanz und beginne ihn zu pumpen. Das heiße Wasser, die Seife und die Vorstellung, wie Abi nackt und mit weit gespreizten Beinen in meinem Bett liegt und darauf wartet wie ich sie entjungfere,

das Wissen, dass ich der Erste sein werde, der sich in ihr vergräbt, der sie fickt und bis zum Anschlag ausfüllt, lässt mich in Rekordgeschwindigkeit kommen.

Ohne Unterlass reibe ich über meine komplette Länge, massiere meine Eichel und spritze meinen Samen Schub für Schub gegen die Fliesen.

Fuck – Fuck – Fuck! Wahrscheinlich werde ich, bis Abi endlich achtzehn ist, meine geistige Gesundheit verloren haben....

Entschlossen schalte ich das Wasser aus, steige aus der Dusche und trockne mich grob ab.

Ich habe jetzt keine Zeit für unendliche Gedanken. Es wird Zeit, dass ich mit Slide und Ace über die anstehenden Geschäfte rede, ich will meine restlichen Brüder begrüßen.

Die Bremse an meinem Bike schleift etwas, das muss dringend repariert werden.

Zu guter Letzt werde ich Ghost aufsuchen und mich mit ihm unterhalten.

Die letzten sechs Monate haben dafür gesorgt, dass Abigail sich von mir abgewendet hat, sie vertraut mir nicht mehr in demselben Maß wie nach Kanada.

Es wird nicht leicht, Abi zu beweisen, dass ich sie nicht wieder im Stich lassen werde.

Mit einem Handtuch um die Hüften gehe ich zurück zu Abigail ins Wohnzimmer und hole mir frische Sachen aus dem Rucksack.

Mir entgeht nicht, dass ihre Augen gierig über meinen Rücken gleiten.

Argghhh....

Es wäre so leicht, sie jetzt zu packen und zu ficken, doch anstatt mir das Mädchen zu nehmen, das ich mehr als den nächsten Atemzug begehre, steige ich in meine Jeans. Ich brauche dringend eine feuchte, willige Pussy.

Erst nachdem ich vollständig angezogen bin, erlaube ich es mir, meinem Mädchen in die Augen zu sehen. Sie wirkt nachdenklich. Kurzerhand hebe ich sie hoch, lasse mich auf den Stuhl fallen und setze sie mir auf den Schoß.

„Was ist los, Schätzchen?“

Wir sind uns so nah, dass ich ihren warmen Atem spüren kann.

Die Finger meiner linken Hand legen sich um ihren Nacken, meine rechte Hand ruht auf ihren Schenkeln.

Sie leckt sich nervös die Lippen, sieht mich unter ihren langen Wimpern an. Zögerlich streicht sie mit ihren Fingerspitzen die Konturen meines Tattoos nach.

„Erzähl es mir!"

Das leise Seufzen, das sich von ihren vollen Lippen löst, schießt mir direkt in die Eier. Abi so nah bei mir zu haben, ist das Paradies und zugleich die reinste Folter.

„Nacht für Nacht habe ich mir gewünscht, dass du zu mir zurückkehrst. Doch jetzt, wo du da bist, weiß ich nicht, wie das zwischen uns funktionieren soll, Spider."

Ihre Stimme ist nicht lauter als ein Wispern. Die Traurigkeit in ihrem Blick fühlt sich wie ein Messerstich an.

„Ich werde dich nicht anlügen, Schätzchen. Darum kann ich dir jetzt nicht versprechen, dass alles gut wird. Was ich dir aber garantieren kann ist, dass du mir gehörst und dass ich für dich sorgen werde. Ich werde dir genug Zeit geben, um dich an diese neue Situation zu gewöhnen. Ab deinem achtzehnten Geburtstag wirst du mein Leder tragen. Jeder wird wissen, dass du mein Eigentum und meine Old Lady bist."

Alleine die Vorstellung, dass sie auf ihrem Rücken ‚Property of Spider' stehen hat, erregt mich. Sie lächelt mich schüchtern an.

„Zeit ist gut."

Das wird sich noch herausstellen...

Nur weil ich fest entschlossen bin, sie nicht vor ihrem achtzehnten Lebensjahr zu ficken, bedeutet das nicht, dass ich mir nicht ihren Mund nehmen kann, wann immer ich will.

Ich bin ein Arschloch. In der einen Sekunde verspreche ich ihr geduldig zu sein, in der nächsten presse ich meine Lippen so fest auf die ihren, dass unsere Zähne aufeinanderschlagen. Gierig bohrt sich meine Zunge in ihren Mund, badet in ihrem köstlichen Geschmack und fordert die ihre zu einem wilden Duell auf. Abi braucht genau drei Herzschläge lang, ehe sie mein Zungenspiel eifrig erwidert.

Stöhnend reibt sie sich an mir, schlingt ihre Arme um meinen Nacken und presst ihre vollen Brüste gegen meinen Oberkörper. Züngelnd, knabbernd und lutschend treibt sie mich in den Wahnsinn. *Oh Fuck!* Meine Eier werden immer schwerer, mein Schwanz hart. Knurrend vergrabe ich meine Finger in ihren Haaren und sauge an ihrer Unterlippe.

Welch süße Höllenqualen.

Forsch schiebe ich meine Hand unter ihr Shirt, streiche über die weiche Haut an ihrem Rücken, ehe ich meine Finger nach vorne gleiten lasse und ihre Brust umfasse.

Weich und fest presst sich das Fleisch in meine Handfläche - ihr Körper wurde nur für mich geschaffen. Keuchend unterbricht sie ihren Kuss, biegt den Rücken durch und bietet sich mir willig an. Leise fluchend betrachte ich ihr Gesicht. Ihre Nippel ziehen sich zusammen, der süße Duft ihrer Erregung erfüllt die Luft.

Reiß dich zusammen, Alter.

Meine Selbstbeherrschung hängt am seidenen Faden. Es hilft mir nicht gerade dabei mich zu beherrschen, dass sie sich völlig selbstverloren an mir reibt und leise stöhnt.

Es wäre so leicht, meine Hand in ihre Hose zu schieben und sie kommen zu lassen. Doch ich beherrsche mich, ziehe meine Hand unter ihrem Oberteil hervor und küsse sie, als sie ein widerwilliges Geräusch von sich gibt, sanft auf die Stirn.

Zur Hölle! Ich habe mir gerade einen verschissenen Orden verdient.

Zum ersten Mal in meinem Leben habe ich das Richtige getan.

„Wir müssen damit aufhören, Engel."

Sie schüttelt den Kopf.

„Bitte Spider..."

Bei allen Heiligen. Mein Schwanz presst sich schmerzhaft gegen den unnachgiebigen Stoff meiner Jeans. So wie es sich anfühlt, sind meine Eier bereits blau.

„Schhhh, Schätzchen, wir müssen noch warten."

Sie sieht mich verwirrt an.

„Worauf?"

Tja, dummerweise will mir jetzt im Moment keine logische Antwort einfallen.

„Wir müssen uns Zeit lassen."

„Ich will mir aber keine Zeit lassen, ich will dich, Spider."

Echt jetzt? Ich werfe meinen Kopf in den Nacken und starre an die Zimmerdecke.

Fuck off! Dieses sechzehnjährige Mädel ist mein Untergang.

„Ich kann nicht, Abi. Du bist verdammte sechzehn. Du solltest nicht auf meinem Schoß sitzen und mich anflehen dich zu bumsen. In zwei Jahren wirst du achtzehn, dann werde ich dich so oft du willst vögeln - versprochen!"

„In acht Monaten."

Als sie meinen fragenden Blick sieht, schüttelt sie amüsiert den Kopf.

„Ich hatte im Januar Geburtstag Spider. Ich bin jetzt siebzehn und werde in acht Monaten achtzehn."

Das ist die beste Nachricht seit langem!

„Danke, lieber Gott!" Sie lacht laut. „Hast du nicht gesagt, dass du nicht an Gott glaubst?"

Ohne auf ihre Frage einzugehen, packe ich ihren Kopf mit beiden Händen und küsse sie wild und grob.

Genauso abrupt wie ich meinen Mund auf den ihren getackert habe, gebe ich sie auch wieder frei.

„Acht Monate, Abi. In acht verdammten Monaten werde ich dich so oft ficken, dass du nicht mehr laufen kannst. Ich werde dich in mein Bett sperren und mich so tief in dir versenken, dass du deinen Namen vergisst. Aber bis dahin darfst du mich nicht mehr anflehen, dich zu nehmen. Ich bin weiß Gott kein Heiliger. Bei dir will ich es richtig machen. Hilf mir dabei. Alleine schaffe ich das nicht."

Abi sucht meinen Blick, nimmt meine Hand und schiebt sie sich zwischen die Schenkel. Trotz des Stoffes kann ich die Hitze ihrer Pussy spüren.

„Every Beauty needs a Beast, Spider. Warte nicht zu lang, Frauen sind dafür bekannt, wankelmütig zu sein."

Mit diesen Worten steigt sie von meinem Schoß, zupft ihr Top zurecht und wirft sich die langen Haare über die Schulter. Ohne einen Blick zurück verlässt sie das Wohnzimmer. Eine Sekunde später höre ich, wie die Haustüre hinter ihr ins Schloss fällt.

What a Fuck war das denn gerade?

Sprachlos fasse ich mir in die Hose und richte mein Glied so hin, dass ich ohne Probleme aufstehen kann. Auch wenn acht Monate besser sind als zwei Jahre, ist es bestimmt nicht gesund, den kompletten Zeitraum mit einer Erektion durch die Gegend zu laufen.

Noch immer fassungslos stehe ich auf und mache mich auf den Weg zu Ace und Slide. Es gibt vieles, was besprochen werden muss.

6. Kapitel

Abigail

Eine Stunde lang habe ich das komplette Gelände der Dead Riders nach Ghost abgesucht. Es fehlt jede Spur von ihm. Erst als ich Tick nach ihm gefragt habe, habe ich erfahren, dass er zusammen mit Skorpion und Razzor nach Everett zu den Black Devils gefahren ist.

Auch wenn ich neugierig bin, spare ich mir jede Nachfrage. In den letzten Monaten habe ich gelernt, dass ich eh nichts erfahre. Das Wort Clubangelegenheiten hängt mir zum Hals raus.

Seit Kanada weiß ich, dass sich dieser MC nicht damit zufrieden gibt, an Harleys und Autos herumzuschrauben. Leichen, Waffen, mexikanische Mädchenhändlerringe und andere Gefahren stehen bei den Riders auf der Tagesordnung. Und genau dieses Wissen ist auch der Grund dafür, dass ich mir, wann immer Ghost unterwegs ist, Sorgen um ihn mache.

Aufgewühlt gehe ich raus auf den Hof und halte nach den anderen Ladys Ausschau.

Aber statt Nora, Susan oder Ellen zu entdecken, sehe ich nur Slide.

Ich gehe auf ihn zu und bleibe direkt neben ihm stehen.

„Hey Abi, alles klar bei dir?“ Er mustert mich prüfend. „Du siehst irgendwie mitgenommen aus.“

Na klasse ...

„Ja, es ist alles gut. Ich war auf der Suche nach Ghost, aber der ist ja mit den anderen unterwegs.“

Er nickt, zündet sich eine Kippe an und bietet mir eine an. Ohne zu zögern nehme ich sie und warte darauf, dass er mir Feuer gibt.

Der Deckel seines goldenen Zippos klappt auf, ich inhaliere den ersten Zug.

„Er wird morgen zurück sein.“

„Danke.“

Immer und immer wieder lässt er den Deckel des Sturmfeuerzeugs auf- und zuschnappen. Eine Angewohnheit, die man oft bei ihm beobachten kann.

„Lass ihm etwas Zeit. Spiders Rückkehr trifft ihn hart.“

Mist! Was soll ich darauf antworten?

„Ich habe ihm nie etwas vorgemacht.“

Slide lässt den Rauch durch seine Nase entweichen, ehe er sich an die Wand lehnt.

„Du bedeutest ihm viel Abi – sehr viel.“

In meiner Kehle bildet sich ein dicker Kloß.

„Er mir auch. Aber das zwischen Spider und mir, das ist etwas anderes, das ist tiefer als alles, was ich jemals empfunden habe. Selbst wenn ich wollte, könnte ich mich nicht gegen die Bindung, die mich an Spider fesselt, wehren. Scheiße! Ich kann es dir nicht mal beschreiben, weil ich nicht die richtigen Worte finde."

Er steckt sich das Zippo in seine Hosentasche.

„Du musst es mir nicht erklären, Abi. Ich war in Kanada dabei. Akzeptiere einfach, dass Ghost einen neuen Weg einschlagen muss."

Wenn er das sagt, klingt das so leicht, doch ich spüre tief in meinem Inneren, dass es nicht leicht wird.

Ghost war die vergangenen Monate ein fester Bestandteil meines Lebens, ihn zu verlieren schmerzt sehr. Vielleicht gelingt es uns, unsere Freundschaft nach einer Pause wieder neu zu beleben, jetzt hingegen müssen wir uns erst an die neue Situation, die sich durch Spiders Rückkehr ergeben hat, gewöhnen. Um ehrlich zu sein, weiß ich nicht, wie sich das zwischen Ghost und mir entwickelt hätte, wenn Spider nicht zurückgekommen wäre. Wahrscheinlich hätte ich gelernt ihn zu lieben...

„Danke Slide."

Er zwinkert mir zu und verwuschelt mir die Haare. *Ich hasse das....*

„Wofür?"

Mit einem freundlichen Lächeln stößt er sich von der Wand ab und verschwindet in der Werkstatt. Selbst jetzt, nach all der Zeit, die ich hier wohne, muss ich mich immer noch daran gewöhnen, dass ich plötzlich ein Dutzend großer, gewaltbereiter Brüder habe, die immer für mich da sind.

Ohne genaues Ziel überquere ich den Hof und bleibe vor der Garage stehen, in der auch die Deuce steht, mit der ich immer fahre. Eine Ausfahrt wäre jetzt genau das Richtige. Nichts hilft mir besser dabei meine Gedanken zu sortieren als der kühle Fahrtwind.

Die Tatsache, dass ich keinen Führerschein habe, stört hier keinen. Die Dead Riders sind eh der Ansicht, dass offizielle Regeln und Gesetze maximal als Richtlinien gesehen werden sollten.

Da Ghost nicht da ist und Slides Nähe mich völlig durcheinanderbringt, spiele ich mit dem Gedanken, einfach alleine zu fahren.

Was kann es schon schaden, für eine Stunde über den Highway zu rasen? Nichts, oder?

Ich werfe einen prüfenden Blick auf das Tor und stelle erleichtert fest, dass ich einen der seltenen Momente erwischt habe, in denen es kein Prospect bewacht. Wenn das kein Wink des Schicksals ist, fresse ich einen Besen.

Ohne eine Sekunde länger über das Richtig oder Falsch meiner Idee nachzudenken, schnappe ich mir meinen Helm, ziehe ihn an und ignoriere den schmerzhaften Stich, der mich durchfährt, als ich daran denke, dass jetzt kein Ghost da ist, der mir wie üblich in dieser Situation einen Kuss auf die Nasenspitze haucht.

Der Schlüssel der Harley hängt wie gewohnt an dem kleinen Schlüsselbrett rechts an der Wand. Um möglichst wenig Aufmerksamkeit auf mich zu ziehen, schiebe ich die schwere Maschine bis vor das Tor, ehe ich mich auf den Sattel schwinge und den Motor starte.

Ich weiß jetzt schon, dass Catcher mich für diese Aktion umbringen wird, aber das ist mir egal. Alles, was in dieser Sekunde für mich zählt, ist das kraftvolle Vibrieren zwischen meinen Beinen, das noch intensiver wird, als ich beschleunige.

Innerhalb von Tacoma halte ich mich streng an die Geschwindigkeitsbegrenzung, ehe ich auf Höhe des Ortsschilds immer mehr Gas gebe.

Ich bleibe auf der Pacific Ave und fahre durch Parkland bis nach Spanaway. Vor ‚Uncle Sam's Grill' bleibe ich stehen. Auf dem Parkplatz stehen Dutzende von unterschiedlichen Motorrädern, ich kann jedoch keines erkennen, das den unverkennbaren Totenkopf der Riders trägt.

Für einen Moment überlege ich mir, ob ich reingehen und etwas trinken soll, doch ich entscheide mich dagegen. Als Frau ist es keine besonders gute Idee, sich in einem einschlägigen Motorradtreffpunkt aufzuhalten. Gerade als ich weiterfahren will, legt sich eine große Hand auf meinen Lenker. Überrascht folge ich den langen Fingern mit meinen Augen bis zum Handgelenk, den Arm hinauf bis hin zum Gesicht des Mannes.

Braune Augen, von der Sonne gezeichnete Haut und ein Drei-Tage-Bart. Ich schätze ihn auf Mitte dreißig. An seinem Hals entdecke ich drei Smiley-Tattoos – wie merkwürdig.

„Yeah Baby, Bock auf 'nen harten Ritt?"

Mir ist sofort klar, dass er nicht vom Motorradfahren spricht.

„Nein. Ich muss los!"

Ich sehe demonstrativ auf seine Hand, die noch immer auf meinem Lenker liegt.

„Komm schon, dauert auch nur sechzig Sekunden."

So viel zu seiner Manneskraft....

Er macht keinerlei Anstalten mich fahren zu lassen, stattdessen lässt er seinen Blick über meine Deuce gleiten. Er entdeckt das Zeichen der Riders auf meinem Tank und sieht mich verwundert an.

„Hoho, seit wann setzen die Riders ihre Ladys auf eigene Maschinen?“ Er spuckt laut schmatzend auf den Boden direkt neben meinem Vorderreifen. *Igitt.*

„Dachte eigentlich, dass die Riders aus der Vergangenheit gelernt hätten und ihre Frauen besser beschützen würden.“

Mittlerweile fühle ich mich nicht nur unwohl, sondern ich habe richtig Angst. Wie konnte ich nur so dumm sein, hier anzuhalten?

Fest entschlossen mich durchzusetzen, sehe ich dem aufdringlichen Idioten direkt in die Augen.

„Nimm deine Hand weg!“

Er lacht laut auf.

„Oder was? Du trägst kein Leder. Wahrscheinlich bist du nur eine kleine Bitch, die sich eine Maschine geklaut hat.“

Wenn ich wie gewohnt Ghost an meiner Seite hätte, würde sich dieses Arschloch nicht einmal in meine Nähe trauen. Aber Ghost ist nicht da, er ist weg....

Wie konnte sich meine kleine Spritztour nur in so eine Katastrophe verwandeln?

„Ich bin weder eine Bitch, noch bin ich eine Old Lady. Ich bin Familie. Wenn du die Dead Riders auch nur annähernd so gut kennst, wie du behauptest, dann solltest du wissen, dass sie, wenn es um ihre Familie geht, keinen Spaß verstehen. Nimm deine Pfoten von meinem Bike und lass mich fahren! Denn wenn du mich weiter belästigst, sorge ich dafür, dass sie dir sämtliche Knochen brechen! Kapierst du das, Arschloch?“
Meine kleine Ansprache scheint ihn verunsichert zu haben. Ich nutze die Gelegenheit und gebe Gas. Rauch steigt auf, mein Hinterreifen gerät ins Schlingern und mein Herz rast wie verrückt. Obwohl ich gerade beinahe abgestiegen wäre, ist es mir gelungen zu entwischen. Eine Schicht Angstschweiß überzieht meinen kompletten Körper, das war wirklich verdammt knapp. Bevor ich um die nächste Kurve biege, werfe ich einen Blick in den Spiegel. Was ich sehe lässt mich noch schneller fahren. Der Typ, den ich gerade todesmutig Arschloch genannt habe, schwingt sich auf sein Motorrad, um mir zu folgen. Und als ob das nicht schlimm genug wäre, folgen ihm auch noch zwei weitere Kerle.

Ich. Bin. So. Was. Von. Im. Arsch!

Panisch beschleunige ich immer mehr. Ich muss so schnell es geht zurück nach Tacoma.

Der Umstand, dass ich noch nie zuvor in Spanaway war, hilft mir nicht gerade dabei, einen schnellen Rückweg zu finden. Einfach zu wenden, kann ich schon mal vergessen, da würde ich meinen Verfolgern ja direkt in die Arme fahren. Dank eines Verkehrsschilds weiß ich, dass ich nach links fahren muss.

Oh Gott... Auch wenn ich dank Ghost recht gut fahren gelernt habe, ist es doch etwas völlig anderes mit Todesangst die Kontrolle über die Harley zu behalten.

Im Augenblick würde ich wirklich alles dafür geben, auf einen Dead Rider zu treffen!

Zu meinem großen Pech geht jetzt auch noch die Sonne unter. Die Dämmerung weicht schnell absoluter Dunkelheit.

Die Tatsache, dass ich noch nie im Dunkeln gefahren bin, hilft mir nicht gerade dabei, meinen Vorsprung zu halten.

Ich drehe noch mehr am Gas und schicke ein Stoßgebet gen Himmel. Wieder biege ich nach links, hoffentlich bin ich richtig.

Nach einer gefühlten Ewigkeit riskiere ich einen Blick in den Spiegel, von meinen Verfolgern ist nichts mehr zu sehen.

Als ich Spanaway endlich hinter mir gelassen habe, kann ich das erste Mal wieder richtig durchatmen. Mittlerweile bin ich viel länger unterwegs als geplant. Catcher und Susan haben mein Verschwinden mit Sicherheit schon bemerkt – das wird Ärger geben!

Und als ob das alles nicht schlimm genug wäre, beginnt es kurz nach Parkland auch noch zu regnen. Langsam verringere ich meine Geschwindigkeit. Für ein paar Meilen scheint alles gut zu gehen, als dann aber eine scharfe Kurve kommt, gerate ich ins Schlingern. In meiner Panik drehe ich aus Versehen am Gas, was zur Folge hat, dass ich endgültig die Kontrolle über die Deuce verliere. Der Straßengraben kommt mir immer näher, ich versuche alles, scheitere jedoch kläglich. Ich kippe, knalle mit meinem Kopf auf den Asphalt und schlittere in den Graben. Der brennende Schmerz an meinem Bein ist nichts im Vergleich zu dem Stechen, das sich in meinem Kopf ausbreitet.

Verletzt, zitternd und weinend versuche ich unter meinem Motorrad rauszukommen – vergeblich. Die Maschine ist viel zu schwer für mich.

Da meine Ausfahrt spontan war, habe ich nicht mal mein Handy eingesteckt.

Dafür wird Ghost mich eigenhändig erwürgen.

Meine Kopfschmerzen werden immer stärker. Ich schließe meine Augen und zwinge mich dazu weiter zu atmen. Ich stecke richtig in der Scheiße!

Nicht nur, dass ich alleine irgendwo im Graben liege, oh nein, ich habe nicht mal die Kraft, mich selbst zu befreien. Aufgrund der Dunkelheit ist die Wahrscheinlichkeit, dass mich hier unten jemand findet, gleich null.

Der immer stärker werdende Regen prasselt schonungslos auf mich herab. Es dauert nicht lange, bis ich völlig durchgefroren bin.

Das Bein, auf dem die Deuce liegt, wird langsam taub.

Hilflos und eingeklemmt bleibt mir nichts anderes übrig als darauf zu hoffen, dass mich jemand findet...

7. Kapitel

Spider

Das Gespräch mit Ace und Slide lief gut, so gut, dass ich bereits unterwegs bin, um einen Job zu erledigen.

Mein Ziel ist der alte Güterbahnhof. Dort, wo vor knapp fünfzehn Jahren noch Loks und Waggons zur Reparatur hingebracht wurden, befindet sich seit ein paar Jahren ein illegaler Fight-Club. Dieses Etablissement bietet einem Mann wie mir die zwei besten Möglichkeiten, um sich mal so richtig auszupowern: Kämpfen und ficken.

Hier in diesem Fight-Club gibt es nur eine einzige Regel – im Ring keine Waffen.

Der Tag ist wie im Flug vergangen, die Sonne neigt sich bereits gen Westen, schiebt sich hinter eine schwarze Wolke und hinterlässt eine schattenartige Kulisse.

Kurz bevor ich am Güterbahnhof ankomme, spüre ich, wie mein Mobiltelefon in meiner Jackeninnentasche vibriert, ich mache mir jedoch nicht die Mühe nachzusehen, wer der Anrufer ist. Geschickt fahre ich durch die Gleise, ehe ich endlich an der abgelegenen Halle ankomme. Der sintflutartige Regen setzt die Umgebung unter Wasser.

Ich parke mein Bike unter dem Vordach des Fight-Clubs und hänge meinen Helm über das Lenkrad. Noch bevor ich die zwei Wachen passiert habe, die den Eingang kontrollieren, weiß ich, dass im Inneren wie immer die Hölle los ist.

Laute Schreie, die nie verstummenden Rufe der Buchmacher und das unverkennbare Geräusch von Fäusten, die auf Fleisch treffen, heißen mich willkommen.

Kaum dass ich die Lagerhalle betreten habe, schlägt mir eine warme, abgestandene Luft entgegen. Es stinkt nach Schweiß, Scheiße, billigem Nuttenparfüm und Muschi.

Eine alte Schiffsglocke läutet für die zwei Kämpfer, die in der Mitte eines eisernen Käfigs stehen, die nächste Runde ein.

Zwar ist der Hauptgrund, aus dem ich hier rausgefahren bin, Aces Auftrag, doch das bedeutet nicht, dass ich diesen Besuch nicht voll auskosten kann.

Wenn ich mit Tian, dem chinesischen Betreiber dieses Clubs geredet habe, werde ich mich auf die Liste der Kämpfer setzen lassen und irgend so einem armen Schwein die Seele aus dem Leib prügeln. Anschließend suche ich mir eine kleine Schlampe mit langen blonden Haaren, drehe sie mit dem Gesicht zur Wand und stelle mir vor, während ich sie bis zur Bewusstlosigkeit ficke, dass sie Abi ist.

Da Tian seit einiger Zeit massive Probleme mit den Russen hat, hat er die Dead Riders gebeten, sich dieses Problems anzunehmen.

Mein Part ist es, Tian auszurichten, dass sich der MC für 400000 Dollar um die Wodka saufenden Wichser kümmert. Wenn der Chinese darauf einsteigt, werde ich ihm noch heute eine Anzahlung von 100000 Piepen abnehmen.

So wie ich Ace kenne, wusste er genau, wie unausgeglichen ich mich gerade fühle. Es ist also kein Zufall, dass er ausgerechnet mich für diese Aufgabe ausgesucht hat.

Das Grölen der blutrünstigen Zuschauer erreicht einen neuen Höhepunkt.

Die Stimmung um mich herum kocht.

Ich entdecke Tian auf der anderen Seite der Halle in seinem kleinen gläsernen Büro.

Noch bevor wir uns begrüßen konnten, ist der Cage Fight beendet. Um den Kopf des am Boden liegenden Mannes bildet sich eine große Blutlache. Unter großem Jubel wird der Sieger verkündet. Tians Handlanger schleppen den leblosen Körper aus dem Käfig, ehe sie routiniert Sägespäne auf dem noch nicht geronnenen Blut verteilen. Keine fünf Minuten später ist die Leiche weggeschafft und der Betonboden des Käfigs grob gereinigt.

Die aufgepushte Menge jubelt den nächsten Kämpfern zu, noch bevor der Verlierer des vorherigen Duells unter der Erde ist.

Wer auf der Suche nach Mitgefühl ist, der ist hier definitiv am falschen Ort.

Tian klatscht kurz in die Hände, ehe er mich prüfend ansieht.

„Bist du geschäftlich oder zum Vergnügen hier?

„Beides. Setz mich auf die Liste."

Ohne zu zögern schreibt er meinen Namen ganz oben auf seinen Block – sehr gut, der nächste Kampf gehört mir. Ich setze mich auf einen der Stühle und atme tief durch.

„Und nun zum geschäftlichen Teil. Der MC kümmert sich für 400000 um dein Russenproblem."

Der Chinese überlegt kurz, ehe er erneut in die Hände klatscht.

„Gut. Sag deinem Präs, es darf keiner, der mir Ärger bereiten könnte, übrigbleiben."

„Mach ich. Während ich kämpfe, kannst du gleich mal 25% der Summe als Anzahlung herrichten."

Die Schiffsglocke ertönt erneut, das war ein kurzer Fight.

„Dein Käfig, Rider. Falls du es überlebst, kannst du die 100000 Dollar danach bei mir abholen."

Nachdem ich ihm die 200 Dollar Startgebühr auf den Tisch geworfen habe, verlasse ich sein Büro. *Ich hasse Chinesen...*

Barfuß und nur in Jeans, zugegebenermaßen nicht gerade die passende Kleindung, tänzle ich vor meinem Gegner und warte auf eine Lücke in seiner Deckung.

Wie immer, wenn ein Dead Rider im Käfig steht, sind die Wettgebote durch die Decke geschossen. Man könnte sagen, wir Rocker haben einen gewissen Ruf, wenn es darum geht, die Fäuste zu schwingen.

Der Typ, der mich prüfend mustert, ist dick, klein und schwer und stellt nicht wirklich eine Herausforderung für mich da. So wie ich das sehe, werde ich keine zwei Runden brauchen, um ihm die Lichter auszublasen. Zum Abreagieren wird es dennoch ausreichen – hoffe ich jedenfalls.

Als er mir mit seiner Linken einen Punch verpassen will, hole ich mit meiner Rechten aus treffe ihn direkt in die Nieren. Wie ein Baum gerät er ins Wanken. Es gibt Kämpfer, die sind gut im Austeilen und es gibt welche, die sind gut im Einstecken. Der hier gehört wohl eher zur zweiten Kategorie.

Wir liefern uns einen schnellen Schlagabtausch, einen perfekt ausgeführten Uppercut später durchbreche ich mit meiner Rechten seine Deckung und zertrümmere ihm das Nasenbein. Blut spritzt aus seiner Nase, das Publikum jubelt.

Nach einem gut gezielten Tritt in die Rippen liegt er stöhnend am Boden.

Die Zuschauer schreien und pfeifen, für eine Sekunde überlege ich, ob ich ihnen geben soll, wonach sie verlangen, doch ich entscheide mich dagegen und schlage meinen unwürdigen Gegner, anstatt ihm das Genick zu brechen, nur k.o.

Die Schiffsglocke ertönt, die Käfigtüre wird geöffnet. Jetzt, wo ich einen Teil meiner überschüssigen Energie abgebaut habe, sehne ich mich nach einem guten Fick.

Auf dem Weg zu den Kämpferkabinen entdecke ich eine Schlampe mit blonden Haaren, die ihr bis zum Arsch reichen. Ihre Titten sind prall, ihre Taille ist schmal und ihr Arsch bettelt geradezu darum, meinen Schwanz spüren zu dürfen.

Ohne stehen zu bleiben packe ich sie am Handgelenk und ziehe sie hinter mir her.

Kaum dass wir in dem nach Schweiß stinkenden Raum angekommen sind, verriegle ich die Türe hinter mir, reiße ihr den Rock herunter und presse sie mit dem Gesicht an die Wand.

„Wenn du dein Maul hältst, zahle ich dir das Doppelte.“

Sie nickt und streckt mir ihre Rückseite entgegen – perfekt!

Holy Shit! Ich weiß jetzt schon, dass es nicht lange dauern wird.

Ungeduldig beuge ich mich zu meiner Kutte, fische das Kondom, das ich wohlweislich eingesteckt habe, aus der Innentasche und bringe mich hinter ihr in Position. Keine Sekunde später hängt mir die Hose an den Knien und ich ramme mich mit einem harten Stoß tief in ihre Pussy. Da sie mir für meinen Geschmack nicht feucht genug ist, spucke ich mir auf die Finger, entziehe mich ihr noch mal und reibe ihre Schamlippen mit meinem Speichel ein. Meine Faust in ihren Haaren, schiebe ich mich wieder in sie und verpasse ihrem Arsch einen harten Schlag. Sie zuckt zusammen, ihre inneren Muskeln spannen sich an, massieren mein Glied.

Selbst als ich sie mit all meiner Kraft nehme, bleibt sie bis auf ein leises Wimmern still.

Brave Schlampe. Wieder und wieder ramme ich mich bis zum Anschlag in ihre Fotze, meine Eier klatschen gegen ihren Damm, vor meinen Augen wird es schwarz.

Selbst als ich Abigails Namen in den Raum brülle, gibt die kleine Bitch keinen Laut von sich. Keine drei Minuten nachdem ich mir auf die Finger gespuckt habe, ziehe ich mich aus ihr zurück, werfe das Kondom auf den Boden und ziehe mich an.

Ich stecke ihr einen eingerollten Hundert-Dollar-Schein zwischen die Arschbacken, ziehe mir meine Kutte an und mache mich auf den Weg zu Tian, um die Anzahlung abzuholen.

Es wird Zeit von hier zu verschwinden - es wird Zeit zurück zu Abi zu kommen.

Kaum dass ich das Tor des Clubgeländes passiert habe, kommt mir auch schon Razzor entgegen. An seinem Gesichtsausdruck erkenne ich, dass mir nicht gefallen wird, was er zu sagen hat.

„Was gibt's, Bro?"

„Wir haben versucht dich anzurufen. Abigail ist verschwunden."

Auch wenn ich ihn durchaus gehört habe, bin ich mir nicht sicher, ob ich ihn richtig verstanden habe.

„Was heißt verschwunden?"

„Sie ist weg. Dank der Aufnahmen der Überwachungskamera wissen wir, dass sie mit der Harley unterwegs ist."

„Scheiße Alter. Es ist mitten in der Nacht und es schifft. Dass sie noch nicht da ist, bedeutet, dass sie einen Unfall gehabt haben muss."

Seite an Seite eilen wir in Aces Büro. Ich begegne Catchers Blick, mit einem einfachen Nicken schwöre ich ihm, dass ich sie finden werde.

„Es ist durchaus möglich, dass die Mexikaner an Abigails Verschwinden beteiligt sind. Wir haben sie damals abgeschlachtet. Sie werden Rache üben wollen."

Slide erhebt sich, winkt einen der Prospects rein und erteilt ihm den Auftrag, das Clubhaus abzuriegeln.

Catcher schlägt mit der flachen Hand auf den Tisch und flucht laut.

„Was denkt sich dieses Mädel nur? Sie weiß genau, wie gefährlich es für sie ist, das Gelände ohne Schutz zu verlassen.“

Skorpion meldet sich zu Wort.

„Klar dürfen wir die Möglichkeit mit den Bohnenfressern nicht außer Acht lassen, aber es ist durchaus möglich, dass sie einfach nur ihr Bike flachgelegt hat, irgendwo im Graben liegt und sich nicht bewegen kann. *Scheiße!* Diese Deuce wiegt das Sechsfache von ihr.“

Ace nickt zustimmend. Ich habe keine Ahnung, welches der beiden Szenarien mir lieber wäre.

„Sie hätte niemals unbemerkt den Hof verlassen dürfen.“

Slide setzt sich wieder neben Ace.

„Wir werden uns aufteilen und sie suchen. Catcher, du rufst Ghost an und fragst ihn, welche Strecke er immer mit ihr gefahren ist. Sag ihm auch, dass sie alle zurückkommen sollen. Wir können jede Hilfe gebrauchen. Wenn sie wirklich einen Unfall hatte, ist es durchaus möglich, dass sie schwer verletzt in der Dunkelheit liegt.“

Das Bild, das sich bei den Worten meines Präsidenten vor meinem geistigen Auge bildet, lässt mich erschaudern.

Es ist mir scheißegal, was Abi während meiner Abwesenheit getan hat, jetzt, wo ich wieder hier bin, werde ich ihr nicht erlauben, jemals wieder ein Motorrad zu fahren. *Fuck!* Sie kann froh sein, wenn ich sie jemals wieder aus meinem Bett lasse.

Catcher verlässt den Raum. Als er wenige Minuten später zurückkommt, verstummen alle.

„Ghost sagt, sie sind für gewöhnlich nur drei verschiedene Routen gefahren. “

Nachdem er sie uns genannt hat, teilen wir uns auf. Den immer stärker werdenden Regen ignorierend schwinge ich mich auf mein Bike und mache mich auf den Weg Richtung Olympia.

In meinem Leben ist schon viel Scheiße passiert. Doch völlig egal, was bis jetzt auch war, ich habe mir noch nie solche Sorgen um jemanden gemacht, wie in diesem Augenblick.

Auch wenn ich nicht denke, dass es die Mexikaner waren, müssen wir jede Möglichkeit in Betracht ziehen. Auf ein Mädchen wie Abigail lauern hinter jeder Ecke Gefahren.

Abi gehört mir, sie ist meine Zukunft und ich bin bereit, mit dem Teufel persönlich zu verhandeln, falls wir sie nicht bald finden sollten.

Bei Gott - für Abi würde ich mein Leben geben...

8. Kapitel

Abigail

Die Dunkelheit verhöhnt mich, mein Verstand spielt mir Streiche.

Nass und schwer zerplatzen unermüdlich Regentropfen auf meinem Gesicht. Mein Bein ist bereits taub.

Entweder liegt es daran, dass ich unterkühlt bin, oder an dem harten Schlag auf meinen Kopf. Je länger ich hier liege, umso verwirrter werde ich.

Jetzt gerade weiß ich, dass ich einen Unfall hatte und im Straßengraben liege, doch noch vor einer Minute war ich mir sicher, dass ich wieder auf der verdreckten Matratze liege, die mir während meiner Gefangenschaft als Bett gedient hat. Ein ganz fieser Flashback.

Immer wieder bilde ich mir ein Stimmen zu hören, mal klingen sie nach den Mexikanern, die mich verprügelt haben, dann klingen sie wie Ghost.

Der Schmerz verfolgt mich, den ich in seinen Augen gesehen habe, als er verstanden hat, dass ich mich für Spider entscheide – dass es immer nur Spider gewesen ist.

Ghost ist in den vergangenen Monaten ein fester Bestandteil meines Lebens gewesen. Er hat mich getröstet, wenn es mir schlecht ging und mit mir gelacht wenn ich einen guten Tag hatte.

Seine fürsorgliche Art, der intensive Blick aus seinen unheimlichen, jedoch wunderschönen Geisteraugen, der mir wo immer ich hingegangen bin gefolgt ist und die Art, wie er immer auf mich aufgepasst hat, haben mir geholfen mich selbst zu finden.

Ihn zu verlieren schmerzt mehr als die Verletzungen durch den Sturz.

Die Liebe, die ich für Ghost empfinde, gleicht einem sanften Sommerregen. Das zwischen mir und Spider lässt sogar einen Hurrikan der Stufe 5 schwach aussehen.

Bei Ghost hatte ich Schmetterlinge im Bauch, bei Spider sind es laut knallende, in allen Farben explodierende Feuerwerkskörper.

Auch wenn Spider mir versichert hat, dass er mich nicht wieder verlassen und ab jetzt bei mir bleiben wird, weiß ich nicht, ob ich ihm das glauben kann. Immerhin ist er ein gottverdammter Nomad. Er hat statt Blut Motoröl in den Adern. Männer seiner Spezies brauchen die absolute Unabhängigkeit und den Fahrtwind, um zu überleben.

Andere Mädchen in meinem Alter träumen davon Party zu machen oder die Welt zu bereisen, ich hingegen wollte schon immer nur das, was ich nie wirklich hatte – eine Familie.

90 % der Menschheit würde jetzt wahrscheinlich sagen, dass ein Rocker, genauer gesagt ein Dead Rider, nun wirklich nicht der richtige

Kerl ist, um zu heiraten und Babys zu kriegen und um bis ans Ende meines Lebens glücklich zu sein. Ich sehe das anders.

Hier, in der Welt der Riders, gelten andere Gesetze. Dieser MC ist wie ein eigener Stamm. So gnadenlos sie sein können, so loyal sind sie auch.

Slide, Ace, Razzor, Catcher und all die anderen Männer, die sich eine Old Lady genommen haben, behandeln ihre Frauen ausnahmslos gut. OK, zugegeben, sie sind alle sehr besitzergreifend, übertrieben eifersüchtig und sehr beschützend. Aber was ist daran verkehrt?

Auf dieser Welt werden jeden Tag Frauen misshandelt, vergewaltigt und getötet. Kinder werden missbraucht und geschlagen. Hier in diesem Club werden wir, die schwächsten in der Kette, mit Waffengewalt verteidigt und, falls es nötig sein sollte, so wie bei mir, gerettet. Wenn du dich glücklich schätzen und dich als Teil dieses Stammes bezeichnen kannst, hast du vor niemandem etwas zu befürchten. Wer sich mit den Riders anlegt, hat sein Leben verwirkt.

Sobald ich wieder zurück in Tacoma bin, werde ich Ghost suchen und versuchen die Sache zwischen uns wieder geradezubiegen. Nennt mich egoistisch, aber ich bin einfach nicht bereit, ihn als Freund zu verlieren.

So wie ich Catcher und seine Brüder kenne, sind sie bereits alle auf der Suche nach mir. Auch wenn ich weiß, dass ich einen gigantischen Ärger bekommen werde, weil ich ohne Begleitung das Clubhaus verlassen habe, kann ich es kaum erwarten, endlich wieder zuhause zu sein.

Die Frage ist nur, wie die mich hier unten jemals finden sollen. *Scheiße!* Sie wissen ja nicht mal, wo ich hingefahren bin.

Mit letzter Kraft versuche ich zum bestimmt einhundertsten Mal, mein Bein zu befreien. Es ist hoffnungslos. Obwohl meine Deuce eine eher kleine Harley ist, wiegt sie dennoch knapp 300 Kilo.

Fluchend gebe ich auf, schlinge mir die Arme um den Oberkörper und schließe mit klappernden Zähnen meine Augen.

Bitte lieber Gott, mach, dass sie mich finden, bevor ich mich in einen Eiszapfen verwandelt habe....

9. Kapitel

Spider

Wenige Meilen vor DuPont beginnt mein Mobiltelefon zu vibrieren. Ich halte an der nächstmöglichen Stelle an und nehme den Anruf entgegen. Ich kann nur hoffen, dass es Catcher ist, der mit mitteilt, dass meine Brüder Abigail bereits gefunden haben und dass es ihr gut geht.

„Ja."

Es ist Catcher.

„Wo bist du, Bro?"

„Kurz vor DuPont. Habt ihr sie?"

Mein Magen zieht sich schmerzhaft zusammen.

„Nein. Aber ich wurde gerade angerufen. Mac, ein alter Freund des MCs hat mich gefragt, ob wir eine unserer Ladys vermissen. Heute wurde ein junges Mädchen auf einem Bike mit unserer Couleur in Spanaway gesehen. Laut Mac hatte sie mit ein paar Typen Probleme, sie hat sich eine wilde Verfolgungsjagd mit diesen Wichsern geliefert und konnte ihnen entkommen."

Es dauert einen Augenblick, bis ich das gerade eben Gehörte verstanden habe.

„Holy Fuck!"

„Du sagst es, Bro. Die Typen, die Abigail belästigt haben, sind gerade in ‚Uncle Sam`s Grill' und prahlen damit, dass sie fast ein Ridergirl erwischt hätten."

Wut. In mir breitet sich gerade eine unkontrollierbare Wut aus. Diese Wichser werde ich finden und töten – so viel steht fest.

„Die packe ich mir!"

„Tu das. Melde dich, wenn du irgendwelche Informationen über Abis Aufenthaltsort von diesen Schwanzlutschern erhalten hast."

Alleine die Tatsache, dass diese Arschlöcher mein Mädchen verängstigt und belästigt haben, reicht für mich aus, um sie zu töten. Doch bevor ich ihnen eine Kugel verpasse, werde ich sie ausfragen. Ein paar gebrochene Knochen haben noch nie geschadet, wenn es darum ging, jemanden zum Reden zu bringen. Und geredet haben sie bis jetzt alle...

Von meinem derzeitigen Standort bis Spanaway sind es, wenn ich die I-5 N und anschließend die Pacific Ave nehme, um die sechzehn Meilen. An einem normalen Tag würde ich knapp zwanzig Minuten für die Strecke brauchen. Trotz des starken Regens steige ich nur zehn Minuten später vor ‚Uncle Sam`s Grill' von meinem Bike.

Ich lasse einen prüfenden Blick über die zwei Dutzend Bikes, die auf dem Parkplatz stehen, gleiten und stelle erleichtert fest, dass bis auf zwei Black Devils keine anderen MCs anwesend sind. Das Letzte, was ich jetzt gebrauchen kann, sind irgendwelche Revierstreitigkeiten. Ich ziehe meine Waffe aus dem Holster, checke das Magazin und entsichere sie - es wird Zeit, ein paar Antworten zu bekommen.

Kaum dass ich die Türe geöffnet habe, schlägt mir abgestandene Luft entgegen. Die Mischung aus Schweiß und Küchengeruch ist widerlich. Noch bevor ich mich genauer umsehen kann, kommt mir ein Typ mittleren Alters entgegen.

„Spider?" Ich nicke. „Mein Name ist Mac, ich habe mit Catcher telefoniert."

Dann ist er also der alte Clubfreund.

„Wo sind die Drecksäcke?"

Er deutet mit seinem Kopf Richtung Bar.

Drei Männer, alle nicht besonders breit gebaut, sitzen mit einer Flasche Bier in der Hand am abgewetzten Holztresen.

Das Arschloch in der Mitte gibt irgendeinen Scheiß von sich, seine beiden Kumpels nicken.

„Danke Mac. Ich bin dir was schuldig."

Ohne auf seine Erwiderung zu warten, gehe ich auf die drei Schwachköpfe, die mein Mädchen belästigt haben, zu.

„Hey!"

Der Wortführer dreht sich zu mir um.

Bis auf ein paar Smiley-Tattoos am Hals erkenne ich auf den ersten Blick keine Tätowierungen. Er trägt keine Kutte. Wie vermutet ist er nur ein unbedeutender Freebiker.

In dem Augenblick, in dem er meine Kutte und die vielen Patchs entdeckt, weiten sich seine braunen Augen erschrocken. Als er den runden ‚LL'-Aufnäher entdeckt, schluckt er schwer. Das ‚LL' bedeutet Lounge Lizard und ist ein Abzeichen, das nur Rocker tragen, die eine längere Haftstrafe abgesessen haben. Da es sich auf meiner Kutte direkt neben dem ‚Unholy Ones'-Patch befindet, kann es nicht falsch verstanden werden.

Yeah, der Wichser weiß, dass er ein toter Mann ist.

Der ‚Unholy Ones'-Patch wird nur von langjährigen Mitgliedern getragen, die sich im "Kampf bis zum letzten Atemzug" bewiesen, oder sich für den Club aufgeopfert haben.

Fuck! Im Gegensatz zu ihm bin ich kein Freebiker, sondern ein Outlaw, ein Einprozenter. Es interessiert mich nicht, wie viele Typen ich im Laufe meines Lebens töte, denn es macht keinen Unterschied. Das Einzige, woran ich neben meinem MC glaube, ist, dass ein Mann frei sein muss, um zu leben. Der Teufel und Gott sind für mich nichts weiter als eine Erfindung der Kirche, die dafür sorgen soll, dass sich der brave Durchschnittsbürger schön kleinhalten lässt.

Und selbst wenn ich mich damit täusche und die Hölle nach meinem letzten Atemzug auf mich wartet, wird der Sensenmann meine Seele noch früh genug bekommen. Heute Nacht hingegen ist das Einzige, was für mich zählt, diesen drei Schwanzlutschern zu zeigen, was passiert, wenn man die Old Ladys der Dead Riders nicht mit dem gebührenden Respekt behandelt.

„Mir ist zu Ohren gekommen, dass du heute meiner Lady begegnet bist."

Seine Pupillen weiten sich. „Ich sehe, du weißt, wovon ich rede."

Einer seiner Kumpels kapiert recht schnell, dass das hier nicht gut enden wird, er versucht aufzustehen. Ein Blick von mir reicht aus und er setzt sich zurück auf seinen Barhocker.

„Ich wusste nicht, dass sie eine Old Lady ist. Die Kleine trug kein Leder."

Was für eine lahme Ausrede....

„Dass sie auf einem Bike mit unserer Couleur gesessen hat, ist dir aber sehr wohl aufgefallen. Immerhin hast du der ganzen scheiß Stadt erzählt, dass du dir heute fast ein Ridergirl abgegriffen hättest."

Er schluckt schwer. Mittlerweile ist es um uns herum still geworden. Jeder, der sich momentan im Restaurant aufhält, hat kapiert, dass es gleich knallen wird.

Die Türe hinter mir öffnet sich, Skorpion und Ghost tauchen neben mir auf.

„Hör mal. Das war doch nur Gerede. Ich habe die Puppe nicht angerührt."

Er hebt seine Hände in einer abwehrenden Geste. „Das schwöre ich!"

Entschlossen, die Sache hier etwas zu beschleunigen, überhöre ich sein feiges Gestammel. „Ihr habt sie, nachdem sie euch entwischt ist, durch die Stadt gejagt. Seitdem ist sie verschwunden. Also, wo ist sie?"

Er starrt mich kurz an, ehe er von seinem Stuhl springt und versucht, an mir vorbeizukommen. *Ein lächerliches Unterfangen....*

Als er an mir vorbei will, holt Ghost einfach mit seinem Arm aus und lässt seine Faust mitten im Gesicht des Typen landen. Dieser fällt leise ächzend auf den Rücken.

„Noch mal. Wo ist sie?"

„Keine Ahnung, Mann. Wir haben sie ein paar Straßen weit verfolgt, dann ist sie uns entkommen. Seitdem haben wir sie nicht mehr gesehen."

Skorpion gibt ein leises Knurren von sich. Jedem von uns ist klar, dass die drei Idioten Abigail nicht verfolgt haben, um sie zum Kaffee einzuladen.

Ich werfe seinen beiden Kumpels einen fragenden Blick zu, sie bestätigen seine Geschichte.

„Alles klar!“

Da sie mir nicht weiterhelfen können, wird es Zeit, das Gespräch zu beenden.

Ohne auf die vielen Augen zu achten, die erwartungsvoll auf mir und meinen Brüdern ruhen, bücke ich mich, packe ihn am Hals und ziehe ihn zurück auf die Beine. Ich lasse ihn nicht los, achte nicht auf sein leises Röcheln und dränge ihn zwei Schritte rückwärts.

Meine Lippen verziehen sich zu einem gnadenlosen Grinsen, während ich ihn durch die Scheibe raus auf die Straße werfe.

Das laute Klirren des zerplatzenden Glases ist Musik in meinen Ohren.

Ich lasse meinen Blick über die anwesenden Motorradfahrer gleiten.

„Jeder! Absolut jeder, der unseren Old Ladys zu nahe kommt, bezahlt diesen Fehler mit seinem Leben!“

Skorpion und Ghost kümmern sich um die beiden Kumpels des Wichsers, der in den Scherben liegt. Sie liegen wenig später mit gebrochenen Nasen, verrenkten Armen und fehlenden Zähnen auf dem dreckigen Fliesenboden. In meinen Augen können sie froh sein, dass sie noch leben. Entschlossen verlasse ich den Gastraum des Grillrestaurants, ziehe meine Waffe und jage dem Kerl, der es gewagt hat, mein Mädchen zu belästigen, das halbe Magazin meiner Halbautomatik in den Brustkorb.

Holy Fuck!

Nachdem es Abi heute gelungen ist, unser Gelände unbemerkt zu verlassen, werden meine Brüder und ich zukünftig ein noch wachsameres Auge auf unsere Ladys haben. Doch selbst wenn es einer von ihnen jemals wieder gelingen sollte, sich heimlich aus dem Staub zu machen, kann ich mir sicher sein, dass keiner der anwesenden Männer ihnen zu nahe kommen wird.

Dank des Regens vermischt sich das aus der Leiche laufende Blut mit den vielen Pfützen, die sich auf dem Parkplatz gebildet haben.

Wütend starre ich dem Toten in seine weit aufgerissenen Augen. Fuck off! Dieser Tod ist viel zu schnell für ihn. Er verdankt seinen schnellen Tod allein dem Umstand, dass wir Abigail noch nicht gefunden haben. Unter anderen Umständen hätte ich mir mehr Zeit gelassen.

Skorpion legt mir seine Hand auf die Schulter.

„Es ist vorbei, Bro. Lass uns dein Mädchen finden.“

Skorpion hat Recht. Tief durchatmend stecke ich die Waffe weg und gehe zurück zu meinem Motorrad.

Ghost sitzt bereits auf seiner Maschine.

„Wir sollten uns aufteilen und alle Straßen, die von hier nach Tacoma führen, absuchen. Wenn sie einen Unfall hatte, dann auf dem Heimweg.“

So sehr ich diesen Prospect auch dafür hasse, dass er sich an Abi rangemacht hat, muss ich doch zugeben, dass er was auf dem Kasten hat.

„OK. Ich nehme die I-5."

Skorpion nickt zustimmend. „Alles klar, dann bleibe ich auf der Pacific Ave und nehme anschließend die Yakima Ave."

Ghost spuckt auf den Boden, wirft einen letzten Blick auf den Toten, den wir einfach an Ort und Stelle liegen lassen werden und sagt, dass er sich um die Nebenstraßen kümmern wird.

Das die Bullen hier aufkreuzen werden ist klar, dass uns keiner der vielen Zeugen auch nur erwähnen wird, ebenfalls.

Sollte es auch nur einer wagen, Skorpion, Ghost oder mich zu verpfeifen, wird er schneller als er bis drei zählen kann, den kompletten MC am Arsch kleben haben.

Das Motto der Dead Riders ist ganz einfach:

Legst du dich mit einem von uns an, legst du dich mit allen von uns an.

RFFR: Riders Forever, Forever Riders.

Ich fahre langsam, der starke Regen behindert meine Sicht.

Die Sorge, die sich in meinem Inneren ausbreitet, schnürt mir die Luft ab.

Die Vorstellung, dass Abi irgendwo verletzt liegt und auf mich wartet, lässt mich beinahe durchdrehen.

Natürlich darf ich die Möglichkeit, dass die Mexikaner sie sich geschnappt haben, nicht ganz außer Acht lassen, aber meine Intuition sagt mir, dass sie einen Unfall hatte.

Was wiegt Abigail? Maximal 60 Kilo. Die Harley, die sie fährt, bringt das fünffache auf die Waage. Gerade als ich etwas mehr Gas geben will, streift mein Scheinwerfer etwas Metallisches. *Scheiße!*

Ich bremse, mein Bike gerät wegen der nassen Fahrbahn ins Schlingern.

Kaum dass ich es wieder unter Kontrolle habe, halte ich am Straßenrand an und steige ab: aufgewühlte Erde, Grasbüschel, der Geruch von Treibstoff und Glassplitter.

Mit rasendem Herzen rufe ich immer wieder ihren Namen.

„Abi? Abigail?" Man hört nur ein leises Wimmern.

Endlich sehe ich die Deuce und mein unter ihr eingeklemmtes Mädchen.

Während ich auf sie zueile, rufe ich Skorpion an und teile ihm mit, wo ich sie gefunden habe.

Bei ihr angekommen setzt mein Herzschlag aus. Ihre langen blonden Haare umrahmen ihr Gesicht. Die komplette linke Gesichtshälfte meines

Mädchens ist voller Schlamm und Dreck. Ihre Beine sind unter dem Motorrad begraben, sie liegt da wie tot.

„Abi!"

Sofort hebe ich die Harley an und schiebe sie von ihr runter. Neben ihr kniend lege ich ihr meine Finger auf die Halsschlagader, ich spüre einen schwachen, jedoch regelmäßigen Puls, ihre Haut ist eiskalt.

„Ghost?"

Fuck – Fuck – Fuck – Fuck!

Ich rufe mir ins Gedächtnis, dass sie kaum bei Bewusstsein und stark unterkühlt ist und rede mir ein, dass es nichts zu bedeuten hat, dass sie den Namen eines anderen Mannes flüstert, den Namen meines Clubbruders.

„Nein, Spider!"

Ihre Augenlider öffnen sich flatternd, endlich sieht sie mich an.

„Mir ist kalt."

Kein Wunder, immerhin lag sie stundenlang hier im Regen.

„Bist du verletzt?"

Trotz der unbändigen Sorge um sie spüre ich, wie bittere Eifersucht meine Nervenbahnen flutet. Am liebsten würde ich sie packen, küssen und ihr ein für alle mal verdeutlichen, zu wem verdammte Scheiße sie gehört. Doch ich widerstehe dem Drang und warte auf ihre Antwort.

Es wäre fatal, sie zu bewegen, bevor ich weiß, was sie hat. Gerade bei Verletzungen am Rücken kann eine Bewegung schon ausreichen, um Abi für alle Zeit in einen Rollstuhl zu verbannen.

„Mein Kopf schmerzt und mein Bein."

Ihre Hose ist völlig zerfetzt. Vorsichtig taste ich vom Knöchel bis zum Knie alles ab. Ich kann weder einen Bruch noch etwas anderes spüren.

„Glaubst du, dass du aufstehen kannst?"

Abi nickt.

„Ja. Es fühlt sich nicht so an, als ob ich schwer verletzt wäre. Die Kälte ist das Schlimmste."

Trotz der Dunkelheit bemerke ich, dass ihre Lippen bereits blau sind.

„OK. Versuch aufzustehen, langsam. Ich helfe dir."

Kaum dass sie sich auf die Füße gestellt hat, geben ihre Beine nach. Reflexartig fange ich sie auf und presse sie an mich. Sie sieht nicht nur wie ein nasses Kätzchen aus, sie fühlt sich auch so an. Jetzt, wo ich sie endlich wieder bei mir habe, kann ich endlich wieder frei atmen.

Ein heftiges Zittern durchläuft ihren Körper. Süchtig nach ihrem Geruch vergrabe ich meine Nase in ihrem Scheitel und presse ihr einen Kuss aufs Haar.

„Jag mir nie wieder so einen Schrecken ein, mein Engel. Ich bin vor Sorge um dich beinahe umgekommen!"

Sie nickt und sieht zu mir hoch.

Ich umfasse mit beiden Händen ihr Gesicht, sehe die Tränen, die ihr über die Wangen laufen und streiche die salzige Flüssigkeit mit meinen Daumenkuppen von ihren Wangen.

Jetzt, wo ich sie wiederhabe, wird der Drang sie zu beschützen übermächtig. Ein Teil von mir will sie über das Bike lehnen und ihr, als Strafe dafür, dass sie einfach abgehauen ist, den Arsch versohlen, ein anderer Teil, der größere zu meinem Glück, will sie einfach nur halten, küssen und so schnell es geht zurück ins Clubhaus bringen. Abi braucht eine heiße Dusche, einen Arzt und ein warmes Bett.

„Ich hatte solche Angst, dass mich keiner findet."

„Oh Engel, völlig egal, wo du bist, was du machst oder wohin du auch gehst, ich werde dir immer folgen, ich werde dich immer aufspüren und ich werde dich jedes verdammte Mal wieder nachhause bringen!"

Sie schluckt schwer.

„Versprochen?"

„Aye Kleines, versprochen."

Ohne auf ihren desolaten Zustand Rücksicht zu nehmen beuge ich mich zu ihr hinunter und presse meine Lippen auf die ihren. Ich rufe mir in Erinnerung, dass ich sanft mir ihr sein muss, doch es gelingt mir nicht meine Gier zu bremsen.

Hungrig wühle ich mich durch ihre Mundhöhle, unsere Zungen treffen sich, aus ihrer Kehle löst sich ein leises Seufzen. Trotz der Tatsache, dass wir bei strömendem Regen im Straßengraben stehen und Abi ziemlich angeschlagen ist, bekomme ich dank ihres Zungenspiels sofort einen Harten. Meine Hoden ziehen sich puckernd zusammen, meine Eichel schwillt an.

Herrgott noch mal, diese Frau wird eines Tages mein Untergang sein...

Sie schlingt ihre Arme um meinen Nacken und knabbert an meiner Unterlippe.

Dieses Mädchen gehört nur mir! Es ist mir scheißegal, wie viel Ärger sie mir zukünftig noch bereiten wird, oder wie viele Menschen ich für ihre Sicherheit töten muss – wenn es um Abigail geht, gibt es für mich keine Grenzen.

Der helle Schein von zwei Scheinwerfern blendet mich. Ghost und Skorpion sind da.

Ein letztes Mal lasse ich meine Zunge über die ihre gleiten, ehe ich unseren Kuss beende.

„Fühlst du dich kräftig genug um hinten auf meinem Bike zu sitzen, oder soll ich Catcher anrufen, damit er dich mit dem Van abholt?"

Sie sieht mich kurz an, ehe ihr Blick auf die im Graben liegende Deuce fällt.

„Die werden morgen ein paar Prospects abholen."

Dass ich ihr zukünftig verbieten werde Motorrad zu fahren, verschweige ich ihr noch. Das Letzte, wofür ich jetzt noch Nerven habe, ist eine Diskussion, bei der sie eh keine Chance hat.

„Ich will bei dir mitfahren."

„Gut."

Ghost und Skorpion kommen auf uns zugeeilt. Als sie sehen, dass es Abi den Umständen entsprechend gut geht, verlangsamen sie ihr Tempo.

Als Abi Ghost sieht, versucht sie, sich aus meinen Armen zu befreien, doch ich halte sie fest. Was auch immer zwischen den beiden ist, es gefällt mir ganz und gar nicht.

„Ich werde Abi jetzt zurück nach Tacoma bringen. Gib Catcher Bescheid, dass wir sie gefunden haben."

Skorpion nickt zustimmend, ehe er Abi prüfend mustert.

„Alles OK, Mädchen?"

„Ja, das meiste hat die Maschine abbekommen."

Er zuckt mit den Schultern.

„Mach dir darüber mal keinen Kopf. Das ist nur ein Blechschaden."

Noch bevor ich Abi meinen Helm aufgesetzt habe, ihrer hat den Unfall nicht unbeschadet überstanden, spricht er bereits mit Catcher.

Ghost geht zu Abi, packt sie am Handgelenk und zieht sie, nachdem ich ihren Helm verschlossen habe, mit sich.

„Scheiße Baby. Was sollte die Aktion? Weißt du was dir alles hätte passieren können?"

Sie senkt beschämt den Kopf.

„Ja. Es tut mir leid, dass ich nicht auf dich gewartet habe. Aber ich wollte nur eine kurze Runde drehen, den Kopf frei bekommen und über alles nachdenken."

Er schüttelt fluchend den Kopf.

„Als ich erfahren habe, dass du verschwunden bist, bin ich komplett durchgedreht. Du weißt, dass ich, wenn es um dich geht, ziemlich schnell rot sehe."

Ein flüchtiges Lächeln huscht über ihr Gesicht.

„Ja, das weiß ich, Ghost. Bitte sei nicht sauer, glaube mir, ich habe meine Lektion gelernt!"

Der Prospect packt Abi an den Schultern, sein Blick hängt an ihren Lippen.

Ich sehe, wie die Muskeln an seinen Armen zucken, sein Kopf ruckt zu mir, unsere Blicke treffen sich. Mir ist klar, was er vorhat und wenn er es durchzieht, bringe ich ihn um.

Sein lautes „Fuck!“ hallt durch die Luft. Seine Hände lösen sich blitzartig von Abi, sein Gesicht gleicht einer Maske, bestehend aus Verzweiflung und Zorn.

„Du hast dich entschieden?“

Abi tritt einen Schritt zurück und flüstert ihm ein leises „Ja“ zu.

„Dann ist es nicht mehr meine Aufgabe auf dich aufzupassen!“

Mit diesen Worten lässt er sie alleine im Regen stehen, schwingt sich auf sein Motorrad und verschwindet in der Dunkelheit. Für einen Moment ist noch sein Rücklicht zu sehen, ehe er endgültig weg ist.

Jeder noch so kleine Muskel in meinem Körper brennt vor Anspannung. Es hat mich sämtliche Selbstbeherrschung gekostet, ihm nicht sofort eine Kugel in den Kopf zu jagen.

Wenn einer verstehen kann, wie Ghost sich gerade fühlt, dann bin ich das.

Abigail vor sechs Monaten zu verlassen hat mich beinahe umgebracht.

„Er wird sich in die Scheiße reiten. Ich kann nur hoffen, dass Ghost kein Messer dabei hat.“

Kopfschüttelnd sehe ich Skorpion an.

„Trotz der Sache mit Abigail imponiert mir dieser Prospect.“

Skorpion lacht freudlos auf.

„Er erinnert mich ein bisschen an dich, als du in seinem Alter warst. Stets angriffsbereit, etwas lebensmüde und sehr loyal. Er wird ein guter Dead Rider, wenn er lernt, seine Wut besser zu kontrollieren.“

Mit diesen Worten steigt er auf seine Harley und startet den Motor. Mein Engel kommt wankend auf mich zu, sie sieht echt beschissen aus. Nachdem ich mich aufs Bike geschwungen habe, setzt sie sich hinter mich. In dem Augenblick, in dem sie ihre Beine weiter spreizt, um sich noch etwas näher an mich zu lehnen und ihre Arme um mich legt, fühle ich mich das erste Mal seit einer gefühlten Ewigkeit wieder vollständig.

Das hier ist das, was ich dringender will als die Luft zum Atmen.

„Wenn es dir nicht gut geht, klopf mir auf den Bauch und ich halte sofort an.“

Sie nickt, ich starte den Motor und gebe Gas. Es wird Zeit meine Lady nachhause zu bringen.

10. Kapitel

Ghost

Die Straße, mein Bike und ich.

Abigail ist in Sicherheit. Sie liegt in den Armen des Mannes für den sie sich entschieden hat. Was ich dabei empfinde? Nichts. In mir herrscht dieselbe Kälte, die mich schon immer im Griff hatte.

Ich bin nicht fähig etwas zu empfinden. Der Psychodoc, zu dem mich meine Mutter als Kind geschleppt hat, hat unheimlich viel gelabert und ist nach einem Jahr zu dem Ergebnis gekommen, dass ich unter einer schizoiden Persönlichkeitsstörung leide.

Was das bedeutet? Dass ich ein gefühlloses Arschloch bin, das sich nicht lange mit irgendwelchen Emotionen aufhält.

Liebe kenne ich genauso wenig wie psychischen Schmerz.

Mein Straßenname passt zu mir, ich bin so gefühllos wie ein Toter.

Die Frauen, die ich ficke, sind mir ganz genauso egal wie die Typen, die ich umlege.

Es stört mich nicht, Menschenleben auszulöschen. Der Tod ist nichts weiter als das letzte Level im Spiel des Lebens.

Bis ich Abigail begegnet bin, wusste ich nicht, was ich verpasse. In der Gegenwart dieses Mädchens habe ich mich so lebendig gefühlt wie noch nie. Das, was ich für sie empfinde, ist keine Liebe, sondern Faszination.

Zwei Tage nach meinem Wechsel zum Chapter in Tacoma habe ich Abigail das erste Mal gesehen.

Damals war sie ein verängstigtes kleines Ding, das bei jedem lauten Geräusch zitternd zusammengezuckt ist. Die Angst und die Traurigkeit, die sie ausgestrahlt hat, haben mich fasziniert. Abi ist ein Mensch, der alles sehr intensiv empfindet. Durch sie habe ich eine Vorstellung davon bekommen, wie sich Trauer, Angst und Schmerz anfühlen müssen. Als es ihr dann nach und nach besser ging, konnte ich durch sie erleben, wie es ist glücklich, hoffnungsvoll und lebensfroh zu sein.

All die Emotionen, zu denen ich nicht fähig bin, habe ich an ihr beobachtet.

Selbst so etwas Einfaches wie ein Schokoriegel schafft es, sie in Verzückung zu bringen.

Auch wenn ich sie nicht geliebt habe, wollte ich sie immer besitzen.

Die letzten Wochen habe ich Abi beschützt, ich habe wie ein Adler über sie gewacht. Allein die Vorstellung, dass irgendjemand diesem faszinierenden Geschöpf etwas antut, hat mich angewidert.

Wenn ich jemals etwas Ähnliches wie Liebe empfunden habe, dann war es das warme Gefühl, das ich immer dann verspürt habe, wenn ich Abi in meiner Nähe hatte.

Ich wusste die ganze Zeit über, dass Abis Herz diesem Spider gehört. Es verwundert mich also nicht, dass sie sich für ihn entschieden hat.

Jetzt ist Spider derjenige, der ihre Emotionen in sich aufsaugen, genießen und beeinflussen kann.

Eines steht schon mal fest: Wenn Spider Abigail schlecht behandelt, werde ich ihn meine Klinge spüren lassen.

Die Straße, mein Bike und ich.

Als ich im Clubhaus in Tacoma ankomme, hat der Regen aufgehört. Die Anspannung, die mich seit der Ankunft dieses Nomads im Griff hat, lässt endlich nach.

Alles, worauf ich jetzt Bock habe, ist ein kaltes Bier, eine Kippe und die enge Kehle von irgendeiner Schlampe, in die ich mich bis zur Wurzel rammen kann.

Ich parke mein Bike in der Garage und steige ab.

Catcher kommt in Begleitung seiner Lady Susan auf mich zugeeilt.

„Wo ist sie?"

„Bei Spider und Skorpion. Sie müssten bereits auf dem Weg sein."

Catcher ist nicht so dumm mich zu fragen, weshalb ich vorausgefahren bin anstatt bei meinen Brüdern zu bleiben. Er weiß, dass ich Abi für mich wollte.

Susan legt mir ihre Hand auf den Arm.

„Wie geht es ihr?"

Es ist selten, dass Susan mich direkt anspricht. Bis jetzt kam es mir immer so vor, als hätte sie Angst vor mir. Auch wenn ich mich nicht besonders viel mit den Old Ladys des Clubs beschäftige, weiß ich, dass Susan sehr schüchtern ist. So wie ich die Sache einschätze, ist ihr in der Vergangenheit irgendetwas Schlimmes passiert, was sie noch nicht ganz verarbeitet hat.

„Soweit ich das beurteilen kann, geht es ihr gut. Sie hat am Bein ein paar Schürfwunden und ist unterkühlt. Ich denke, es wäre ganz gut, wenn der Doc sie noch heute anschauen könnte, damit wir sicher sein können, dass ihr wirklich nichts fehlt."

Sie stößt einen erleichterten Seufzer aus, Catcher flucht laut.

„Zum Teufel noch mal! Dieses Mädchen macht vielleicht bescheuerte Sachen. Man würde denken, dass sie nach der Sache mit den Mexikanern etwas vorsichtiger wäre."

Da ich nicht weiß, was ich darauf antworten soll, zucke ich nur mit den Schultern.

„Jetzt, wo Spider zurück ist, wird er sie eh nicht mehr aus den Augen lassen. So eine Nummer wie heute kann Abi nicht noch mal abziehen."

Susans Einwand lässt Catcher noch finsterer dreinschauen.

„Aye, damit könntest du Recht haben."

Kann es sein, dass Catcher nicht gerade erfreut über Spiders Rückkehr ist?

Als er vor ein paar Monaten bemerkt hat, dass ich Interesse an seiner Cousine habe, hat er mich zur Seite genommen, mir den Lauf seiner Schrotflinte an die Eier gehalten und mir unmissverständlich klargemacht, dass ich, wenn ich meine Eier behalten will, Abi ja gut behandeln und keinesfalls ficken sollte. Damals habe ich ihm versichert, dass ich Abigail einfach nur beschützen will. Ich respektiere Catcher und verstehe, dass er kein Problem damit hat zur Waffe zu greifen, um zu beschützen, was ihm gehört.

Susan lächelt mich schüchtern an, ehe sie zurück in den Club geht.

„Es war ein langer Tag. Ich brauche eine Bitch und ein Bett."

Catcher boxt mir gegen die Schulter.

„Danke, dass du sofort zurückgekommen und nach Abi gesucht hast, Ghost."

Ich zünde mir eine Kippe an und inhaliere den ersten Zug. Das Nikotin füllt meine Lungenflügel, ich atme den Rauch durch die Nase wieder aus.

„Kein Thema, Bro. Für Abi immer!"

Mit diesen Worten lasse ich ihn stehen und mache mich auf die Suche nach einer der vielen Clubhuren, die sich hier zu jeder Tages- und Nachtzeit aufhalten.

Das Clubhaus der Riders befindet sich in einer alten Fabrikhalle in der Nähe des Hafens. Der Standort ist absolut perfekt. Unser MC füllt sich die Kassen zum größten Teil mit dem Waffenhandel. In Downtown Vancouver wartet eine neue Waffenlieferung auf uns. Wir werden sie nächste Woche nach Tacoma bringen, aber nicht über Land, da wäre das Risiko, von den Cops erwischt zu werden, viel zu groß. Wir werden sie auf dem Seeweg transportieren. Dieses Mal werden wir auch wieder einen Stopp in Metrotown in Burnaby einlegen. In diesem verschlafenen Städtchen, das westlich von Port Moody liegt und im Süden an den Fraser River grenzt, bekommen wir alle acht Wochen absolut hochwertige Munition zu einem Spitzenpreis.

So wie ich das sehe, wird auch dieser Waffendeal in Downtown Vancouver reibungslos über die Bühne laufen. Wir haben echt Glück, dass die beiden Städte so ideal liegen. So können wir alles auf einen Frachter laden und die Lieferung in einem Aufwasch zu uns bringen. Die Idioten von der Bundespolizei versuchen schon seit einer Ewigkeit, die Geschäfte der Tacoma Riders aufzudecken, doch bisher ist es ihnen nicht gelungen. Ace ist ein guter Präsident. Es wird mir eine Ehre sein, nach Ablauf dieses Jahres als vollwertiges Clubmitglied, als „Member" an seinem Tisch zu sitzen.

Die Welt der Rocker mag für Außenstehende brutal und eiskalt wirken, und bis zu einem gewissen Grad ist sie das auch.

Doch auch bei uns gibt es unumstößliche Regeln und einen Ehrenkodex.

Dieser Kodex besagt ganz klar: keine Drogen, keine minderjährigen Nutten und keine Waffen an Kinder und Jugendliche!

Ein Mitglied, das sich nicht an diesen Kodex hält, wird, je nachdem wie schwer sein Regelverstoß ist, von den First Nine, also den neun hochrangigsten Clubmitgliedern, entweder aus dem MC ausgeschlossen oder sogar getötet.

Die Welt, in der wir leben, ist gefährlich. Wenn sich die Gemeinschaft der Riders nicht auf jedes Mitglied verlassen kann, sind wir alle dem Tod geweiht.

Trotz der Tatsache, dass ich bis jetzt nur ein Anwärter, also ein Prospect, bin, stehe ich zu 100% hinter jedem meiner Brüder. Wenn es hart auf hart kommt, bin ich bereit, jeden von ihnen mit meinem Leben zu beschützen.

An der Bar, die sich gleich links neben dem Eingang befindet, herrscht großer Andrang. In den verschiedenen Bereichen des großen Raums befinden sich Sitzgruppen aus schwarzem Leder. Es gibt hektisch blinkende Flipperautomaten und mehrere Billardtische, die im hinteren Bereich der weitläufigen Halle nur darauf warten benutzt zu werden. Die verspiegelten Regale der Bar biegen sich unter den unzähligen Whisky und Schnapsflaschen regelrecht durch. Auf dem abgeschliffenen Betonboden erkennt man die Spuren der unzähligen Partys. An den Wänden hängen Poster mit nackten Tussis, die sich mit weit gespreizten Beinen auf unterschiedlichen Harleys räkeln.

Hinter dem verbeulten Boxsack, der rechts im Eck hängt, steht einer meiner Brüder mit heruntergelassener Hose. Seine harten Stöße entlocken der Clubmaus, die er gegen die verspiegelte Wand drückt, lustvolle Schreie.

Ohne groß wählerisch zu sein, packe ich mir die erste Bitch, die mir über den Weg läuft und ziehe sie hinter mir her raus auf das Clubgelände.

Das in den alten Ölfässern brennende Feuer wirft verzerrte Schatten gegen die Wände.

Auch ohne nachzusehen weiß ich, dass die Hinterzimmer des Clubs bereits belegt sind. Doch das stört mich nicht weiter. Es ist mir scheißegal, wer dabei zusieht, wie ich abspritze. Auf ihren viel zu hohen Absätzen hinter mir herstolpernd, ziehe ich das Mädel, das das Glück hat, mir die Eier lutschen zu dürfen, zu einem der Ölfässer.

Für das, was ich will, brauche ich Licht. Ein richtig guter Blowjob ist es erst, wenn ich dabei zusehen kann, wie sich ihre Augen verdrehen, während ich mich bis zum Anschlag in ihren Hals ramme. Ich will sehen, wie ihr die Tränen über die Wangen laufen und wie sich ihre Lippen um meinen Schwanz wölben.

Als ich abrupt stehen bleibe, stolpert sie gegen meinen Rücken und knickt dank der Absätze um.

„Auf die Knie."

Was bin ich nett, in dieser Position muss sie sich keine Sorgen um ihre Standfestigkeit machen.

Sie zögert, ich packe sie an den Haaren und drücke sie nach unten.

Widerwillig sinkt sie auf den nassen Asphalt.

Mit einem drohenden Blick halte ich sie an Ort und Stelle, während ich ihren Pferdeschwanz wieder loslasse und die Schnalle meines Gürtels öffne.

Im flackernden Licht des Feuers stelle ich fest, dass die Clubmaus, die ich mir aufgerissen habe, recht ansehnlich ist. Volle rot geschminkte Lippen, blaue Augen und pralle Titten.

Mit einem Ruck ziehe ich meine Jeans nach unten und umfasse meinen halb erigierten Schwanz. Pumpend massiere ich ihn von der Wurzel bis zur Eichel und klatsche ihn der hübschen Bitch gegen das Gesicht. Als sie mir ausweicht, umfasse ich ihren Kopf und ziehe sie so weit nach vorne, dass sie sich mit den Handflächen an meinen Oberschenkeln abstützen muss, um nicht vornüber zu fallen. Mit meiner Daumenkuppe öffne ich ihre Lippen und schiebe ihr meinen Finger komplett in den Mund.

Feucht, heiß und eng – perfekt.

„Bettle mich an!"

In den Tiefen ihrer Augen blitzt Widerstand auf. Erneut wickle ich mir ihre zum Zopf gebunden Haare um die Finger, entziehe ihr meinen Daumen und presse sie mit dem Gesicht gegen mein Glied.

Ich spüre ihren heißen Atem über meine Haut streichen.

„Bettle!"

Sie erschaudert. Gut so. Je schneller sie versteht, dass ich hier das Sagen habe, umso erträglicher wird es für sie.

„Bitte Ghost, darf ich deinen Schwanz lutschen?"

Yeah....

Was gibt es Geileres als eine Frau, die vor einem kniet und einen anfleht, endlich den Mund weit aufmachen zu dürfen? Nichts. Absolut gar nichts!

Mit einem Ruck ziehe ich ihren Kopf zurück.

„Mund auf. Ganz."

Dieses Mal zögert sie nicht. Brave Bitch.

Ich umfasse meinen Penis und reibe mit meiner Eichel ein paar Mal über ihre Lippen, ehe ich in ihre Mundhöhle eindringe.

Langsam, das Gefühl genießend, schiebe ich mich immer tiefer in ihre enge Kehle. In ihren Augen erkenne ich, ab welchem Zeitpunkt sie sich gerne etwas zurückziehen würde, es jedoch wegen meiner Hand, die sie in Position hält, nicht kann.

Das leise gurgelnde Geräusch, als sie gegen ihren Würgereflex ankämpft, lässt mich noch härter werden.

Schizoide Persönlichkeitsstörung hin oder her, welcher Kerl liebt es nicht, einen heißen Mund zu ficken? Ich zwinge mich noch tiefer in ihren Hals. Erst als sie jeden harten Zentimeter geschluckt hat und ihre Nase gegen meinen Bauch stößt, halte ich inne.

„Holy Fuck....“

Mein Schrei hallt über den Hof, übertönt beinahe die laute Musik, die aus den Boxen dröhnt. Tick kommt über den Hof, bleibt neben dem brennenden Fass stehen und prostet mir mit dem Bier, das er in der Hand hält, zu.

Der alte Sack teilt meine Vorliebe für Mädels, die gerne in die Knie gehen.

Nicht bereit mich schon wieder zurückzuziehen, lasse ich meine Hüften kreisen.

Das Zucken in ihrer Kehle, die Tränen, die dafür sorgen, dass ihr der schwarze Mascara über das Gesicht läuft und der Speichel, der ihr aus dem Mundwinkel rinnt– was ein geiler Anblick!

Erst als sie ihre Augen verdreht ziehe ich mich etwas zurück.

Gurgelnd schnappt sie nach Luft, ihre Zunge bewegt sich an der Unterseite meines Gliedes. Ich bin so aufgeheizt, dass es nicht mehr lange dauern wird, bis ich meinen Saft in ihre Kehle spritze. Meine Oberschenkel spannen sich an, meine Hoden ziehen sich zusammen und mein Blickfeld verengt sich.

Der Rhythmus, mit dem ich ihre Lippen ficke, ist schnell, hart und gnadenlos und ganz genau das, was ich jetzt brauche.

Zwei Motorräder passieren das Tor und fahren auf das Gelände. Nora stürmt sofort auf Skorpion zu, er nimmt sie in die Arme. Als Nächste steigt Abi vom Bike, Spider zieht ihr den Helm vom Kopf und hängt ihn über den Lenker seines Bikes.

Gerade als er sie ins Clubhaus führen will, bleibt sie stehen und dreht sich in meine Richtung.

Als sie erkennt, dass mein Schwanz in der Kehle eines Clubhasen steckt, zuckt sie zusammen.

Unsere Blicke treffen sich, das Feuer lässt ihre blonden Haare beinahe rötlich aussehen.

Für einen kurzen Augenblick starren wir uns an, dann schüttelt sie den Kopf und verschwindet im Club.

Tief durchatmend schüttle ich den Kopf und konzentriere mich darauf, endlich zum Schuss zu kommen. Im Gegensatz zu Spider wohne ich nicht auf dem Gelände der Riders, sondern in einem Ein-Zimmer-Apartment ganz in der Nähe.

Kurz bevor ich nach Tacoma gekommen bin, hat dort ein anderer Anwärter gelebt, Loco. Doch der wurde kurz nach Abigails Rettung von einem Undercover-Bullen, der sich als Black Devil ausgegeben hatte, erschossen. Es hat sich herausgestellt, dass dieser Cop ein Exfreund von Nicki war, der Old Lady von Razzor.

Hier bei den Tacoma Riders wird es wahrlich nie langweilig...

Wieder und wieder reibe ich mit meiner Eichel über die raue Zunge der Bitch.

„Saug. Saug fester!“

Sie kommt meinem Befehl nach, es ist so weit. Stöhnend spritze ich meinen Saft in ihre Kehle, genieße die Schluckbewegungen und kralle meine Finger in ihren Haaren fest.

Erst als sie ihn gründlich sauber geleckt hat, ziehe ich mich aus ihrer Mundhöhle zurück, stecke meinen Schwanz zurück in die Hose und verlasse das Clubgelände.

Der Tag war lang und anstrengend, es wird Zeit mich aufs Ohr zu hauen.

Für morgen ist eine Bloody-Rallye nach Seattle geplant, eine Ausfahrt zum gemeinsamen Blutspenden. Die meisten MCs unternehmen so eine Rallye zweimal im Jahr.

Der Grund dafür ist denkbar einfach. Erstens schadet es nie, etwas Gemeinnütziges zu tun. Jeder von uns kann ein paar extra Punkte auf seinem Karmakonto gebrauchen.

Die Riders sind bei den Stadtbewohnern hoch angesehen, wir sorgen dafür, dass die Straßen drogenfrei sind und halten Streetgangs fern. Wir erledigen unsere Geschäfte außerhalb der Stadt - schließlich will keiner da essen, wo er scheißt.

Zweitens leben wir Riders verdammt gefährlich. Fliegende Kugeln gehören zur Tagesordnung. Es kann also nicht schaden, wenn die Krankenhäuser immer genug Blut in den passenden Blutgruppen vorrätig haben.

Ich für meinen Teil sehe diese Blutspendensache als Vorsorge für Tag X.

Es wäre vermessen zu glauben, dass es mir immer gelingen wird, allen vorbeifliegenden Projektilen auszuweichen.

11. Kapitel

Abigail

In der Sekunde, in der ich von Spiders Bike steige, flutet mich eine unendliche Erleichterung – endlich wieder zuhause.

Es geht wild zu. Laute Musik, jede Menge leicht bekleideter Mädchen, Members und Hangarounds.

Catcher hat mir verboten bei den Clubpartys anwesend zu sein. Er meint, dass das absolut nicht der richtige Ort für mich ist – und da kann ich ihm nur zustimmen.

Auf dem Hof lodern in alten Ölfässern orange Feuer, glühende Funken stieben gen Himmel, der Geruch von Rauch, Zigaretten und nassem Asphalt erfüllt die Luft.

Tief durchatmend lasse ich meinen Blick über die feiernde Menge gleiten und stoppe abrupt, als ich Ghost entdecke.

Seine Augen ruhen auf meinem Gesicht, sein Penis steckt im Mund einer Frau.

Fassungslos beobachte ich, wie ihr Kopf in einem schnellen Rhythmus vor und zurück wippt. Im Grunde genommen sollte es mir egal sein, dass Ghost sich mit den Clubhasen vergnügt, er ist ein freier Mann, ich habe keinerlei Anspruch auf ihn, und dennoch fühlt es sich scheiße an, ihn dabei zu beobachten. Dem Typen neben mir fällt seine Bierflasche aus der Hand auf den Boden. Braune Glasscherben sausen an meinem Fuß vorbei, ich zucke erschrocken zusammen.

Lallend, fluchend und wankend steigt der Trottel über die Scherben, ehe er im Club verschwindet.

Ohne einen weiteren Blick in Ghosts Richtung zu riskieren, lasse ich mich von Spider über den Hof führen. Catcher und Susan kommen auf mich zugeeilt.

Nachdem sie mich herzlich umarmt haben, beginnt Catcher mir eine Predigt zu halten. Schweigend und an den richtigen Stellen nickend lasse ich sie über mich ergehen und hoffe, dass er bald fertig ist. *Gott, bin ich erledigt.*

Jedes Wort, das er mir entgegenwirft, fühlt sich an wie ein Messerstich. Mein Onkel hat jedes Recht auf mich wütend zu sein - ich habe Scheiße gebaut.

Verdammt! Der ganze Club hat nach mir gesucht....

Nach der Sache mit den Mexikanern haben mich alle wie ein rohes Ei behandelt, es hat sich so angefühlt, als hätte jeder der Riders ein wachsames Auge auf mich gehabt.

In den vergangenen vier Wochen ist das nach und nach besser geworden – das wird sich nach dem heutigen Tag bestimmt wieder ändern.

Nachdem Catcher mit mir fertig ist, zieht mich Susan erneut in ihre Arme und flüstert mir leise zu, dass sie froh ist, dass ich wieder da bin.

Spider führt mich durch das Clubhaus und die Treppen hinauf.

Obwohl er versucht hat mich mit seinem Körper abzuschirmen, sind mir die vielen vögelnden Pärchen nicht entgangen.

Oben angekommen führt er mich nicht wie erwartet zu Catchers Apartment, sondern zu seinem. Ich sehe ihn fragend an.

„Gewöhn dich daran bei mir zu sein", ist alles, was er sagt. Wenige Augenblicke später sitze ich auf der Kante seines Betts und ziehe mir die nassen Schuhe aus.

Was für ein laaaanger Tag....

„Der Doc wird in ungefähr dreißig Minuten nach dir sehen. Willst du vorher duschen?"

Alleine der Gedanke an heißes Wasser lässt mich sehnsüchtig erschaudern.

„Ja, gerne." Spider nickt, geht ins Badezimmer und dreht das Wasser an.

Kaum dass er aus dem Raum ist, schließe ich meine Augen und atme tief durch.

Plötzlich werde ich schrecklich nervös.

Ich sitze hier, in dem Schlafzimmer des Mannes, der mir geschworen hat, mich zu besitzen und ich weiß nicht, was jetzt auf mich zukommt.

Soll ich mich jetzt einfach ausziehen?

Schon die Vorstellung, dass Spider mich nackt sieht, lässt meine Herzfrequenz in ungesunde Höhen schnellen.

Was, wenn ihm nicht gefällt, was er sieht?

Was, wenn es ihm so gut gefällt, dass er doch nicht bis zu meinem achtzehnten Geburtstag mit dem Sex warten will?

Heute Nachmittag war ich von seiner Rückkehr zu berauscht, als dass ich wirklich bereit gewesen wäre, mich ihm hinzugeben, jetzt hingegen....

Einerseits will ich diesen Mann mehr als den nächsten Atemzug, andererseits weiß ich nicht, wie das zwischen uns funktionieren soll.

Ich werde in wenigen Monaten wieder auf die Schule gehen, Klausuren schreiben, lernen und mit Mädchen in meinem Alter herumhängen.

Spider hingegen wird mit meinem Onkel all die gefährlichen Jobs erledigen, von denen mir nie einer erzählen will.

Manchmal können Männer wirklich naiv sein.

Sie glauben wirklich, dass ich in den sechs Monaten, die ich jetzt schon hier lebe, nichts von all ihren Clubangelegenheiten mitbekommen habe. Da täuschen sie sich....

Ich weiß von den Waffen, den Problemen mit den Russen und den Schießereien.

Als Spider wieder zurück in sein Schlafzimmer kommt und sieht, dass ich noch immer angezogen an derselben Stelle sitze, sieht er mich besorgt an.

„Hey mein Engel, alles klar?"

Tja, wenn ich das wüsste....

Ich nicke, sehe zu ihm auf und streiche mit meinen Fingerspitzen über das abgewetzte Leder seiner Kutte.

Es mag verrückt sein, aber ich liebe diesen Mann mehr als mein Leben. Das letzte halbe Jahr gab es keinen Tag, an dem ich nicht an ihn gedacht habe, es gab keinen Augenblick, in dem er nicht ein Teil meiner Gedanken war.

„Versprich mir, dass du nicht wieder fortgehen wirst. Versprich mir, dass wir glücklich werden."

Seine Augenbrauen ziehen sich zusammen, seine Miene verdüstert sich.

Er beugt sich zu mir herab, packt mich an der Taille und hebt mich hoch. Automatisch schlinge ich ihm meine Beine um die Hüften und vergrabe mein Gesicht an seiner Halsbeuge.

„In den vergangenen Monaten habe ich alles in meiner Macht Stehende getan, um dich zu vergessen. Ich habe alles versucht, wirklich alles! Scheiße! Mir ist klar, dass ein Typ wie ich ein Mädchen wie dich nicht verdient hat. Aber ich bin ein egoistisches Arschloch, das sich nimmt, was es will. Du bist alles, was ich jemals wollte. Es mag sein, dass es mir nicht immer gelingen wird, dich glücklich zu machen, aber ich schwöre dir bei meinem Leben, dass ich mein Bestes geben werde. Du bist mein Eigentum, Abi. Du bist mein Mädchen und ich bin dein Mann. Es wird gute und schlechte Tage geben. Aber solange ich weiß, dass ich zu dir zurückkommen kann, dass du auf mich wartest, werde ich alles schaffen – wir werden alles schaffen. Das schwöre ich dir..."

Seinen unverkennbaren Geruch in mich aufsaugend streife ich mit meinen Lippen an seinem Kiefer entlang. Ich spüre die schwarzen Bartstoppeln, die über meine Haut streichen und weiß, dass ich ihm jedes Wort glaube. Dieser extrem gefährliche Mann will mich, er wird bei mir bleiben und ich werde immer für ihn da sein.

Woher ich weiß, dass er der Richtige für mich ist? Keine Ahnung. Aber woher wissen wir kurz nach der Geburt, dass wir den ersten Atemzug machen müssen, um zu überleben? Instinkt! Spider zu lieben war keine bewusste Entscheidung, es ist etwas, das ich nicht steuern kann. Meine Lunge braucht Sauerstoff, um zu funktionieren – mein Herz Spider. Wenn wir nicht bereit sind Risiken einzugehen und unser Herz in die

Hände eines anderen zu legen, werden wir nie herausfinden, wie es sich anfühlt, glücklich zu sein.

Unsere Lippen finden sich, mein Atem setzt aus.

Sanft und dennoch verschlingend erobert Spider meinen Mund. Seine großen Hände umfassen meinen Po, während sich seine Zunge um die meine windet.

Ich spüre, wie er mich noch fester an sich presst und mich durch den Raum trägt. Mit geschlossenen Augen sauge ich seinen herben Geschmack auf und presse mich an seinen Oberkörper. Als ich ein widerwilliges Murmeln von mir gebe, weil er unseren Kuss beendet und seinen Mund von dem meinen löst, lacht er leise auf.

Blinzelnd öffne ich meine Augen und stelle fest, dass er mich ins Bad getragen hat. Wegen des heißen Wasserdampfes ist der Spiegel beschlagen.

Er setzt mich auf dem Waschbecken ab und sieht mir tief in die Augen.

„Du musst deine nassen Sachen ausziehen oder du wirst krank."

Anstatt mich auszuziehen schiebe ich ihm seine Kutte von den breiten Schultern und fahre mit den Fingern über das schwarze Leder seines Pistolenhalfters.

Meine Angst vor jeglicher Art von Schusswaffen habe ich längst überwunden.

„Du bist allzeit bereit in den Krieg zu ziehen."

Bei meinen Worten weiten sich seine Pupillen, der Muskel an seinem Kiefer zuckt.

„Ich bin allzeit bereit meine Prinzessin zu beschützen."

Verdammt!

Wer hätte gedacht, dass ein bewaffneter Rocker so verdammt romantisch sein kann?

„Gut zu wissen, Rider."

Ich ziehe die Waffe aus dem Holster und lege sie hinter mir auf die Badezimmerablage. Spider beobachtet mich argwöhnisch.

Als Nächstes entferne ich das Holster und schiebe meine Hände unter seinen schwarzen Hoody. Ich spüre seine warme Haut und die perfekt definierten Muskeln seines Sixpacks.

„Zieh ihn aus."

Seine Nasenflügel blähen sich, die Muskeln an seinem Bauch zucken.

Mit einer fließenden Bewegung zieht er ihn sich über den Kopf, wie gebannt starre ich auf seine Brust. *Oh wow....*

Bei Gott, dieser Mann ist so verdammt heiß, dass mein Jungfernhäutchen beinahe in Flammen aufgeht.

Die große Tätowierung, die seinen kompletten Brustkorb einnimmt, fesselt meinen Blick. Der von engelsgleichen Flügeln umrahmte Totenkopf, dessen Schädeldecke von einem Schwert durchstoßen wird, starrt mich aus leeren schwarzen Augenhöhlen an.

Vom Knauf bis hin zum Parier ist der Griff reich verziert, es erinnert mich an das berühmte Schwert aus der King-Arthur-Sage.

Hinter dem Totenkopf ist eine Art schwarz-rotes Schild auf seiner Haut verewigt.

„ ... irgendwie gruselig, aber auch wunderschön."

Sein Brustkorb vibriert, als er dunkel lacht.

Spider hat unzählige Tattoos, aber das hier ist mit Abstand das schönste, es ist fast schon ein Kunstwerk.

Besitzergreifend lege ich meine Hand auf die Tätowierung und spreize meine Finger auf seiner warmen Haut. Der Totenkopf ist so groß, dass es mir nicht gelingt, ihn mit meiner Handfläche zu verdecken.

Keiner von uns sagt ein Wort, alles was ich höre sind die laute Musik, die von der Party bis zu uns hinauf schallt und seine tiefen Atemzüge.

In meinem Bauch tanzen hunderte von Schmetterlingen, meine Brustwarzen ziehen sich erregt zusammen. Ich lasse meine Hand weiter nach unten wandern, streiche mit meinen Fingern an seinem Hosenbund entlang, stoppe an dem dünnen Haarstreifen, der an seiner Brust beginnt und in seiner Jeans verschwindet.

Seine Augen ruhen auf meinem Gesicht, die Intensität seines Blickes verbrennt mich regelrecht.

„Was soll das werden, mein Engel?"

Seine Frage ignorierend öffne ich seine große stierkopfförmige Gürtelschnalle, drücke den Knopf durch das Loch und ziehe den Schlitten des Reißverschlusses nach unten.

Bevor ich ihm seine Hose nach unten ziehen und so das Objekt meiner Begierde auspacken kann, umfasst er blitzschnell meine Hand.

„Stopp, Kleines!"

Spiders Stimme klingt, rau, angespannt und grollend.

„Warum?"

Ich sehe ihn unter halb gesenkten Wimpern an, schmolle etwas und schiebe meine Hand in seine Shorts. Sein gezischtes „Fuck off!" ist wie Musik in meinen Ohren. Spider will mich, doch anstatt mich zu nehmen, macht er sich Gedanken darüber, was Richtig und was Falsch ist. So langsam habe ich das Gefühl, den einzigen Dead Rider mit einem Gewissen erwischt zu haben.

„Oh Abi, du bist dem, was du da gerade herausforderst, nicht gewachsen!"

Damit mag er Recht haben, das Dumme an der Sache ist nur, dass mich seine Worte nicht abschrecken sondern meine Neugierde ins Unermessliche steigern.

„Dann zeig es mir, bitte."

Er schüttelt den Kopf. „Nicht heute."

An der festen Entschlossenheit, die in seinen Augen funkelt, erkenne ich, dass ich ihn nicht umstimmen kann.

„Wenn ich dich schon nicht ausziehen darf, wie wäre es, wenn du mir dann dabei hilfst, meine nassen Klamotten loszuwerden?"

Spider legt den Kopf schief, schließt seine Augen und atmet tief durch.

„So langsam glaube ich wirklich, dass die nächsten Monate härter werden als gedacht."

Keck fasse ich mit meiner linken Hand in seinen Schritt. „Das hoffe ich doch", mit diesen Worten grinse ich ihn frech an und ziehe mir das Shirt über den Kopf.

Er tritt einen Schritt zurück, lehnt sich mit dem Rücken an die Wand und verschränkt die Arme vor der Brust. Ich muss wohl nicht erst erwähnen, dass in dieser Pose seine Bizepse besonders deutlich hervortreten?

Ich hüpfe vom Waschbecken, streife mir die zerfetzte Jeans von den Beinen und steige aus der Hose. Unzählige Blutergüsse zieren meine Haut. Das Hämatom auf meiner linken Seite ist am schlimmsten. Direkt über meinem Knöchel ist eine großflächige Schürfwunde, die daher stammt, dass ich von dem Motorrad über die Straße geschleift wurde. Trotz der Verletzungen weiß ich, dass ich verdammtes Glück gehabt habe. Dieser Unfall hätte ganz anders ausgehen können. Spider scheint sich gerade dasselbe zu denken, sein Gesichtsausdruck kann nur als mörderisch bezeichnet werden.

„Zur Hölle, Abi. Ich hätte dich heute beinahe verloren!"

Obwohl ich nur in meiner Unterwäsche vor ihm stehe, fühle ich mich keineswegs unsicher.

„Aber das hast du nicht. Es war nur ein Unfall. Wegen des Regens waren die Straßen nass und ich habe die Kontrolle über die Maschine verloren."

Er schüttelt den Kopf, seine Hände ballen sich zu Fäusten.

„Scheiß auf den Regen! Der Unfall ist eine Sache, es ist aber etwas ganz anderes, dass es dir nur mit Müh und Not gelungen ist, einer Gruppenvergewaltigung zu entgehen."

Erschrocken, dass er von meiner unschönen Begegnung in Spanaway erfahren hat, sehe ich ihn an.

„Woher weißt du davon?"

„Ist das alles, was du dazu zu sagen hast?"

Ich beschließe zu schweigen, öffne meinen BH, lasse ihn auf den Boden fallen und steige samt Slip unter die Dusche.

Spider bewegt sich keinen Zentimeter, er steht da, als wäre er zu Stein erstarrt.

Er beobachtet mich dabei, wie ich mir die Haare einseife, selbst als ich mich mit seinem Duschgel einreibe, behält er mich im Auge.

Mir hätte klar sein müssen, dass er von dem Vorfall in Spanaway erfahren würde. Im Umkreis von einhundert Meilen gibt es nichts, was den Dead Riders nicht zu Ohren kommt. Es mag sein, dass der MC viele Feinde hat, aber er hat ebenso viele Verbündete.

Da ich keine Ahnung habe, wie sich das Gespräch zwischen uns entwickeln wird, lasse ich mir mehr Zeit als nötig. Das Problem an der Sache ist nur, dass wir das heiße Wasser so lange laufen gelassen haben, dass es jetzt langsam kalt wird.

Mist, heute ist einfach nicht mein Tag!

Nervös stelle ich das Wasser aus. Kaum dass ich aus der Dusche gestiegen bin, kommt mir Spider mit einem Handtuch entgegen und wickelt mich darin ein.

In dem weichen Frottee gefangen, da er auch meine Arme mit dem Tuch umwickelt hat, kann ich nichts tun, als er mich leise knurrend in seine Arme zieht.

„So langsam habe ich das Gefühl, dass es mir mit dir an meiner Seite nie langweilig werden wird."

Der Klang seiner Stimme ist mir neu. Ich kann nicht einordnen, ob das eine Tatsache oder eine Beschwerde sein soll. Seine warmen Lippen streifen über meine Stirn, er verpasst meinem Hintern einen Klaps.

„Das nächste Mal, wenn du ohne ein Wort von hier verschwindest, werde ich dich übers Knie legen."

Seine geraunten Worte lassen mich erschaudern. Ist das sein Ernst?

Gerade als ich meinen Mund öffne, um ihn danach zu fragen, schüttelt er lachend den Kopf und verlässt das Badezimmer.

Bei allen Heiligen! Manchmal fällt es mir schwer, diesen Mann einzuschätzen...

„Warte hier, ich hole dir schnell etwas Frisches zum Anziehen. Der Doc müsste gleich da sein."

Ich befreie meine Arme und halte das Handtuch fest.

„OK."

Spider sieht mich ein letztes Mal prüfend an, so als könnte er selbst nicht glauben, dass er jetzt hier vor mir steht. Kopfschüttelnd verlässt er das Apartment, meine Knie geben beinahe nach. Mit einem leisen Seufzen begebe ich mich ins Schlafzimmer und setze mich auf das Bett.

Keine Ahnung, wie lange ich hier gesessen habe, als Spider mit dem guten alten Doc zurückkommt.

„Mädel, Mädel, Mädel, du machst vielleicht Sachen."

Nachdem er die Klamotten neben mir aufs Bett gelegt hat, lässt Spider uns alleine.

Der Clubarzt sieht mich prüfend an.

„Geht es dir gut?"

Wenn ich darauf nur eine Antwort wüsste.

„Bis auf ein paar blaue Flecken und Schürfwunden geht es mir gut. Nach dem Sturz habe ich echt höllische Kopfschmerzen gehabt, aber die sind auch schon viel besser geworden."

Er stellt seine Tasche ab und kniet sich vor mir auf den Holzboden. In seiner rechten Hand befindet sich eine kleine silberne Taschenlampe, mit der er mir abwechselnd in jedes Auge sieht. Anschließend hebt er mir seinen rechten Zeigefinger vor die Nase.

„Folge mit deinen Augen meinen Bewegungen."

Ich tue, was er sagt. Der Arzt nickt kurz, ehe er die Lampe wieder in den Tiefen seiner Arzttasche verschwinden lässt.

„Ist dir schlecht oder fühlst du dich schwindelig?"

„Nein, es geht mir gut." Er sieht mich zweifelnd an. „Ehrlich!"

Er steht wieder auf und tritt einen Schritt zurück.

„Du hast eine leichte Gehirnerschütterung. Wenn du dich übergeben musst oder du Gleichgewichtsprobleme bekommst, musst du sofort ins Krankenhaus. Verstanden?"

„Ja, Doc."

„Gut, zeig mir deine restlichen Verletzungen."

Ich zieh das Handtuch hoch und strecke ihm meine Beine entgegen.

Er stößt einen leisen Pfiff aus.

„Scheiße, Abi."

Dann tastet er mit seinen kühlen Fingern über die Hämatome und bewegt vorsichtig meinen Knöchel.

„Ich werde dir eine Salbe dalassen, die du dreimal täglich auf die Schürfwunden auftragen musst. Den Rest wird die Zeit heilen."

Ich atme erleichtert ein, als er seine Finger von meinen Beinen nimmt.

So nett er auch sein mag, er hat immer eiskalte Hände und jedes Mal, wenn er mich berührt, überkommt mich ein unangenehmer Schauer. Dieser Mann hat irgendetwas an sich, das mich abstößt. Er zieht aus dem vorderen Fach seiner Tasche eine längliche Schachtel, in der sich anscheinend die Wundheilcreme befindet, und reicht sie mir.

„Gut, dann wären wir hier fertig."

Wie aufs Stichwort kommt Spider zurück. Als er meine entblößten Beine sieht, beginnt der Muskel an seinem Kiefer unheilvoll zu zucken.

„Ich bringe dich raus, Doc.“

Er wird doch jetzt nicht allen Ernstes auf den Arzt eifersüchtig sein, oder?

Erschöpft ziehe ich mir die Jogginghose und das Tanktop, das Spider mir gebracht hat, an und setze mich im Schneidersitz mitten in das Bett.

Eigentlich sollte ich aufstehen, in Catchers Apartment gehen und mich in mein Bett legen. Stattdessen bleibe ich sitzen und warte auf die Rückkehr meines Riders und sehne mich nach seinen starken Armen, nach dem leichten Kratzen seiner Bartstoppeln, während er mich stürmisch küsst.

12. Kapitel

Spider

Der Doc ist längst aus meinem Sichtfeld verschwunden und dennoch stehe ich noch immer im Türrahmen und starre auf die verdammte Treppe.

Die Fingerknöchel meiner rechten Hand sind dank des Kampfes im Fightclub blutig und aufgeschürft, auf meiner Jeans befinden sich die Blutspritzer von dem Typen, den ich tot auf dem Parkplatz in Spanaway liegen gelassen habe. Was für ein Tag!

Eigentlich sollte ich jetzt runter zu Ace gehen und ihm das Kuvert übergeben,

in dem sich die 100000 Dollar des Chinesen befinden - doch ich habe einfach keinen Bock. Alles, was ich heute noch will, ist Abi in meine Arme ziehen, sie küssen und festhalten.

Leise fluchend schließe ich meine Augen, reibe mir über die Stirn und gehe zurück zu meinem Mädchen.

Auf Abis Stoffhose befinden sich unzählige pinke Sterne, ihr Top ist so enganliegend, dass ich die Konturen ihrer Nippel deutlich erkennen kann.

Fuck! Diese Nacht wird die Hölle...

Acht Monate, acht beschissene Monate muss ich noch warten, bis ich meine Lady endlich ficken kann. Wie ich das durchstehen soll? Keine Ahnung!

Die Bitch, die ich mir heute nach dem Kampf gegönnt habe, hat mir zwar etwas von dem Druck genommen, doch das reicht bei weitem nicht aus. Völlig egal, wie viele Schlampen ich in den nächsten Monaten ficken werde, keiner von ihnen wird es gelingen, den unstillbaren Hunger zu löschen, der mich quält.

Jede Faser meines Körpers sehnt sich nach Abi. Ihr Geschmack, ihr Geruch und das Gefühl ihrer samtweichen Haut unter meinen Fingern....

Selbst bei dem unschuldigen Anblick, den sie mir in diesem Augenblick bietet, werde ich sofort hart.

Vorhin im Bad, als ihre kleinen Finger über meinen Körper gewandert sind, war ich kurz davor sie mir einfach zunehmen.

Bei unseren Feinden heißt es immer, dass man sich besser nicht mit den Dead Riders anlegen sollte, da wir angeblich unbezwingbar wären. *Holy Shit!*

Dieses wunderschöne, unschuldige siebzehn Jahre alte Mädchen, das da mitten in meinem Bett sitzt, muss nur ihre Hand in meine Hose schieben und ich bin kurz davor in die Knie zu gehen.

Als ich nicht auf sie zugehe, sondern einen Meter vor dem Bett stehen bleibe, sieht sie mich erst fragend an, ehe sie von der Matratze steigt und auf mich zukommt.

Schweigend verschlingt sie ihre Finger mit den meinen, lehnt ihren Kopf an meine Brust und schließt ihre Augen.

Tief in meinem Inneren passiert etwas. Es fühlt sich so an, als würde mein Herz in Flammen aufgehen.

Ich brenne für dieses Mädchen – ich lebe für dieses Mädchen – ich sterbe für dieses Mädchen. So zärtlich wie möglich streiche ich ihr über die Haare und genieße die Intimität dieses Moments.

Bis ich Abi begegnet bin, wusste ich nicht, wie es sich anfühlt zu lieben.

Jetzt, wo ich es weiß, habe ich keine Ahnung, wie ich mit diesem Gefühl umgehen soll.

Ich, ausgerechnet ich, ein Rocker, ein Dead Rider, ein Mörder, bin für die Unversehrtheit dieses perfekten Geschöpfs verantwortlich.

Falls es einen Gott gibt, und das bezweifle ich sehr, lacht er sich gerade über mich schlapp.

Seufzend hebe ich sie in meine Arme, presse meine Lippen auf die ihren und dringe mit meiner Zunge tief in ihren Mund ein. Süchtig nach mehr, streiche ich über ihre Zunge und trinke ihren Geschmack.

Mit einem großen Schritt gehe ich aufs Bett zu und bleibe erst stehen, als ich das Holz des Bettrahmens an meinen Knien spüre.

Widerwillig beende ich unseren Kuss und stelle sie auf die Matratze.

Ohne ein Wort zu sagen, entledige ich mich meiner Schuhe und steige aus meiner Jeans. Nur noch mit meiner Shorts bekleidet ziehe ich sie wieder in meine Arme und lege mich mit ihr hin. Zufrieden seufzend bettet sie ihren Kopf auf meiner Brust und schiebt ihren Schenkel zwischen die meinen. So bleiben wir liegen, Arm in Arm, zusammen.

Urplötzlich wird mir bewusst, dass ich alles, was für mich auf dieser Welt wichtig ist, gerade in meinen Armen halte.

Träge umkreist sie mit ihren Fingern meinen Bauchnabel, zupft leicht an den dunklen Haaren, die unter dem Bund meiner Shorts verschwinden und küsst mich auf den Hals.

Abigails Finger gleiten wieder nach oben, sie spreizt ihre Hand, legt sie, wie auch schon zuvor im Badezimmer, auf das Totenkopftattoo.

Keiner von uns spricht ein Wort, zwischen uns bedarf es keiner sinnlosen Kommunikation – so war es von Anfang an.

Völlig egal in welcher Sprache, das zwischen ihr und mir lässt sich so oder so nicht in Worte fassen. Es dauert nicht lange bis die Aufregung des Tages ihren Tribut fordert und Abi einschläft. Ich taste nach der Decke, breite sie über uns aus und genieße das Gefühl ihres kleinen, warmen Körpers, der sich an den meinen schmiegt.

Abis warmer, gleichmäßiger Atem streift meinen Hals, ich schließe die Augen, lasse meinen Gedanken freien Lauf und schlafe erst kurz vor der Morgendämmerung ein.

Die Nacht war kurz, zu kurz. Frühmorgendliche Sonnenstrahlen tauchen das Zimmer in ein diffuses Licht. Abi liegt noch immer fest an mich gepresst in meinen Armen.

Mein Schwanz, der die ganze Nacht mehr als bereit war Abis Neugierde zu stillen, schmerzt mittlerweile. So eine Dauererektion ist echt scheiße. Meine Eier sind wahrscheinlich schon blau angelaufen.

Acht Monate dicke Eier....

Allein der Gedanke reicht aus, um mich in den Wahnsinn zu treiben.

Ich gönne mir den Luxus, Abi für eine Weile im Schlaf zu beobachten, ehe ich vorsichtig meinen Arm unter ihr herausziehe.

Sie gibt ein leises Brummen von sich, schläft aber zu meinem Glück weiter. So wichtig mir dieses Mädchen auch ist, nach dem Aufwachen brauche ich zehn Minuten lang meine Ruhe. Die Füße aus dem Bett schwingend fische ich mein Handy aus der am Boden liegenden Hose und checke dann meine Mails.

Nach einem letzten Blick auf meine Süße steige ich unter eine heiße Dusche und mache mich danach auf den Weg zu meinem Präsidenten.

Ich finde Ace mit einer großen Tasse dampfendem Kaffee in der Hand hinter seinem Schreibtisch sitzend vor.

„Hey Präs. Du siehst so beschissen aus wie ich mich fühle."

Er streckt mir seinen Mittelfinger entgegen und nippt an seiner Tasse.

„Lass mich raten, Spider. Dicke Eier?"

„Scheiße! Sieht man mir das schon nach einer Nacht an?"

Ace gibt ein trockenes Lachen von sich.

„Keine Sorge, Bro. Sophie hat mich heute Nacht auch nicht schlafen lassen."

Wer hätte gedacht, dass der gefürchtete Rocker Dämon seine Nächte mit Windeln wechseln und Fläschchen zubereiten verbringt.

Eine brünette, echt süß aussehende Clubmaus kommt, nachdem sie angeklopft hat, ins Büro und reicht mir einen Kaffee.

„Danke Honey."

Sie zwinkert mir frech zu, ehe sie hüftwackelnd dahin verschwindet, wo sie hergekommen ist.

Jepp ... es fühlt sich verdammt gut an, wieder in Tacoma zu sein.

„Hier." Ich greife in meine Tasche und werfe ihm den Umschlag mit den 100000 Dollar auf den Schreibtisch. „Wegen dem ganzen Scheiß bin ich noch gar nicht dazu gekommen, dich wegen des Chinesen auf den neuesten Stand zu bringen."

Ace lehnt sich in seinem Stuhl zurück und zündet sich eine Kippe an.

„Schieß los. Was spricht Tian?"

„Er nimmt das Angebot an. 25% hat er schon angezahlt. Allerdings legt er großen Wert darauf, dass kein wodkasaufender Flachwichser übrig bleiben darf."

Mit der Zunge schnalzend öffnet er den Umschlag und streicht mit seinem Daumen über die vielen Dollarscheine.

„Russen, Chinesen, Mexikaner. So langsam gehen die mir alle gehörig auf den Sack."

Ich trinke einen großen Schluck Kaffee und zünde mir ebenfalls eine Zigarette an.

„Das Los des Präsidenten."

Slide kommt ins Büro und legt mir seine Hand auf die Schulter.

„Na, Nomad? Wie war die Nacht? Dicke Eier?"

Echt jetzt? Fluchend fülle ich meine Lunge mit Nikotin, ehe ich mich zu ihm umdrehe.

„Das willst du gar nicht wissen, Vize."

„Stimmt."

Er setzt sich auf den freien Stuhl neben mir, streckt die Beine aus und überkreuzt die Knöchel.

„Um 10:00 ist Abfahrt nach Seattle."

Ace nickt. „Wie viele sind dabei?"

Slide zögert kurz, er scheint in Gedanken alle zusammenzuzählen.

„Zehn, nein warte, mit ihm hier", er deutet auf mich, „sind wir elf."

Der Präsident der Dead Riders steht auf, drückt seine Kippe aus, öffnet den Safe, der sich auf der anderen Seite seines Büros befindet, und legt das Kuvert mit der Anzahlung des Chinesen rein.

„Gut, die Bloody-Rallyes sind wichtig. Es schadet nicht, wenn wir nicht nur zum Töten Blut vergießen."

Slide lässt sein Zippo mehrmals auf- und zuschnappen, jetzt, wo der Geburtstermin seines ersten Kindes immer näher rückt, liegen seine Nerven blank. Ich kann ihn da durchaus verstehen. An seiner Stelle würde es mir nicht anders gehen.

„Spider?" Ace sieht mich an. „Du bleibst an der Sache mit Tian dran. Das wird dein erster Auftrag für den Club werden. Wenn es so weit ist, und es daran geht, die Russen auszuschalten, stelle ich dir Skorpion und Tick an die Seite."

Mit den beiden wird das ein Spaziergang.

Der Rocker Dämon scheint meine Gedanken zu kennen, denn er schüttelt amüsiert den Kopf.

„Glaub bloß nicht, dass das so leicht wird. Seit Slide im Fightclub Dimitris Bruder das Genick gebrochen hat, um eine kleine Prostituierte zu retten, sind die Russen schlecht auf uns zu sprechen. *Scheiße!* Sie sind damals mit Maschinenpistolen bei uns aufgekreuzt und haben Ellen entführt. Erst als Slide in einem Todes-Match gegen Egor, den besten Kämpfer der Russen, triumphiert hat und Razzor Dimitri, den damaligen Kopf der wodkasaufenden Hurensöhne mit seinem Messer gekillt hat, herrscht Ruhe. Aber Ruhe bedeutet noch lange nicht, dass wir uns nicht bis aufs Blut hassen. Alexander, der neue Anführer, verabscheut uns Dead Riders. Ihm geht es weniger um Rache, für ihn ist es etwas Persönliches. Ellen war seine Jugendliebe, er kommt nicht gut damit klar, dass sie sich gegen ihn und für unseren Rocker Devil entschieden hat."

Heilige Scheiße! Das ist ja mal ne Sache....

„Da habe ich ganz offensichtlich was verpasst."

„Aye, Bro, unser Rocker Devil und seine Old Lady haben eine verdammt spannende Geschichte."

Von Amy und Ace weiß ich, dass sie nicht ohne Komplikationen zusammengekommen sind, immerhin hat Ace Amy quasi als Schuldenausgleich für sich beansprucht.

Der Deal war, dass sie ihm gehört, dafür lässt der Club ihren Vater, der beim MC Spielschulden hatte, am Leben. Dass Slide und Ellen ebenfalls ein paar Umwege ins Glück genommen haben, wusste ich bis gerade eben nicht.

„Keine Sorge, Präs, ich bin wachsam."

„Das solltest du auch, Spider. Ein toter Nomad kann nicht in unser Chapter wechseln."

Sehr witzig...

Bevor die Bloody-Rallye nach Seattle startet, will ich noch mal nach Abi sehen.

Gerade als ich aufstehe, grinst Slide mich blöd an.

„Ein toter Nomad hat zumindest keine blauen Eier."

„Fickt euch doch beide!"

Mit diesen Worten lasse ich den Rocker Dämon und seine rechte Hand hinter mir und mache mich auf den Weg nach oben. Das schadenfrohe Gelächter der beiden folgt mir den kompletten Gang entlang. *Idioten...*

13. Kapitel

Abigail

Einen Kuss, einen Klaps auf den Po und drei Worte später ist er weg.

Im Gegensatz zu dem letzten Mal, als er gefahren ist, bin ich mir dieses Mal sicher, dass er in wenigen Stunden zu mir zurückkommen wird.

Ghost, Spider, Catcher, Skorpion, Slide, Ace, Tick, Razzor und eine Menge anderer Riders sind jetzt auf dem Weg nach Seattle, um, wie Spider es nennt, eine Einzahlung vorzunehmen – eine wirklich merkwürdige Art vom Blutspenden zu sprechen.

Allen voran fährt Ace, hinter ihm Slide und Skorpion.

Slide ist bei dieser Blood-Rallye der Road-Captain, das heißt, er ist bei diesem Run für die Reiseroute und die Sicherheit aller Teilnehmer verantwortlich.

Tick bildet heute das Schlusslicht, die Back Door. Dank Catcher weiß ich, dass der hinterste Fahrer bei einer Rallye nicht der mit dem niedrigsten Stand, sondern einer der erfahrensten Fahrer ist.

Bei normalen Spritztouren dagegen ist meistens der Prospect mit dem niedrigsten Stand der Letzte.

Die Hierarchie des Clubs ist den Dead Riders sehr wichtig. Für Außenstehende mag das alles völlig überflüssig wirken, doch hier im MC treffen ein Haufen testosterongeladener, bis auf die Zähne bewaffneter Kerle aufeinander, feste Regeln sind da unabdingbar.

Susan kommt auf mich zu, nimmt mich in die Arme und führt mich direkt zu Nora und ihren drei Jungs.

Ryan trägt eine Miniversion der Kutte seines Vaters. In seiner Hand hält er eine neongrüne Plastikpistole. Als wir näher kommen, zielt er auf mich und drückt ab. Kaltes Wasser spritzt mir entgegen, ich weiche dem Wasserstrahl aus, schnappe mir den Minibiker und kitzle ihn so lange, bis er sich lachend ergibt.

Wenn das bei Spider doch auch so leicht wäre...

Owen steht auf wackeligen Beinen neben Nora, es wird nicht mehr lange dauern, bis er wie seine beiden Brüder über den Hof rennt. Mason hingegen sitzt mit einem Lutscher im Mund auf seinem Spielzeugmotorrad und gibt brummende Motorengeräusche von sich.

Die Maisonne meint es heute gut mit uns, es ist angenehm warm, der Himmel ist blau.

Wer jetzt in den Himmel schaut, würde nie auf die Idee kommen, dass es letzte Nacht so gestürmt und geregnet hat. Kaum dass ich mich neben Skorpions Lady auf die Bank gesetzt habe, boxt sie mir gegen die Schulter.

„Du kleines Luder hast letzte Nacht eine Spritztour gemacht und mich nicht mitgenommen."

Das ist Noras Art mir zu sagen, dass ich nicht noch mal auf die bescheuerte Idee kommen soll alleine loszufahren.

„Sag nichts, ich weiß, dass ich Bockmist gebaut habe."

„Ja, das hast du. Aber nichtsdestotrotz kann ich es verstehen. Manchmal will ich mich auch nur auf ein Bike schwingen und mit Vollgas den Highway langsausen."

Susan sieht Nora verständnislos an. Im Gegensatz zu mir und Nora mag Susan Motorräder nicht wirklich. Nicht gerade die beste Voraussetzung für einen Back Warmer, wie die Frauen auf dem Soziussitz gerne mal genannt werden.

Eine Old Lady, die nicht gerne auf einem Bike sitzt, das hat schon was Seltsames.

Versteht mich nicht falsch, ich mag Susan und es freut mich, dass sie und mein Onkel glücklich miteinander sind. Aber im Gegensatz zu Ellen, die ein geborenes Bikergirl ist, schließlich ist sie in einem Motorcycle-Club aufgewachsen, oder zu Amy, die das Clubleben liebt, habe ich bei Susan immer das Gefühl, dass sie sich hier nicht zu 100% wohlfühlt.

Nora fängt Owen geschickt auf, als dieser nach ein paar Schritten einfach umkippt, ehe sie mich besorgt ansieht.

„Jetzt mal ehrlich, Abi, geht es dir gut? Skorpion hat mir von den Idioten aus Spanaway erzählt. Das war ziemlich knapp, Süße."

Alleine bei der Erinnerung an den unheimlichen Typen mit den Smiley-Tattoos am Hals überkommt mich eine unangenehme Gänsehaut.

„Schei..." bevor ich das Wort komplett ausgesprochen habe, beiße ich mir auf die Zunge und sehe Owen lächelnd an. In der Nähe der Kidis versuche ich eigentlich immer, meine neu entdeckte Leidenschaft für Schimpfwörter zu unterdrücken.

„Ja, es war echt unheimlich. Ich kann nur hoffen, dass ich diesen drei Kerlen nicht noch mal über den Weg laufe. Die waren wirklich grauenhaft."

Nora gibt ein lautes Schnauben von sich.

„Keine Sorge, Abi, der eine läuft garantiert nirgends mehr hin und die anderen beiden sind noch immer damit beschäftigt, ihre Zähne aufzusammeln, ihre Knochen zu richten und Suppe durch einen Krankenhausstrohhalm zu saugen."

Erst als sie mein erschrockenes Keuchen hört, sieht sie mich prüfend an.

„Verdammt! Sag jetzt nicht, dass du das nicht gewusst hast?"

Ich schüttle perplex den Kopf.
„Mir hat wie üblich keiner was gesagt."
Susans „Das ist auch gut so" überhörend zeige ich mit dem Finger erst auf Nora und dann auf mich.
„Warum erzählt dir Skorpion solche Sachen, während Spider mich im Unklaren lässt? Das ist nicht fair!"
„Ganz einfach, weil er dich nicht verängstigen will."
Ich schüttle den Kopf.
„Sehr witzig."
Für einen Moment schweigen wir, die Stille hält genauso lange an, bis mich meine Neugierde überkommt.
„Was meintest du damit, als du gesagt hast, dass der eine garantiert nirgends mehr hinläuft?"
Nora sieht entschuldigend zu Catchers Old Lady.
„Sei mir nicht böse, Susan. Ich muss es ihr einfach sagen. Abi hat das Recht zu erfahren, was um sie herum passiert. Sie muss alle Fakten kennen, wenn sie wirklich mit dem Gedanken spielt, eine Old Lady zu werden."
Susan nimmt ihr Owen ab und macht sich auf den Weg zu Ryan.
Sie hasst Gewalt. In meinen Augen verschließt sie die Augen vor der Welt, in der sie lebt.
Tief durchatmend steckt sich Nora einen Kaugummi in den Mund und bietet mir auch einen an. Ich schüttle ablehnend den Kopf.
„Letzte Nacht, während alle unterwegs waren, um dich zu suchen, hat ein Supporter, ein Unterstützer des Clubs, bei Ace angerufen und ihm mitgeteilt, dass ein paar Typen damit prahlen, dass sie sich beinahe ein Ridergirl geschnappt hätten. Ihm war augenblicklich klar, dass sie damit nur dich meinen konnten. Ace hat sofort Spider und die anderen Jungs informiert, die sind dann nach Spanaway zu ‚Uncle Sam‘s Grill' gefahren, wo die Idioten sich noch immer aufgehalten haben, und haben sich um sie gekümmert. Sie mussten ein Zeichen setzen und dafür sorgen, dass kein Freebiker von hier bis Nevada jemals wieder auf die Idee kommt, eine Lady des Clubs zu belästigen! Ghost und Skorpion haben Spider den Rücken gestärkt. Das Arschloch, das dich verfolgt hat, na ja, der ist erst durch die Scheibe geflogen, ehe Spider ihm ein paar Kugeln verpasst hat. Skorpion und Ghost haben sich seine zwei Kumpels vorgenommen. Im Gegensatz zu dem Kerl, der die Aktion ins Laufen gebracht hat, haben sie statt ihres Lebens nur ein paar Zähne und ihr Ego verloren.
In meinen Augen sind sie damit viel zu einfach davongekommen. Das hier ist das Revier der Riders, jeder, der sich mit uns anlegt, muss das mit seinem Blut bezahlen."

Heilige Scheiße! Das muss ich erst mal verdauen.

Ghost und Spider zusammen – wer hätte das gedacht.

Noras Augen funkeln vor Wut und Rachsucht. Ich bin heilfroh, dass sie nur eine Old Lady und kein Member ist, sie wäre wahrscheinlich die Gefährlichste von uns allen. Nora ist eine Herzblut-Lady - sie liebt den Club, sie steht hinter dem Club, sie lebt für den Club.

Für sie steht jetzt schon fest, dass ihre Jungs mal Riders werden. Für diese Entschlossenheit und diese Loyalität bewundere ich sie sehr.

Das Wissen, dass Spider letzte Nacht einen Mann getötet hat, um mich zukünftig in Sicherheit zu wissen, löst ein seltsames Gefühl in meinem Bauch aus, das ich nicht in Worte fassen kann. Es war nicht das erste Mal, dass er jemanden für mich erschossen hat, doch dieses Mal ist es etwas anderes als damals mit den Mexikanern. Dieses Mal habe ich mich mit meiner unüberlegten Aktion selbst in Gefahr gebracht, zu einem gewissen Teil war es meine Schuld, dass mir diese Sache passiert ist.

„Hör auf dir Vorwürfe zu machen. Dieser Idiot ist an seinem Tod selber Schuld. Jeder weiß, was passiert, wenn man sich mit den Riders anlegt, und dennoch hat er es getan.“

Ellen gesellt sich zu uns, gequält stöhnend streicht sie sich über den Bauch.

Sie kapiert gleich, worüber wir uns unterhalten.

„Nora hat Recht, Abi. Die Aufgabe unserer Männer ist es, uns zu beschützen. Aber wer weiß, vielleicht kommt irgendwann in naher Zukunft der Tag, an dem du deinem alten Mann den Arsch retten musst.“

Ich strecke meine Hand nach ihrem dicken Bauch aus und spüre, wie sich das Baby in ihr bewegt.

„Hast du das? Ich meine, Slide den Arsch gerettet?“

„Ja. Er saß damals im Knast. Ich habe dabei geholfen einen Zeugen zu beseitigen.“

Als Ellen verstummt und selbst Nora nicht weiterspricht, weiß ich sofort, dass diese Geschichte verdammt heftig sein muss. Ich entscheide mich dafür, für heute schon genug erfahren zu haben, und wechsle das Thema.

„Wie viele Tage dauert es noch, bis es endlich ein weiteres Rockerbaby gibt?“

Slides Lady verdreht die Augen.

„Zu lange.“ Nora lacht und beantwortet mir die Frage. „Sie hat noch drei Tage!“

Genau wie ich freut sie sich schon sehr darauf, Tante zu werden.

„Slide will viele Babys. Er redet immer davon, ein eigenes Chapter nur mit seinem Nachwuchs zu gründen. Aber ich verrate euch jetzt mal was. Mir reicht diese eine Schwangerschaft völlig aus.“

Amy kommt mit einem pinken Kinderwagen ums Eck. Sie sieht uns und setzt sich neben Nora auf die Bank. Neugierig werfe ich einen Blick auf die schlafende Sophie. Sie ist mit Abstand das schönste Baby, das ich jemals gesehen habe.

Ellen verzieht das Gesicht.

„Der Tritt ging in die Rippen... Gott Mädels, wenn dieses Kind nicht bald da rauskommt, drehe ich durch."

Lachend, ratschend und völlig entspannt sitzen wir noch eine kleine Ewigkeit in der Sonne. Beobachten Noras Jungs dabei, wie sie quietschend über den Hof rennen und lassen es uns gut gehen.

Früher habe ich mich immer nach einer Familie, Freunden und einem Zuhause gesehnt. Wer hätte gedacht, dass ich all das ausgerechnet in einem Motorcycle-Club finde?

„Eigentlich wollte ich heute noch in die Stadtbibliothek und mir ein paar Bücher besorgen, damit ich mich auf das anstehende Schuljahr in der Lincoln High School in Tacoma vorbereiten kann, hat eine von Euch Zeit mich zu fahren?"

Amy nickt. „Ja gerne, ich brauche eh noch was aus dem Walmart."

Ellen hingegen schüttelt den Kopf.

„Keine Chance, ich fühle mich wie ein gestrandeter Wal. Shopping ist nun wirklich das Letzte, was ich gebrauchen kann."

Sophie jammert leise, Amy steckt ihr den Schnuller wieder zurück in den Mund, zack ist Ruhe.

„Fahrt ihr ruhig, ich passe solange auf die Prinzessin auf."

Ich erkenne an dem unschlüssigen Blick der First Lady des Clubs, dass es ihr schwerfällt Noras Angebot anzunehmen.

Nach kurzem Zögern stimmt sie zu.

„Gut, wir werden ja nicht lange weg sein."

Nora zwinkert mir verschwörerisch zu, sie weiß genau, dass Amy höchstwahrscheinlich alle fünf Minuten bei ihr anrufen und sich nach Sophie erkundigen wird.

Ich für meinen Teil kann sie gut verstehen. Sophie ist ein kleines Wunder. Sollte ich jemals das Glück haben und so ein süßes Baby mein eigen nennen dürfen, würde ich es mit Sicherheit auch nicht gerne aus den Augen lassen.

Da ich mich an meine eigene Mum nicht richtig erinnern kann, kann ich mir nur vorstellen, wie stark die Liebe zwischen einer Mutter und ihrem Kind sein muss.

Verträumt streiche ich der süßen Maus über ihre weiche Wange, ehe ich aufstehe und mich fertig mache.

Zum ersten Mal seit einer Ewigkeit bin ich wunschlos glücklich, ich kann nur hoffen, dass das möglichst lange so bleibt.

14. Kapitel

Spider

Wir sind genau zwanzig Minuten unterwegs, als das absolut Unglaubliche passiert und die Hölle losbricht. Ein Drive-By. Nur ein paar Meilen außerhalb von Tacoma fährt ein schwarzer Van neben uns, die Schiebetür öffnet sich und zwei Russen feuern mit Maschinenpistolen wie verrückt drauflos. Ich sehe das grelle Zucken der Mündungen und rechne mit einem schnellen Tod.

Ace brüllt etwas, Catcher geht zu Boden, immer mehr Kugeln fliegen uns um die Ohren.

Instinktiv reduziere ich die Geschwindigkeit und lasse mich zurückfallen, um so aus der direkten Schussbahn zu kommen.

Slide gibt Gas, Razzor zieht seine Waffe und feuert auf gut Glück zurück, während Poker und Mad ebenfalls ihre Waffen ziehen.

Fuck – Fuck – Fuck!

Razzor trifft einen der Schützen, ein Pick-up, der eigentlich nur an uns vorbeifahren wollte, wird getroffen und knallt gegen ein Verkehrsschild.

Plötzlich verstummt das Rattern der Gewehre, der Van beschleunigt rasant, nimmt die nächste Abfahrt und verschwindet aus meinem Sichtfeld.

Ich werfe einen prüfenden Blick auf meinen Präsidenten, doch der schüttelt verneinend den Kopf und bedeutet mir so, dass ich die Arschlöcher nicht verfolgen soll.

Selbstverständlich kann ich seine Entscheidung verstehen, nichtsdestotrotz würde ich diesen Van am liebsten verfolgen und seine Insassen ins Jenseits schicken.

Einen letzten Blick auf das Kennzeichen werfend wende ich und fahre zu der Stelle, an der Catcher reglos auf dem Boden liegt. Seine Kutte weist mehrere Einschusslöcher auf, seine Augen sind geöffnet, die Pupillen starr.

Holy Shit!

Ace stellt sich neben mich, er flucht laut. Der Schmerz und die Wut, die ihm ins Gesicht geschrieben stehen, sind dieselben, die wir alle empfinden.

Slide hat ebenfalls umgedreht. Als er feststellt, dass Catcher tot ist, lässt er den Kopf in den Nacken fallen und starrt wortlos in die Sonne.

Der azurblaue Himmel scheint uns zu verhöhnen, die dunkle Seite unserer Welt hat gnadenlos zugeschlagen. Der Rocker Dämon streckt seine Hand aus und schließt die Augen unseres toten Bruders.

Um uns herum herrscht das totale Chaos, doch wir halten einen Moment inne und trauern um unseren Bruder.

„Razzor und Slide, verschwindet von hier, nehmt die Nomads mit, fahrt zum Clubhaus und riegelt es ab. Sicherheitsstufe rot! Alle Ladys müssen geschützt und alle Brüder informiert werden. Es reicht, wenn die Bullen nur ein paar von uns mit der Scheiße hier in Verbindung bringen."

Im ersten Moment will ich ihm widersprechen, es widerstrebt mir, meine Brüder hier zurückzulassen. Doch ich weiß, dass Aces Befehl der einzig richtige ist.

Wir wurden öffentlich angegriffen – das hier war eine offizielle Kriegserklärung.

Das zunächst leise Heulen der Sirenen wird mit jeder vergehenden Sekunde immer lauter.

„Verpisst euch!"

Mehr Aufforderung brauchen wir nicht. So schnell es geht steigen wir auf unsere Maschinen und verlassen den Tatort.

Um nicht mehr Aufmerksamkeit als nötig auf uns zu ziehen, halten wir uns genau an die Verkehrsregeln, und ausnahmsweise auch an die Geschwindigkeitsbegrenzungen.

Kurz vor den Toren des Clubgeländes wird mir erst bewusst, was das für Abi bedeutet. Dieser Verlust wird sie hart treffen. Catcher war für sie ihr wichtigstes Familienmitglied. Er war der Grund, warum sie überhaupt hier in Tacoma geblieben ist. Und jetzt ist er tot.

Bei diesem Drive-By hätte es jeden von uns treffen können, dass ich noch lebe, ist verdammtes Glück. Bis auf die Einschusslöcher in meinem Bike bin ich unbeschadet davon gekommen.

Automatisch stelle ich mir die Frage:„ *Was wäre, wenn*? ".

Was wäre, wenn es mich und nicht Catcher getroffen hätte?

Ich habe vor langer Zeit mit der Tatsache, dass jeder Tag mein letzter sein könnte, meinen Frieden gemacht. Diese Scheiße gerade hat mir jedoch wieder verdeutlicht, was ich von Abi verlange, indem ich sie für mich beanspruche.

Catchers plötzlicher Tod verändert alles. Bis jetzt war es so, dass Abigail bei den Dead Riders war, weil sie zu Catcher und damit auch zum Club gehört hat. Jetzt hingegen würde sie für mich bleiben. Kann ich wirklich so ein egoistisches Arschloch sein und zulassen, dass sie ihre Chance auf eine sichere Zukunft aufgibt, um die Old Lady eines Rockers zu werden, der bereits mit einem Bein im Grab steht?

Abi ist noch so verdammt jung, sie hat ihre ganze Zukunft noch vor sich.

Ich will verdammt sein, aber ich liebe dieses Mädchen.

Alles, was ich mir für sie wünsche, ist ein langes, glückliches und sicheres Leben.

Holy Shit!

Sie sollte sich einen Anwalt oder einen Richter zum Mann nehmen. Einen Mann, der auf der richtigen Seite des Gesetzes, aber nicht in der Schussbahn steht.

Abi verdient einen Kerl mit einem festen Einkommen, der ihr ein hübsches kleines Vorstadthaus kauft. Der Typ, mit dem sie eines Tages süße Babys macht, soll sich nicht erst das Blut seiner Feinde von den Händen waschen müssen, bevor er zu ihr ins Bett steigt. *Das ist doch Bullshit!*

Alles, was ich ihr bieten kann, sind meine Harley, der Club und ich.

Ich würde Abi ohne zu zögern mit meinem Leben beschützen, doch wie schnell das vorbeisein kann, haben wir gerade mit eigenen Augen gesehen.

Bei Abigail wollte ich von Anfang an alles richtig machen. Wenn ich sie wirklich behalte, ist das ein Fehler. Sie ist so jung. Wenn ich sie jetzt gehen lasse, wird sie mich vergessen, ich werde zu einer schönen Erinnerung, zu einem Abenteuer, das sie eines Tages ihren Freundinnen erzählen wird.

Die Geschichte wird mit einem: *„... vor langer Zeit, als ich noch jung war“,* beginnen und mit einem: *„...es hätte mit uns nie funktioniert“,* enden.

Ich für meinen Teil werde dieses außergewöhnliche Mädchen nie vergessen, sie wird immer die eine sein, an die ich nachts, wenn mein Verstand zur Ruhe kommt, denken werde. In dem Augenblick, in dem ich hinter meinen Brüdern das Tor passiere, ist meine Entscheidung gefallen. Ich werde Abigail nicht länger für mich beanspruchen. Ich werde sie gehen lassen und ihr somit die Chance auf ein glückliches Leben zurückgeben.

Was mich dieser selbstlose Akt kostet?

Mehr als ich in Worte fassen kann....

Was ich dafür tun muss?

Nichts Besonderes....

Ich muss einfach nur der gefühllose, kaltschnäuzige und egoistische Dead Rider sein, der ich schon seit über zehn Jahren bin. Das sollte mir eigentlich nicht besonders schwer fallen.

Noch bevor wir unsere Bikes vor der Garage abstellen können, eilen auch schon Amy und Abigail auf uns zu, sie waren gerade im Begriff in Amys neuen Pick-up zu steigen.

Slide gibt den Wachmännern am Tor ein Zeichen, dass sie alles verriegeln sollen, Amy sieht mich besorgt an. Im Gegensatz zu Abi weiß sie sofort, was los ist.

„Was ist passiert, Spider?“

„Wir wurden angegriffen. Ein Drive-By kurz nach Tacoma."
Sie zuckt erschrocken zusammen.
„Wo sind die anderen? Wo ist Ace? Oh mein Gott, wurde einer getroffen?"
Ellen und Nora haben ebenfalls bemerkt, dass wir zurück sind. Als sie unsere finsteren Mienen sehen, laufen sie auf uns zu.
„Ace und die restlichen Riders sind gerade mit den Cops beschäftigt. Wir sind hier, um den Club abzuriegeln und um alle zu informieren."
Slide zieht Ellen an sich und verpasst ihr einen kurzen, harten Kuss, ehe er einen Befehl nach dem anderen durch den Hof schreit.
„Sind alle Ladys und Kinder auf dem Gelände?"
Nora nickt. „Ja, es sind alle da!"
Abi sieht mich verwirrt an, im Gegensatz zu den anderen Frauen braucht sie einen Augenblick länger, um zu verstehen, was gerade um sie herum geschieht.
Amy sieht mich prüfend an, ihr ist nicht entgangen, dass ich ihre letzte Frage noch nicht beantwortet habe. In meinen Augen steht es mir nicht zu, die Old Ladys über den Tod eines Mitglieds in Kenntnis zu setzen. Ich bin noch immer ein Nomad und kein festes Mitglied des Chapters. Die Abstimmung, in der es um meinen Wechsel zu den Tacoma Riders geht, hat noch nicht stattgefunden, und jetzt, wo ich beschlossen habe Abi freizugeben, wäre es vielleicht eh das Beste, wenn ich einfach ein Nomad bleibe.
Als die First Lady des Clubs kapiert, dass sie von mir keine Antwort bekommen wird, stellt sie sich Slide in den Weg.
„Verdammt! Sagt mit jetzt endlich mal jemand, was los ist? Wurde jemand getroffen?"
Slide sieht kurz zu mir, streift Abi mit seinem Blick und zieht Ellen fest an seine Seite.
„Catcher wurde erschossen."
Abigails entsetztes Aufkeuchen geht mir durch Mark und Bein. Ich gehe auf sie zu, stütze sie, als sie ins Wanken gerät.
Sofort schlingt sie ihre Arme um mich und presst ihr Gesicht an meine Brust.
Abi zittert am ganzen Körper, ihre Tränen durchnässen meinen Hoody.
„Es tut mir leid, mein Engel. Es tut mir so leid!"
Während ich ihr beruhigend über den Rücken streiche, entdecke ich Susan in der Clubtüre. *Scheiße!* Sie scheint Slides Worte ebenfalls gehört zu haben, dicke Tränen rinnen ihr über das Gesicht. Nora schiebt Sophies Kinderwagen zu Amy und geht auf ihre Freundin zu. Susan und Nora standen sich schon immer sehr nahe, wenn es eine schafft, die in sich zurückgezogene Susan zu trösten, dann sie.

„Wer war es?"
Slide sieht zu Ellen hinab und beantwortet ihre Frage.
„Es waren die Russen."
Ellen ballt ihre Hände zu Fäusten. „Dieser verdammte Drecksack. Dafür werde ich ihn eigenhändig töten."
Mir ist sofort klar, dass sie Alexander, den neuen Anführer der wodkasaufenden Drecksäcke meint. Vor langer Zeit waren die beiden ein Paar, mittlerweile hasst sie ihn aus tiefstem Herzen.
Kopfschüttelnd legt Slide seine große Hand auf den dicken Babybauch seiner Lady.
„Das wirst du nicht tun! Denk an unser Kind. Überlass das uns. Ich verspreche dir, dass er keinen angenehmen Tod haben wird."
Es ist Ellen deutlich anzusehen, wie schwer es ihr fällt, auf ihren Mann zu hören. Slides Lady gleicht, wenn sie wütend ist, einem verdammten Killerkommando. *Fuck!* Ich habe keine Angst vor Frauen, aber bei Ellen mache ich eine Ausnahme. Wenn sie es sich in den Kopf setzt, jemanden abzuknallen, zieht sie es eiskalt durch. Alexander wäre nicht der Erste, der von Ellen zum Sensenmann geschickt wird.
Abigail fest an mich drückend, werfe ich Amy einen flehenden Blick zu.
Jetzt, wo die Sache mit den Russen so eskaliert ist, müssen wir einige Vorbereitungen treffen, doch das kann ich nicht mit einem weinenden Mädchen im Arm.
Am liebsten würde ich Abigail versprechen, dass alles wieder gut wird, dass ich für sie da bin und dass ich sie beschützen werde, doch ich spreche es nicht aus, reiche sie stattdessen an Amy weiter.
Ellen geht mit den beiden. Slide und ich sehen den Ladys nach. Abigail so zu sehen, tief in ihrer Trauer versunken, bestärkt meinen Entschluss, sie freizugeben nur noch.
Das hier, das Clubhaus der Dead Riders, ist nicht der richtige Ort für ein Mädchen wie sie.
Poker und Mad hängen bereits am Telefon, um die umliegenden Chapters zu warnen. Auf dem Flachdach der Werkstatt haben sich bereits zwei Prospects postiert, jeder von ihnen trägt mehrere Waffen bei sich. Die nächsten Tage werden verdammt blutig und sehr anstrengend – ich kann es kaum erwarten, Catchers Tod zu rächen.
Bis zur Abenddämmerung war ich ununterbrochen damit beschäftigt, Slide dabei zu helfen, den Vergeltungsschlag zu planen. Aus dem Bunker des Clubs wurden die clubeigenen Waffenvorräte herausgeholt. Jetzt sieht es in Slides Büro wie in einem verdammten Arsenal aus.

Kisten voller Munition, Heavy Maschine Guns, Messer und allerlei andere Waffen, bei deren Anblick mein Herz einen Satz macht, liegen bereit.

Tick hat drei weitere Überwachungskameras installiert, auf dem Gelände hinter dem MC wurden Bewegungsmelder angebracht.

Niemand kann sich uns nähern, ohne dass wir es erfahren.

Zwar rechne ich nicht damit, dass uns die Russen in einer Nacht- und Nebelaktion angreifen werden, das passt nicht zu ihnen, dennoch schadet es nicht, auf Nummer sicher zu gehen.

Gerade als ich mich das erste Mal seit Stunden setzen will, höre ich, wie Bikes auf das Gelände fahren.

Ace und die anderen sind endlich zurück. Von unserer Clubanwältin Riana wissen wir, dass es den Drecksbullen nicht gelungen ist, ihnen eine Beteiligung an der Schießerei nachzuweisen.

Die Aussagen der Augenzeugen haben sich mit denen unserer Brüder gedeckt.

Dieser Drive-By hat uns erneut in den Fokus der Ermittler geschoben. Das verdammte FBI hat mit Sicherheit schon seine Spitzel auf uns angesetzt. Diese anzugtragenden Lackaffen lieben es ganz offensichtlich, Nacht für Nacht in ihren schwarzen Limousinen zu sitzen und uns zu beobachten.

Ihre Anwesenheit wird uns zwar unsere Arbeit etwas erschweren, doch einfach war es auch vorher nicht. Ace wird entscheiden müssen, wie wir jetzt weiter vorgehen wollen und ob wir den Waffentransport nächste Woche eventuell verschieben müssen. Völlig egal, wie er sich entscheidet, ich werde da sein und meinen MC unterstützen.

Fuck! Wenn die Agents wüssten, wie viele Waffen sich im Inneren unseres MCs befinden, würden sie alles in ihrer Macht Stehende tun, um einen Durchsuchungsbefehl zu erwirken. Doch sie wissen es nicht – im Grunde genommen wissen sie einfach gar nichts.

Auf dem Weg in den Hof begegne ich Tick, der eine Holzkiste mit der Aufschrift ‚*hochexplosiv*' durch die Halle trägt.

„Scheiße, Bro, was hast du vor?"

Er gibt ein irres Lachen von sich.

„Diesen Russen werden wir ordentlich einheizen. *Tick – Tack – Tick – Tack* werden wir sie in die Luft jagen."

Tick ist der Sprengstoffmeister unseres Clubs, daher auch sein Straßenname.

Wenn irgendwo etwas explodiert, kann man davon ausgehen, dass Tick wieder am Werk war.

Kopfschüttelnd gehe ich an ihm vorbei, um Ace und die anderen zu begrüßen.

Slide taucht neben mir auf.
„Hast du Tick gesehen?"
Er schnalzt mit seiner Zunge, zündet sich eine Kippe an und lässt sein Zippo ein paar Mal auf- und zuschnappen, ehe er es zurück in die Tasche steckt.
„Aye, Bro. Dieser Alte wird uns eines Tages noch mal alle in die Luft sprengen."
Ich widerspreche ihm nicht. Es liegt durchaus im Bereich des Möglichen.
Ace und die anderen steigen steif von ihren Maschinen.
Catchers Tod ist ein herber Verlust, dennoch können wir von Glück reden, dass wir nicht mehr Opfer zu beklagen haben.
Noch bevor die Prospects das Tor schließen können, fährt ein weißer Mercedes SLK auf das Gelände – die Anwältin ist da.
Wer Riana zum ersten Mal sieht, denkt an alles, aber ganz bestimmt nicht an eine Anwältin. Diese Frau würde viel eher in einen der MC-eigenen Stripclubs passen, als in einen Gerichtssaal. Doch ihr Äußeres täuscht. Jeder, der den Fehler macht und Riana vor Gericht unterschätzt, wird von ihr eiskalt in den Boden gestampft.
Sie ist klein, neben mir wirkt sie wirklich winzig, doch trotz ihrer geringen Körpergröße hat sie perfekt geformte Beine - wobei, *Scheiße*, an dieser Frau ist einfach alles perfekt geformt – yeah, sie würde echt gut an eine Poledance-Stange passen.
Die Frau Anwältin trägt immer High Heels, knielange Röcke und perfekt gestärkte Blusen. Der Perfektionismus dieser Frau ist mir echt unheimlich.
Ohne auf die gedrückte Stimmung Rücksicht zu nehmen, rauscht sie auf uns zu und sieht Ace direkt an.
„Halleluja, Präsident. Das war echt knapp."
Sie sieht Skorpion an, der reicht ihr wie auf Kommando eine Kippe.
Slide holt sein Zippo erneut hervor, sie inhaliert den Rauch mit geschlossenen Augen.
„OK. Es sieht so aus, Jungs. Das FBI wird euch an der Arschbacke kleben. Sie haben Blut geleckt und warten jetzt darauf, dass ihr euch an den Russen rächt."
Riana mag zwar wie eine Puppe aussehen, sie ist aber weder bei ihren Abrechnungen noch bei ihrer Wortwahl zimperlich.
Sie kostet dem MC eine Stange Geld, ist aber jeden Penny wert.
Auch ich habe es ihr zu verdanken, dass ich nicht längst hinter Gittern sitze und bei widerlichem Gefängnisfraß verrecke.
Sie atmet den Rauch aus und wendet sich an Ace.

„Mir ist klar, dass ihr das tun müsst.“ Sie senkt ihre Stimme: „Catcher war ein guter Kerl.“

Für einen Moment starrt sie auf den Boden, ehe sie weiterspricht: „Aber bei Gott, wenn sie euch erwischen, schaffe ich es dieses Mal nicht, euch da rauszuhauen.“

Jetzt sieht sie Slide an. „Die Russen haben dich schon mal im Knast angegriffen, nur dank deiner schießwütigen Old Lady, eines toten Zeugen und jeder Menge toter Cops stehst du jetzt hier. Ich muss euch allen nicht sagen, dass ihr im Knast keinen Schutz habt, das wisst ihr selbst am besten. Wenn ihr euch nur den geringsten Scheiß erlaubt, buchten die euch ein, ehe ich das Wort Strafgesetzbuch buchstabieren kann. Das FBI ist noch immer ziemlich angepisst, weil ihr vor einem knappen Jahr diese Agents getötet habt.“

Skorpion zuckt mit den Schultern, ehe er das Wort ergreift.

„Das konnten sie uns nie nachweisen!“

Rianas Mobiltelefon klingelt, sie checkt das Display und entscheidet sich dazu, den Anruf nicht anzunehmen.

„Trotzdem wissen sie, dass ihr das wart. Für den leitenden Agent ist diese Sache was Persönliches, er wird keine Ruhe geben, solange er euch nicht dingfest gemacht hat.“

Fluchend fahre ich mir mit der Hand über den Kopf. Das wird eine wirklich unschöne Sache!

Die First Nine des Clubs begeben sich in Aces Büro. Slide bleibt kurz bei mir stehen und legt mir die Hand auf die Schulter.

„Schau nach Abi. Sie braucht dich jetzt.“

Ich schüttle den Kopf.

„Nein.“

„Er sieht mich fragend an.“

„Jetzt, wo Catcher tot ist, muss ich sie freigeben, diese ganze Clubscheiße ist nicht das Richtige für sie!“

Seine Mimik verhärtet sich.

„Bist du dir da sicher, Bro?“

Was für eine beschissene Frage. „Nein.“

Slide sieht mich verständnisvoll an.

„Lass sie nicht gehen, sie gehört hierher.“

„Das sehe ich anders.“

Er sieht mich schweigend an, ehe er den anderen ins Büro folgt.

Der Vize muss nicht mit mir einer Meinung sein, ich werde es mir nicht mehr anders überlegen.

Your brother ain't always right, but he's always your brother.

Slide hat keine Ahnung wie schwer mir diese Entscheidung gefallen ist.

Fuck! Ich liebe dieses Mädchen seit unserer ersten Begegnung – seit dem ersten geteilten Blick. Und aus genau diesem Grund muss sie den MC verlassen.

So wie ich Susan einschätze, wird sie nicht hierbleiben wollen, jetzt wo Catcher tot ist. Sie hat sich hier nie richtig wohlgefühlt. Ich schätze, dass sie in das Haus ziehen wird, das Catcher gekauft und renoviert hat. Sie und Abi können dort ein neues Leben beginnen. Ein Leben ohne Leder, Schießereien, Gewalt und Männer wie mich.

15. Kapitel

Abigail

Eine Woche. Sieben verdammt lange Tage ist es jetzt her, dass mein Onkel aus einem fahrenden Van heraus erschossen worden ist.

Meine Trauer ist in Wut und Verzweiflung umgeschlagen. Einerseits könnte ich nur heulen, andererseits will ich meine komplette Umgebung einfach kurz und klein schlagen. Mein ganzes Leben habe ich mir gewünscht, bei ihm zu leben, und jetzt, wo dieser Wunsch endlich in Erfüllung gegangen ist, ist Catcher tot.

Susan hat im Gegensatz zu mir kaum geweint, sie trauert anders. Während ich mich viel mit Ellen und Amy unterhalte, zieht sie sich immer mehr in sich zurück. Letzte Nacht hat sie mir erzählt, dass sie in das kleine Haus am Stadtrand ziehen will. Sie hat mich gebeten, mit ihr zu kommen, doch ich konnte weder ja noch nein sagen.

Es kommt mir so vor, als würde mein ganzes Leben in der Schwebe hängen, als würde sich das Schicksal gerade überlegen, wie es mit mir weitergehen soll.

Und, als ob das alles noch nicht schlimm genug wäre, weicht mir der Mensch, den ich jetzt am meisten brauche, aus. Auch wenn man mir nichts sagt, sondern mich nur hier auf den Gelände einsperrt, weiß ich, dass die Riders von Rache getrieben werden.

Wenn mein Onkel noch am Leben wäre, würde er jetzt sagen, dass Blut in der Luft liegt.

Wie heißt es so schön? Auge um Auge - Zahn um Zahn.

Es herrscht Krieg. Auf der Straße vor den Toren des Clubs steht seit Catchers Todestag eine Limousine mit zwei bis drei Cops, die das Gelände beobachten.

Vielleicht sollte mich die Präsenz der Polizei beruhigen, aber das tut sie nicht. Es waren die Rocker, die mich damals befreit und in Sicherheit gebracht haben und nicht die Cops.

Meine Entführung hat mich eine Sache gelehrt: Auf das Gesetz und deren Hüter ist kein Verlass!

Immer wenn ich versucht habe, auf Spider zuzugehen, hat er nur ein paar Worte mit mir geredet und mich dann alleine stehen lassen.

Nacht für Nacht, wenn ich in meinem Bett liege und die Riders noch immer unterwegs sind, frage ich mich, was ich falsch gemacht habe.

Aus welchem Grund hat sich Spider so von mir abgewendet?

Dieser Mann jetzt hat nichts mehr mit dem zu tun, der mir im Brustton der Überzeugung erklärt hat, dass ich zu ihm gehöre...

Wenn ich nicht gerade stundenlang neben einer schweigsamen Susan sitze, unterhalte ich mich mit Amy und den anderen Ladys.

Wobei Ellen zurzeit nicht die angenehmste Gesprächspartnerin ist.

Sie ist jetzt vier Tage über dem errechneten Geburtstermin und gleicht einer tickenden Zeitbombe. Ihr Arzt hat gemeint, dass er dem Baby noch zwei Tage Zeit lassen möchte, ehe er die Geburt künstlich einleiten wird.

Auch wenn Ellen das anders sieht, bin ich froh, dass das Baby noch nicht auf die Welt gekommen ist. Die ständige Bedrohung durch die Russen, die Ungewissheit und die gedrückte Stimmung seit Catchers Tod sind nicht unbedingt ideal für so ein schutzloses Geschöpft.

Immer wieder muss ich an das Baby denken, und jedes Mal stelle ich mir die Frage, wie es in dieser gefährlichen Welt nur groß werden soll?

Wann immer die Männer das Gelände verlassen, habe ich Angst, dass nicht alle wieder zurückkommen werden. Die Trauerfeier für meinen Onkel ist auf Montag angesetzt. Mir bleiben also noch zwei Tage, ehe ich dabei zusehen muss, wie er beerdigt wird.

Ich spüre Ghosts Blicke in meinem Rücken und weiß, dass er auf mich aufpasst. Es ist fast wie vor Spiders Rückkehr, nur dass der Nomad, dem mein Herz gehört, nicht irgendwo auf den Straßen dieses Landes unterwegs ist, sondern im Apartment neben mir lebt.

Es ist verrückt, aber jetzt, wo er hier ist, kommt er mir genauso weit entfernt vor, wie damals, wo ich nicht einmal wusste, wo er sich aufhielt.

Letzte Nacht kam mir zum ersten Mal der Gedanke, dass es vielleicht besser gewesen wäre, wenn Spider nicht zurückgekommen wäre. Auch wenn ich danach sofort ein schlechtes Gewissen hatte, bin ich mir sicher, dass mir dieser Gedanke noch ein paar Mal durch den Kopf spuken wird.

Von dem Mann, den man liebt, verlassen zu werden, ist schlimm, von ihm ignoriert und wie Luft behandelt zu werden, ist jedoch viel schlimmer.

In der vergangenen Woche habe ich meine Lektion gelernt vertraue niemals einem Mann, der all seine Habseligkeiten in einem Rucksack und den Satteltaschen seines Motorrads unterbringen kann.

Vielleicht sollte ich ihn einfach aus meinem Leben streichen, meinen Onkel beerdigen und anschließend mit Susan in das Haus ziehen.

Etwas Ruhe und Abstand sind vielleicht genau das Richtige. Es hat lange gedauert, bis ich nach meiner Entführung endlich wieder zu mir selbst gefunden habe, ich werde nicht zulassen, dass Spider mich erneut zerstört. Ich habe nicht die Kraft, mich erneut wieder vom Boden hochzuziehen.

So schwer es mir im Augenblick auch fällt, mich auf die Zukunft zu fokussieren, muss ich genau das jetzt machen. Ich kann und will mich nicht von einem Mann abhängig machen, der wechselhafter ist als das verdammte Wetter.

Es ist wolkenverhangen, grelle Blitze zucken über den schwarzen Nachthimmel. Das laute Grollen des Donners lässt mich erschrocken zusammenzucken. Es hört sich so an, als würden die Götter im Himmel streiten.

Vielleicht ist es aber auch nur das Donnern von Catchers Fäusten, die an die Himmelspforte klopfen.

Die Vorstellung, wie er da mit seiner Lederkutte steht und auf Einlass wartet, amüsiert mich.

Oh verflixt....

Ich hätte das letzte Glas Weißwein wirklich nicht mehr trinken dürfen.

Müde öffne ich das Fenster, lasse die kühle Luft herein und lehne mich über den Sims.

Der Wind zerzaust mir die Haare, Regentropfen zerplatzen auf meinem Gesicht. Unten im Hof sehe ich Ghost. Er arbeitet trotz der späten Stunde in der Werkstatt. Bei dem Drive-By sind viele der Bikes entweder durch einen Sturz oder durch den Kugelhagel zu Schaden gekommen.

Susan ist schon vor zwei Stunden ins Bett gegangen, ich hingegen bin alles andere als müde. Für einen Augenblick zögere ich, doch dann schließe ich das Fenster wieder und verlasse das Apartment.

Ghost ist mir wichtig, doch seit Spiders Rückkehr habe ich kein einziges Mal die Gelegenheit gehabt, mich mit ihm zu unterhalten.

Die vielen Pfützen im Hof weichen mir, bis ich in der Werkstatt ankomme, die dünnen Ledersohlen meiner Ballerinas durch. Er ist so in seine Arbeit vertieft, dass er mich nicht bemerkt hat. Für ein paar Minuten bleibe ich in der Türe stehen und beobachte ihn.

Erst als ich wegen der kalten Luft niesen muss, hebt er seinen Kopf und sieht in meine Richtung.

„Hey Baby, was ist los?“

Natürlich denkt er, dass irgendetwas vorgefallen sein muss, wenn ich mitten in der Nacht in meiner rosakarierten Schlafanzughose und einem dünnen Tanktop in der Werkstatt auftauche.

„Nichts. Ich habe dich durchs Fenster gesehen und dachte, ich schaue mal bei dir vorbei. In letzter Zeit haben wir nicht besonders viele Möglichkeiten gehabt, uns ungestört zu unterhalten.“

Er gibt ein aufgebrachtes Schnauben von sich, wischt sich die dreckigen Hände an der Hose ab und kommt auf mich zu.

„Dein Nomad ist zurück. Du brauchst mich nicht mehr.“

Seine Worte schmerzen.

„Ich habe nie deine Nähe gesucht, weil ich dich *gebraucht* habe.“

Das Wort ‚*gebraucht*‘ betone ich ganz besonders.

Ghost kommt mir noch ein bisschen näher.

Er riecht nach Schweiß, Motoröl und Leder – ich liebe diesen Geruch.
„Und warum warst du dann bei mir?"
In meiner Magengrube breitet sich ein angenehmes Flattern aus, ich lecke mir die Lippen.
„Weil ich es so wollte."
Ghost beugt sich zu mir herab, streift mit seiner Nase an meinem Hals entlang, legt mir seine Hand auf den Rücken.
„Hast du getrunken, Abi?"
Von unserem Körperkontakt irritiert, bringe ich nur ein „mhhmmmm" zustande.
Seine rauen Finger schieben sich unter mein Top, streicheln über die empfindliche Haut an meinem Steißbein.
„Dein Spider scheint nicht so besonders gut auf dich aufzupassen."
Ohne lang darüber nachzudenken, erwidere ich, dass er nicht *mein* Spider ist.
Er gibt ein leises Knurren von sich, ich erschaudere.
„Du tauchst mitten in der Nacht angetrunken hier auf, trägst das süßeste Outfit, das ich je an dir gesehen habe und flüsterst mir zu, dass du bei mir warst, weil du es so wolltest.... Oh Baby, das ist nicht gut, das ist gar nicht gut."
Verwirrt hebe ich meinen Kopf und sehe ihn an.
„Warum ist das nicht gut?"
Seine Iris ist so hell und farblos, dass sie beinahe gar nicht mehr zu erkennen ist - Geisteraugen.
„Weil ich dich will."
Bei seiner Antwort verschlägt es mir die Sprache.
Vier Worte, so einfach und unkompliziert, stürzen meine Gefühlswelt in ein heilloses Durcheinander.
Weil ich dich will... halleluja!
In den vergangenen Tagen habe ich mir nichts sehnlicher gewünscht, als dass Spider zu mir kommt und mich in den Arm nimmt. Gott, ich habe mich so einsam gefühlt. Aber das hat er nicht, stattdessen hat er mich wie Scheiße behandelt.
Meine Gefühle für Ghost haben sich nicht verändert, sie sind, seit Spider wieder da ist, weder schwächer noch stärker geworden. Es mag sein, dass meine Liebe zu Spider um einiges stärker ist, doch das bedeutet nicht, dass Ghost mir egal ist.
Jetzt im Moment fühlt es sich verdammt gut an, in seinen Armen zu liegen.
Ich fühle mich sicher und geborgen, begehrt und gewollt.
Die Art und Weise, wie Ghost mich gerade ansieht, raubt mir den Atem. Ich senke den Blick und betrachte seine Lippen.

„Ich will dich küssen."
Die Flasche Weißwein verleiht mir ganz offensichtlich Mut.
„Ich werde dich nicht davon abhalten, Baby."
Nervös lege ich ihm meine Arme um den Nacken, stelle mich auf die Zehenspitzen und presse meine Lippen auf die seinen. Ghost gibt ein raues Lachen von sich, ehe er die Führung übernimmt.
Fordernd und heiß schlängelt sich seine Zunge zwischen meine Lippen, wühlt sich durch meinen Mund, verursacht bei mir Herzrhythmusstörungen.
Leidenschaftlich erwidere ich seinen Kuss mit derselben Ungezügeltheit.
Ghosts große Hände umfassen meinen Po, heben mich an, nur um mich wenige Augenblicke später auf der Arbeitsplatte der Werkbank abzusetzen. Kraftvoll, bestimmend und rau nimmt er mich in Besitz. Zum ersten Mal seit ich von Catchers Tod erfahren habe, lässt der Schmerz nach, der sich tief in mir eingenistet hat.
Mit meinen Fingern umfasse ich das Revers seiner Kutte und ziehe ihn weiter zwischen meine Beine.
Ghost schickt seine Hände auf Reisen, legt seine Finger an die Stelle, wo sich meine Schenkel treffen und reibt über meine Scham.
Ein heftiges Prickeln lässt mich erschaudern, ich werde sofort feucht.
Das Ziehen, das sich in meinem Unterleib ausbreitet, lässt meine Brüste anschwellen, meine Nippel ziehen sich zusammen.
Das ist genau das, was ich jetzt brauche...
Nicht denken, nicht reden, einfach nur fühlen!
Er unterbricht unseren Kuss, zieht mir das Top über den Kopf und verschlingt mich mit seinen Blicken. Fasziniert beobachte ich, wie sich seine Pupillen weiten. Seine Augen wirken so unheimlich wie noch nie.
„Du bist wunderschön, Baby. Unfuckingfassbar wunderschön!"
Geschickt klappt er die Körbchen meines BHs nach unten und entblößt so meine Brustwarzen. In der Sekunde, in der er mit seinen rauen Fingerspitzen über das empfindliche Fleisch streicht, setzt mein Herzschlag aus.
Sachte, so als wäre ich das Kostbarste, was er je berührt hat, beginnt er meinen Körper zu erforschen.
Es ist ein herrliches Gefühl, so begehrt zu werden.
Ghosts Bewunderung ist mir eintausend Mal lieber als Spiders seltsame Zurückhaltung.
Hier und jetzt fühle ich mich mehr als Frau als jemals zuvor in meinem Leben.
Sein Mund schließt sich um meinen Nippel, er leckt geschickt darüber, entlockt mir ein lautes Stöhnen.

„Mehr..." mein Flüstern hallt durch die leere Werkstatt. Ich bekomme nur nebenbei mit, dass es draußen mittlerweile wie verrückt schüttet. Es hört sich so an, als würde die Welt untergehen.

„Fuck Baby! Du willst mehr? Ich gebe dir mehr, als du ertragen kannst!"

In Anbetracht der Tatsache, dass ich noch immer Jungfrau bin, sollte mich diese Ankündigung vielleicht ängstigen, doch das tut sie nicht – im Gegenteil, ich kann es kaum erwarten.

Ghosts Beherrschung scheint sich immer mehr in Luft aufzulösen, denn er berührt mich immer fordernder, sein Griff wird härter, seine Zähne graben sich in meine Brustwarze.

Der süße Schmerz fährt von meiner Brust direkt in meinen Schoß.

Mein Kitzler pulsiert sehnsüchtig, mein Inneres zieht sich erwartungsvoll zusammen.

Plötzlich wird Ghost zum Mittelpunkt meiner Welt, jede Faser meines Körpers sehnt sich nach seinen Händen.

Ungeduldig schiebe ich ihm meine Hände unter das Shirt, ertaste seinen muskulösen Oberkörper und stelle fest, dass er ein Brustwarzenpiercing hat.

Ich lasse den Ring sanft durch meine Finger gleiten, zupfe und spiele mit ihm.

Aus Ghosts Kehle löst sich ein animalischer Laut, er presst seinen Unterleib so fest gegen den meinen, dass ich die harten Konturen seiner Erregung spüren kann.

Ich lasse meine Hand nach unten gleiten, öffne seinen Gürtel und schiebe meine Finger in seine Hose. In einem Nest aus Schamhaaren ertaste ich die Wurzel seines Penis.

Ohne Scheu umfasse ich seinen Schwanz und spure mit meiner Fingerspitze die dicke Ader nach, die sich an der Unterseite seines Glieds bis hinauf zu seiner Eichel schlängelt.

Oh Gott – er fühlt sich verdammt gut an. Hart, dick und dennoch samtig weich. Die Muskeln in seinen Oberschenkeln beginnen zu zucken, sein Atem beschleunigt sich.

Es gefällt mir, Ghost im wahrsten Sinne des Wortes in der Hand zu haben.

„Zur Hölle, Baby. Ich werde mich so tief in dich rammen, dich so hart ficken, bis du meinen Namen schreist. Du wirst ihn immer und immer wieder aus dir herausbrüllen, solange bis du diesen Nomad vergessen hast. Oh Baby! Ich will dich, ich will dich ficken, küssen, besitzen und behalten. Entscheide dich für mich und ich verspreche dir, dass ich dich besser beschützen werde als dieser Hurensohn."

Äußerlich zeige ich Ghost nicht, wie sehr mich seine Worte berührt haben, aber innerlich zerreißen sie mich fast.

Ich weiß, dass er die Wahrheit sagt. Schließlich hat er schon viele Monate lang auf mich achtgegeben.

Ist es möglich einen Mann zu lieben, obwohl er ganz offensichtlich nicht der Richtige für einen ist? Ganz offensichtlich.

Ghost schlingt seinen Arm um meine Taille, hebt mich leicht an, so dass er mir meine Hose samt Slip ausziehen kann. Der kühle Lufthauch, der meinen nackten Unterleib streift, fühlt sich gut an. Meine Schamlippen sind empfindlich und geschwollen - mein Körper hat sich längst für Ghost entschieden.

Seine Finger legen sich besitzergreifend auf meine Vagina.

„Wenn du es erlaubst, dass ich der Erste bin, der seinen Schwanz in dich schiebt, werde ich nicht zulassen, dass es nach mir noch andere Männer tun. Das hier ist eine Entscheidung für immer. Fick ich dich, besitz ich dich! So einfach ist das, Abi."

Mein vor Lust benebelter Kopf braucht sehr lange, bis er versteht, was Ghost da gerade gesagt hat.

Will ich das wirklich?

Bevor ich mir diese Frage selbst beantworten kann, teilt Ghost meine Schamlippen, streicht über meine Klitoris und dringt mit einem seiner langen Finger tief in mich ein.

Bämmmmm.... Meinem Verstand gehen die Lichter aus.

Ghosts linke Hand umfasst meinen Po, schiebt mich noch etwas weiter auf seinen Finger.

Instinktiv spreize ich meine Beine noch mehr, gewähre ihm so besseren Zugang.

„Du willst es, Baby! Sag, dass du es willst!"

Stöhnend biege ich den Rücken durch, seine Zunge leckt über meine rechte Brustwarze.

Verdammt, fühlt sich das gut an. Ich wusste nicht, dass mein Körper in der Lage ist, so eine unfassbare Lust zu empfinden. Ich spanne die Muskeln in meinem Unterleib an und entlocke Ghost einen leisen Fluch.

„Du lernst schnell, Baby."

Wenn es sich so höllisch gut anfühlt nur seinen Finger in mir aufzunehmen, wie wird es dann erst sein, wenn er mich mit seinem dicken Schwanz ausfüllt?

Er entzieht mir seinen Finger, ich gebe ein unwilliges Geräusch von mir.

„Keine Sorge, ich höre nicht auf. Ich dehne dich nur etwas, damit es dir später leichter fällt, mich ganz in dir aufzunehmen. Das erste Mal werde ich dir wehtun müssen, aber ich verspreche dir, beim zweiten Mal wirst du nur Lust empfinden!“

Mein Atem kommt immer schneller, während mein Gehirn immer langsamer funktioniert. Ghost reibt mit seinem Daumen über meine Klit, ehe er mir seine Finger entzieht, um seine Hose weiter nach unten zu ziehen.

Wow. Sein Penis ist dick, lang und verdammt beeindruckend.

Wie um Himmels Willen soll der je in mich reinpassen?

Etwas unsicher suche ich seinen Blick.

„Mach dir keine Sorgen, Baby, wir sind füreinander bestimmt.“

„Bist du...“

Weiter komme ich nicht. Ein ohrenbetäubender Knall ertönt, lässt mich erschrocken aufschreien. Während ich echt erschrocken bin, schüttelt Ghost nur fluchend den Kopf.

„Du kleiner Pisser. Dafür sollte ich dir eine Kugel in den Hinterkopf jagen!“

Auch wenn ich Spider nicht sehen kann, da er hinter Ghosts Rücken verborgen ist, erkenne ich seine Stimme sofort.

„Willst du es mir etwa übel nehmen, dass ich mein Glück bei ihr versuche? Scheiße, Nomad, du spinnst ja. Hättest du anständig auf sie aufgepasst, wäre sie gar nicht erst hier.“

... mein Glück bei ihr versuche? Echt jetzt? Hat er das gerade wirklich gesagt?

Bis vor einer Sekunde war ich noch bereit, ihm meine Jungfräulichkeit zu schenken und jetzt sagt er das? Was bin ich für ihn? Ein amüsantes Spielzeug?

Wütend balle ich meine Hand zur Faust und verpasse Ghost einen perfekt platzierten rechten Haken.

„Tja Arschloch. Anscheinend hat dich dein Glück gerade verlassen!“

Mit diesen Worten klappe ich die Schalen meines BHs hoch, schnappe mir mein Top und rutsche vor der Werkbank. Wenige Sekunden später habe ich auch meine Hose gefunden und mich wieder komplett angezogen.

Spider hält noch immer seine Waffe in der Hand, er sieht aus, als würde er vor Wut gleich platzen. Ghost reibt sich über das Kinn und sieht mich fragend an.

Als Antwort schüttle ich nur den Kopf und halte ihm meinen Mittelfinger vor die Nase.

Ich wende mich von Ghost ab und drehe mich zu Spider um.

„Du“, ich stoße ihm mit dem Zeigefinger gegen die Brust, „hast nicht das geringste Recht, sauer zu sein. Wie oft hast du mich schon abgewiesen?“ Ghosts geflüstertes *„so ein Trottel“* überhörend, rede ich einfach weiter.

„In der letzten Woche ging es mir richtig beschissen. Ich hätte dich gebraucht, aber du warst ja mal wieder nicht für mich da. Du hast dich um alles und jeden gekümmert, aber nicht um mich. Verdammt, Spider! Ich bin weiß Gott oft genug auf dich zugegangen, aber jedes Mal hast du mich wie Luft behandelt. Dich zu erreichen war unmöglich, denn obwohl du direkt vor mir gestanden hast, warst du emotional tausende von Meilen entfernt.“

Ich mache eine kurze Pause und überlege, ob ich die nächsten Worte wirklich aussprechen soll. Ich entscheide mich dafür es zu tun, denn ich habe es satt, auf diesen Nomad zu warten.

„Es spielt keine Rolle mehr, was du mir in der Nacht vor sechs Monaten versprochen hast. Es spielt auch keine Rolle mehr, ob ich dich liebe. Denn ich werde mit Susan zusammen die Dead Riders verlassen. Du bist meiner Liebe nicht wert...“

Mit schmerzendem und zugleich rasendem Herzen schiebe ich mich an ihm vorbei und renne durch den Regen bis hinüber zum Haupthaus. Eine Minute später sitze ich völlig durchnässt in meinem Bett und vergieße alle Tränen, die ich aufbringen kann.

Diese eine Nacht erlaube ich mir noch zu trauern, diese eine Nacht werde ich um alles weinen, was ich verloren habe, aber ab morgen werde ich in die Zukunft sehen...

16. Kapitel

Spider

What a fuck!

Dieses Mädel will einfach nicht kapieren, was Sache ist.

Ich, Ghost und all die anderen Männer dieses Motorcycle-Clubs leben nur, um zu sterben.

Wir halten uns an nichts außer an den Codex der Straße: fahre – kämpfe – ficke – lebe – sterbe. Eigentlich ganz leicht zu verstehen.

Wäre ich nur eine Minute später gekommen, hätte dieser verdammte Prospect sie gefickt. Alleine das Wissen, dass dieser Psycho seinen Schwanz in mein Mädchen schieben wollte, lässt mich durchdrehen.

Wenn Abi wirklich dem Club den Rücken kehrt und mit Susan in dieses Haus zieht, wäre das das Beste für sie.

Sie sollte auf die Schule gehen, ihren Abschluss machen und mit irgendeinem Typen aus der Footballmannschaft knutschen. *Scheiße!* Sie sollte sich ein kitschiges Kleid kaufen, auf den Abschlussball gehen und sich in einen Mann verlieben, der nicht mit einer Waffe unter dem Kopfkissen schläft.

Um mich etwas zu beruhigen, schließe ich für einen Moment meine Augen und stecke die Waffe zurück ins Holster. Es mag sein, dass Ghost nur ein Anwärter ist, aber dieser Typ hat es geschafft, sich in seiner Zeit als Prospect einen beeindruckenden Ruf aufzubauen.

Er zögert nicht, wenn es ums Töten geht, ist loyal und absolut kampfwütig - der Typ ist irre! Es heißt, dass er irgendeine Psychostörung hat. Für gewöhnlich gebe ich nichts auf Gerüchte. Aber in diesem Fall würden sie so einiges erklären.

Fest entschlossen, diese Sache endgültig zu klären, ziehe ich mir meine Kutte zusammen mit dem Holster aus und lege sie auf die Motorhaube des Mustangs, der gerade darauf wartet, einen neuen Auspuff verpasst zu bekommen.

Ghost ist ein Rider, er wird ein Member und somit mein Bruder. So wichtig mir Abi auch ist, ich kann nicht zulassen, dass eine Frau zwischen mir und einem Clubbruder steht. So eine Scheiße darf nicht sein – niemals. Ghost beginnt ebenfalls damit, seine Waffe und das lange Messer, das er immer bei sich trägt, abzulegen. Wenige Augenblicke später stehen wir uns kampfbereit gegenüber.

„Wenn ich gewinne, gehört sie mir, Spider. Keine faulen Tricks, keine Ausreden. Abi wird meine Old Lady und du verpisst dich von hier."

Ich nicke zustimmend.

„Abgemacht. Aber wenn ich dich schlage, dann nimmst du deine Finger von ihr und lässt sie ziehen. Abigail gehört nicht in unsere Welt, sie muss den Club verlassen."

Ghost sieht mich eine Sekunde lang überrascht an, er hat bestimmt damit gerechnet, dass ich Abigail für mich will.

„Scheiße, Bro. Du lässt sie ziehen?"

„Aye."

Er schüttelt leise lachend den Kopf.

„Das ist ja mal echt abgefuckt!"

Wo er recht hat...

„Lass das meine Sorge sein. Halt's Maul und kämpf."

Ghost lässt den Kopf kreisen, lockert Nacken- und Schultermuskulatur und hüpft ein paar Mal auf und ab.

Oh yeah. Ein anständiger Kampf ist genau das, was ich jetzt brauche.

Ich tue es dem Prospect nach, lockere mich und balle meine Hände zu Fäusten. Ich kann nur hoffen, dass er was vom Kämpfen versteht. In meiner derzeitigen Verfassung bin ich vielleicht nicht in der Lage, rechtzeitig aufzuhören...

Es wäre besser, wenn ich im Hinterkopf behalte, dass Ace mir die Hölle heiß machen wird, wenn ich seinen Anwärter wegen einer Frau zu Tode prügle.

Instinktiv wissen wir beide, wann es losgeht, Ghost holt aus, verpasst mir einen Schwinger in die linke Seite und presst so sämtliche Luft aus meiner Lunge.

Respekt! Der Junge weiß definitiv, was er macht.

Fluchend verdränge ich den Schmerz, mache einen Ausfallschritt und platziere meine Faust mittig in seinem Magen. Mit einem gequälten *uff* geht er beinahe auf die Knie. Anstatt auf den dreckigen Werkstattboden zu sinken, verzieht er seine Lippen zu einem höhnischen Grinsen. *Total irre...*

Wir umkreisen uns, taxieren uns und landen abwechselnd ein paar gute Treffer.

Nach einer gefühlten Ewigkeit sind wir beide schweißüberströmt, blutverschmiert und außer Atem. Zum ersten Mal in meinem Leben habe ich einen ebenbürtigen Gegner vor mir stehen.

Meine Muskeln brennen. Ich wische mir mit dem Handrücken die Schweißperlen aus den Augen und ziele auf Ghosts Schläfe. Dieser Wichser schafft mich...

Meine Deckung aufgebend, verlagere ich mein Gewicht, hole aus und... *Scheiße...* gehe zu Boden. Dieser Drecksack hat mich von den Füßen geholt. Nicht bereit aufzugeben, springe ich wieder auf die Beine und kicke ihm in die Kniekehle. Ghost gerät ins Wanken, packt mich an der Schulter und zieht mich mit sich.

Nach Atem ringend und völlig erschöpft liegen wir nebeneinander auf dem harten Beton und sehen uns an.

„Bullshit, mir tut alles weh..." Ghosts Geständnis lässt mich auflachen.

„Mir geht es nicht besser."

In einvernehmlichem Schweigen starren wir die Decke an. Die Minuten ziehen sich in die Länge, nur das laute Prasseln des Regens ist zu hören.

„Unentschieden?"

Alter, ich würde diesem Prospect jetzt wirklich gerne die Fresse polieren, doch ich bin echt erledigt. Mein linkes Auge beginnt bereits zuzuschwellen, meine Hände brennen wie Feuer.

„Holy Shit! Wir bringen das morgen zu Ende."

Ghost rappelt sich ächzend auf, bleibt über mir stehen und reicht mir die Hand. Ich ergreife sie ohne zu zögern. Nachdem wir uns angezogen haben, überqueren wir Seite an Seite den Hof und setzen uns an die Bar. Tick sieht uns nur kopfschüttelnd an, ehe er uns wortlos eine Flasche Jacky und zwei Gläser vor die Nase stellt.

Fluchend leckt sich Ghost das Blut von der Unterlippe, sein rechtes Auge sieht aus, wie sich mein linkes anfühlt.

Ich schenke uns beiden etwas von dem Whisky ein und exe das erste Glas. Noch bevor das Brennen in meiner Kehle nachlässt, fülle ich es erneut bis zum Rand.

Diese Nacht schreit geradezu nach einem ordentlichen Besäufnis.

Heute ist nur wenig los. Im Eck spielen zwei Hangarounds, deren Namen ich nicht kenne, eine Partie Billard, Tick füllt die Theke auf und eine der vielen Bitches, die sich hier meistens herumtreiben, versucht, sich an Poker ranzumachen.

Catchers Tod, die Organisation für seine Urnenbestattung und all der Scheiß sorgen für eine gedrückte Stimmung. Wer weiß, wie lange das Clubhaus noch abgeriegelt bleiben muss.

Erst als die Jackyflasche halb leer ist, rempelt Ghost mich mit seiner Schulter an.

„Hast du das ernst gemeint? Glaubst du wirklich, dass Abi ohne den MC besser dran wäre?"

Ich lasse meine Finger über den Rand des Glases gleiten, zünde mir einen Marlboro an und inhaliere den ersten Zug.

„Ja, Bro. Ja, das denke ich wirklich."

Ghost kippt den Inhalt seines fast vollen Glases runter und steht auf.

„Ich kann dir nicht sagen, ob du recht hast, Spider. Abigail ist was Besonderes - durch sie lebe ich. In Abis Nähe verspüre ich nicht den

Drang, alles zu zerschlagen und jeden zu töten, sie gibt mir Frieden. *Fuck.* Ich bin nicht gut mit Worten, keine Ahnung, ob du verstehst, was ich dir sagen will ..."

Mit diesen Worten verlässt er das Clubhaus, lässt mich mit meinen Gedanken und dem Rest vom Whisky sitzen.

Ob ich ihn verstehen kann, *holy Shit*, das kann ich. Mir geht es nicht anders.

Wie es mir geht, ist nicht wichtig. Wahrscheinlich werde ich dank der Scheiße mit den Russen sowieso in den nächsten Monaten über den Haufen geschossen.

Ich habe Abigail versprochen, dass ich sie beschützen werde, und dieses Versprechen werde ich halten, indem ich sie gehen lasse.

Schlecht gelaunt drehe ich mich um, so dass ich mit dem Rücken am Tresen lehne, und lasse meinen Blick durch das Clubhaus schweifen.

Ein lauter Frauenschrei lässt mich erschrocken zusammenschrecken, ich springe vom Barhocker und ziehe meine Waffe. Keine Ahnung, womit ich gerechnet habe, aber ganz bestimmt nicht mit meinem zutiefst verängstigt aussehenden Vizepräsidenten, der seine laut schreiende, schimpfende und fluchende Lady die Stufen hinabträgt.

„.... Fuck Slide! Fuck! Fuck! Fuck! Das tut höllisch weh und das habe ich nur dir zu verdanken!"

Ellens Gesicht verzieht sich schmerzerfüllt, sie hält sich den Babybauch und atmet gepresst aus. Ich stecke meine Waffe zurück, renne los, schnappe mir den Autoschlüssel von Amys Pick-up vom Schlüsselhaken in Aces Büro und eile in den Hof.

Bis es Slide gelungen ist, seine laut stöhnende Lady durch die Halle zu tragen, habe ich das Auto direkt vor die Eingangstüre gefahren.

„Mach schneller, verdammt."

„Geht nicht, Baby, auch wenn ich es dir nur ungern sage, aber du bist echt schwer."

Sie boxt ihm aufgebracht gegen die Schulter.

„Du bist so ein Arschloch. Falls es dir in den letzten neun Monaten nicht aufgefallen ist, aber du Idiot hast mich geschwängert."

Slide legt seine Frau auf die Rückbank und setzt sich zu ihr nach hinten.

„Yeah, das habe ich bemerkt. Aber ich weiß auch, dass du nicht am Arsch schwanger bist. Und der ist echt fett geworden."

Ellens Miene wird finster, *Scheiße*. An Slides Stelle hätte ich lieber die Fresse gehalten.

Als sie laut schreit, weiß ich, dass die Wehenpause vorbei ist.

Keuchend bäumt sie sich auf – ich bekomme Panik.

Hoffentlich gelingt es mir, sie schnell genug ins Krankenhaus zu bringen.

„Wenn ich dieses Baby aus mir herausgepresst habe, jage ich dir für diesen Satz eine Kugel ins Knie."

Bei jeder andern Frau hätte ich diesen Satz als leere Drohung abgetan, nicht so bei Ellen. Dieses Rockergirl ist verdammt gut mit der Waffe.

„Hör mal, meine süße Killerbarbie. Nicht mehr lange und du wirst eine Mum sein. Da solltest du solche Sachen echt nicht mehr sagen, vor allem nicht zu deinem Mann."

Prüfend werfe ich einen Blick in den Rückspiegel und begegne Slides besorgtem Blick.

Auch wenn er sich echt idiotisch dabei anstellt, aber er will seine Lady nur von den Schmerzen ablenken.

Zu meiner grenzenlosen Erleichterung schaffe ich die Strecke in kurzer Zeit und halte fünf Minuten später mit quietschenden Reifen direkt vor dem Eingang des MultiCare General Hospitals.

Mein Vize hält die Hand seiner Frau, während eine weitere Wehe ihren Körper erzittern lässt, Ellen ist schweißüberströmt.

Ich schlage mehrmals auf die Hupe und springe aus dem Pick-up. Eine ältere Frau mit schütterem weißem Haar eilt auf mich zu. Ihr runder Körper ist in einen weißen Kittel gehüllt.

„Was ist los?"

Als sie meine Kutte und die vielen Abzeichen darauf erkennt, weicht sie sicherheitshalber einen Schritt zurück in die Klinik.

„Wir brauchen sofort einen Rollstuhl."

„Wieso?"

Wahrscheinlich rechnet sie mit einer Schuss- oder Stichverletzung.

„Ganz einfach, weil da eine Frau auf dem Rücksitz liegt, die gleich ein Baby bekommt. Also bring mir jetzt diesen verdammten Rollstuhl!"

Sie wirkt überrascht, rennt jedoch sofort los.

Slide hat Ellen bereits aus dem Auto geholfen. Kraftlos liegt sie in seinen Armen, lehnt ihren Kopf an seine Brust und sieht zu ihm hinauf.

Slide, der gefürchtete Rocker Devil, sieht seine Lady an, küsst sie sanft und raunt ihr mit leiser, verschwörerischer Stimme zu, dass er bei ihr sein wird.

Ein unangenehmer Stich durchzuckt mich, diese beiden verbindet ein inneres Band, sie sind füreinander bestimmt – ein Leben lang!

Die Ärztin kommt mit dem Rollstuhl auf Slide zu, er setzt Ellen vorsichtig auf den Sitz.

Ohne auch nur einen weiteren Gedanken an den Pick-up zu verschwenden, folge ich den beiden ins Krankenhaus. Erst als sie im

Kreißsaal verschwinden, bleibe ich stehen, lasse mich auf einen der mit lilafarbenem Stoff bezogenen Stühle fallen und atme tief durch.

Es dauert nicht lange, da tauchen Amy, Ace und Nora auf. Tick, Skorpion, Mad und Poker lassen sich ebenfalls auf die im Wartebereich stehenden Stühle fallen.

Ohne dass ich fragen muss, erklärt mir Amy, dass Abigail auf Sophie und Susan auf Noras Jungs aufpasst.

Das Warten zieht sich in die Länge, hin und wieder können wir Ellens Schreie bis raus hören. Erst als diese verstummt sind, taucht auch Ghost auf.

Zusammen warten wir auf den jüngsten Rockernachwuchs.

Es herrscht eine seltsame Stimmung. Die Ereignisse der vergangenen Tage zeigen mal wieder, wie nah das Leben und der Tod zusammenliegen.

Trotz der Trauer um Catcher zeigt uns dieses Baby, dass es immer weitergeht.

Wir leben und wir sterben - das kann ich akzeptieren. Aber Catcher ist zu früh gegangen, er war mit seinem Leben verdammt noch mal nicht fertig!

In Gedanken versunken starre ich auf das Tattoo an meinem Handrücken und frage mich, ob mich der Tod nicht schon vor Jahren hätte holen sollen...

Die weiße Schiebetüre geht auf und ein total fertiger, jedoch extrem glücklicher Slide kommt auf uns zu. In seinen Armen hält er ein hellblaues kleines Bündel.

„A new Rider is born."

Amy springt auf und geht auf ihn zu. Eine Glücksträne rinnt ihr über die Wange, sie drückt Slide einen nassen Kuss auf die Wange. Ace macht leise knurrend einen Schritt auf seine Lady zu und zieht sie in seine Arme.

„Verdammt, Weib!"

Amy übergeht sein eifersüchtiges Gefluche und sieht das Baby in Slides Armen sehnsüchtig an.

„Ich gratuliere euch, Bro."

Ace klopft Slide auf die Schulter, sie tauschen einen langen Blick.

Die beiden waren vor Jahren zusammen in der Army. Sie haben sich in Afghanistan gegenseitig den Rücken gedeckt, keiner wäre ohne den anderen noch am Leben.

Für sie ist es etwas ganz Besonderes, dass ihre Kinder zusammen aufwachsen werden.

Nach und nach wirft jeder einen Blick auf Slides süßen Nachwuchs.

„Wie heißt dein Sohn?"
Slide sieht Amy verwirrt an, vor lauter Aufregung hat er ganz vergessen, uns den Namen seines Kindes zu verraten.
„Ethan, nach meinem Vater."
Zum ersten Mal seit dem Tod unseres Bruders sehe ich den Ausdruck von Glück auf den Gesichtern der Tacoma Dead Riders.
Völlig egal, was zukünftig noch auf uns zukommen wird, wenn wir alle fest zusammenhalten, werden wir es durchstehen.
Amy löst sich aus Aces Klammergriff, küsst ihn sanft und verschwindet im Kreißsaal. Sie und Ellen stehen sich beinahe so nah wie Slide und Ace.
Dieses Chapter ist etwas Besonderes – es ist wie eine große Familie.
Erneut öffnet sich die Schiebetüre, eine junge Krankenschwester taucht neben Slide auf.
„Die Zeit ist rum, es warten noch ein paar Untersuchungen auf den Kleinen."
Nur widerwillig lässt sich der frisch gebackene Vater seinen Sohn wieder abnehmen.
Mein Vize kommt auf mich zu und zieht mich in eine brüderliche Umarmung.
„Danke Spider, *Scheiße*, ich bin echt froh, dass du uns gefahren hast!"
„Selbstverständlich, Bro."
Er klopft mir auf den Rücken, ehe er sich allen Anwesenden zuwendet.
„Zur Hölle. Das ist die beste Nacht meines Lebens. Danke fürs Kommen, aber jetzt verpisst euch. Ellen braucht noch ein paar Stunden Ruhe, ehe sie euch alle ertragen kann."
Bis auf Ace, der auf seine Lady wartet, begeben wir uns alle auf den Heimweg.
Es war eine lange Nacht....

17. Kapitel

Abigail

Es regnet in Strömen. Wie in Trance beobachte ich die dicken Regentropfen dabei, wie sie auf dem Marmorstein zerplatzen, unter dem die Urne meines Onkels versenkt wurde.

Es sind so verdammt viele Leute hier, dass nicht alle auf den Friedhof passen. Das muss man sich mal vorstellen. Hunderte von Ridern aus den im ganzen Land verteilten Chaptern sind gekommen, um Catcher die letzte Ehre zu erweisen. Unzählige Biker von befreundeten Motorcycle-Clubs haben hunderte von Meilen auf sich genommen und stehen jetzt in den Reihen hinter mir. Die Polizei ist aufgeschreckt.

An jeder Straßenecke, vor dem Clubhaus, ja selbst hier bei der Beisetzung wimmelt es nur so von Cops. Mir ist klar, dass sie nur ihren Job erledigen, aber selbst mir ist klar, dass sie den Bikern völlig unterlegen sind. Falls sich die Russen dazu entscheiden, heute zuzuschlagen, dann kann ich jedem Bullen nur raten, möglichst schnell in Deckung zu gehen. Die Anwesenheit der Gesetzeshüter wird niemanden daran hindern, seine Waffe zu ziehen....

Es ist kalt, dunkel und nass. In meinem Kopf herrscht das reinste Chaos, ich bekomme vor lauter Trauer kaum noch Luft. Am liebsten würde ich einfach aufhören zu atmen. Doch mein Herz schlägt stoisch weiter, es ist nicht bereit, mich einfach sterben zu lassen.

Selbst ein paar Anwohner der Stadt haben sich unter die Leder tragenden Rocker gemischt.

Heute zählt weder die Couleur deines Clubs, noch, ob du ein Mitglied oder nur ein Zivilist bist. Die Trauer um Catcher eint alle Anwesenden.

Ich werfe einen prüfenden Blick auf Susan, sie steht reglos neben mir.

Letzte Nacht hatte sie einen Nervenzusammenbruch, der Doc hat ihr ein starkes Beruhigungsmittel gespritzt, das selbst jetzt, zwölf Stunden später, noch wirkt.

Ellen ist mit ihrem Baby noch immer im General Hospital, ich weiß, wie gerne sie jetzt hier wäre.

Für mich ist das hier auf zweierlei Art ein Abschied.

Den gestrigen Tag habe ich all meine Sachen in das kleine Haus am Stadtrand geschafft, nach der Beerdigung werde ich nicht mit zurück zum Clubhaus gehen. Meine Zeit bei den Dead Riders ist vorbei.

Ich habe weder die Kraft noch die Lust, länger auf Spider zu warten. Wenn ich eines gelernt habe, dann, dass ich mich auf diesen Nomad nicht verlassen kann.

Es wird Zeit, dass ich mein Leben wieder selber in die Hand nehme. In wenigen Monaten werde ich die Schulbank drücken. Bei Gott, ein normales Leben kommt mir so weit entfernt vor, dass ich mir nicht sicher bin, ob ich überhaupt noch in der Lage bin, eines zu führen. Ich spüre Ghosts Blick in meinem Nacken, drehe mich jedoch nicht zu ihm um, sondern starre wieder auf die Buchstaben auf der schwarzen Marmorplatte.

Susan ist das beste Beispiel dafür, dass es nicht gut ist, sein ganzes Leben auf einen Mann aufzubauen. Mein Onkel ist tot, und so langsam habe ich das Gefühl, dass Susan mit ihm gestorben ist. Sie ist wie eine leere Hülle, wie ein Blatt im Wind, das nur darauf wartet, vom Ast gerissen und durch die Luft gewirbelt zu werden.

Spider hatte seine Chance, er hat sie verstreichen lassen. Die Sache mit Ghost hingegen ist etwas komplizierter. Ich habe keine Ahnung, was ich für ihn bin, oder was das zwischen uns ist. Wenn ich konsequent sein will, muss ich ihn ebenfalls endgültig aus meinem Leben streichen. Spider aufzugeben schmerzt höllisch, aber er hinterlässt kein Loch in meinem Leben, immerhin hat er darin kaum eine Rolle gespielt.

Ghost hingegen war mir ein guter Freund, wir haben viel Zeit miteinander verbracht, die Lücke, die er hinterlassen wird, wird schwer zu füllen sein.

Die Trauerrede endet, nach und nach leert sich der Friedhof.

Manche der anwesenden Rocker stellen, bevor sie gehen, kleine Gaben auf die Marmorplatte. Neben einem schwarzen Zippo, einem Schraubenschlüssel und mehreren Whiskyflaschen, entdecke ich auch eine silberne Patronenhülse, die an einer langen, dünnen Kette hängt.

Amy ergreift Susans Arm und führt sie zu den wartenden Autos. Ich bleibe allein zurück, der Regen durchnässt meine Jacke, eine eisige Kälte breitet sich in mir aus.

Noch immer spüre ich Ghosts Blick auf mir ruhen. Wie so oft in den vergangenen Monaten wacht er auch jetzt über mich. Seine ständige Präsenz wird mir fehlen....

Ich habe bereits Ace über meine Entscheidung informiert. Er war nicht glücklich über meinen Entschluss, die Riders zu verlassen, aber er akzeptiert ihn. Jetzt, wo Catcher tot ist, denkt er nicht, dass die Russen es auf Susan und mich abgesehen haben.

Sicherheitshalber hat er mir jedoch ein kleines silbernes Handy gegeben. Er meinte, dass es von den Bullen nicht abgehört, von ihm jedoch jederzeit lokalisiert werden kann. Ins Telefonbuch hat er sich und Slide eingespeichert – nur für den Notfall natürlich.

Ace hat mich fest an sich gedrückt und mir geschworen, dass ich jederzeit willkommen bin. Sollte ich irgendwelche Probleme haben oder etwas brauchen, sind die Riders immer für mich da. So sehr mich seine Worte auch berührt haben, bin ich fest entschlossen, sein Angebot nicht anzunehmen. Der MC hat schon genug für mich getan, jetzt liegt es an mir, mein Leben auf die Reihe zu kriegen.

Ich gehe in die Knie, lasse meine Finger über die gravierten Buchstaben gleiten und verabschiede mich leise von ihm.

Es mag sein, dass Gott und die Welt ihn nur als Catcher gekannt hat, aber als er geboren wurde, gab ihm seine Mutter den Namen Marcus Thompson.

Als ich mich wieder aufrichten und den anderen folgen will, habe ich nicht mehr genug Kraft, um aufzustehen.

Leise vor mich hinschluchzend setze ich mich auf das nasse Gras und vergrabe mein Gesicht in den Händen. Erst habe ich meine Eltern verloren und jetzt Catcher, warum müssen alle Menschen, die ich liebe, sterben?

Ich spüre eine Bewegung hinter mir. Ghosts großer Körper schirmt mich vor weiteren Regentropfen ab.

„Komm Baby, ich bringe dich nachhause."

Eigentlich sollte ich seine Hilfe ablehnen, doch ich tue es nicht.

Sein Arm schlingt sich um meine Taille und hebt mich hoch.

Er passt seine großen Schritte den meinen an, ich sauge seine Wärme in mich auf.

Ich müsste ihn nur küssen – ich müsste nur ein Wort sagen und er würde sofort darauf reagieren. Daraus, dass er mich will, hat er nie ein Geheimnis gemacht.

Verdammt, vor nicht ganz 48 Stunden habe ich beinahe mit ihm geschlafen.

Ghost führt mich nicht zu Amys Pick-up, sondern zu einem blauen Van. Nachdem er mir beim Einsteigen geholfen hat, umrundet er ihn und setzt sich hinters Steuer.

Ich sehe ihn erstaunt an.

„Du bist nicht mit deinem Bike hier?"

Seine geisterhaften Augen haben heute etwas mehr Farbe, so dass ich das Grau seiner Iris erkennen kann.

„Nein. Ich weiß, dass du nicht mit zum Club kommen wirst...." Ich öffne den Mund, um etwas zu sagen, doch er schüttelt nur den Kopf, also schweige ich.

„Deine Entscheidung, den MC zu verlassen, finde ich nicht nur falsch, sondern ich halte sie auch für gefährlich. Fuck Baby. Ich habe nicht das Recht, dir vorzuschreiben, was du tun und lassen sollst. Aber ich habe jedes verdammte Recht, dich jetzt in dein neues Zuhause zu fahren."

Für einen Mann, dem es reichen würde, am Tag nur 100 Worte von sich zu geben, war das eine lange Ansprache.

Schweigend beobachte ich, wie er die Heizung im Wagen anstellt und das Gebläse auf mich richtet. Manchmal glaube ich, dass er gar nicht bemerkt, wie fürsorglich er sich mir gegenüber immer benimmt. Es scheint ihm in den letzten Monaten einfach ins Blut übergegangen zu sein.

„Das mit deinem Gesicht war Spider? Stimmts?“

Ghost nickt. Er muss auch gar nichts dazu sagen, ich weiß, dass Spider nicht besser aussieht.

Während er sich in den Korso, der aus mindestens 200 Bikes besteht, einreiht, schweigen wir. Nur das leise Rauschen der Heizung, meine vor Kälte klappernden Zähne und das Prasseln der Regentropfen sind zu hören.

Erst als wir abbiegen, die Stadt hinter uns lassen und nur noch wenige Meilen von meinem neuen Zuhause entfernt sind, halte ich die Stille nicht mehr aus. Seine rechte Hand ruht auf dem Schaltknüppel, ich bedecke sie mit meiner.

„Da ich nicht weiß, wann wir uns wiedersehen werden, danke ich dir einfach jetzt. Ohne dich wäre ich verrückt geworden, Ghost. Du, du warst immer bei mir. Hast mich beschützt und mich zum Lachen gebracht. Wenn du nicht gewesen wärst, wäre ich wahrscheinlich von irgendeiner Brücke gesprungen....“

Erneut steigen mir Tränen in die Augen. „... ich danke dir!“

Er gibt ein undefinierbares Grunzen von sich und tritt auf die Bremse, so dass wir mitten auf der Straße stehen bleiben. Die hupenden Autos hinter uns ignorierend, umfasst er mit seinen Händen so fest das Lenkrad, dass seine aufgeschürften Fingerknöchel ganz weiß werden.

„Du hast keine Ahnung, was du alles für mich getan hast, Abi. Also bedank dich nicht bei mir. Dich gehen zu lassen fühlt sich an wie ein verdammter Fehler. Es mag sein, dass du nicht mehr auf dem Gelände der Dead Riders wohnen wirst, aber das heißt nicht, dass du auch von meinem Radar verschwinden wirst.“

Ich starre ihm in seine faszinierenden Augen, er startet den Motor und fährt mich zu meinem neuen Zuhause.

Erst als es dunkel wird, bringen Ace, Amy und Nora Susan nachhause.

Wie ein lebloser Roboter steigt sie, ohne ein Wort mit mir zu reden, die Treppe nach oben und verschwindet in ihrem Schlafzimmer. Amy verschlingt ihre Finger mit den meinen und sieht mich an.

„Du gehörst zu uns, Abigail. Dass du jetzt hier wohnst, ändert daran nichts.“

Da ich weiß, dass sie es nur gut meint, widerspreche ich ihr nicht.

Nora drückt mich an sich, küsst mich auf die Stirn und wiederholt zum x-ten Mal, dass sie meinen Entschluss auszuziehen wirklich echt scheiße findet.

Oh verdammt, diese Old Ladys werden mir wirklich fehlen...

Spider hingegen hat seit dem Vorfall in der Werkstatt kein einziges Wort mit mir gewechselt. Ich kann nicht gerade behaupten, dass mich das verwundert. Dieser Mann weiß einfach nicht, was er will. So wie ich das sehe, wird es nicht lange dauern, bis er dem Ruf der Straße nicht mehr widerstehen kann. Dann wird er auf sein Bike steigen und aus Tacoma verschwinden.

Als ich in dieser Nacht ins Bett gehe und meine Augen schließe, spüre ich, dass ich endlich am richtigen Ort angekommen bin.

Seit der Testamentsverkündung weiß ich, dass Catcher mir nicht nur die Hälfte dieses Hauses, sondern auch eine Menge Geld vererbt hat. Ums Finanzielle muss ich mir die nächsten Jahre schon mal keine Sorgen machen. Dennoch bin ich fest entschlossen, mir neben der Schule noch einen Job zu suchen, ich brauche einen geregelten Tagesablauf, soziale Kontakte und eine sinnvolle Beschäftigung.

Vom Motoradfahren habe ich nämlich erst mal genug. Außerdem gehört die Deuce nicht mir, sondern dem Club, also ist sie für mich unerreichbar.

Mist! Ich habe es wirklich geliebt, auf dieser Harley über den Highway zu rasen, den Fahrtwind zu spüren und einfach frei zu sein.

Die nächsten drei Monate verbringe ich damit, mich um den Garten zu kümmern, Bücher zu lesen und meine Kochkünste zu perfektionieren. Ich hätte nicht gedacht, dass es mir so viel Spaß machen würde, stundenlang in der Erde herumzuwühlen. Oder dass ich mich mit der alten Smith, die auf der Straßenseite gegenüber wohnt und mindestens Mitte siebzig ist, bei einem Pfefferminztee auf ihrer Terrasse sitzend über Rezepte unterhalte. Aber so ist es, es geht mir gut, ich fühle mich wohl und ich vermisse Ghost und Spider nicht mehr ganz so sehr wie am ersten Tag nach Catchers Beerdigung. Wobei, wenn ich ehrlich sein will, muss ich zugeben, dass mein Herz jedes Mal einen Satz macht, wenn ich das kraftvolle Bollern einer Harley höre. Und das passiert öfter als mir lieb ist. Ghost hat es sich zur Gewohnheit gemacht, mehrmals die Woche zur Geisterstunde an unserem Haus vorbeizufahren – sehr passend – mein persönlicher Geist kommt um Mitternacht – das hat fast schon was Romantisches...

Amy, Ellen und Nora haben mich am Anfang häufiger besucht. Als sie dann aber festgestellt haben, dass es mir gut geht und dass ich nichts über den Club wissen will, sind ihre Besuche weniger geworden. Es ist nicht so, dass wir uns nicht verstehen oder dass unsere Freundschaft kaputt gegangen ist, sondern dass wir in zwei völlig verschiedenen Welten leben. Entweder bist du drin im Club oder draußen, so einfach ist das.

Spider hingegen habe ich nur ein einziges Mal wiedergesehen, das ist jetzt ungefähr sechs Wochen her. Es war ein lauer Sommertag mitten im Juni. Ich war hinterm Haus und habe die verblühten Rosen abgeschnitten, als er plötzlich direkt neben mir stand.

Alleine bei der Erinnerung daran zieht sich mein dummes Herz schmerzerfüllt zusammen. Ohne ein Wort zu sagen, hat er mich an sich gezogen, seine Hand auf meinen Po gelegt und mich so stürmisch geküsst, dass ich beinahe in Ohnmacht gefallen wäre.

Erst als meine Knie weich und sein Schwanz hart war, hat er mich wieder frei gegeben, mir tief in die Augen gesehen und mir mit rauer Stimme zugeraunt, dass er wegen einer Clubangelegenheit nach Nevada muss.

Er wollte, dass ich ihm verspreche, gut auf mich aufzupassen. Im Nachhinein ärgere ich mich darüber, aber damals war ich von seinem Kuss so durcheinander, dass ich es ihm versprochen habe, anstatt ihn einfach mit einem Arschtritt aus meinem Garten zu schmeißen. Bis heute frage ich mich, warum er gekommen ist, um mir das zu sagen. Denn ob er hier in Tacoma oder tausende Meilen von mir entfernt ist, macht für mich keinen Unterschied. Spider ist kein Teil meines Lebens - nicht mehr. Es hat mich viel Kraft gekostet, doch es ist mir gelungen, diese Tatsache zu akzeptieren.

Nachts, wenn mich Alpträume plagen, wache ich auf und flüstere seinen Namen. In diesen Augenblicken sehne ich mich so sehr nach ihm, dass es sich anfühlt, als würde ich ersticken. Zu meinem Glück werden diese Alpträume immer seltener. Früher oder später wird es mir gelingen, sie ganz abzuschütteln - früher oder später wird es mir gelingen, Spider endgültig aus meinem Herzen zu verbannen.

Während es mir mit jedem Tag etwas besser geht, ist Susan nur noch ein Schatten ihrer selbst. Vor einer Woche hat sie mir mitgeteilt, dass sie von Tacoma fortgehen will.

Für sie ist das wahrscheinlich das Beste....

Ich würde jetzt gerne behaupten, dass ich sie vermissen werde, doch das wäre gelogen.

Wir leben zwar unter einem Dach, doch sie verbringt die meiste Zeit allein in ihrem Zimmer. Meistens bringe ich ihr ihr Essen rauf, manchmal setzt sie sich auch zu mir an den Tisch.

Heute ist Freitag, eigentlich ein Tag wie jeder andere auch, bis auf die Tatsache, dass ich heute Abend in *Tom's Bar und Grill* probearbeite.

Der Laden ist cool, Tom, der Inhaber, wirkt sehr nett und der Tapetenwechsel wird mir bestimmt guttun.

Wenn ich mich nicht allzu dumm anstelle und Tom mir den Job gibt, würde ich zweimal die Woche die Abendschicht übernehmen.

Da ich in einer Jeans und einem weißen Oberteil kommen soll, war ich letzte Woche in der Stadt und habe mir eine kurzärmelige Bluse gekauft. Jetzt stehe ich im Badezimmer vor dem Spiegel und tusche meine Wimpern mit schwarzem Mascara. Der hellblaue Lidschatten betont meine Augen, während der durchsichtige Lipgloss dafür sorgt, dass meine Lippen ein wenig voluminöser wirken. Ich zwinkere meinem Spiegelbild zu, wünsche mir Glück und steige die Treppen runter. Gerade als ich mir meine Chucks angezogen habe, klingelt es auch schon an der Türe.

Auch ohne nachzusehen weiß ich, dass das der Enkel von Mrs. Smith sein muss. Als ich ihr erzählt habe, dass ich mir einen Job suchen will, hat sie nur still genickt und mir mitgeteilt, dass mich Jacob, ihr Enkel, in die Stadt fahren wird.

Wenn ich so im Nachhinein darüber nachdenke, hat sie immer wieder versucht mich mit ihrem Enkel bekannt zu machen. *Mrs. Smith, die alte Kupplerin...*

Da ich keine blasse Ahnung vom Autofahren habe, und die Deuce bei den Riders steht, bin ich echt froh, dass mich jemand fährt.

Ich streife mir ein letztes Mal mit den Fingern durch die Haare und öffne die Türe.

Oh wow... Natürlich hat meine Nachbarin immer wieder erwähnt, dass ihr Jacob ein gut aussehender Kerl ist, aber ich habe sie da nicht besonders ernst genommen. Immerhin glaubt doch jede Oma, dass der eigene Enkel ein Gottesgeschenk ist.

Vielleicht hätte ich ihr doch mal besser zuhören sollen...

Jacob ist groß, ich schätze ihn auf einen Meter neunzig, er hat verstrubbelte braune Haare, ein charmantes Lächeln und perfekte weiße Zähne. Seine Augen sind braun, seine Nase ist gerade und an seinem Kinn entdecke ich einen leichten Bartschatten.

Mrs. Smiths Enkel könnte aus einem der vielen Modelmagazine, die bei meinem Friseur auf dem Tisch liegen, gefallen sein.

Seine langen Beine stecken in einer abgewetzten Jeans, er trägt ein schwarzes einfaches Shirt und darüber eine locker sitzende Lederjacke.

Als er meinen perplexen Gesichtsausdruck sieht, als ich seine schwarze Suzuki hinter ihm auf der Straße stehen sehe, zucken seine Mundwinkel amüsiert.

„Hi, ich bin Jacob, meine Grandma hat mich geschickt, um dich abzuholen."
Er legt den Kopf leicht schief und sieht mir in die Augen. Im Gegensatz zu Spider und Ghost wirkt er erfrischend harmlos. Ich würde meine linke Hand darauf verwetten, dass sich unter seiner Lederjacke kein Holster und auch keine Halbautomatik verbergen, und er würde mit Sicherheit auch nie auf die Idee kommen, ein knapp 40 Zentimeter langes Messer an seinem Oberschenkel zu tragen, so wie Ghost.
Ich ergreife seine ausgestreckte Hand.
„Hey, ich bin Abigail."
Sein Händedruck ist fest und kraftvoll, genau wie ich es mag.
„Freut mich dich kennenzulernen, Abigail. Meine Granny hat mir schon viel von dir erzählt."
Oh ja. Mrs. Smith alias ‚die Kupplerin' hat es faustdick hinter den Ohren.
„Danke, dass du mich fährst."
„Kein Thema, ich fahr dich gern. Ich hoffe, du hast kein Problem mit Motorrädern."
Soll das ein Scherz sein?
Ich schnappe mir meine Handtasche und ziehe die Haustüre zu.
„Eine Suzuki?"
Als Jacob bemerkt, dass ich mich für sein Motorrad interessiere, leuchten seine Augen auf.
„Ja, eine Intruder."
„Sie ist wunderschön. Eine Cruiser, richtig?"
Ghost würde mich wahrscheinlich umbringen, wenn er wüsste, was ich da gerade gesagt habe. In seinen Augen sind Suzukis nicht weiter als Joghurtbecher.
„Ja. Kennst du dich mit Motorrädern aus?"
„Ein bisschen."
Ich beschließe, ihm nicht davon zu erzählen, dass ich eine Zeit lang bei den Dead Riders gelebt habe.
„Da ich nicht wusste, ob du einen Helm hast, habe ich dir einen mitgebracht."
„Danke, ich hab keinen."
Er reicht mir den schwarzen Helm, ich setze ihn auf.
Wie er wohl reagieren würde, wenn ich mich einfach auf sein Bike setze und ohne ihn davonfahre?
Nachdem er sich seinen Helm ebenfalls angezogen hat, steigt er auf. Ich setze mich hinter ihn auf den Sozius und schlinge ihm ohne Scheu meine Arme um den Bauch.

Jacob startet den Motor, das tiefe Grollen lässt mein Herz höherschlagen.

„Schnell oder langsam?", ruft er mir über die Schulter zu.

Ohne zu zögern antworte ich mit einem „schnell!", er klopft mir auf den Oberschenkel, ehe er Gas gibt und wir viel zu schnell durch die kleine Straße der Wohnsiedlung brausen.

In dem Augenblick, in dem er seine Suzuki tief in die Kurve legt, reagiert mein Körper instinktiv und passt sich seinen Bewegungen an. Mrs. Smiths Enkel gefällt mir immer besser.

18. Kapitel

Spider

Mein Ausflug nach Nevada lässt sich mit einem Wort beschreiben: anstrengend.

Weder habe ich das erledigen können, was Ace von mir wollte, noch konnte ich die Fahrt und die Stunden auf meinem Bike genießen. Allein das Wissen, dass zwischen Abi und mir knapp 1000 Meilen liegen, hat mich beinahe in den Wahnsinn getrieben.

Bis auf das eine Mal, wo ich schwach geworden und zu ihr gefahren bin, ist es mir gelungen, sie in Ruhe zu lassen. In all den Wochen, in denen sie dachte, dass ich sie vergessen habe, hatte ich immer ein Auge auf sie. Ich musste einfach wissen, dass es ihr gut geht und dass sie in Sicherheit ist.

Die Sache mit den Russen ist erledigt, von denen droht ihr in diesem Leben keine Gefahr mehr. Wir haben diese Wodka saufenden Drecksäcke in den Boden gestampft, wir haben ihr Blut vergossen und sie samt ihres kompletten Koksvorrats in die Luft gesprengt. Tick hat sich nicht lumpen lassen, die Explosion war so heftig, dass es in einem Umkreis von vier Meilen keine intakte Fensterscheibe mehr gegeben hat.

Es hat Tage gedauert, bis sich das unangenehme Pfeifen in meinen Ohren wieder gelegt hat. Jetzt bin ich kurz vor Tacoma, noch knapp zwanzig Meilen und ich bin endlich wieder daheim.

An einer roten Ampel halte ich an, stelle beide Beine auf den Boden und lasse meine Schultern kreisen. *Scheiße!* Früher haben meine Knochen diese vielen Stunden im Sattel definitiv besser weggesteckt.

Neben mir bleibt eine schwarze Suzuki stehen. Der Fahrer legt seine Hand auf den Schenkel des Auspuffhasen, der hinter ihm auf dem Sozius sitzt. Die Frau dreht ihren Kopf zu mir, trotz des Visiers erkenne ich sie auf der Stelle – Abigail. Ihre langen blonden Haare flattern leicht im Wind, unsere Blicke treffen sich.

Holy Fuck! Was zur Hölle hat sie auf dem Bike eines anderen Mannes zu suchen?

Dieses Mädchen treibt mich noch mal in den absoluten Wahnsinn.

Ich lasse meine Augen an ihr hinabgleiten, bis zu der Stelle, an der ihre Arme den Körper dieses Mannes umschlingen.

Ich. Bring. Ihn. Um!

Abi scheint genau zu wissen, wie ich mich fühle, denn sie schüttelt verneinend den Kopf.

Der Typ, dessen Leben so gut wie zu Ende ist, streicht mit seiner Hand über ihren Oberschenkel, ehe er, als die Ampel auf Grün umschaltet, Gas gibt.

Ich tue es ihm nach, folge den beiden bis zu *Tom's Grill* und springe von meinem Bike.

Abi steigt ebenfalls ab, sie zieht sich den Helm vom Kopf und kommt auf mich zu.

Der Freebiker, der es gewagt hat, seine Hand auf das Bein meines Mädchens zu legen, sieht mich erschrocken an. Endlich hat das Arschloch kapiert, dass hier etwas nicht stimmt.

„Ich bring ihn um..."

„Lass ihn in Ruhe, Spider!"

Echt jetzt? Glaubt sie wirklich, dass sie mich davon abhalten kann, den Kopf dieses Wichsers auf dem Parkplatz zu zerschmettern?

Ohne ein Wort zu sagen packe ich sie am Handgelenk und ziehe sie so nah an mich heran, dass ich ihren Körpergeruch in mich aufsaugen kann.

What a Fuck!

Das wird noch mal zur Gewohnheit. Jedes Mal, wenn ich weg war und wieder zurückkomme, sehe ich Abi mit einem anderen Typen.

Der Kerl nähert sich uns, sein Blick huscht zwischen Abi und mir hin und her.

„Was zur Hölle soll das, Abi? Was?"

„Jacob hat mich nur in die Arbeit gefahren. Das ist alles."

„Arbeit? Scheiße! Wovon redest du?"

Sie versucht, sich von mir zu lösen, doch ich weigere mich, ihr auch nur einen Zentimeter mehr Freiraum zu lassen. Nennt mich ein egoistisches Arschloch, aber es fühlt sich viel zu gut an, sie so nah bei mir zu haben.

„Ich arbeite heute Nacht bei Tom."

Es dauert einen Augenblick, bis ich das Gehörte kapiert habe.

„Warum?"

Sie schüttelt genervt den Kopf.

„Warum arbeiten Menschen? Na, um Geld zu verdienen."

Abigail verdreht die Augen. Jetzt erst fällt mir ihr Lidschatten auf. Sogar ihre Wimpern sind mit diesem schwarzen Zeug geschminkt.

Seit wann schminkt sich? Etwa für diesen Jacob?

„Wenn du Geld brauchst, musst du es nur zu sagen. Du bekommst es von mir!"

Erneut versucht sie einen Schritt zurückzuweichen. Ich umfasse ihren Nacken und halte sie fest.

„Ich will aber dein Geld nicht, Spider."

„Und ich will nicht, dass du arbeiten gehst!"

Tom's Grill ist ein guter Laden. Ich glaube nicht, dass Abi hier etwas passieren würde, vor allem dann nicht, wenn ich Tom klarmache, dass er gefälligst auf mein Mädchen Acht geben soll. Doch darum geht es nicht. Meine Süße hat es nicht nötig, anderen das Essen zu servieren. *Scheiße*, wenn sie jemandem das Essen bringt, dann mir – nur mir.

„Tja, Pech gehabt, Rider. Was du willst, ist mir scheißegal!"

Aufgebracht starre ich sie an, sie starrt zurück.

Erst als sich das Arschloch neben uns räuspert, wende ich meinen Blick von ihr ab und sehe ihn an.

„Du wirst hier nicht mehr gebraucht, Alter. Danke, dass du mein Mädchen gefahren hast. Solltest du das noch mal tun, werde ich dir sämtliche Knochen brechen! Verstanden?"

Abi beschimpft mich lauthals, ich ignoriere sie.

Erst als sie mir mit aller Kraft auf den Fuß steigt, knurre ich sie warnend an.

„Soll ich die Cops rufen, Abigail?"

Dieser Typ muss echt lebensmüde sein. Ohne zu zögern ziehe ich meine Waffe und ziele zwischen seine Augen.

„Verpiss dich! Sofort!"

Panisch dreht er sich um, steigt auf seine lächerliche Suzuki und haut ab. Vor lauter Angst hat er die beiden Helme vergessen „Was für ein Lutscher."

„Lass mich sofort los, du Arschloch!"

„Was, wenn ich es nicht tue?"

„Dann hasse ich dich!"

Ihre Augen funkeln vor Wut, ihr Temperament lässt mich sofort hart werden.

„Nein, mein Engel, du hasst mich nicht. Du willst mich."

„Dich? Niemals!"

Ich sehe rot. „Wen dann? Willst du etwa diesen Jacob?"

Sie zuckt mit den Schultern. „Das geht dich nichts an, Spider."

„Rede keinen Müll, Mädchen. Alles, was mit dir zu tun hat, geht mich etwas an."

Abi schweigt. In meinen Ohren pocht es unheilvoll.

„Also was? Du willst also wirklich diesen Waschlappen? Dieser Drecksack hat dich gerade allein mit mir zurückgelassen. Er hat gesehen, dass ich dich gegen deinen Willen festgehalten habe, doch anstatt dir zu helfen, hat er sich verpisst!"

Sie murmelt irgendetwas über sture Rocker und riesige Egos, ich überhöre es einfach.

„Du hast ihn mit deiner Waffe bedroht. Was bitte schön hätte er denn tun sollen?"

„Dir den Arsch retten, Baby!“ *Scheiße...* „Glaube mir, nicht alle Waffen dieser Welt könnten mich davon abhalten, dich zu beschützen.“

Frustriert lasse ich sie los und gehe einen Schritt zurück, dieses Mädchen schafft mich.

„Rede keinen Mist, Spider. Immer wenn es darauf ankommt - immer wenn ich dich brauche, bist du nicht da. Du bist nicht bei mir, wenn ich nachts wegen eines Alptraums schweißgebadet aufwache. Du bist nicht da, wenn ich einsam bin und du bist verflixt noch mal nicht da, wenn ich den dämlichen Deckel von einem Marmeladenglas nicht aufkriege...“

Wir reden über Marmelade?

„... hör auf diesen Mist zu verzapfen, Spider, denn ich kann ihn nicht mehr hören. Ich kann deine leeren Versprechungen nicht mehr ertragen.“

Ihre Stimme bricht, in ihren Augen schwimmen Tränen. Schweigend starre ich sie an.

Verfluchte Scheiße!

Einmal im meinem Leben wollte ich alles richtig machen. Nur ein verdammtes Mal.

Ich habe meine Wünsche ignoriert und Abi frei gegeben damit sie ein friedliches Leben führen kann. Doch anstatt bei meinem Plan zu bleiben, flippe ich aus, wenn ich sie mit einem anderen Mann sehe. Wie heißt es so schön?

Der Weg in die Hölle ist mit guten Vorsätzen gepflastert ...

Innerlich völlig zerrissen schiebe ich meine Hände in die Hosentaschen und starre auf den Asphalt zwischen meinen Füßen.

„Was willst du Spider? Was soll das alles? Ich verstehe es nicht!“

Was ich will? Muss sie mich das ehrlich fragen?

„Alles, was ich jemals wollte, bist du! Und ausgerechnet dich kann ich nicht haben. Wenn ich mir dich nehme, ist das das Egoistischste, was ich jemals getan habe.“

Sie blinzelt verwirrt.

„Du hattest mich, Spider, du hattest mich und hast mich wie Müll weggeworfen.“

Ihre Worte lösen eine so starke Welle der Wut aus, dass ich auf irgendetwas einschlagen will.

„Ich habe dich nicht weggeworfen Abi, ich habe dich beschützt.“

Sie streckt ihre Hand nach mir aus, streicht mit ihren Fingern über das neue Full-Member-Patch auf meiner Kutte. Jetzt weiß sie, dass ich kein Nomad mehr bin.

„Vor was hast du mich beschützt?“

Ohne zu zögern ergreife ich ihre Finger und presse sie fester gegen meine Brust. Ich muss dieses Mädchen einfach spüren.

„Vor mir!"
Die Tränen, die in ihren Augen geschwommen sind, laufen über.
„Warum?"
„Weil ich dich mehr will als das Leben. Das, was ich für dich empfinde, ist stärker als alles, was du dir vorstellen kannst. Ich will dich nicht einfach nur halten - ich will dich ficken, markieren, beißen, zu meinem Eigentum erklären und dich besitzen. Wenn ich dich nehme, dann für immer."
Sie kommt mir noch näher, ich vergrabe meine Nase in ihren Haaren und inhaliere ihren Geruch. So stehen wir für eine Weile da, keiner von uns regt sich.
„Dieses *für immer* ist ganz genau das, was ich vom ersten Augenblick an von dir wollte."
Ihre geflüsterten Worte gehen mir direkt unter die Haut. Mir stockt der Atem, jeder Muskel meines Körpers spannt sich an.
Als sie eine kleine Ewigkeit später ihren Kopf hebt und mich ansieht, kann ich in den Tiefen ihrer Augen erkennen, dass sie die Wahrheit sagt.
„Du weißt nicht, wovon du da redest, Mädchen."
„Dann zeig es mir!"
Ich kneife die Augen zusammen, fluche leise und verabschiede mich von dem Vorsatz, Abi ihre Freiheit zu lassen. Jetzt mal ehrlich - gut geklappt hat das die ganze Zeit über sowieso nicht.
Brummend umfasse ich ihre Taille, hebe sie an und presse meine Lippen auf die ihren. Abi reagiert sofort, indem sie mir ihre Beine um die Mitte schlingt und ihre Zunge in meinen Mund schiebt.
Dieser Kuss ist wild, grob und nass. Unsere Zähne schlagen aufeinander, ich vergrabe meine Finger in ihren Haaren. Meine Zunge wühlt sich durch ihren Mund, ich stehle ihr den Atem, gebe ihr meinen dafür. Abi knabbert an meiner Lippe, reibt ihren Unterleib an mir. Ich begehre dieses Mädchen jetzt schon so lange, dass meine Beherrschung mittlerweile aufgebraucht ist. Süchtig nach mehr umfasse ich ihren Po, massiere das Fleisch und presse sie fester an mich, lasse sie so meinen harten Schwanz spüren.
„Heilige Scheiße, Weib, wenn du nicht langsamer machst, ficke ich dich direkt hier auf der Straße!"
Nach frischem Atem japsend sieht sie mich unter halb gesenkten Lidern an.
„Bring mich heim, Spider."
Vier Worte, vier lächerliche Worte, die meine Welt verändern. Ich stelle sie auf die Beine, schnappe mir ihre Hand und führe sie zu meiner Maschine.
„Bist du dir sicher, Baby?"

Sie stellt sich auf die Zehenspitzen und küsst mich tief und langsam.
„Ja, das bin ich, Dead Rider."

Ich ziehe ihr meinen Helm an, stelle die Riemen ein und lasse den Verschluss zu klicken. Kaum dass ich mich auf meine Maschine gesetzt habe, spüre ich auch schon ihren kleinen Körper an meinem Rücken – das ist es, das Paradies!

Abi schlingt ihre Arme um meine Mitte, schiebt ihre Hände unter mein Shirt und streicht über meinen Bauch, ehe sie sich an mir festhält.

Den Ständer anlegend, starte ich mit einem kraftvollen Tritt den Motor und gebe Gas.

Während der kompletten Fahrt zu Abis kleinem Häuschen versuche ich, mir in Erinnerung zu rufen, dass sie zehn verdammte Jahre jünger ist als ich, dass sie noch nie Sex hatte und dass ich vorsichtig mit ihr umgehen muss.

Mein Vorsatz, es langsam angehen zu lassen, hält genau solange an, bis ich in der Einfahrt ihres Hauses anhalte und sie ihre kleine Hand in meine Hose schiebt.

Heilige Mutter Gottes... wie soll es mir so gelingen, sanft mit Abi umzugehen?

Kaum dass wir beide abgestiegen sind, hebe ich sie hoch und trage sie Richtung Haus.

Mit zitternden Fingern sperrt sie die Türe auf, mit einem Tritt schließe ich sie hinter uns.

Ich habe das Haus genau einmal von innen gesehen, das war, als Catcher es gerade gekauft hatte, daher weiß ich, dass sich die Schlafzimmer oben befinden.

Immer zwei Stufen auf einmal nehmend bringe ich mein Mädchen hoch.

„Die erste Türe links. Susans Schlafzimmer befindet sich auf der anderen Seite des Flurs."

Geduldig warte ich, bis sie die Türe geöffnet hat, ehe ich mich mit ihr in meinen Armen aufs Bett setze und über ihren Mund herfalle.

Ohne unseren Kuss zu unterbrechen setzt sie sich etwas aufrechter hin und beginnt damit, mich auszuziehen. Sie streift mir die Weste ab, öffnet erst meinen Gürtel, ehe sie sich an meiner Hose zu schaffen macht.

Bei all den vielen Bitches, die ich bisher gebumst habe, habe ich null Rücksicht genommen. Es war mir egal, ob sie feucht genug waren oder ihren Spaß hatten, Hauptsache, ich konnte etwas Druck abbauen. Bei Abigail ist das etwas anderes. Sie will ich kosten, lecken, verwöhnen und genießen. Mit ihr soll es die ganze Nacht dauern. Bei Gott, ich habe nie großen Wert darauf gelegt, eine Jungfrau ins Bett zu bekommen, in diesem speziellen Fall ist es jedoch so, dass ich es verdammt gut finde,

Abigails Erster zu sein. Allein das Wissen, dass noch kein Mann das Privileg hatte, in ihren Körper einzudringen, lässt meinen Schwanz so hart werden wie noch nie. Dieses wunderschöne, sture und absolut perfekte Mädchen gehört mir – nur mir.

Während ihre Zunge die Konturen meiner Lippen nachspurt und ihre kleinen Finger meinen Schaft umschließen, schwöre ich mir, dass ich nicht nur der Erste sein werde, der in sie eindringt, sondern auch der Letzte. Diese Pussy gehört nur mir und ich teile nicht.

19. Kapitel

Abigail

Es passiert, es passiert wirklich....

Seit über einem halben Jahr wünsche ich mir nichts sehnlicher, als Spiders Old Lady zu werden. In den vergangenen Monaten habe ich ihn geliebt, verflucht, gehasst, vermisst, geküsst, ihn zum Teufel geschickt und ihn mir wieder herbeigewünscht. Jetzt, wo ich all meine Hoffnungen auf eine gemeinsame Zukunft endgültig begraben hatte, scheint es sich das Schicksal noch mal anders überlegt zu haben.

Und auch wenn es nichts gibt, was ich mir sehnlicher wünsche als Spiders Hände auf meiner Haut, keimt tief in mir ein leiser Zweifel auf.

Was, wenn ich ihn jetzt nicht nur erneut in mein Leben, sondern auch in mein Herz und in meinen Körper lasse und er morgen wieder denkt, dass er mich vor sich beschützen muss? Ich habe keine Ahnung, ob ich erneut die Kraft habe, damit klarzukommen....

Mit großen Schritten trägt er mich die Treppe nach oben, mit wild schlagendem Herzen öffne ich die Türe zu meinem Zimmer. Ohne zu zögern betritt er es und setzt sich, ohne mich loszulassen, auf mein Bett. Mein Dead Rider küsst mich stürmisch, seine Zunge wühlt sich gierig durch meinen Mund. Zwischen meinen Schenkeln breitet sich ein sehnsüchtiges Pochen aus, meine Nervenbahnen fangen Feuer.

Mir bleiben jetzt genau zwei Möglichkeiten:

1. Ich löse mich aus seiner Umarmung und spreche ihn auf meine Zweifel an.
2. Ich genieße den Augenblick, nehme, was ich kriegen kann und gebe nichts wieder zurück.

Eines ist sicher, wenn ich jetzt kneife, werde ich das mein restliches Leben bereuen.

Entschlossen, mir diesen gefährlichen Mann endlich zu nehmen, richte ich mich auf, erwidere seinen Kuss und streife ihm das Leder von den Schultern.

Da ich ihm sein Shirt nicht ausziehen kann, ohne unseren Kuss zu unterbrechen, kümmere ich mich um seine Hose. Es dauert viel zu lange, bis es mir endlich gelingt, seine Gürtelschnalle zu öffnen. Kaum dass es mir gelungen ist, den Knopf durch das Loch zu drücken, schiebe ich meine Hand in seine Hose und umfasse sein Glied.

Alleine das Gefühl dieser samtigen Härte zwischen meinen Fingern lässt mich feucht werden. Das animalische Geräusch, das sich aus seiner

Kehle löst, als ich mit meinem Daumen über den kleinen Schlitz an seiner Eichel streiche, lässt mich immer mutiger werden.

Pumpend und massierend sorge ich dafür, dass er immer noch härter wird. In der einen Sekunde liege ich noch auf ihm, in der nächsten hat er mich gepackt, auf die Matratze geworfen und sich auf mich geschoben.

Spider nagelt mich mit seinem Körper fest und lässt mich sein Gewicht spüren.

Obwohl ich wahnsinnig erregt bin, fühle ich mich gerade extrem klein und schutzlos.

Spider könnte mich einfach packen und sich nehmen, was er will, ich könnte ihm nichts entgegensetzen. Wie so oft in der Vergangenheit, scheint er mir direkt in den Kopf sehen zu können. Er stützt sich auf den Ellenbogen, streift mit seinen Lippen über die meinen und sieht mir tief in die Augen.

„Wenn ich dich jetzt vögle, gibt es kein Zurück mehr. Dann gehörst du mir. Du wirst mein Leder tragen und hinter mir auf dem Bike sitzen. Verstanden?"

Allerdings. Aber dieses Spiel können wir beide spielen....

„Wenn ich mich dir jetzt hingebe, dann gehörst du mir. Kein Zögern, keine Geheimnisse und vor allem keine Bitches mehr. Verstanden?"

Seine Mundwinkel zucken amüsiert, er reibt mit seinem Unterleib über meine Mitte, mir entweicht ein leises Stöhnen.

„Du und ich, Baby - wir beide gegen den Rest der Welt."

Nach diesen Worten küsst er mich grob, zieht mich aus und lässt seinen eindringlichen Blick über meinen entblößten Körper gleiten. Ich widerstehe dem impulsiven Drang mich mit meinen Händen zu bedecken, seine eisblauen Augen verdunkeln sich, aus seiner Kehle löst sich ein Stöhnen.

„Du bist wunderschön, mein Engel."

Spider umfasst mit seinen großen Handflächen meine Brüste.

Seine Hand schiebt sich zwischen meine Schenkel, seine Finger streichen sachte durch meinen Spalt und sorgen dafür, dass sich ein sehnsüchtiges Prickeln in meinem Unterleib ausbreitet.

Meine Liebe zu diesem Mann kennt keine Grenzen, ich will das hier, ich will einfach alles. Mittlerweile bin ich so erregt, dass ich es kaum erwarten kann, mich ihm endlich hinzugeben.

Er richtet sich auf, steigt aus dem Bett und entledigt sich seiner Kleidung.

Wow...

Dieser Rocker besteht nur aus festen, perfekt definierten Muskeln, Narben und Tattoos.

Der Totenkopf auf seiner Brust, die Spinnen auf seinem Handrücken und die drei schwarzen Sterne, die sich auf der Innenseite seines linken Oberschenkels befinden, sind wunderschön. Selbst jetzt strahlt Spider eine gewisse Unnahbarkeit aus, ich kann es kaum erwarten, diese zu überwinden.

Sein hartes Glied reckt sich mir in seiner ganzen Pracht entgegen. Dicke Adern winden sich wie Schlangen an ihm entlang. Die Eichel ist rot, dick und geschwollen, wirklich faszinierend. Wie sein Schwanz wohl schmeckt?

Die Muskeln in seinen Oberschenkeln zucken ungeduldig, während die Sehnen an seinen Waden deutlich hervortreten. Es ist ihm deutlich anzusehen, dass er sich zurückhalten muss, um nicht wie ein wildes Tier über mich herzufallen.

„Du. Gehörst. Nur. Mir!“

Das dunkle Timbre seiner Stimme vibriert durch meine glühenden Nervenbahnen. Er kommt zurück zu mir ins Bett, kniet sich zwischen meine gespreizten Beine und bedeckt meinen Mund mit dem seinen. Automatisch schlinge ich ihm meine Arme um den Nacken.

Seine raue Zunge streicht über meine Lippen, drängt sie auseinander und erobert mich erbarmungslos. *Ich bin verloren...*

Seine Finger legen sich besitzergreifend auf meine Taille, graben sich in meine Haut und heben mich leicht an, so dass mein Venushügel gegen sein hartes Glied gepresst wird.

Oh mein Gott! Es fühlt sich einfach fantastisch an, seine Haut auf der meinen zu spüren.

Immer sehnsüchtiger berühren sich unsere Körper, seine Finger hinterlassen glühende Spuren auf meinem Bauch, unser Atem kommt rau und stoßweise.

Instinktiv spüre ich, dass es nicht mehr lange dauern wird, bis ich ihn endlich tief und hart in mir spüren werde.

Gierig streiche ich über seinen Rücken und umfasse seinen Po.

Ich will mehr - ich will, dass Spider mir zeigt, wie das ist zwischen Mann und Frau.

Seine Finger streichen über meine Schamlippen, lösen einen erregenden Schauer aus. Tief in meinem Inneren pocht es ungeduldig. Mein Kitzler ist geschwollen, meine Brustwarzen sind hart und empfindlich.

Der moschusartige Geruch meiner Erregung liegt in der Luft, Spiders Nasenflügel blähen sich. Ich umfasse sein Glied, verteile die Lusttropfen, die sich auf seiner Eichel gebildet haben, zwischen meinen Fingern und beginne damit seine beeindruckende Länge zu massieren. Das sehnsüchtige Ziehen in meinem Unterleib wird immer stärker, ungeduldig reibe ich meine Mitte an seinem Oberschenkel, versuche so, den Druck, der sich in mir aufbaut, zu mildern.

Spider knurrt, schlingt seine Finger um meine Handgelenke und presst sie über meinem Kopf in das Kissen.

„Verdammt. Du solltest vorsichtiger sein und mich nicht so reizen. Jedes Mal, wenn es mir gelingt meine Kontrolle zurückzuerlangen, zerfetzt du sie wieder..."

Oh oh.....

Jeder Muskel in seinem Körper ist angespannt, seine Miene eine Fratze der Lust.

Er dominiert mich mühelos, bestimmt die Geschwindigkeit und lässt mich immer höher fliegen.

Völlig in meiner Lust gefangen, überlasse ich ihm die Führung, und zum ersten Mal in meinem Leben spüre ich, wie unglaublich gut es sich anfühlt, sich einem Mann auszuliefern. Er leckt sanft über meine geschwollenen Knospen, ehe er sie tief in den Mund saugt und mich seine Zähne spüren lässt.

Keuchend sauge ich frischen Sauerstoff in meine Lunge, der bittersüße Schmerz durchzuckt meinen Körper.

„Ich will dich, Abi! Ich will dich mehr als alles auf dieser Welt."

„Dann nimm mich ..."

Ein dünner Schweißfilm überzieht meine Haut. Seine Finger schieben sich zwischen meine Schenkel, und necken meinen Kitzler.

Geschickt streicht er durch meinen pulsierenden Spalt, dringt leicht mit seinen Fingern in mich ein, weitet mich für das Kommende.

Nur am Rande bemerke ich, dass er meine Hände wieder frei gegeben hat.

Auch wenn es mein erstes Mal ist, spüre ich, dass das hier ist nicht einfach nur Sex ist. Wir verbinden uns, verschmelzen miteinander und werden eins. Auf der verzweifelten Suche nach noch mehr Nähe, presse ich meine Lippen wieder auf die seinen, wühle mich mit meiner Zunge durch seinen Mund und presse mich seinen pumpenden Fingern entgegen.

Leise knurrend löst er sich von mir, unser Atem vermischt sich.

„Verdammt noch mal, Abi..."

Seine Augen verweilen auf meinen Brüsten, Spiders Wangenmuskulatur zuckt angespannt.

Es ist leicht zu erkennen, dass er sich nicht mehr lange beherrschen kann.

Das Zucken in seinen Oberarmen wird immer stärker, seine Berührungen werden fordernder und sein Atem kommt schneller.

Endlich legt er sich auf mich, ragt groß und kraftvoll über mir auf, während er sich leise grollend zwischen meinen Schenkeln in Position bringt.

„Fuck Baby, ich werde wirklich versuchen, vorsichtig zu sein."

Seine Finger finden meine Nippel, zwirbeln sie sanft, erfüllen sie mit purer Lust.

Erregt und pulsierend zieht sich mein Schoß zusammen.

Wenn er nicht bald in mich eindringt, verliere ich noch den Verstand.

Ein letztes Mal dringt er mit seinen Fingern in mich ein, weitet mich und bereitet mich vor. Quälend langsam lässt er sein hartes Glied durch meine feuchte Muschi gleiten, übt etwas Druck aus, raubt mir den Verstand.

Atemlos presse ich mich seinem Glied entgegen, verliere mich in meiner Lust.

Wimmernd genieße ich das Spiel seiner Finger.

„Bitte Spider, nimm mich endlich!"

Seine Hände legen sich auf meine Knie, ziehen meine Schenkel noch etwas weiter auseinander, so dass sein Blick auf meiner geschwollenen Mitte ruht.

Zärtlich streicht er mit seinen Fingerspitzen über meinen Eingang, fährt die Konturen meiner Schamlippen nach und dringt mit seinem Daumen leicht in mich ein. Zitternd und atemlos sehe ich ihm tief in die Augen.

Das grenzt beinahe schon an Folter...

Der Druck in meinem Unterleib wird immer stärker, ich bekomme kaum noch Luft. Meine Zehenspitzen krümmen sich zusammen, mein Unterleib steht in Flammen.

Es braucht nicht mehr viel und ich verliere mich im Hier und Jetzt.

Leise stöhnend winde ich mich unter ihm, meine Augenlider fallen zu, als er einen weiteren Finger in meine Scheide schiebt.

Langsam mit seinen Fingern kreisend, dringt er noch etwas tiefer in mich ein, streift über einen besonders empfindlichen Punkt in mir.

Hilflos spüre ich, wie sich mein Inneres krampfend zusammenzieht.

Der intensive Druck, der sich in meinem Unterleib ausbreitet, entlädt sich.

Welle für Welle reißt mich meine Leidenschaft immer höher hinauf zu den Sternen.

Zuckend, bebend und schreiend verliere ich mich in einem Wahnsinnsorgasmus.

„Jaaaaaaa...., Spider bitte....."

Mein verzweifelter Schrei vermischt sich mit seinem leisen Flüstern.

Er raunt mir ins Ohr, dass ich perfekt und wunderschön bin, dass mir sein Herz gehört und dass er mich nie wieder gehen lassen wird.

Und während er mir seine Liebe schwört, spüre ich, wie er langsam in mich eindringt, mich dehnt und in Besitz nimmt.

Als er gegen mein Jungfernhäutchen stößt, hält er kurz inne und zieht sich etwas zurück.

Seine Lippen streifen zärtlich über meine Schläfe, während er sich mit einem kraftvollen Stoß bis zum Anschlag in mir versenkt.

Ich schreie auf, zucke zusammen und vergrabe meine Fingernägel so tief in seinem Rücken, dass ihm ein leises Zischen entweicht.

Der bittere Schmerz in Kombination mit dem intensiven Gefühl der Dehnung, seine Haut auf der meinen - diese unbeschreibliche emotionale Nähe...

Endlich ist der Augenblick gekommen, endlich spüre ich ihn tief und hart in mir.

Unsere Herzen schlagen im Einklang, unsere Körper verschmelzen, während sich unsere Seelen verbinden.

„Sieh mich an, Abigail!“

Blinzelnd öffne ich meine Augen, Tränen rinnen mir über das Gesicht.“

Es dauert ein paar Sekunden, bis sich mein Körper an das Ausgefülltsein gewöhnt hat.

„Jetzt bist du wahrhaftig meine Frau.“

Spider verharrt für einen Augenblick lang reglos in mir, auf seiner Stirn perlt der Schweiß. Der Schmerz in meinem Unterleib wird weniger, ehe er purer Lust weicht. Als er spürt, dass ich mich wieder entspanne, bewegt er sich endlich wieder. Seine sanften Stöße werden immer fordernder und sein Schwanz dringt so unglaublich tief in mich ein, dass ich nichts weiter tun kann, als mich ihm entgegenzupressen.

Spider flucht laut, verändert den Winkel, mit dem er in mich eindringt und platziert meine Füße auf seinen Schultern.

In dieser Position schiebt sich sein Glied noch etwas tiefer in mich hinein. Hilflos spüre ich, wie sich erneut dieser dekadente Druck in mir aufbaut.

Hunderte von Emotionen, Sehnsüchten und Wünschen stürmen auf mich ein, und ich habe ihnen nichts zu meinem Schutz entgegenzusetzen.

Der zweite Orgasmus, der überraschend und gnadenlos über mich hereinbricht, ist so allumfassend, dass ich seinen Namen laut aus mir herausschreie.

Es fühlt sich so an, als würde ich verbrennen und zugleich schweben.

In meinen Bauch prickelt es wie verrückt, meine Haut glüht, meine Beine zucken unkontrolliert.

Zitternd spüre ich, wie sich mein Unterleib zuckend und krampfend um sein Glied zusammenzieht.

Spiders Atem kommt immer rauer, seine Stöße werden noch etwas härter, während sich jeder Muskel in seinem Körper anspannt.

Wie ein wildes Tier brüllend, wirft er seinen Kopf in den Nacken, schließt seine Augen und pumpt seinen Samen tief in mein Inneres.

Das Pochen seiner Eichel, seine unglaubliche Kraft und das bittersüße Brennen zwischen meinen Beinen lässt mich zufrieden grinsen.

Er verharrt noch kurz in dieser Position, öffnet langsam seine Augen und sieht ehrfürchtig auf mich hinab. Sein Gesichtsausdruck wirkt ernst. Vorsichtig zieht er sich aus mir heraus, ich zucke zusammen.

Spider legt sich neben mich und zieht mich in seine Arme.

„Geht es dir gut, mein Engel?"

Erschöpft kuschle ich mich wie eine Katze in seine Armbeuge, lasse meine Finger über seinen Brustkorb tanzen und inhaliere seinen Geruch.

Das war einfach unglaublich...

Eine angenehme Müdigkeit breitet sich in mir aus, meine Glieder werden schwer, zwischen meinen Schenkeln pocht es wund.

Ich hebe meinen Kopf und sehe ihm tief in die Augen. Sein Gesichtsausdruck wird sanft, während er mit seiner Hand zärtlich über meine Wange streicht und mir einen liebevollen Kuss auf die Stirn haucht.

„Es geht mir fantastisch."

„Fantastisch? So so..."

Er sieht mich prüfend an.

„Wenn ich gewusst hätte, dass es so ist, hätte ich dich schon viel früher in mein Bett gelockt, Dead Rider."

Spider gibt ein leises Grunzen von sich.

„Noch früher? Scheiße Baby, mein Plan war eigentlich, dich erst in ein paar Monaten zu ficken."

Ich schnipse ihm gegen die Brust.

„Wirklich sehr romantisch, Spider, du bist ein richtiger Poet."

Seine Miene wird ernst, er sieht mir tief in die Augen, schnappt sich meine Hand und legt sie direkt auf sein Herz. Ich spüre seinen gleichmäßigen, kraftvollen Herzschlag und weiß, dass ich diesen Mann bis zu meinem letzten Atemzug lieben werde.

„Spürst du es?"

Ich nicke.

„Dieses Rocker Heart schlägt nur für dich, Abi. Bevor ich dir begegnet bin, war mein Leben grau, erst du hast Farbe hineingebracht. Du bist alles, was ich jemals wollte. Fuck, ich liebe dich, Baby. Ich bin ein egoistisches Arschloch, aber ich kann nicht anders. Ich will dich für mich, selbst wenn das bedeutet, dass ich dafür in der Hölle schmoren werde."

Wer hätte gedacht, dass eine Liebeserklärung, in der die Wörter *Fuck, Arschloch* und *Hölle* vorkommen, so verdammt perfekt sein kann?

„Sag es noch mal!"

Er grinst mich frech an.

„... ich bin ein egoistisches Arschloch..."

Gespielt wütend boxe ich ihm gegen die Schulter.

„Nicht das, sondern das andere."

Seine Finger vergraben sich in meinen Haaren, er zieht meinen Kopf bestimmend in den Nacken und dirigiert mich weiter nach oben, so dass ich halb auf ihm liege. Mit seiner rauen Zunge leckt er über meine Brustwarze.

Erst als ich leise stöhne und mich seinen Lippen entgegenpresse, lässt er sie aus seinem Mund gleiten.

„Ich liebe dich, mein Engel."

So glücklich wie noch nie in meinem Leben, lege ich mich komplett auf ihn und küsse ihn stürmisch.

„Gut, dann beweis es."

Obwohl ich wund bin, kann ich es kaum erwarten, ihn wieder in mir zu spüren.

„Was habe ich da nur für ein unersättliches Monster geschaffen?"

Mit diesen Worten dreht er sich um, begräbt mich unter sich und dringt in mich ein.

Dieses Mal liebt er mich langsam, zu langsam. Und obwohl ich ihn anbettle, schneller zu machen, erhöht er sein Tempo nicht.

Danach liege ich völlig erschöpft quer über dem Bett, sämtliche meiner Knochen fühlen sich an, als wären sie aus Gummi.

Unter halb geschlossenen Augen beobachte ich, wie mein Rider aus dem Bett steigt, aus meinem Zimmer verschwindet und einen Augenblick später mit einem feuchten Waschlappen zurückkommt.

„Spreiz deine Beine."

Ohne zu zögern tue ich, was er von mir verlangt.

Er kniet sich zwischen meine Schenkel und wischt mit dem Lappen über meine empfindlichen Schamlippen. Dieser Augenblick ist so intim, dass ich kaum noch Luft bekomme. Zugegebenermaßen bin ich ziemlich wund. Im Nachhinein bin ich echt froh, dass er nicht auf mich gehört und mich beim zweiten Mal langsam gevögelt hat.

Nachdem er das Blut und sein Sperma abgewischt hat, legt er sich zu mir ins Bett, zieht mich an seinen Brustkorb und küsst mich träge.

„Schlaf, Baby.“
Mit meinem Gesicht an seinem Hals und seinem Geruch in der Nase, sinke ich in einen tiefen, traumlosen Schlaf.

Als ich am nächsten Morgen meine Augen öffne, ist mein Bett leer. Spider ist längst wieder unterwegs. Müde tapse ich in die Küche und hole mir einen Orangensaft aus der Küche. Dank Spider und seinen Verführungskünsten habe ich an Stellen, von denen ich bis letzte Nacht nicht einmal wusste, dass es sie gibt, Muskelkater. Auf dem alten Holztisch, der in der Mitte unserer Küche steht, liegt ein blaues Briefkuvert. Neugierig falte ich es auf und hole den Brief heraus.

Liebe Abigail,
ich halte es hier nicht länger aus. Alles an diesem Haus erinnert mich an Catcher und daran, wie wir uns auf eine gemeinsame Zukunft mit dir gefreut haben. Immer wenn ich dich anschaue, sehe ich ihn vor mir. Verzeih mir, dass ich mich heimlich davongeschlichen habe, aber für einen persönlichen Abschied fehlt mir die Kraft. Ich will nicht hierbleiben, ich muss weg - ganz weit weg. Ich weiß, dass die Riders dich beschützen werden, Spider wird dich nicht mehr aus den Augen lassen. Wenn ich Catchers Verlust überleben will, muss ich diese Welt so schnell wie möglich hinter mir lassen. Verzeih mir....
Fühl dich gedrückt, Susan.

Als ich am letzten Wort angekommen bin, lese ich jede Zeile erneut.

Sie ist tatsächlich ohne ein Lebewohl gegangen.

Tief in meinem Herzen weiß ich, dass es für sie das Beste ist, zu gehen, dennoch hoffe ich, dass wir uns eines Tages wiedersehen werden. Da sie mir nicht geschrieben hat, wohin sie geht, hoffe ich darauf, dass sie sich, wenn es ihr besser geht, bei mir melden wird.

Mit dem Brief in der Hand lasse ich mich auf einen der vier Küchenstühle sinken und atme tief durch. Es dauert einen Augenblick, bis ich realisiere, dass ich jetzt tatsächlich alleine in diesem Haus lebe.

So wie ich Spider kenne, wird er mich entweder zu sich holen oder aber bei mir einziehen. Er wird nie zulassen, dass ich unbeaufsichtigt bin, dafür ist er viel zu beschützend. Es wäre mir bedeutend lieber, wenn er zu mir ins Haus zieht, sein Apartment im Club ist nicht unbedingt das, was ich mir unter einem Zuhause vorstelle.

20. Kapitel

Spider

Vor zwei Stunden bin ich zusammen mit Ghost, Slide, Razzor und Ace nach Downtown Vancouver aufgebrochen. Dort warten fünf Dutzend sowjetisch-russische Sturm- und Maschinengewehre auf uns. Hergestellt werden die Gewehre von den Waffenwerken in Ischmasch in Ischewsk und Tulski Oruscheiny Sawod in Tula.

Wie bei den meisten Waffen gibt es eine große Anzahl von Lizenzbauten in anderen Staaten. Aber unser MC ist nur auf die gute Ware aus, und die wird immer noch in Russland produziert. Die Nachfrage nach den AK-47 ist so hoch wie noch nie. Scheiße, wir schaffen es kaum, mit den Lieferungen nachzukommen.

Der Scheiß mit den Mexikanern und den Russen hat uns nicht gerade dabei geholfen, unsere Geschäfte voranzutreiben. Natürlich hilft es uns auch nicht gerade, dass wir immer noch im Fokus des FBIs stehen.

Wir werden die Waffen auf dem Seeweg nach Tacoma bringen. Doch bevor wir uns auf den Rückweg machen können, müssen wir erst noch etwas weiterfahren. In Metrotown in Burnaby, einer Stadt, die westlich von Port Moody liegt, warten neun Kisten Munition auf uns. Ace setzt den Blinker, wir fahren in die Innenstadt von Marysville.

Slide parkt sein Bike so, dass es mit dem Hinterrad zur Hauswand dasteht. Ich stelle meines daneben. Kaum dass wir unsere Helme abgenommen und von den Maschinen gestiegen sind, kommt uns Hank, ein alter Freund des MCs, entgegen. Er ist der Inhaber des Strip Clubs *‚Devils Point'*, vor dem wir gerade stehen.

Vor einer Ewigkeit hatte Hank Probleme mit den Chinesen, damals hat sich der MC darum gekümmert, dass sich diese Probleme in Luft auflösten. Seitdem legen wir jedes Mal, wenn wir auf dem Weg nach Vancouver sind, bei Hank einen Stopp ein. *Zum Teufel! Hier sind die Muschis heiß und das Bier ist kalt – was will Mann mehr?*
Es gab eine Zeit, da habe ich nicht lange gezögert, sondern meinen Schwanz in jedes Mädchen gesteckt, das mir gefallen hat, jetzt hingegen würde ich am liebsten weiterfahren. *Verdammte Scheiße!* Was hat dieses siebzehnjährige Mädchen, das zuhause auf mich wartet, nur mit mir angestellt?

Anstatt mich auf die vielen halb nackten Pussys zu freuen, die im *‚Devils Point'* auf mich warten, denke ich nur an Abigail.

Ich erinnere mich an den Geschmack ihrer Lippen, an das Gefühl ihrer weichen Haut unter meinen rauen Fingern und an den leisen Schrei, den sie von sich gegeben hat, als ich mich das erste Mal tief in ihrem Körper vergraben habe.

Hank und Ace begrüßen sich per Handschlag, sie besprechen kurz etwas, ehe wir den Club betreten.

Die zwei Securitys, die vor der Clubtüre stehen, nicken uns respektvoll zu.

Wie jedes Mal, wenn wir hier sind, wachen sie über unsere Motorräder.

Auf der schwarzen Bühne funkelt eine silberne Pole-Dance-Stange, an der sich mit weit gespreizten Beinen eine vollbusige Brünette räkelt.

Ihre Augen weiten sich, als sie uns kommen sieht, ihr Blick tackert sich an unserem Präsidenten fest.

Die Sitzgruppe, auf der wir Platz nehmen, befindet sich so nah an der Bühne, dass ich mich nur vorbeugen müsste, um meine Finger unter den silbern glitzernden String zu schieben, der ihre Schamlippen gerade so verdeckt.

Ace und Slide sind mit Hank in dessen Büro gegangen.

Das kalte Bier, das vor mir auf dem verspiegelten Tisch steht, ist alles, was ich mir heute Nacht gönnen werde. Razzor scheint es da wie mir zu gehen. Ghost hingegen ist bereits fündig geworden. Auf seinem Schoß sitzt ein junges Mädchen, ihre Haare sind weiß mit blauen Strähnen. Mittig in ihrer Unterlippe steckt ein silberner Ring.

Ihre Haut ist weiß wie Schnee und ihre Lippen sind rot. Die drei Sternentattoos, die sich an ihrer linken Schläfe befinden, passen zu ihren Händen. Auf ihrem linken Handrücken befindet sich eine Sonne, auf dem rechten ein Mond.

Diese Bitch wirkt wie aus einer anderen Welt, sie passt nicht wirklich in einen Schuppen wie diesen hier ... erst als sie ihre Arme hebt und sie um den Nacken des Prospects schlingt, entdecke ich den Namen, den sie sich auf die Innenseite ihres linken Arms hat tätowieren lassen – Angel. Vor Lachen verschlucke ich mich beinahe an meinem Bier.

„Fuck, Bro, die Kleine passt perfekt zu dir. Angel und Ghost..."

Ich schüttle den Kopf, wische mir mit dem Handrücken über den Mund und stelle die Flasche zurück auf den Tisch.

Razzor zündet sich eine Kippe an und tippt auf seinem Handy herum.

Ghost steht auf, packt sich seinen Angel und wirft ihn sich kurzerhand über die Schulter.

Die beiden verschwinden aus meinem Sichtfeld, ich starre gedankenverloren auf die prallen Titten der Poledancerin.

Zumindest tue ich das solange, bis ein lauter Knall die Erde erbeben lässt. Die Spiegel, die die Wände verkleiden, zerplatzen in tausend Splitter, der hintere Teil des Clubs geht in Flammen auf. Die panischen Schreie von Hanks Mädchen werden von einer Salve von Schüssen übertönt.

Instinktiv ziehe ich meine Waffe, checke das Magazin und entsichere sie.

Razzor lässt sich blitzschnell fallen, da wo er gerade eben noch gestanden hat, rollt eine Handgranate über den Boden.

Holy Shit!

Ich verpasse dem Ding einen kraftvollen Tritt und befördere sie so auf die andere Seite des Raums. Eine Sekunde später explodiert sie und reißt ein dickes Loch in die Wand.

Als die Schüsse endlich verstummen, sehe ich mich vorsichtig um.

Innerhalb weniger Minuten hat sich das *'Devils Point'* in einen Kriegsschauplatz verwandelt. Keine zwei Meter neben mir liegen mehrere Leichen.

Als wir Hanks Club betreten haben, waren fast alle Tische belegt, diese Scheiße hier wird viele Opfer fordern. Der kleine Körper der Tänzerin, die bis eben noch kopfüber an der Polestange gehangen hat, liegt reglos in einem Meer aus Glasscherben. Ihr Körper ist von Schusswunden nur so übersät, sie ist tot.

Razzor springt auf die Füße, streckt die Hand, in der sich seine Waffe befindet, aus und feuert drei Schüsse ab. Der Chinese, der sich von hinten an mich herangeschlichen hat, klappt leblos in sich zusammen.

„Fuck! Das war knapp. Danke, Bro."

Er zwinkert mir zu. „Jederzeit wieder!"

Während mir Razzor Deckung gibt, ziehe ich das weiße Hemd des Schlitzauges nach unten. An seinem Hals entdecke ich ein großes Drachentattoo.

„Das bedeutet nichts Gutes ..."

Razzor kneift seine Augen zusammen.

„Wir sollten nach Ace und Slide suchen und uns von hier verpissen, das ist nicht unser Krieg, Alter."

Ich für meinen Teil kann Razzor da nur zustimmen, mein Gefühl verrät mir jedoch, dass Ace das anders sehen wird. Hank ist seit Jahren sein Freund, das *'Devils Point'* war seine Existenz und die ist jetzt im wahrsten Sinne des Wortes nur noch Schutt und Asche.

Das wird eine verdammt lange Nacht ...

Razzor und ich kommen genau vier Schritte weit, ehe wir einer Handvoll bis an die Zähne bewaffneter Schlitzaugen gegenüberstehen.

Gott, wie ich es hasse, in die Mündung einer Waffe zu starren.

„Seid ihr die Riders?"

Ich höre Razzor hinter mit leise lachen – was zur Hölle muss wohl passieren, dass ihm mal der Humor vergeht?

„Ey Spider, unsere neuen Freunde scheinen nicht gerade die Hellsten zu sein."

Das Gesicht des Chinesen, der mir direkt gegenüber steht, wird rot vor Zorn.

„Was willst du damit sagen?"

Seine Aussprache ist verwaschen, typisch für seine Landsleute zieht er die Konsonanten unnatürlich in die Länge.

Meine stumme Bitte, dass Razzor die Klappe hält, wird nicht erhört.

„Wenn dir dein Leben lieb ist, solltest du auf den ersten Blick erkennen, wer zum Teufel wir sind!"

Der Chinese ruft etwas in seiner Muttersprache, seine Männer beginnen laut zu lachen.

Ich habe so das Gefühl, dass dieser Witz auf unsere Kosten ging.

Razzor stellt sich neben mich, seine Waffe noch immer im Anschlag. Selbst wenn es uns gelingen sollte, zwei oder wenn es gut läuft sogar drei von den Stäbchenfressern abzuknallen, werden wir aller Wahrscheinlichkeit nach ebenfalls draufgehen. Vor Abigail wäre mir das sowas von drecksegal gewesen, aber jetzt? Jetzt habe ich etwas, wofür es sich zu leben lohnt.

Langsam bewege ich meine Hand und ziele auf die Stirn des Wortführers.

Wenn der Teufel meine Seele will, so soll er sie bekommen, aber bei Gott, ich werde nicht kampflos draufgehen.

Rechts neben mir ertönt ein lautes Knallen, eine Sekunde später sehe ich Ace auf uns zukommen. In seiner linken Hand hält er seine geliebte Beretta, in der rechten eine Handgranate ohne Splint. Der einzige Grund, warum uns dieses Scheißteil nicht alle in Fetzen zerreißt, ist die Tatsache, dass seine Finger den Schalthebel gedrückt halten.

Ich weiß, dass diese Granate eine HG85 ist und exakt 465 Gramm wiegt.

Woher? *Fuck*... keine Ahnung. Wenn man so ein Leben führt wie ich, dann weiß man solche Sachen eben. Das letzte Mal, als ich so ein Ding in der Hand eines Mannes habe explodieren sehen, hat es sich dabei um eine M 24 Repro gehandelt. Die hat ein Gewicht von ca. 780 Gramm. Von dem Typen war nichts mehr übrig, was wir hätten beseitigen müssen. Für gewöhnlich meide ich diese Dinger, doch in diesem Augenblick ist diese Granate in Aces Hand die einzige Chance, hier heil rauszukommen. Quasi eine mit TNT gefüllte Lebensversicherung.

Razzor gibt ein zufriedenes Grunzen von sich, er steht auf so einen Scheiß.

Slide nähert sich uns von der anderen Seite, unsere Überlebenschancen bessern sich von Sekunde zu Sekunde.

„Legt eure Waffen auf den Boden, Hände in die Luft."

Der Chinese reagiert nicht, er starrt mich nur wütend an.

So langsam habe ich das Gefühl, dass die nicht wegen Hank oder dem *‚Devils Point'*, sondern wegen uns hier sind. Aber warum?

Was wollen die Chinesen von uns?

Dass uns die Bohnen fressenden Mexikaner hassen, ist nichts Neues.

Aber die Chinesen? Das ist mir neu.

Ace schießt einem der Schlitzaugen direkt ins Knie, er sinkt mit einem lauten Schmerzensschrei auf den Boden.

„Ich habe gesagt: Waffen runter!"

Dem Wortführer rutscht das überhebliche Grinsen aus dem Gesicht. Die Anspannung, die uns alle im Griff hat, erreicht ein neues Level.

„Du hast auf einen meiner Männer geschossen."

Gott wie ich es hasse, wenn Leute das Offensichtliche aussprechen.

Ace zuckt mit den Schultern.

„Das passiert, wenn man meinen Forderungen nicht nachkommt, Menschen werden verletzt oder sterben."

„Legt jetzt eure Waffen auf den Boden!"

Slide wiederholt Aces Forderung, dieses Mal lacht keiner der Schlitzaugen, sie sehen uns abwägend an. Es ist ein wenig wie im Schach. Jeder von uns geht gedanklich unterschiedliche Züge und Szenarien durch, ich kann nur hoffen, dass zum Schluss nicht wir schachmatt sind.

Mit dem Finger am Abzug warte ich, was passiert.

Wo zum Teufel steckt eigentlich Ghost?

Den Atem anhaltend sehe ich dabei zu, wie die Chinesen Slides Forderung nachkommen.

Eigentlich sollte ich erleichtert sein, das Problem ist nur, dass mir mein Instinkt verrät, dass der Frieden trügt. Diese Arschlöcher sehen viel zu selbstsicher aus.

Ace sieht mich an, ohne zu zögern gehe ich auf die Reisfresser zu und hebe ihre Waffen auf.

„Wo ist Ghost?"

Nachdem ich alle Pistolen aufgesammelt habe, beantworte ich dem Vize der Tacoma Riders seine Frage.

„Scheiße, Bro, ich habe keine Ahnung."

Ace flucht laut. Er geht auf die Chinesen zu und stellt sich mit gespreizten Beinen vor den Anführer.

„Aus welchem Grund seid ihr hier? Warum zum Teufel habt ihr Hanks Laden in die Luft gesprengt?"

Der Typ mit der Kugel im Knie gibt ein leises Ächzen von sich, ehe er das Bewusstsein verliert.

„Hank ist nicht der Auftrag, sondern ihr!"

Holy Fuck...

„Wer hat den Auftrag erteilt?" Aces Stimme klingt eiskalt.

„Das tut nichts zur Sache."
Erneut ertönt ein Schuss. Dieses Mal kam der Schuss von Slide und er ging nicht ins Knie sondern direkt in die Stirn.
Der Hinterkopf des getroffenen Chinesen verteilt sich auf die am Boden liegenden Scherben. Alles ist voller Knochensplitter, Blut und Hirnmasse.
„Wer ist der Auftraggeber?"
Es mag sein, dass noch ein paar Schlitzaugen ihr Leben lassen, ehe Ace die Antwort auf seine Frage bekommt, bekommen wird er sie allemal. Ich kenne unseren Präsidenten, er kann, wenn es darum geht, Leute zum Sprechen zu bringen, verdammt blutrünstig sein.
Irgendjemand hat so eine Wut auf uns, dass er uns diese Reis fressenden Auftragskiller auf den Hals gehetzt hat. Wir müssen unbedingt herausfinden, wer das war, und ihn dann schnellstmöglich umbringen. Das Letzte, was ich gebrauchen kann, ist irgend so ein Todeshändler, der mir und meinen Brüder für ein paar tausend Dollar die Kehlen aufschlitzen will.
Die Sekunden verstreichen... Ace und Slide tauschen einen kurzen Blick, zwei präzise Schüsse später stehen nur noch zwei von den ursprünglich sechs Chinesen.
„Also?"
Das Schlitzauge kneift seine Augen zusammen, er scheint zu verstehen, was als Nächstes passieren wird.
„Wenn ich dir sage, wer eurem MC den Tod wünscht, wirst du mich ebenfalls töten."
Ace schüttelt den Kopf.
„Nein, das werde ich nicht."
„Gib mir dein Wort, Dead Rider."
„Du hast mein Wort. Aber sollte sich herausstellen, dass du mich belogen hast, werde ich dich suchen, finden und vom Sack bis zur Nasenspitze aufschlitzen."
Da ihm nichts anderes übrig bleibt, gibt der Chinese nach.
„Ihr habt vor ein paar Monaten in Kanada ein ordentliches Blutbad angerichtet. Dabei habt ihr ein paar Männer getötet, die einflussreiche Freunde hatten."
Mir ist sofort klar, dass er von der Nacht spricht, in der wir Abigail befreit haben. Unter den perversen Arschlöchern, die auf die entführen Frauen bieten wollten, waren zwei Senatoren.
„Es wird dir nicht gelingen, hier lebendig rauszuspazieren, wenn du mir nur Dinge erzählst, die ich längst weiß!"
Für einen Augenblick herrscht Stille, dann fällt ein Name.
„Alan MacDowney."

Ich erkenne an Aces Gesichtsausdruck, dass ihm dieser Name genauso wenig sagt, wie mir. Aber das ist nicht weiter schlimm. Es gibt nichts, was Tick nicht innerhalb von wenigen Stunden herausfinden kann.

Ich stecke meine Waffe weg und zünde mir eine Kippe an. Im Gegensatz zu dem Chinesen ist mir klar, was jetzt passieren wird.

Ace senkt seine Waffe ebenfalls, der Chinese atmet tief ein, doch bevor er wieder ausatmen kann, verpasst Slide ihm und seinem letzten verbleibenden Mann das komplette Magazin seiner Magnum.

Scheiße! Dieser Vollidiot hätte besser auf Aces Formulierung achten sollen.

Nur weil er ihm versprochen hat, ihn nicht zu töten, gilt das Versprechen noch lange nicht für jeden von uns Ridern. Razzor schnipst den glühenden Stummel seiner Zigarette auf den Boden, ehe er seine Waffe wegsteckt.

„Was für eine verfluchte Sauerei."

„Das kannst du laut sagen, Bro."

Ace fasst sich in die Hosentasche und zieht den Splint der Granate heraus. Nachdem er ihn zurück in die Granate gesteckt hat, sieht er mich an.

„Wo verdammt noch mal ist Ghost?"

Razzor beantwortet seine Frage.

„Er hat sich eins von Hanks Mädels abgegriffen und ist mit ihr verschwunden, bevor uns hier die Scheiße um die Ohren geflogen ist."

Slide zündet sich ebenfalls eine Zigarette an. Während er seinen Blick über die am Boden liegenden Chinesen gleiten lässt, lässt er sein Zippo immer wieder auf- und zuklappen.

Im Augenwinkel nehme ich eine Bewegung wahr. Blitzschnell ziehe ich meine Waffe.

Drei Männer rennen Richtung Ausgang. Sie sind Zivilisten, die sich einen schönen Abend mit heißen Pussys machen wollten. Doch anstatt ihr hart verdientes Geld in die Strings der nackten Girls zu stecken, sind sie nur knapp mit dem Leben davongekommen.

Auch wenn sie das anders sehen werden, hatten sie verdammtes Glück. Viele der Besucher des *‚Devils Point'* sind bei der Explosion schwer verletzt worden oder gar ums Leben gekommen.

„Wo ist Hank?"

„In seinem Büro. Er hat bei der Detonation einen Splitter ins Bein bekommen."

Slide holt sein Handy heraus und ruft Tick an.

„Tick? Ja. Überprüfe einen Alan MacDowney. Dringend!"

Er beendet das Gespräch. „Wir müssen Ghost finden und uns von hier verpissen, ehe es nur so von Bullen wimmelt. Wenn es dem FBI gelingt, uns mit all den toten Chinesen in Verbindung zu bringen, sind wir erledigt."

Da kann ich ihm nur zustimmen.

Ace und Razzor schließen sich uns an, zusammen bahnen wir uns einen Weg über die Leichen und durch die völlig zerstörten Möbel. Wir betreten den Flur, der zu den Büros führt. Ace zieht erneut den Splint von der Granate und wirft sie an die Stelle, an der die Überreste der Schlitzaugen liegen. Keine zwanzig Sekunden später erschüttert eine weitere Explosion das *‚Devils Point'*.

„Es wird Wochen dauern, bis sich die Forensiker durch diese Sauerei gearbeitet haben ..."

Pure Schadenfreude schwingt in seiner Stimme mit. Noch bevor wir bei Hank angekommen sind, hören wir die Sirenen der sich nähernden Streifenwagen.

„Jetzt aber schnell...."

Ace erklärt Hank mit wenigen Worten, was los ist, ehe er sich mit uns auf die Suche nach dem Prospect macht. Im Gegensatz zu uns muss Hank sich, als der Inhaber dieses Ladens, den Bullen stellen.

Zimmer für Zimmer suchen wir alles nach Ghost ab. Wir finden ihn vor der eisernen Brandschutztüre des Hintereingangs, in seinem eigenen Blut liegend. Neben ihm liegt ein toter Chinese. Ghosts Augen sind geschlossen, als er uns hört, versucht er etwas zu sagen, doch er schafft nur ein unverständliches Murmeln. Ich eile auf ihn zu, doch ich komme nicht weit. Das junge, weißhaarige Mädchen kauert vor unserem Bro auf dem Boden, ihre Hände hat sie auf die Schusswunde in seiner Brust gedrückt. Als sie uns sieht, springt sie auf die Beine und schreit uns laut zu, dass wir ihr ja nicht näherkommen sollen. In ihrer rechten Hand befindet sich das Messer, das Ghost immer an seinem Oberschenkel bei sich trägt. Die Kleine ist nackt, voller Blut und steht ganz offensichtlich unter Schock. Ihre Pupillen sind unnatürlich groß, ihre Augen huschen viel zu schnell hin und her.

Bei allen Höllen...

Die Sirenen werden immer lauter, es wird nicht mehr lange dauern, bis die Cops uns entdecken. Slide zieht seine Waffe, ich hoffe, dass er sie nicht benutzen muss.

„Geh beiseite, Mädchen!"

Sie schüttelt den Kopf.

„Nein, das werde ich nicht tun. Ich werde nicht zulassen, dass ihr ihn umbringt."

Was? Wovon zur Hölle redet sie?

Es dauert einen Moment, bis ich kapiere, was los ist.

Ich schiebe mich an Slide vorbei, hebe meine Hände in einer abwehrenden Geste und gehe auf sie zu.

„*Schhhh* Angel, es ist alles gut. Wir sind keine Bedrohung. Ghost ist unser Bruder, wir werden ihm helfen!“

Für eine Sekunde denke ich, dass es mir gelungen ist, sie zu überzeugen, doch dann hält sie mir die Spitze der Klinge direkt an die Brust.

„Ich glaube dir kein Wort.“

„Das musst du aber. Wenn er nicht schnellstens zu einem Arzt kommt, wird er verbluten!“

Sie sieht mich verängstigt an, ehe sie zwei Schritte zurückweicht und sich direkt vor Ghost stellt.

„Das ist doch alles fuck! Wir müssen hier weg. Sofort.“

Aces vor Wut bebende Stimme lässt das Mädchen zusammenzucken.

Razzor stellt sich neben mich. Er sieht Angel direkt in die Augen und spricht mit leiser Stimme auf sie ein.

„Ich schwöre dir, dass ich meinen Bruder mit meinem Leben beschützen werde. Tritt beiseite.“

Razzor hatte schon immer eine Schwäche für Mädchen in Not.

Slide flucht laut, steckt seine Waffe weg und geht kopfschüttelnd an uns vorbei.

Ich kann seinen Geduldsfaden regelrecht reißen hören.

Angel wird noch panischer, die Hand, in der sie das Messer hält, beginnt zu zittern.

Slide macht einen Ausfallschritt, packt ihr Handgelenk und wirbelt sie mit dem Rücken zu sich. Es dauert keine Sekunde, da liegt das Messer auf dem Boden und das Mädchen in seinen Armen zappelt wehrlos vor sich hin.

„Lass mich sofort los!“

Jetzt, da sie unbewaffnet ist, kommt er ihrem Befehl sofort nach.

Ohne sie eines weiteren Blickes zu würdigen, widmet er seine komplette Aufmerksamkeit Ghost.

„Er hat viel Blut verloren, er muss sofort in eine Klinik.“

„Aber zuerst müssen wir ihn hier wegschaffen.“

Slide packt sich seine Schultern, ich nehme seine Füße. Ace will die Brandschutztüre öffnen, doch sie ist versperrt. Er zieht seine Waffe und feuert mehrere Schüsse auf das Schloss ab. Einen kraftvollen Tritt später schwingt sie nach außen auf.

Kühle Nachtluft weht uns entgegen.

Wir tragen Ghost über die leere Straße und legen ihn auf der Rückseite eines Wohnhauses auf den Boden. Ace ist bereits dabei Ghosts Bike zu holen.

Gerade als ich mich aufrichten will, höre ich, wie Ghost etwas sagt. Obwohl seine Stimme leise und seine Aussprache undeutlich ist, kann ich ihn gut verstehen.

„Ihhrrr müüüsst Aangeell mitnnehmmeeen. Siee haaat ddenn Chhineseeen erstoocheen umm micchh zu reeetten.“

Scheiße! Echt jetzt?

Wenn es stimmt und sie den chinesischen Auftragskiller getötet hat, ist ihr Leben ab jetzt in Gefahr.

Slide sieht mich fluchend an, dann nickt er mir zu.

So schnell ich kann renne ich zurück zur Hintertüre des Stripclubs und suche nach dem Mädchen. Ich finde sie zitternd und schluchzend auf dem Boden liegend vor.

In Anbetracht der Tatsache, dass die Cops jede Sekunde hier auftauchen werden, ist sie eine Komplikation, die wir wirklich nicht gebrauchen können.

Wenn wir sie zurücklassen, werden die Bullen sie finden, befragen und in eine Zelle stecken. Angel würde in der Hoffnung, dem Knast zu entgehen, alles sagen, was sie weiß und uns somit verraten. Schlussendlich wären wir gefickt und sie müsste für den Mord an dem Reisfresser für viele Jahre hinter Gitter. Dort wäre es dann für die Chinesen ein Leichtes, sie umzubringen.

Der einfachste und sicherste Weg wäre es, ihr eine Kugel in den Kopf zu jagen. Das Schicksal dieses Mädchens ist nicht mein Problem, sie sollte mir egal sein. Bevor ich Abigail begegnet bin, hätte ich nicht gezögert, jetzt ist das anders – seit Abigail bin ich anders.

Anstatt diese Angel kaltblütig aus dem Weg zu räumen, empfinde ich so etwas wie Mitleid und Sorge.

„Was dauert da so lange?“

Slide steht plötzlich hinter mir.

Ich deute mit einem Kopfnicken auf das nackte, blutverschmierte Bündel am Boden.

Er flucht laut.

„OK. So wird sie uns nur Probleme bereiten.“

Noch während er sich zu ihr hinabbeugt, weiß ich, was er vorhat.

Seine Hand legt sich auf ihre linke Schulter, er streicht mit seinen Fingern über ihren Hals und drückt zu. *Shit!* Was wäre Slide nur ohne seinen geliebten Vulkanier-Griff?

Einen letzten Blick auf das bewusstlose Mädchen werfend, steht er wieder auf und wischt sich seine blutverschmierten Finger an der Hose ab.

„Bring sie zu Ghost. Ich helfe Ace und Razzor mit den Motorrädern.“

Mit großen Schritten trage ich sie zu dem Versteck auf der anderen Straßenseite. Kaum dass es meinen Brüdern gelungen ist die Motorräder zu holen, fährt auch schon der erste Streifenwagen vor. Das war verflucht knapp!

21. Kapitel

Ghost

In den vergangenen Jahren wurde ich schon zweimal angeschossen. Aber Scheiße, dieses Mal fühlt es sich viel beschissener an als die letzten paar Male.

Dank des Blutverlustes verliere ich immer wieder mein Bewusstsein. Doch jedes Mal, wenn ich meine Augen öffne, sehe ich Angel.

Es sind Schüsse zu hören, Schreie werden laut und dann ertönt eine weitere Explosion.

Fuck! Was zur Hölle ist hier nur los?

Während der ganzen Zeit weicht mir dieses faszinierende Mädchen mit dem Ring in der Unterlippe nicht von der Seite. Fest entschlossen mich am Leben zu halten, presst sie ihre Hände so fest sie kann auf das Einschussloch.

Auch wenn jetzt nicht der richtige Zeitpunkt für so eine Scheiße ist, kann ich an nichts anderes denken, als daran, sie wieder zu küssen.

Ich habe keine Angst vor dem Tod, das hatte ich noch nie. Es stört mich nur, dass ich abkratze, bevor ich die Möglichkeit hatte, diesen Engel zu ficken.

Die Umgebung beginnt vor meinen Augen zu verschwimmen, das Atmen fällt mir immer schwerer. Angels erschrockener Aufschrei reißt mich aus meinem dämmrigen Zustand.

Unter halb gesenkten Lidern beobachte ich, wie sie nackt, blutverschmiert und mit meinem Messer in der Hand vor mir steht und einem kleinen Chinesen zubrüllt, dass er sich verpissen soll.

Da es auch ein Chinese war, der mir die Kugel verpasst hat, weiß ich, dass es dieser ebenfalls auf mein Leben abgesehen hat.

Am liebsten würde ich Angel zurufen, dass sie von hier verschwinden und ihr Leben retten soll, doch ich bringe nur ein heiseres Krächzen zustande.

Das Letzte, was ich sehe, ehe ich erneut ohnmächtig werde, ist, wie der Chinese auf Angel zuspringt. Als ich unbestimmte Zeit später wieder meine Augen öffne, kniet sie wieder neben mir und drückt ihre Hände auf meine Wunde. Der Chinese liegt mit weit aufgerissenen Augen auf dem Boden. In seinem Bauch klafft eine große Stichwunde – er ist tot. Es dauert einen Moment, bis mein Verstand kapiert, was diese Frau für mich getan hat. Sie hat einen Mann getötet, um mir das Leben zu retten.

Sie ist ein verdammter Todesengel...

Noch bevor ich ihr danken kann, sinke ich wieder in das angenehme Schwarz, das mir den Schmerz nimmt.

Erst Spiders Stimme schafft es, mich wieder zurückzuholen.

„Geh beiseite, Mädchen!“
Angel schüttelt den Kopf.
„Nein, das werde ich nicht tun. Ich werde nicht zulassen, dass ihr ihn umbringt.“
Jetzt versucht sie sogar, mich vor meinen eigenen Brüdern zu beschützen.
„*Schhhh* Angel, es ist alles gut. Wir sind keine Bedrohung. Ghost ist unser Bruder, wir werden ihm helfen!“
Sie bedroht Spider mit meinem Messer.
„Ich glaube dir kein Wort.“
„Das musst du aber. Wenn er nicht schnellstens zu einem Arzt kommt, wird er verbluten!“
Angel schüttelt den Kopf, sie stellt sich direkt vor mich.
„Das ist doch alles.... *fuck*! Wir müssen hier weg. Sofort.“
Ace kocht vor Wut, ich kann nur hoffen, dass sie ihr nichts antun.
Als Nächster versucht Razzor, Angel zu beruhigen.
„Ich schwöre dir, dass ich meinen Bruder mit meinem Leben beschützen werde. Tritt beiseite.“
Slide flucht laut, er steckt seine Waffe weg und geht kopfschüttelnd auf Angel zu.
Die Klinge in der Hand meiner Beschützerin beginnt zu zittern.
Es kostet mich unheimlich viel Kraft, meine Augen offen zu halten.
Plötzlich kann ich das Mädchen nicht mehr sehen, dafür ist Slide bei mir.
„Er hat viel Blut verloren, er muss sofort in eine Klinik.“
Slide packt mich an den Schultern, Spider nimmt meine Füße. Eine erneute Welle von unerträglichen Schmerzen flutet mein Nervensystem. Wieder ertönen Schüsse – meine Augen fallen zu. Kühle Nachtluft streift über meine verschwitzte Stirn, ich spüre, wie ich wieder abgelegt werde.
Allein die Sorge um das verrückte Mädchen, das mir das Leben gerettet hat, hält mich wach.
Ich entdecke Spider neben mir. Mit letzter Kraft erzähle ich ihm, was passiert ist.
„Ihhrrr müüüsst Aangeell mitnnehmmeeen. Siee haaat ddenn Chhineseeen erstoocheen umm micchh zu reeetten.“
Selbst mir fällt auf, dass meine Worte kaum zu verstehen sind.
Slides Fluchen ist das Letzte, was ich mitbekomme, bevor meine Kraftreserven endgültig aufgebraucht sind.
Plötzlich befinde ich mich in einem wirren Traum. Vor mir steht eine Frau mit langen weißen Haaren, ihr Gesicht gleicht dem von Abigail,

ehe es sich langsam in das von Angel verwandelt. Ich versuche auf sie zuzulaufen, doch ich kann meine Beine nicht bewegen.

Solange ich Abigails Namen rufe, bin ich wie gelähmt, erst als ich laut nach Angel schreie, gelingt es mir, mich von der Stelle zu bewegen.

Ich renne so schnell ich kann, doch die Distanz zwischen uns wird nicht geringer, im Gegenteil, sie wird immer größer. Von der einen auf die andere Sekunde ist Angel verschwunden und ich bin allein. Ein fieser Schmerz ergreift von mir Besitz, raubt mir den Atem. Fassungslos starre ich an mir hinab und stelle fest, dass ich von Kugeln nur so durchsiebt bin. In meinem Bauch, in meinen Armen und meinen Beinen befinden sich unzählige Schusswunden. Doch ich blute nicht, kein einziger Blutstropfen ist zu sehen.

Ein letzter Schuss fällt, das Projektil kommt in Zeitlupe auf mich zu, ich spüre, wie es genau zwischen meinen Augen auf meinen Kopf trifft, sich durch meine Haut bohrt und ein Loch in meinen Schädel schlägt.

Durch die Wucht werde ich nach hinten geschleudert, ich liege auf dem Boden, starre in den Himmel und da sehe ich sie: Angel.

Sie hat wunderschöne blaue Flügel, sie flüstert mir zu, dass ich zu ihr kommen soll. Eine Windböe hebt mich hoch, trägt mich immer höher und höher, ehe ich bei meinem persönlichen Engel ankomme. Angel strahlt von innen heraus, sie kommt langsam auf mich zu und wickelt mich beschützend in ihre Flügel ein.

Ein angenehmes Prickeln breitet sich in mir aus – ich heile.

Dieses faszinierende Wesen heilt mich von innen heraus. Die vielen Einschusslöcher verschließen sich, es bleibt keine Narbe zurück.

Angel füllt mich mit Wärme, Liebe und Glück. Instinktiv spüre ich, dass ich ab jetzt weder den Wind noch ihre Flügel brauche, um schwerelos zu sein.

Ich sehe sie erstaunt an, sie nickt und gibt mich frei...

Eine fremde Stimme dringt wie durch eine dicke Wand zu mir durch.

„3 – 2 – 1 – Schock!“

Bämm....

Ein starker Schmerz durchzuckt mich, mein ganzer Körper wird durchgeschüttelt.

„Noch immer kein Puls. Aufladen.“

Es folgt Stille. Die Schwerelosigkeit weicht einem unangenehmen Druck. Die Zufriedenheit, die ich bis eben noch gespürt habe, weicht Angst.

„3 – 2 – 1 – Schock!“

Erneut durchzuckt mich der Schmerz, instinktiv atme ich tief ein und reiße meine Augen auf.

„Wir haben ihn!“

Verwirrt starre ich in das Gesicht eines mir völlig fremden Mannes.
„Können Sie mich hören?“
Seine Frage irritiert mich. Natürlich kann ich ihn hören.
Da sich meine Zunge pelzig anfühlt, nicke ich nur.
Dafür, dass er mich aus dem geilsten Traum aller Zeiten gerissen hat, möchte ich ihm am liebsten meine Faust ins Gesicht rammen.
Er wendet seinen Blick von mir ab und starrt auf einen kleinen, viereckigen Monitor, der neben mir auf dem Boden steht.
Verfluchte Scheiße, was soll das?
„Sie hatten einen Herzstillstand, wir werden Sie ins Providence General Medical Center bringen.“
Herzstillstand? Plötzlich erinnere ich mich wieder an alles. Die Realität überrollt mich wie ein Schnellzug. Das *‚Devils Point'*, Angel, die Chinesen und der Schusswechsel, bei dem ich getroffen wurde – *fuck*!
Den Arzt ignorierend, der mich zurück ins Leben gerufen hat, drehe ich meinen Kopf auf die Seite und suche nach dem Mädchen mit den weißen Haaren.
Es ist mir scheißegal, wie es um mich steht, wenn ich nicht weiß, wie es ihr geht, werde ich in kein Krankenhaus gehen.
„Wo ist sie?“
Die Tatsache, dass ich keine Antwort bekomme, macht mich rasend. Obwohl es mich beinahe übermenschliche Kraft kostet, diese merkwürdigen Pads abzureißen, die mir auf den Brustkorb geklebt wurden, versuche ich aufzustehen.
„Oh nein. Keine Chance.“
Der Doc drückt mich zurück auf den Boden. Ich werde wütend.
„Wo ist das Mädchen?“
„Wer?“
Der Arzt sieht mich verwirrt an.
„Angel.“
Spider taucht neben mir auf.
„Sie ist bei Razzor, es geht ihr gut.“
Jetzt, wo ich weiß, dass sich meine Brüder um Angel kümmern, versuche ich, mich wieder zu beruhigen. Das Sprechen strengt mich unheimlich an. Dennoch muss ich Spider begreiflich machen, was Sache ist.
„Pass auf sie auf. Sie gehört zu mir.“
Keine Ahnung, ob es an dem Traum, den Elektroschocks, mit denen mein Herz wieder zum Schlagen gebracht wurde, oder an der Tatsache, dass sie mir das Leben gerettet hat, liegt, aber ich werde dieses Mädchen festhalten, ich werde es so lange behalten, bis ich herausgefunden habe, warum zum Teufel mir das Schicksal meinen persönlichen Engel geschickt hat.

Spider wirkt nicht im mindesten überrascht. Wenn einer weiß, was ich gerade fühle, dann er...

„Verlass dich auf mich, Bro."

Erschöpft schließe ich meine Augen. Das nächste Mal, als ich sie wieder öffne, starre ich auf eine weiße Decke, das einzige Geräusch, das ich höre, ist ein lautes, rhythmisches Piepen, meine Lippen fühlen sich an wie eine verdammte Wüste. Ich brauche dringend etwas Wasser.

Wo zur Hölle bin ich?

„Hey?"

Ihre Stimme dringt zu mir durch, ich sehe in die Richtung, in der ich sie vermute, *fuck*, ist das anstrengend, mich zu bewegen.

Ich bemerke erst jetzt, dass ein dicker Verband um meinen Brustkorb liegt. Zwar spüre ich keine Schmerzen, das liegt bestimmt an der klaren Flüssigkeit, die stetig in den Schlauch tropft, dessen Ende in meinem Arm verschwindet, jedoch fühle ich mich völlig erschlagen.

In dem Augenblick, in dem ich sie sehe, beginnt mein Herz zu rasen. Das laute Piepen, das durch das Krankenhauszimmer tönt, überschlägt sich beinahe.

Angel sitzt auf einem weißen Stuhl, sie hat die Knie angewinkelt und sie mit ihren Armen unter dem viel zu großen schwarzen Hoodie versteckt, auf dem vorne das Logo unseres MCs prangt. Ihre weißen Haare fallen ihr über die Schultern, die dunkelblauen Strähnen erinnern mich an die Engelsflügel aus meinem Traum.

Ihre vollen Lippen verziehen sich zu einem schüchternen Lächeln, tief in mir breitet sich eine so tiefe Sehnsucht aus, dass ich kaum noch Luft bekomme.

Ich will sie fragen, ob es ihr gut geht, doch ich bringe nur ein unverständliches Krächzen zusammen.

Angel steht auf, geht zu der Wasserkanne, die neben ihr auf einem kleinen Tisch steht und schenkt etwas davon in einen weißen Plastikbecher ein.

Mein Blick fällt auf ihre beiden tätowierten Handrücken- links eine Sonne, rechts ein Mond. Da es mir nicht gelingt, mich aufzurichten, schiebt sie mir ihre Hand unter den Kopf und hebt mir den Becher an die Lippen. Das Wasser berührt meine Lippen, ich habe nie etwas Besseres zu mir genommen.

Am liebsten würde ich jetzt aus diesem Bett steigen, sie in meine Arme ziehen und ihren kleinen Körper an dem meinen spüren. In Anbetracht der Tatsache, dass ich nicht mal meinen Kopf heben kann, wird das wohl noch etwas warten müssen.

Nachdem ich das Wasser getrunken habe, setzt sie sich zurück auf den Stuhl.

„Wie lange bin ich schon hier? Wo sind meine Brüder?“
Endlich gelingt es mir, die Fragen zu stellen, die mir im Moment am wichtigsten erscheinen.
„Bis auf Razzor sind alle weg. Sie haben irgendetwas von Downtown Vancouver geredet...“ Sie macht eine Pause, saugt ihre Unterlippe zwischen die Zähne und sieht mich unsicher an.
„Was ist los? Rede mit mir, Angel, sag es mir.“
Sie zögert, sieht prüfend über ihre Schulter und rutscht mit dem Stuhl näher zu mir heran. Mit leiser Stimme redet sie endlich weiter.
„Dieser Razzor hat mir gesagt, dass ich hierbleiben muss und dass mein Leben in Gefahr ist, weil ich diesen Chinesen erstochen habe...“
Tränen steigen ihr in die Augen sie wischt sich mit dem Handrücken trotzig übers Gesicht.
„Ich wollte niemanden töten, ehrlich... Aber wenn ich es nicht getan hätte, dann hätte er uns beide umgebracht. Ich hatte keine andere Wahl. Verstehst du? Es war Notwehr.“
Die Sorge und die Angst, die sich in ihren wunderschönen grünen Augen spiegelt, treffen mich hart. Es war meine Aufgabe, sie zu beschützen, doch stattdessen habe ich diese Kugel abbekommen und bin wie ein schutzloses Baby auf dem Boden gelegen – verdammt, ich habe versagt!
Bei Schusswunden sind Krankenhäuser verpflichtet, die Polizei zu informieren, doch so wie ich Ace kenne, ist es ihm gelungen, das zu verhindern. Gegen eine großzügige Spende sind die meisten Kliniken bereit, die Klappe zu halten und die Bullen außen vor zu halten. Es ist immer wieder erstaunlich, was ein dickes Bündel grüner Scheine so alles bewirken kann.
Angel sieht mich verzweifelt an.
„Komm her.“
Sie steht auf und stellt sich direkt neben das schmale Bett.
Ich ergreife ihre Hand, schlinge meine Finger um die ihren.
„Du hast das einzig Richtige getan. Hör auf, dir ein schlechtes Gewissen einzureden. Wenn du nicht so schnell reagiert hättest, dann wären wir jetzt beide tot. Und glaube mir, dieser Chinese hätte, nachdem er uns umgebracht hätte, keinen einzigen Gedanken mehr an uns verschwendet. Die Welt ist rau und gefährlich – nur die Stärksten überleben.“
Tränen rinnen ihr über das Gesicht, sie wirkt so klein und schutzlos.
„Sie mich an Baby.“
Schniefend erwidert sie meinen Blick.
„Vertrau Razzor. Er ist mein Bruder, er wird sich um dich kümmern, solange ich an dieses Bett gefesselt bin. Sobald ich wieder auf meinen Beinen stehen kann, kümmere ich mich um diese Scheiße – versprochen.“

Sie entzieht mir ihre Hand.
„Er sieht unheimlich aus, er macht mir Angst“
„Wer?“
Ihre Wangen färben sich rot.
„Dieser Razzor.“
Mein Brustkorb bebt vor Lachen, ein scharfer Schmerz sticht durch meine linke Seite.
Kaum dass sie seinen Namen genannt hat, öffnet sich die Türe und Razzor betritt den Raum. *Wenn man vom Teufel spricht ...*
„Das musst du nicht, glaub mir, meine Brüder würden dir nie etwas tun.“
An der Art, wie sie Razzor skeptisch mustert, erkenne ich, dass sie mir nicht glaubt.
„Angel.“
Sie wendet ihren Blick von Razzor ab und sieht zurück zu mir.
„Mir ist klar, dass das alles viel für dich ist. Aber in dieser Sache musst du mir einfach vertrauen. OK?“
Scheiße! Ich kann verstehen, wie es ihr geht. Wir sind Fremde für sie. Und dennoch bleibt ihr nichts anderes übrig, als uns ihre Sicherheit anzuvertrauen. Wenn sie nicht auf mich hört und unsere Hilfe ablehnt, werden die Chinesen sie innerhalb von wenigen Stunden finden und töten.
Ich bin sicher, dass meine Brüder alle Schlitzaugen getötet haben, die in das *‚Devils Point'* eingedrungen sind. Deshalb ist es durchaus möglich, dass der Rest dieser Reisfresser nie erfahren wird, was sich genau in dieser Nacht abgespielt hat. Dadurch, dass wir Angel mitgenommen haben, haben wir sie erst in die Schusslinie der Schlitzaugen gebracht. Aber sie dazulassen war auch keine Option, denn dann wäre sie den Bullen in die Hände gefallen, und so wie ich Angel einschätze, hätte sie den Cops alles erzählt, nicht weil sie uns eins reinwürgen will, sondern weil Zivilisten nun mal so sind. Sie sind naiv und vertrauen dem Rechtssystem. Ein großer Fehler. Die Chinesen haben genau wie wir ihre Spitzel bei den Cops. Es hätte keine Stunde gedauert, da hätten sie gewusst, dass nicht alle ihre Männer auf das Konto der Dead Riders gehen, sondern dass einer von einem von Hanks Mädchen umgebracht worden ist.
So oder so steckt Angel knietief in dieser Sache mit drinnen.
Wir mussten sie mitnehmen, wir mussten den MC und sie beschützen, so einfach ist das.
Hätten wir Angel den Cops überlassen, hätten diese erfahren, dass wir für all die toten Stäbchenfresser verantwortlich sind, das konnten wir nicht zulassen.
Zur Hölle, ist das alles kompliziert....
Razzor stellt sich an das Fußende des Betts.

„Du siehst echt scheiße aus, Bro.“
„Es tut auch gut, dich zu sehen.“
Er schüttelt den Kopf und lacht.
„Dieses Mal hast du es zu weit getrieben, Prospect. Der Sensenmann hatte dich schon auf seinem Karren – es war knapp.“
Mein Blick fällt auf das neueste Patch auf Razzors Kutte.
Es ist viereckig, schwarz und trägt die vier Buchstaben GBNF:
Diese stehen für *‚Gone But Not Forgotten'*. Jeder Member des Tacoma Chapters trägt seit Catchers Beerdigung diesen Aufnäher.
Razzor spricht Angel an: „Wie wäre es, wenn du eine der Schwestern suchst und ihr mitteilst, dass ihr Patient aufgewacht ist?“
Sie nickt. Ohne einen Blick zurück verlässt sie den Raum. Kaum dass sie aus meiner Sichtweite verschwunden ist, breitet sich eine unangenehme Kälte in mir aus.
„Ace und die anderen sind weiter nach Vancouver gefahren. Sie kümmern sich um die Waffenlieferung. Skorpion und Tick wissen über die Sache mit den Chinesen Bescheid. Es wird nicht lange dauern, bis wir den Aufenthaltsort dieses Wichsers herausgefunden haben, der uns dieses Reis fressende Killerkommando auf den Hals gehetzt hat. Sobald wir ihn ausgeschaltet haben, kehrt hoffentlich wieder Ruhe ein.“
Er fährt sich mit der Hand über die Stirn. Auch ohne dass er es ausspricht, weiß ich, dass er nur hiergeblieben und nicht mit den anderen nach Vancouver gefahren ist, um mir den Rücken zu decken.
„Danke, Bro.“
Razzor nickt, seine Stirn legt sich in Falten.
„Die Kleine ist dir in den letzten drei Tagen nicht von der Seite gewichen.“
„Drei Tage? Scheiße, Alter!“
„Du sagst es, Ghost. Kurz nach der OP hat es verdammt schlecht für dich ausgesehen, die Ärzte waren sich nicht sicher, ob du es schaffen würdest.“
Jetzt, wo ich weiß, wie lange ich schon in diesem verdammten Bett liege, wundert es mich nicht, dass ich mich so scheiße fühle. Ich hasse Krankenhäuser, Ärzte sind mir unheimlich.
Das Klingeln seines Mobiltelefons durchbricht die Stille.
„Fuck! Abigail wird vor Erleichterung darüber, dass du endlich aufgewacht bist ausflippen. Sie ruft ständig an und fragt nach dir. Dieses Weib geht mir langsam gehörig auf den Sack.“
Mit diesen Worten nimmt er das Gespräch entgegen. Wieder geht die Türe auf. Angel kommt in Begleitung von zwei Krankenschwestern und einem Arzt zurück.

Jetzt, wo sie wieder in meiner Sichtweite ist, löst sich die unangenehme Kälte, die sich in mir ausgebreitet hat, einfach auf.

Verdammte Scheiße!

Die Wirkung, die diese Frau auf mich hat, ist echt heftig.

Angel

Wo zur Hölle bin ich da nur reingeraten?

Seit sechs Monaten versuche ich wirklich alles, um mein Leben wieder auf die Reihe zu bekommen, aber es will mir einfach nicht gelingen. Seit ich mich von meinem gewalttätigen Ehemann getrennt habe, läuft alles schief. Da ich in einer Nacht- und Nebelaktion abgehauen bin, habe ich weder viel Geld noch andere Habseligkeiten mitnehmen können. Alles, was ich aus meinem früheren Leben habe, passt in eine verdammte Handtasche.

Es war mein Glück, dass Hank mich eingestellt hat. Zwar ist das Leben als Stripperin im *‚Devils Point'* nicht unbedingt das, was ich mir immer gewünscht habe, aber mit dem Geld, das ich dort verdiene, kann ich die Miete für das kleine Apartment, in das ich gezogen bin, bezahlen und meinen Kühlschrank füllen.

In den vergangenen Wochen hat sich so etwas wie eine Routine entwickelt. Bis in die frühen Morgenstunden arbeiten, den Tag verschlafen, duschen, einkaufen und wieder arbeiten. Mir war klar, dass ich das nicht ewig machen kann, aber ich hatte gehofft, dass sich mein Leben verbessert und nicht verschlechtert.

Ich habe einen Mann getötet, vertraue meine Sicherheit diesen Dead Riders an und weiß nicht, wie lange es noch dauert, bis ich ebenfalls tot in meinem eigenen Blut liege. Wenn ich Razzor glauben kann, sind diese Chinesen jetzt hinter mir her weil ich einen von ihnen erstochen habe...

Und als ob das alles noch nicht schlimm genug wäre, sitze ich seit drei Tagen an dem Krankenbett eines Mannes, der mir nicht mehr aus dem Kopf gehen will.

Ein Rocker namens Ghost – Ghost und Angel – das ist doch alles verrückt. Ich weiß ja nicht mal, ob es dieses *‚und'*, an das ich die ganze Zeit denken muss, überhaupt gibt.

Zwar hat Razzor versucht, mir zu erklären, was los ist, aber mein Verstand hat sich geweigert, das alles zu kapieren. Alles was ich weiß, ist, dass ich eine Art Bindung zu einem Mann verspüre, der die schönsten und zugleich unheimlichsten Augen hat, die ich jemals gesehen habe.

Seit er in dieser verheerenden Nacht vor drei Tagen an der Seite seiner Brüder das *,Devils Point'* betreten hat, hat er mich wie magisch angezogen. Es mag jetzt völlig durchgeknallt klingen, aber ich spüre tief in meinem Inneren, dass mein Leben mit dem von Ghost verknüpft ist.

Mein Ex würde jetzt nur den Kopf schütteln und behaupten, dass ich verrückt bin. Im Gegensatz zu mir glaubt er nicht an so etwas wie Bestimmung oder Vorsehung.

Tief durchatmend, völlig übermüdet und schrecklich verwirrt setze ich mich zurück auf den Stuhl, auf dem ich seit Tagen sitze und lausche den Ärzten, wie sie Ghost von der OP erzählen.

Ich habe keine Ahnung, was in den nächsten Tagen und Wochen auf mich zukommt.

Aber ich weiß, dass mein Leben eigentlich nicht mehr komplizierter und verkorkster werden kann. Um ehrlich zu sein, weiß ich nicht, wie es Ghost und seinen Brüdern, wie er sie nennt, gelingen soll, mich vor diesen Killer-Chinesen zu beschützen. Doch da ich keine Alternative habe, muss ich ihnen wohl vertrauen. Natürlich könnte ich auch zu den Bullen gehen. Aber was dann?

Sobald ich denen erzähle, dass ich einen Mann mit einer vierzig Zentimeter langen Klinge erstochen habe, nehmen die mich doch sofort fest.

Bis jetzt war ich immer das Opfer, bis jetzt war immer ich diejenige, die geblutet hat, doch dieses Mal habe ich mich gewehrt, ich habe nicht darauf gewartet, dass ich verletzt werde - eigentlich sollte ich stolz auf mich sein. In der Vergangenheit habe ich immer zugelassen, dass ich verprügelt und misshandelt wurde. Endlich hatte ich den Mut und die Kraft, mich selbst zu beschützen.

Ich habe keine Ahnung, warum diese Chinesen das *,Devils Point'* angegriffen haben, oder warum sie ausgerechnet mir etwas antun wollten - es spielt auch keine Rolle. Das Einzige, was zählt, ist, dass ich noch am Leben bin. Um den Rest kümmere ich mich, wenn es so weit ist. Ghost hat mit dem, was er gesagt hat, absolut recht: nur die Stärksten überleben.

Mein Blick fällt auf Razzor.

An seiner Augenbraue befinden sich drei silberne Ringe, in seiner Zunge steckt ein grünes Totenkopfpiercing und unter seinem linken Auge räkelt sich ein grünblauer Salamander bis hinab zu seinem Hals.

Er trägt dunkle Jeans, schwere Stiefel und eine abgewetzte Kutte aus schwarzem Leder.

Seine Arme sind über und über mit farbigen Tattoos verziert...

Es ist nicht sein auffälliges Äußeres, das mich verängstigt, sondern seine Ausstrahlung. Dieser Dead Rider strahlt eine gnadenlose Härte aus. Der Blick aus seinen blauen Augen ist eiskalt. Mir ist bewusst, dass ich mich wie eine blöde Kuh benehme. Dieser Rocker hat mir nie etwas getan. Im Gegenteil, er hat sich die letzten Tage um mich gekümmert, als wäre ich seine kleine Schwester. Es ist also alles andere als fair, dass ich ihm misstraue...

Nachdem der Arzt und die Krankenschwestern das Zimmer verlassen haben, suche ich Ghosts Blick. Ist es verrückt, wenn ich diesem Mann vertraue?

Dass ich vier Jahre lang mit einem aggressiven Schläger verheiratet war, beweist, dass meine Menschenkenntnis nicht die beste ist.

Das Problem an der Sache ist nur, dass ich dem Mann mit den Geisteraugen wirklich vertraue. Warum das so ist? Keine Ahnung. In der Vergangenheit habe ich gelernt, dass es besser ist, nicht alles zu hinterfragen.

Mein Leben ist das reinste Chaos. Vertrauen hin oder her. Da das *‚Devils Point'* völlig zerstört ist, und ich Ghost das mit den Chinesen durchaus glaube, habe ich so oder so keine andere Wahl, als erst mal hier bei den Riders zu bleiben.

Ich lehne meinen Kopf an die Stuhllehne und schließe meine Augen.

Für den Bruchteil einer Sekunde frage ich mich, ob es wirklich die richtige Entscheidung war, meinen Mann zu verlassen. Kaum dass ich mir diese Frage gestellt habe, ärgere ich mich über mich selbst. Natürlich war es richtig, ich bereue nur, dass ich so lange gebraucht habe, bis ich genug Mut hatte, um zu gehen...

22. Kapitel

Spider

Als wir endlich am Zielort, einer Lagerhalle am English Bay, angekommen sind, stehen wir vor erneuten Komplikationen. Evan, der Typ, von dem wir die Waffen kaufen, ist ein Russe, an sich kein Problem. Das Dumme an der Sache ist nur, dass es sich bis nach Kanada rumgesprochen hat, dass wir in den letzten Wochen jede Menge seiner Landsleute getötet haben. Evan ist nun angepisst, er redet irgendetwas von Loyalität unter Landsleuten und so einen Müll.

Wenn ich ihn richtig verstanden habe, will er unsere Geschäftsbeziehung beenden.

Jetzt liegt es an unserem Präsidenten und Slide, dieses Arschloch davon zu überzeugen, seine Entscheidung noch mal zu überdenken.

Unser MC braucht diese Geschäftsverbindung und diese Waffen.

Es ist ja nicht so, dass wir die Kalaschnikows für uns verwenden, wir haben Käufer, die sich auf uns verlassen. Unser MC kann es sich nicht leisten, auf diese Pipeline zu verzichten. Wenn das Waffengeschäft einbricht, fällt unsere lukrativste Einnahmequelle weg.

Die Stimmen werden lauter, Ace wird unruhig, Evan schüttelt immer wieder den Kopf. Da ich etwas abseits stehe, kann ich nicht hören, was gesprochen wird.

Erst eine gefühlte Ewigkeit später ist es Ace doch noch gelungen, dieses russische Arschloch davon zu überzeugen, sein Wort zu halten.

Wie er das gemacht hat? *Scheiße!* Ich bin mir ziemlich sicher, dass sich der Einkaufspreis der AKs in den vergangenen zehn Minuten verdoppelt hat.

Die Stimmung ist angespannt. Ein falsches Wort und es bricht die Hölle los.

Flankiert von Evans Männern, betreten wir die Lagerhalle. Der Geruch von Fäulnis, Holz und Stroh steigt mit in die Nase. Im rechten hinteren Eck beleuchten mehrere Baustrahler abgewetzte Holzkisten. Der Boden ist mit Stroh bedeckt. Die Gewehre glänzen im dämmrigen Licht.

Mit dem Wissen, dass Slide und ich ihm den Rücken decken, dreht Ace sich zu Evan um.

„Ist die Lieferung vollzählig?“ Der bescheuerte Russe spuckt direkt vor meinen Füßen auf den Boden. *Blöder Wichser...*

Ich hätte gerade gute Lust ihm eine Kugel zu verpassen.

„Selbstverständlich! Sobald wir das Geschäftliche über die Bühne gebracht haben, können deine Männer die Kisten verschiffen.“

Ace nimmt sich eine der AKs. Evans Männer reagieren sofort, indem sie ihre Waffen auf den Kopf meines Präsidenten richten.

Ace gibt sich jedoch völlig unbeeindruckt. Nachdem er sich das Sturmgewehr genauer angesehen hat, nickt er Slide zufrieden zu.

„Alles klar, lasst uns den finanziellen Teil klären."

Die nächste Stunde stehe ich hochkonzentriert und mit der Waffe im Anschlag neben meinem Bike und versuche, jeden einzelnen der Russen im Blick zu behalten.

Es reicht, dass Ghost im Krankenhaus liegt, wir brauchen nicht noch einen angeschossenen Rider.

Als sich Ace und Evan endlich mit einem Handschlag verabschieden, atme ich erleichtert aus. Während es in Ace ganz offensichtlich brodelt, breitet sich auf Evans Gesicht ein zufriedenes Grinsen aus.

Dieser Russe hat keine Ahnung, was er da gerade getan hat. Es mag sein, dass ihm dieser Deal eine Stange Geld eingebracht hat, aber er hat sich mit dieser Aktion sein eigenes Grab geschaufelt. Ich kenne Ace, er wird nicht umsonst der Rocker Dämon genannt. So wie ich die Sache hier einschätze, wird Evan innerhalb der nächsten Monate eine Pik-Ass Karte an seiner Türe vorfinden.

Ace wird alles in seiner Macht Stehende tun, um einen neuen Waffenlieferanten finden, und wenn ihm das gelungen ist, wird es einen Russen weniger auf dieser Welt geben.

Ich kann Evan nur raten, sein Geld schnell auszugeben, denn wenn er sich zu viel Zeit lässt, wird er es nicht mehr schaffen....

Nachdem wir die Waffen kontrolliert und alles für die Überfahrt nach Tacoma vorbereitet haben, machen wir uns auf den Weg nach Metrotown in Burnaby.

Für die verbleibende Strecke brauchen wir gerade einmal eine halbe Stunde.

Gegen 21:00 Uhr kommen wir endlich in Metrotown an.

Colt, der Typ, von dem die Dead Riders seit Jahren ihre Munition beziehen, sitzt wie üblich in seiner Stammkneipe. Hinten im Lagerraum, der als Kühlhaus getarnt ist, müsste sich im Optimalfall unsere Lieferung befinden.

„Wenn das mal nicht die gefürchteten Riders sind."

Colts freundschaftliche Begrüßung zerstreut meine Sorgen. Zumindest hier scheint kein Ärger auf uns zu warten.

Nachdem er jedem von uns ein kaltes Bier vor die Nase gestellt hat, setzt er sich zu uns an die Bar. Bis auf ein paar Männer, die im hinteren Teil der Kneipe an einem Billardtisch stehen, ist nicht besonders viel los.

Da die Männer wie Zivilisten aussehen, schenke ich ihnen keine große Aufmerksamkeit.

„Na, wie lief es mit Evan, dem alten Drecksack?"

Ace flucht laut, Slide gibt ein wütendes Knurren von sich.

Colt ist einfach unglaublich, es gibt nichts, was er nicht innerhalb kürzester Zeit erfährt.

„Dieser Russe ist so gut wie tot!"

Colt nickt. „ Es hat sich wie ein Lauffeuer herumgesprochen, was ihr mit seinen Landsleuten gemacht habt."

Slide schlägt mit der geballten Faust auf das abgewetzte Holz der Bar.

„Pass auf, was du sagst, Colt. Diese Wichser haben einen unserer Brüder getötet. Sie haben diesen Krieg angefangen, nicht wir."

Colt hebt abwehrend seine Hände.

„Ruhig Blut, Rocker Devil. Das war kein Urteil."

Slide zündet sich eine Kippe an. Er lässt den Deckel seines Zippos auf- und zuschnappen.

Ace leert sein Bier in einem Zug. Erst als er die Flasche vor sich auf den Tresen stellt, ergreift er das Wort.

„Evan ist ein misstrauischer Bastard. Er hat jetzt schon zum zweiten Mal seine Waffe auf mich gerichtet. Ein drittes Mal wird das nicht passieren..."

Colt nippt schweigend an seinem Whisky, jeder von uns weiß, dass Evans Tage gezählt sind. Noch bevor wir zum geschäftlichen Teil kommen können, klingelt mein Mobiltelefon. Nach einem kurzen Blick auf das Display weiß ich, dass es Abi ist. Ich entschuldige mich kurz, stehe auf und verlasse die Bar durch die Hintertüre.

„Hey Spider."

In dem Moment, in dem ich ihre Stimme höre, fällt die Anspannung der vergangenen Tage von meinen Schultern.

Abi erzählt mir, dass Susan gegangen ist und dass sie einen Abschiedsbrief zurückgelassen hat, in dem sie alles erklärt. Nachdem ich ihr versichert habe, dass ich sie niemals alleine in diesem Haus leben lassen werde, klingt mein Mädchen nicht mehr ganz so verunsichert.

Und dann berichtet sie mir, dass Ghost endlich wieder aufgewacht ist. Ich kann am Klang ihrer Stimme hören, wie erleichtert sie darüber ist.

„Wann kommst du zurück?"

Holy Fuck! Am liebsten würde ich sofort auf mein Bike steigen und zu ihr fahren, doch das geht nicht.

„Morgen, Baby. Wir müssen noch ein paar Sachen klären. Aber dann haben wir alles erledigt."

Sie seufzt leise.

„Pass bitte auf dich auf. Dich zu verlieren würde ich nicht verkraften."

Ich verspreche es ihr. Slide erscheint im Türrahmen, er gibt mir zu verstehen, dass ich gebraucht werde.

„Hör zu, Baby, ich muss los."

Verdammt, am liebsten würde ich die ganze Nacht lang mit ihr telefonieren.

„Ich liebe dich, mein Dead Rider."

An diese Worte werde ich mich nie gewöhnen. Jedes Mal, wenn sie mir sagt, was sie für mich empfindet, beginnt mein Herz zu rasen.

„Und ich liebe dich, mein Engel. Morgen um diese Zeit wirst du nackt, erschöpft und zutiefst befriedigt in meinen Armen liegen."

Sie gibt ein sehnsüchtiges Seufzen von sich. Ich werde sofort hart.

„Ist das etwa ein Versprechen?"

„Oh ja, Baby, das ist es."

Mit diesen Worten beende ich das Gespräch und versuche, das dümmliche Grinsen, das sich auf meinem Gesicht ausbreitet, zu unterdrücken. Bevor ich Abigail begegnet bin, hat Slide einmal zu mir gesagt, dass das Einzige, was ein Dead Rider wirklich fürchten sollte, der Tag ist, an dem er zum ersten Mal seiner zukünftige Old Lady begegnet.

Bis zu diesem Moment habe ich nicht verstanden, was er damit gemeint hat, jetzt tue ich es.

23. Kapitel

Abigail

Bis zu einem gewissen Grad ist es wirklich verrückt.

Obwohl ich für eine lange Zeit das Clubhaus gemieden habe, fühle ich mich jetzt, wo ich wieder vermehrt hier bin, sofort wie zuhause.

Dieser MC wird von einer ganz eigenen Dynamik beherrscht. Für all die Members und Ladys spielt es keine Rolle, wie viel Mist passiert, sie halten einfach immer zusammen. Keiner kommt auf die Idee zu sagen:

„So, noch eine Schießerei - mir reicht es jetzt, ich gehe."

Ganz im Gegenteil, je mehr Scheiße passiert, umso fester halten alle zusammen.

Das Leben ist hart, aber die Dead Riders sind härter!

Ich sitze auf einem weißen Plastikstuhl in der Sonne, genieße die Sonnenstrahlen die auf mein Gesicht scheinen und beobachte lieber die Menschen, die mir nahe stehen, anstatt mich auf das Schulbuch zu konzentrieren, das auf meinem Schoß liegt.

Amy und Ellen schieben beide ihre Kinderwagen vor sich her, jede hält einen gigantischen Schokomuffin in der Hand.

Auch wenn weder Skorpion noch Nora etwas gesagt haben, bin ich mir ziemlich sicher, dass Nora ihr viertes Kind erwartet.

An einem Tag backt sie so viele Kuchen und Cupcakes, dass es für eine ganze Armee reichen würde, am nächsten isst sie eine Essiggurke nach der anderen.

Ihr Appetit kennt keine Grenzen, ihre morgendliche Übelkeit allerdings auch nicht. Wenn das so weitergeht, ist das hier bald kein Clubhaus mehr, sondern ein Kindergarten.

Meine Gedanken schweifen ab und ich frage mich zum bestimmt einhundertsten Mal, wo Susan wohl gerade ist und ob es ihr gut geht.

Catchers Tod hat sie völlig aus der Bahn geworfen. Ich wünsche ihr von ganzem Herzen, dass es ihr gelingt, wieder glücklich zu werden.

Mit Spider habe ich vor einer Stunde telefoniert, er und die anderen sind bereits auf dem Rückweg. Wenn sie es zeitlich schaffen, wollen sie noch einen Zwischenstopp bei Ghost einlegen, ehe sie zurück nach Tacoma kommen.

Obwohl ich mehrmals danach gefragt habe, wollte mir niemand sagen, was genau in Marysville passiert ist. Alles, was ich weiß, ist, dass es zu einer Schießerei gekommen ist, und dass die irgendwie mit meiner Befreiung damals in Kanada zusammenhängt.

Immer, wenn ich denke, dass diese Sache mit den Mexikanern hinter mir liegt, zeigt mir das Schicksal den Mittelfinger und legt uns neue Steine in den Weg.

Tick hat sich seit gestern in Aces Büro verschanzt. Er hängt nur noch am Telefon.

Der Name Alan MacDowney ist ein paarmal gefallen, aber der sagt mir rein gar nichts.

Was auch immer dieser Alan getan hat, wenn ich an seiner Stelle wäre, würde ich in einen Flieger steigen und mich am anderen Ende der Welt in einem ganz tiefen Loch verstecken. Dieser Mann hat sich ganz offensichtlich mit den Dead Riders angelegt – das hätte er mal lieber nicht tun sollen. So wie ich die Situation einschätze, werden unsere Männer zwar heute Abend wieder in unseren Betten liegen, doch es wird nicht lange dauern, bis sie sich auf die Suche nach diesem Alan machen werden – sie werden ihn finden und töten.

Ein trockenes Lachen steigt in meiner Kehle auf.

Heilige Scheiße!

Was ist nur los mit mir? Ich sitze hier, sonne mich, genieße das Leben und weiß, dass sich mein Rocker in naher Zukunft auf die Jagd nach einem Mann machen wird, um ihn zu töten, und es stört mich überhaupt nicht.

Ob ich ein Problem damit habe, mit einem Killer im Bett zu liegen?

Nein, nicht im Geringsten.

Die Riders sind keine skrupellosen Mörder - wenn sie jemanden unter die Erde bringen, dann hat er es verdammt noch mal zu 100 % verdient. Im Gegensatz zu Susan habe ich mich schnell an die harte Realität dieses Lebens gewöhnt.

Was mein Geheimnis ist? Vorbehaltloses Vertrauen!

Ich würde Ace, Slide, Spider und all den anderen Members jederzeit mein Leben anvertrauen.

Auch wenn ich es nach Catchers Tod für unmöglich gehalten habe, aber es ist mir gelungen, meine innere Mitte zu finden. Ich bin mit mir und meiner Welt im Reinen.

Jetzt in diesem Augenblick bin ich ein Teil des gefürchtetsten Motorcycle-Clubs des Landes und in zwei Wochen bin ich zusätzlich eine Schülerin.

Ob ich glücklich bin? Oh ja, das bin ich! Und ich kann nur hoffen, dass das auch so bleibt....

Nicki kommt mit Owen im Arm auf mich zu, der Kleine hat einen absoluten Narren an Razzors Old Lady gefressen. Wann immer er sie sieht, rennt er quietschend auf sie zu und schmeißt sich ihr in die Arme.

„Hi Abi. Na, fleißig am Lernen?“

Sie setzt sich neben mich, ich schüttle seufzend den Kopf.

„Nein, irgendwie kann ich mich nicht richtig konzentrieren. Ich habe so viele Dinge im Kopf.“

Owen krabbelt von ihrem Schoß und rennt mit ausgestreckten Armen über den Hof.

Wir beide beobachten ihn eine Zeit lang, er ist einfach zu süß.

Nicki zündet sich eine Zigarette an und nimmt sich das Buch von meinem Schoß.

„Alleine die Vorstellung, wieder die Schulbank drücken zu müssen, lässt mich erschaudern. Ich habe die Schulzeit gehasst.“

Sie blättert lustlos in dem Buch, ehe sie es mir zurückgibt.

„Dieses Jahr Pause hat mir gut getan, und jetzt freue ich mich darauf, meinen Abschluss zu machen.“

Amy und Ellen gesellen sich zu uns. Ethan fängt an zu quengeln, Ellen holt ihn aus dem Wagen und nimmt ihn in die Arme.

„Habt ihr es schon gehört?“

Neugierig sehe ich zu Amy.

„Was?“

„Die Männer bringen heute Abend Angel mit in den Club.“

Natürlich habe ich schon von dem Mädchen gehört, das Ghost in Marysville das Leben gerettet hat. Und ich bin ihr auch wirklich dankbar dafür, nichtsdestotrotz hat es mir einen Stich versetzt, als ich erfahren habe, dass Ghost sie daraufhin unter seinen Schutz gestellt hat. Das zwischen Ghost und mir ist kompliziert. Als seine Freundin sollte ich ihm eigentlich wünschen, dass er glücklich wird, dass er eine Frau findet, die ihm das gibt, was er braucht.

Das Problem an der Sache ist nur, dass ich irgendwie eifersüchtig bin.

Verdammt! Ich bin ein egoistisches Miststück!

Dank der Mexikaner habe ich am eigenen Leib erfahren, wie es sich anfühlt, Angst um sein Leben haben zu müssen.

Weil sich diese Angel für Ghost eingesetzt und ihn beschützt hat, haben es die Chinesen jetzt auf sie abgesehen. Es ist also nur logisch, dass Ghost und der Club jetzt für ihre Sicherheit sorgen.

Die genauen Details kenne ich zwar noch nicht, aber ich bin fest entschlossen, Spider danach zu fragen, wenn er endlich zurück ist.

„Erde an Abigail!“

Nickis Stimme reißt mich aus meinen Gedanken.

„Hast du mir gerade zugehört?“

Scheiße...

„Nein, sorry, ich war in Gedanken.“

Sie schüttelt amüsiert den Kopf.

„Ja, das ist mir aufgefallen. Wir wollten von dir wissen, wie du dich dabei fühlst? Ist das alles OK für dich?“

Drei Augenpaare ruhen auf mir, jede der Ladys ist auf meine Antwort gespannt.

Was zur Hölle soll ich auf diese Frage antworten?
„Ghost war für viele Monate ein wichtiger Teil meines Lebens. Wir haben viel Zeit miteinander verbracht und er ist zu einem der wichtigsten Menschen in meinem Leben geworden. Ich wünsche ihm von ganzem Herzen, dass er glücklich wird. Diese Angel hat ihm das Leben gerettet. Ich weiß nicht, wie ich ihr jemals dafür danken kann."
Ellen legt ihr schlafendes Baby zurück in den Kinderwagen. Dann zwinkert sie mir verschwörerisch zu.
„Ich sage euch eines, Ladys, das klingt schon wieder nach einer perfekten Rider-Lovestory."
Als ich sie fragend ansehe, schüttelt sie nur lachend den Kopf, ehe sie mir erklärt, was sie meint.
„Komm schon Abi, ist dir noch nie aufgefallen, dass es den Dead Riders vorherbestimmt ist, auf den riskantesten, abwegigsten und gefährlichsten Wegen ihren zukünftigen Old Ladys zu begegnen? Ace hat Amy als Ersatz für die Spielschulden ihres Vaters einkassiert. Razzor hat Nicki vor ihrem brutalen Ex gerettet und sie anschließend in einem Cage Fight, in dem es um Leben und Tod ging, gewonnen. Spider hat dich gefunden, als er dabei geholfen hat, dich aus den Händen der Mexikaner zu befreien und Slides und meine Story kennst du ja bereits. In meinen Augen fängt das mit Ghost und Angel schon genau passend an. Du wirst sehen, die beiden finden in dem ganzen Chaos zueinander."
Amy verdreht die Augen.
„Lass uns diese Angel doch erst mal kennen lernen, bevor du sie schon zur zukünftigen Old Lady ernennst, Ellen. Es wird echt Zeit, dass sich deine restlichen Schwangerschaftshormone abbauen. Du kannst nicht alle Welt verkuppeln. Letztens im Supermarkt wolltest du die alte Dame von der Obstabteilung mit dem Herrn, der bei den Joghurts stand, verkuppeln - das geht echt zu weit."
Nicki hält sich vor Lachen den Bauch, ehe sie Amy zustimmt. Ellen hingegen zeigt uns nur ihren Mittelfinger, ehe sie aufsteht und uns alleine sitzen lässt.
„Leckt mich doch am Arsch, ich gönne mir jetzt eine große Tasse koffeinfreien Kaffee."
Das bringt Nicki nur noch lauter zum Lachen.
„Komm schon, Ellen, sei jetzt nicht eingeschnappt."
Ohne stehen zu bleiben, ruft sie uns über die Schulter hinweg zu, dass wie alle blöde Tussis sind.
Amy schiebt sich einen Kaugummi in den Mund.
„Jetzt mal ehrlich, Mädels. Namentlich passen die beiden mega zusammen: Ghost und Angel, das hat schon was echt Spukiges."

Ich zucke mit den Schultern. Bevor ich diese Angel auch nur ansatzweise als Ghosts zukünftige Old Lady bezeichne, muss ich sie erst mal kennen lernen.

Owen, der bis gerade eben mit Fire, einem der neuen Prospects, gespielt hat, rennt zurück zu Nicki und setzt sich bei ihr auf den Schoß.

„Na, du kleiner Racker, hast du Hunger?"
Als er nickt steht Nicki auf und macht sich mit ihm auf den Weg in die Küche.

Zurück bleiben nur Amy und ich. In einvernehmlichem Schweigen genießen wir die Sonne und hängen unseren Gedanken nach.

Nach einem kurzen Blick auf mein Handydisplay weiß ich, dass es erst 16:37 Uhr ist. Es dauert also noch eine gefühlte Ewigkeit, bis Spider endlich wieder bei mir ist.

Drei Stunden später füllt sich der Club mit Hangarounds, Bitches und allerhand anderen schrägen Typen. Um kurz nach sieben fahren drei Motorräder auf das Gelände. Dank der Kutten erkenne ich sofort, dass es sich bei den Besuchern um Black Devils handelt.

Die Devils sind ein befreundeter MC, der seinen Sitz in Everett hat.

King, der Präsident der Black Devils, steigt von seiner Harley und hängt den Helm über den Lenker.

Auch wenn er Ellens Vater ist, traue ich ihm nicht über den Weg.

Skorpion und Tick tauchen plötzlich hinter mir auf. Als sie sehen, wer da gerade auf den Hof gefahren ist, stellt sich Skorpion sofort schützend vor mich. Die Freude über diesen unangekündigten Besuch hält sich bei uns allen in Grenzen.

Das letzte Mal, als die Devils bei den Riders auf Besuch waren, ist eine Menge Blut geflossen. Dank Nicki, die mir davon erzählt hat, weiß ich, dass sich damals ein Undercover-Agent bei den Devils eingeschlichen hatte.

Dieser Agent hatte es nicht nur auf die Devils und die Riders abgesehen, oh nein, er war auch noch ein Exfreund von Nicki.

In dieser Nacht hat nicht nur Nickis Ex, sondern auch Loco, ein Prospect der Riders, sein Leben verloren. Doch das ist bei weitem nicht alles, was sich King in der Vergangenheit hat zuschulden kommen lassen. Er ist ein machthungriges Arschloch, das nicht zögert und jeden in seiner Nähe ausnutzt und manipuliert. Selbst seine eigene Tochter hatte er schon für seine Zwecke ohne ihr Wissen an seinen damaligen Vizepräsidenten versprochen. Es ist also kein großes Wunder, dass Ellen nicht so gut auf ihren Vater zu sprechen ist. Jetzt, wo die anderen Devils ebenfalls ihren Helm absetzen und näher kommen, erkenne ich an der Kutte von einem der Männer, dass er der Vizepräsident der Black Devils ist. Soweit ich weiß, heißt er Moody. Spider hält ihn für ein feiges Arschloch.

Der dritte Rider zwinkert mir frech zu, ehe er sich neben seinen Präsidenten stellt.

Aus Skorpions Kehle löst sich ein bedrohliches Knurren.

„Zwinkern verboten, Arschloch!"

Der Devil zuckt grunzend mit den Schultern.

„Ganz cool, Rider. Die Kleine trägt kein Leder."

Skorpion packt den Devil am Kragen, hebt ihn hoch und schleudert ihn gegen die Hauswand.

„Der Tag, an dem ich zulasse, dass ein Devil mir sagt, was ich zu tun habe, wird niemals kommen. Und das Leder von Spiders Old Lady ist gerade in Arbeit. Wenn du diese Nacht überleben willst, dann halt ab jetzt deine Fresse. Verstanden?"

Der Devil nickt verängstigt, Skorpion richtet sich auf und wendet sich an King.

„Du solltest deine Männer besser im Griff haben!"

Noch bevor uns der Präsident der Black Devils den Grund für seinen Besuch verraten kann, öffnet sich das Tor erneut, doch dieses Mal ist es kein Besuch - unsere Männer kommen endlich zurück.

In dem Augenblick, in dem ich Spider sehe, beginnt mein Herz wie verrückt zu schlagen.

Sie parken ihre Bikes vor den geschlossenen Toren der Werkstatt und steigen ab. Auf Razzors Sozius sitzt eine schlanke Frau - das muss diese Angel sein. Ace hilft ihr vom Bike, während Slide mit großen Schritten auf uns zukommt.

An seiner Mimik ist deutlich zu erkennen, dass er sich über die Anwesenheit seines Schwiegervaters nicht im Geringsten freut.

„Was ist hier los?"

Sein Blick huscht zu dem am Boden liegenden Devil, ehe er Skorpion fragend ansieht.

Skorpion zündet sich eine Kippe an und bläst den Rauch dem Vize der Devils direkt ins Gesicht.

„Dieser Hurensohn hat gerade erklärt bekommen, dass Abi vergeben ist."

Slide mustert mich prüfend. Als er sieht, dass ich OK bin, entspannt er sich etwas.

Am liebsten würde ich sagen, dass der arme Kerl doch nur gezwinkert hat, doch ich halte lieber meine Klappe. Spider bespricht noch kurz etwas mit Razzor, ehe er endlich zu mir kommt. Ohne auf die geladene Stimmung oder die Devils zu achten, zieht er mich in seine Arme und verpasst mir einen langen und intensiven Zungenkuss.

Spiders Hände umfassen meinen Po, er hebt mich hoch und presst mich besitzergreifend an sich. Mein Körper reagiert sofort auf die Nähe meines Rockers. In meinem Unterleib breitet sich ein sehnsüchtiges Pochen aus, meine Brustwarzen ziehen sich erwartungsvoll zusammen.

Erst als ich völlig atemlos bin, gibt er meinen Mund wieder frei.

„Heilige Scheiße, Baby. Lass uns von hier verschwinden, ich will dich ficken."

Ich lecke mir die Lippen und schlinge ihm meine Arme um den Nacken.

„Genau die Begrüßung, auf die ich gehofft habe."

Spider vergräbt seine Nase in meinen Haaren und atmet tief ein. Ohne mich abzusetzen dreht er sich zu Ace um.

„Brauchst du mich heute noch, Präs?"

„Nein, Bro. Verschwinde von hier und bring dein Mädchen nachhause."

Mit großen Schritten trägt Spider mich zu seinem Bike, stellt mich ab und sieht mir tief in die Augen.

„Fuck. Ein Tag länger ohne dich und ich hätte den Verstand verloren."

Seine Worte zaubern Schmetterlinge in meinen Bauch.

„Wie knapp war es?"

Er versteht sofort, was ich meine.

„Sehr knapp. Dass wir diese Scheiße überlebt haben, gleicht einem verdammten Wunder."

Ein kalter Schauer rieselt zwischen meinen Schulterblättern bis hinab zu meinem Po.

Ohne zu zögern werfe ich mich in seine Arme und vergrabe mein Gesicht an seinem Hals. Seine schwarzen Bartstoppeln kratzen über meine Haut.

Mein Rider riecht nach Schweiß, Leder und Schießpulver – einfach himmlisch.

„Auch wenn ich es hasse, dass dein Leben so gefährlich ist, liebe ich deinen unverkennbaren Geruch und deine Schießpulverküsse."

Spider lacht.

„Schießpulverküsse? Oh Süße... In den vergangenen Tagen habe ich weder ein anständiges Bett noch eine Dusche gesehen. Ich stinke wie ein Schwein."

Er löst sich aus meiner Umarmung, holt meinen neuen Helm aus der Werkstatt und setzt ihn mir auf.

„Was hältst du von einer gemeinsamen Dusche?"

Ich tue so, als müsste ich lange darüber nachdenken, in Wirklichkeit aber kann ich es kaum erwarten.

„Klingt gut. Aber nur, wenn du mir den Rücken einseifst."

Er grinst, setzt seinen Helm auf und steigt aufs Bike.

„Deinen Rücken und jeden anderen Quadratzentimeter deines Körpers."

Mit seiner Antwort mehr als zufrieden setze ich mich hinter ihn, spreize meine Beine und rutsche so nah es geht an seinen breiten Rücken.

Alleine auf einem Motorrad zu sitzen ist schon toll, aber das hier ist um ein Hundertfaches besser. Mit einem kraftvollen Tritt startet Spider den Motor. Zufrieden lege ich meine Arme um seine Mitte, schiebe meine Hände unter seinen Pullover und halte mich an ihm fest.

Das Leder seiner Kutte reibt über meine Wange, ich schließe meine Augen und danke Gott dafür, dass es meinem Dead Rider gut geht.

Tief in meinem Inneren weiß ich, dass ich es nicht überleben werde, wenn Spider eines Tages nicht mehr zu mir zurückkommt.

Dieser Mann hat sich nicht nur in mein Herz gestohlen, er hat es für sich beansprucht.

Kaum dass wir das von Prospects bewachte Gelände hinter uns gelassen haben, gibt Spider Gas. Der Fahrtwind schlägt mir ins Gesicht, ich spüre, wie sich seine Muskeln bei jeder Kurve anspannen. Ohne auf Verkehrsregeln und die Geschwindigkeitsbegrenzungen zu achten, kommen wir in Rekordzeit vor meinem Zuhause an.

Kann es sein, dass es da jemand eilig hat?

Ich stütze mich auf seine Schultern und steige ab.

Noch bevor ich mir den Helm ausgezogen habe, hebt Spider mich hoch und trägt mich zur Türe.

„Sperr die Tür auf."

Seine Stimme klingt rau und heiser.

Mit zitternden Fingern stecke ich den Schlüssel ins Schloss und komme so seinem Befehl nach.

„Wir sind allein?"

Seine Frage verwundert mich.

„Ja, warum?"

„Weil du heute schreien wirst, Baby!"

Heilige Scheiße...

Mit einem kräftigen Tritt schließt er die Türe und trägt mich die Treppe hoch.

Oben angekommen presst er mich mit dem Rücken gegen die Wand und überfällt meinen Mund. Seine Zunge wühlt sich grob durch meinen Mund, zwischen meinen Beinen wird es immer feuchter. Spiders herbes Aroma flutet meine Sinne. *Schießpulverküsse.*

Meine Gier steht der seinen in nichts nach. Unsere Zähne schlagen aufeinander, mein Puls dröhnt mir in den Ohren.

Bei Gott, dieser Mann ist mein Verderben...

Ungeduldig beginne ich damit ihn auszuziehen, ich streife ihm seine Kutte von den Schultern, knabbere an seinem Ohrläppchen und raune ihm leise zu, wie sehr ich ihn will. Mein Dead Rider gibt ein animalisches Knurren von sich, stellt mich auf die Beine, weicht einen Schritt zurück und entledigt sich seiner Waffe.

Schwer atmend stehen wir uns gegenüber, verlieren uns in den Augen des anderen.

„Du gehörst mir, Abi. Für immer."

Die Distanz zwischen uns nicht ertragend, gehe ich auf ihn zu.

Als uns nur noch wenige Zentimeter trennen, kommt er mir mit einem großen Schritt entgegen. Sein muskulöser Arm schlingt sich um meine Taille, er zieht mich an seinen Brustkorb.

Groß und kraftvoll spüre ich seinen Körper, jeder seiner Muskeln ist vor Erregung angespannt. Leise seufzend schließe ich meine Augen, lehne mich noch etwas näher zu ihm und stelle mich auf die Zehenspitzen. Süchtig nach seinen Lippen schlinge ich ihm meinen Arm um den Nacken und ziehe ihn zu mir herab.

Spider reagiert sofort. Er packt mich und beißt mir in die Unterlippe. Keiner von uns schafft es gerade zärtlich zu sein. Ich tackere meinen Mund auf den seinen. Duelliere mich mit seiner Zunge, fordere immer mehr. Hinter meinen geschlossenen Lidern zucken weiße Blitze, Unser Atem vermischt sich.

„Mehr, gib mir mehr."

Als Antwort auf mein Flehen schiebt er seine Hand in meine Hose, folgt dem dünnen Stoffband meines Strings.

Keuchend und erregt stehen wir uns gegenüber, ein kurzer Blick in seine vor Lust schwarzen Augen verrät mir, wie sehr er mich will.

Es braucht nicht mehr viel bis er den Kampf um seine Beherrschung verloren hat.

So sehr ich ihn in den vergangenen Tagen auch vermisst habe, mein wunder Körper hat die Zeit genutzt, um zu heilen.

„Seit ich aus deinem Bett gestiegen bin, denke ich an nichts anderes als daran, dich endlich wieder zu berühren. Ich will dich beißen, markieren, ficken und besitzen."

„Dann halt dich nicht zurück, Rider."

Knurrend schließt er seine Augen, an seiner Stirn tritt eine Ader hervor, seine Nasenflügel blähen sich.

„Fuck Baby. Du hast keine Ahnung, worauf du dich da einlässt."

Jeder Zentimeter meines Körpers ist angespannt und glüht vor Lust.

„Dann zeig es mir."

Er küsst mich lang und tief. Er packt meine Haare, zieht meinen Kopf nach hinten und intensiviert erneut unseren Kuss.

Genauso abrupt wie er meinen Mund in Besitz genommen hat, gibt er ihn auch wieder frei. Mühelos hebt er mich hoch und trägt mich Richtung Bett.

Das violette Licht des Sonnenuntergangs taucht mein Schlafzimmer in eine romantische Stimmung.

Wie gebannt beobachte ich ihn dabei wie er sich Stück für Stück auszieht.

Meine Augen gleiten über seine breiten Schultern, hinab zu seinem Brustkorb und dem faszinierenden Totenkopf-Tattoo. Ich strecke meine Finger nach meinem Mann aus und streiche über sein Sixpack.

Zielstrebig wandert meine Hand tiefer. Erst als ich seinen harten Schwanz umfasse, bin ich am Ziel angekommen.

Spider leckt über meinen Hals, saugt die empfindliche Haut zwischen seine Zähne und beißt zu. Ein starker Schmerz lässt mich erschrocken zusammenzucken.

Erst als er mit seiner Zunge über die Bisswunde leckt, weicht der Schmerz einem angenehmen Prickeln. Seine geschickten Finger öffnen meine Hose, ziehen sie nach unten. Wenige Handgriffe später stehe ich komplett nackt vor ihm. Geradezu ehrfürchtig verschlingt er mich mit seinen Augen.

„Womit zum Teufel habe ich dich nur verdient?“

Spiders große Hände umfassen meine Brüste, mit seinen rauen Fingern reibt er über die empfindliche Haut meiner Nippel.

Mein leises Wimmern durchbricht die Stille. Dick und hart presst sich sein Schwanz gegen meinen Bauch.

„Ich muss schmecken.“

Er hebt mich hoch und legt mich mittig aufs Bett.

„Spreiz deine Beine.“

Instinktiv tue ich, was er sagt.

„Deine Pussy ist geschwollen, nass und wunderschön.“

Spider kniet sich zwischen meine Schenkel, er streicht über meine Brustwarzen, zupft an ihnen und zwirbelt sie sanft. Erst als ein süßer Schmerz meine überreizten Nervenbahnen flutet, lässt er von ihnen ab. Seine Finger gleiten zwischen meine Beine, reiben über meinen geschwollenen Kitzler.

„Du bist absolut perfekt.“

Spider wühlt sich durch meine Schamlippen, dringt mit einem Finger tief in mich ein.

Er presst einen Kuss auf meinen Bauchnabel, umrundet ihn mit seiner rauen Zunge. Während sich seine linke Hand abwechselnd um meine aufgerichteten Nippel kümmert, treibt er mich mit der rechten in den Wahnsinn.

Immer wieder schiebt er seinen Finger in mich – immer wieder reizt er den empfindlichen Punkt tief in meinem Inneren. In dem Augenblick, in dem ich die ersten Vorwehen meines Höhepunkts spüre, raubt er mir seinen Finger.

„Verdammt Rider. Du spielst nicht fair."

„Fair lohnt sich nicht, Baby!"

Mit diesen Worten senkt er seinen Kopf und leckt sich durch meinen Spalt.

Geschickt züngelt er über meinen Eingang, umkreist meine Klit, foltert mich mit seinen Lippen.

„Meile für Meile konnte ich an nichts anderes denken als an deine süße Pussy."

Seine raue Stimme bringt mich an den Rand des Erträglichen. Gierig leckt er meine Scheide, saugt und dringt mit seiner Zunge in mich ein.

„Ich muss in dir sein. Ich will dich um meinen Schwanz spüren und dich zum Schreien bringen."

Das intensive Eisblau seiner Iris ist fast schwarz.

Endlich bedeckt er mich mit seinem Körper, presst mich mit seinem Gewicht tief in die Matratze und reibt mit seinem harten Schwanz durch meinen Spalt.

Erstaunlich zärtlich streifen seine Lippen über meine Schläfe, er haucht mir einen bedeutungsvollen Kuss auf die Stirn während er seine dicke Eichel in mich schiebt.

Das köstliche Gefühl der Dehnung entlockt mir ein lautes Stöhnen.

Es dauert einen Augenblick bis sich meine Scheide an seine Größe gewöhnt.

Mit jedem Zentimeter, den er sich tiefer in mich schiebt, nimmt er mich mehr und mehr in Besitz. Meine Finger in seine Schultern krallend schließe ich meine Augen und verliere mich in dem Moment.

„Sieh mich an …" Ich versuche es wirklich, doch ich schaffe es einfach nicht.

Die Emotionen, die durch meine Adern rauschen, sind viel zu intensiv. Das bittersüße Ziehen in meinen Beinen kündigt meinen nahenden Orgasmus an, ich bin kurz davor zu explodieren.

„Oh Gott, Kleines."

Erst als er sich bis zum Anschlag in mir vergraben hat, wiederholt er seinen Befehl.

„Sieh mich an, Abi."

Mit letzter Kraft öffne ich meine Augen.

„Das hier ist alles, was ich jemals wollte - du bist alles, was ich jemals wollte. Ich werde dich nie wieder freigeben."

Noch bevor seine Stimme verklungen ist, beginnt er sich zu bewegen. Seine Stöße werden immer härter und sein Schwanz dringt so tief in mich ein, dass ein leichter Schmerz entsteht. Spider verändert seinen Winkel und trifft bei jedem erneuten Vorstoß meinen G-Punkt.

Hilflos versuche ich ihm auszuweichen, doch es gelingt mir nicht.

Meine Fingernägel hinterlassen rote Striemen an seinen Armen, meine Schreie hallen durchs Haus. Ich spüre, wie sich meine Zehenspitzen krümmen, meine Atmung stockt. Der über mich hereinbrechende Orgasmus pustet meinem Verstand die Lichter aus. Die Kontraktionen in meinem Unterleib sind so stark, dass ich Spider mitreiße und er sich laut stöhnend und leise fluchend in mir ergießt.

Verschwitzt und kraftlos genieße ich die Intimität des Augenblicks.

Seufzend schlinge ich ihm meine Beine um die Taille, ziehe ihn so noch etwas tiefer in mein zitterndes Inneres.

„Das war einfach nur absolut unglaublich!",

„Freut mich, dass ich dich zufriedenstellen konnte..."

Seine Stimme klingt amüsiert.

Das hier, das zwischen ihm und mir ist einfach zu schön, um wahr zu sein...

„Davon werde ich nie genug kriegen."

Sein lautes Lachen hallt in meinem Inneren wieder.

„Das will ich für dich hoffen, denn ich werde den Rest meines Lebens damit verbringen, dich zu ficken."

Trotz meines Versuchs, ihn mit meinen Beinen in mir festzuhalten, gleitet er mühelos aus mir heraus. Nackt und völlig zufrieden kuschle ich mich an ihn und lausche seinem kraftvollen Herzschlag.

Der Augenblick des Friedens zieht sich in die Länge.

Ich spüre, wie sich sein Brustkorb hebt, als er tief Luft holt.

„Es gab eine Zeit in meinem Leben, da war es mir egal, ob ich lebe oder sterbe. Es hat für mich einfach keinen Unterschied gemacht. Bevor ich dir begegnet bin, hatte ich nichts zu verlieren..."

Er macht eine kurze Pause. Mir steigen Tränen in die Augen.

„Die Sache in Marysville war verdammt knapp. Es gab einen Moment, in dem ich mir sicher war, dass ich dich nie wiedersehen würde. In diesem Augenblick wurde mir bewusst, wie sehr ich dich liebe. Du bist alles für mich. Ich schwöre dir bei Gott, dass ich dich mit meinem Leben beschützen werde!"

Ich schnappe mir seine Hand, verschränke meine Finger mit den seinen und drücke ihm einen sanften Kuss direkt auf das Tattoo auf seinem Handrücken.

Unsere Blicke treffen sich, die Schmetterlinge in meinem Bauch spielen völlig verrückt, es fühlt sich so an, als würde sie Loopings fliegen.

„Ich weiß, dass dein Leben gefährlich ist, und damit komme ich klar. Versprich mir bitte nur, dass du keine unnötigen Risiken eingehst. Ich liebe dich nämlich ebenfalls wie verrückt."

Es gibt Momente im Leben, in denen reichen Worte nicht aus, um das zu beschreiben, was man fühlt. Jetzt ist gerade so ein Moment, darum presse ich meine Lippen auf die meines Rockers und lege all meine Liebe in unser sanftes Zungenspiel.

24. Spider

Spider

Was für eine perfekte Nacht.

Nach der versprochenen Dusche, bei der wir jeden Zentimeter unserer Körper erkundet haben, liegt Abi nun fest an mich geschmiegt in meinen Armen, ihr heißer Atem streift meine Haut. Mit ihrem süßen Geschmack auf den Lippen schließe ich meine Augen und genieße den Frieden, der sich in mir ausbreitet.

Mit ein bisschen Glück bleiben uns noch ein paar gemeinsame Nächte, ehe meine Brüder und ich uns auf die Suche nach diesem Alan MacDowney begeben.

Es mag zwar sein, dass wir die Chinesen in Marysville dem Erdboden gleichgemacht haben, doch das bedeutet gar nichts. Diese Idioten zu töten hat uns nur ein wenig Zeit verschafft. Diese verfickten Schlitzaugen sind ein gut strukturierter Haufen von Dieben, Hehlern und gnadenlosen Killern.

Man kann sie guten Gewissens mit einer verdammten Ameisenkolonie vergleichen.

Wenn man ein paar der Ameisen beseitigt, entsteht für einen kurzen Moment ein Loch in der Arbeiterkette. Doch es dauert nicht lange, bis dieses Loch einfach durch neue Arbeiter ausgebessert wird.

Solange der Mordauftrag besteht, wird es immer jemanden geben, der es auf uns abgesehen hat.

Seit ich denken kann, gehört es zu meinem Leben, dass ich immer wieder einen Blick über meine Schulter werfe, damit habe ich kein Problem. Es ist jedoch eine völlig andere Sache, wenn ein verschissenes Kopfgeld auf jeden einzelnen von uns Riders ausgesetzt ist. Erst die Mexikaner, dann die Russen und jetzt die Chinesen. Catcher ist tot und Ghost angeschossen - es wird Zeit, dass es uns gelingt, den Club wieder in etwas ruhigeres Fahrwasser zu bekommen.

Abi dreht sich leise murmelnd auf die andere Seite, ich setze mich auf und steige aus dem Bett. Die Schlaflosigkeit ist ein alter Freund von mir. Vor dem Fenster bleibe ich stehen, starre hinaus auf die Straße und werfe einen prüfenden Blick auf mein Bike, das in der Einfahrt steht.

Es wird nicht lange dauern, bis jeder weiß, dass Abigail zu mir gehört. Spätestens wenn sie mein Leder trägt, ist es offiziell.

Hätte mir vor ein paar Jahren jemand gesagt, dass ich mir ein siebzehnjähriges Mädchen zur Old Lady nehmen werde, ich hätte ihn ausgelacht und ihm anschließend den Kiefer gebrochen. *Fuck!* Jetzt ist es so und ich kann mir nichts Besseres vorstellen – verrückte Welt.

Eine Nacht – eine Schießerei – ein Mädchen – ein verändertes Leben.

Mit vor Hunger grummelndem Magen werfe ich einen kurzen Blick auf Abi und will das Schlafzimmer verlassen. Doch bevor ich die Türe hinter mir schließen kann, beginnt mein Handy zu klingeln.

Fluchend suche ich in der Dunkelheit nach meiner Jeans und schlage mir prompt den großen Zeh am Bettpfosten an. Scheiße, tut das weh!

Als ich das vibrierende Scheißteil endlich gefunden habe, ist bereits die Voicebox angesprungen. Abi murmelt etwas, schläft jedoch zum Glück weiter. Humpelnd, mit dem Telefon in der einen und meiner Hose in der anderen Hand mache ich mich auf den Weg in die Küche.

Im Kühlschrank entdecke ich nur einen Karton O-Saft, im Gefrierfach einen Beutel Karotten und jede Menge anderes Hasenfutter, aber nichts, was dazu geeignet wäre, meinen Hunger zu stillen.

Ob Abigail Vegetarierin ist? Fuck! Um ehrlich zu sein, habe ich keine Ahnung, ob mein Mädchen Fleisch isst.

Den Saft trinkend steige ich in meine Jeans und setze mich mit einer Zigarette auf die Stufe vor der Haustüre. Die kühle Nachtluft streift über meinen Oberkörper, der Mond steht groß und rund am schwarzen Nachthimmel. Auf dem Display meines Mobiltelefons prangt Pokers Nummer. Mir ist sofort klar, dass er in der Scheiße stecken muss. Ich schnippe den Kippenstummel auf die Straße und rufe ihn zurück.

Er nimmt sofort ab.

„Wo bist du, Bro?"

„In Tacoma bei Abigail."

„Wie lange brauchst du nach Gig Harbor?"

Echt jetzt?

„Das kommt drauf an aus welchem Grund ich mich um diese gottverdammte Stunde noch mal auf mein Bike schwingen soll."

Sein Schweigen verrät mir mehr als tausend Worte.

Wir haben eine gemeinsame Vergangenheit. Ohne ihn wäre ich längst nicht mehr am Leben. Völlig egal aus welchem Grund er anruft, wenn er mich braucht, bin ich für ihn da – so einfach ist das.

„Erinnerst du dich noch an Sally?"

Seine Frage irritiert mich.

„Aye, das tue ich. Was ist mir ihr?"

„Sie ist schwanger. "

Holy Shit...

„Wann waren wir das letzte Mal in Gig Harbor, Poker?"

Er atmet tief durch.

„Vor sieben Monaten, Bro. Vor sieben verfickten Monaten. Ich habe keine Ahnung von Babys und all dem. Aber zur Hölle, Spider, mein Gefühl sagt mir, dass dieses Kind von mir ist. Das Problem an der Sache ist nur, dass Sally mittlerweile mit einem schießwütigen Arschloch

verlobt ist."
Ich kneife mir mit den Fingern in die Nasenwurzel - das wird ja immer besser.

„Was sagt Sally dazu?"

„Das ist es ja, Mann, als sie mich gesehen hat, hat sie Fersengeld gegeben. Sie wollte verhindern, dass ich ihren Bauch sehe. Scheiße, Bro. Du hättest ihren Blick sehen müssen, sie weiß genauso gut wie ich, dass dieses Kind von mir ist."

Das ist echt krass. Sally ist ein gutes, anständiges Mädchen. Ihrem Dad gehören ein paar Fischerboote, er verbringt die meiste Zeit auf See und wenn er dann doch mal an Land ist, leert er jede Schnapsflasche im Umkreis von zehn Meilen.

„Gib mir zwanzig Minuten, Bro."
Poker atmet geräuschvoll aus.

„Wir treffen uns bei Spiro's. Ach, und Spider, ..."

„Aye?"

„…bring Waffen mit, viele Waffen. Das hier wird nicht schön enden."

Mit diesen Worten beendet er das Gespräch und lässt mich fassungslos zurück.

Waffen? Fuck!

Unser letzter Besuch in dieser Stadt hat mit zwei Haftbefehlen und einer Messerstecherei geendet.
Gig Harbor ist eine kleine Stadt im Pierce County im US-amerikanischen Bundesstaat Washington. Sie liegt direkt im Puget Sound, einer rund 90 Meilen langen, sehr inselreichen und weitverzweigten fjordartigen Meeresbucht im Nordwesten Washingtons.

Ohne lang zu zögern wähle ich Razzors Nummer und frage ihn, ob er Bock auf eine kleine Spritztour nach Gig Harbor hat.

Genau wie ich zögert er keine Sekunde, als er hört, dass Poker seine Hilfe braucht.

Ich habe keine Ahnung, in was für eine Scheiße mein Freund sich jetzt wieder geritten hat. Aber bei Gott, in weniger als dreißig Minuten werde ich es wissen.

Mein Handy zurück in die Taschen steckend stehe ich auf und gehe zu Abi.

Nachdem ich mich fertig angezogen habe, küsse ich sie auf den Mund und wecke sie auf.

Schlaftrunken sieht sie mich an. Erst als sie bemerkt, dass ich im Begriff bin zu gehen, setzt sie sich auf.

„Was ist los?"

Ihre Stimme klingt rau und heiser. Am liebsten würde ich jetzt zurück zu ihr ins Bett steigen und mich tief in ihren weichen Körper versenken. „Poker braucht meine Hilfe."

„Poker? Was ist los?"

Ich zucke mit den Schultern.

„Keine Ahnung, Baby. Ich wollte dir nur Bescheid geben. Also leg dich wieder hin und schlaf weiter. Mit ein bisschen Glück bin ich in wenigen Stunden wieder zurück.

„Und was, wenn du kein Glück hast?"

Mit meinen Händen umfasse ich ihr Gesicht und sehe ihr tief in die Augen.

„Diese Frage stellen wir uns nicht. Verstanden?"

Sie beißt sich auf die Unterlippe und nickt.

„Verstanden."

Wir küssen uns, ich wühle mich durch ihren Mund und inhaliere ihren süßen Geruch.

Knurrend löse ich meine Finger aus ihren Haaren und lasse sie los.

Zum Teufel! Es sollte mir nicht so schwerfallen, sie alleine zu lassen.

„Spider?"

Ich bleibe stehen und drehe mich zu ihr um.

„Tu, was immer du tun musst, und dann komm zu mir zurück und fick mich!"

Holy Fuck! Habe ich schon erwähnt, dass mich dieses Mädchen voll an den Eiern hat?

„Das werde ich Baby, darauf kannst du dich verlassen."

Da um diese Uhrzeit kaum einer unterwegs ist, sind die Straßen leer.

Ich fahre auf der Sprague Ave bis ich zur WA-16 komme, dort nehme ich die Auffahrt nach Gig Harbor/Bremerton. Nach knapp neun Meilen biege ich auf den Pioneer Way ab und fahre an etlichen Restaurants und Bars vorbei. Bei ‚Spiro's Pizza & Pasta' halte ich an und warte auf Poker. Noch bevor ich mir eine Kippe anzünden kann, sehe ich auch schon Razzor und Ace ums Eck biegen. Ganz offensichtlich hat Ace mitbekommen, was los ist und kurzerhand beschlossen, ebenfalls mitzuhelfen, Pokers Arsch zu retten. Bis auf unsere drei Motorräder ist der Parkplatz vor dem Restaurant leer.

Nachdem sie ihre Bikes direkt neben mir zum Stehen gebracht haben, steigen die beiden ab und nehmen die Helme ab.

„Yo, Bro, was geht?"

Ich ziehe meine Beretta hinten aus dem Hosenbund und checke das Magazin.

Dieses Baby aus Stahl und Leichtmetall hat mir in so mancher Nacht schon das Leben gerettet. Das Magazin fasst fünfzehn Patronen, aber dank des Reservemagazins in meiner Jackentasche und der Heckler & Koch, die ich immer in meinem Holster bei mir trage, dürfte es kein Problem sein, diese Nacht zu überstehen.

„Poker hat Sally getroffen."

Razzor sieht mich verständnislos an.

„Komm zu der Stelle der Geschichte, die der Grund dafür ist, dass wir hier sind."

„Sie ist schwanger. Poker ist sich sicher, dass das Baby von ihm ist. Was Sallys Verlobten auf den Plan bringt."

Razzor spuckt auf den Boden und rollt seine Schultern.

Ace sieht mich ungläubig an.

„Und deswegen sind wir hier? Scheiße, Alter!"

Ich zucke mit den Schultern.

„Laut Poker braucht er dringend Hilfe."

Razzor lacht laut.

„Bei was soll ich...."

Noch bevor er den Satz zu Ende bringen kann, ertönen mehrere Schüsse. Poker rast mit quietschenden Reifen um die Kurve, an seinem Hinterreifen kleben drei Bikes und ein schwarzer Ford Pick-up. Der Beifahrer des schwarzen Wagens hängt mit dem halben Oberkörper aus der geöffneten Scheibe heraus, während er immer wieder auf Poker schießt.

Instinktiv gehen wir hinter unseren Bikes in Deckung.

Razzor entsichert seine Waffe und zielt auf einen der Motoradfahrer.

„Jetzt wissen wir wenigstens, weswegen wir hier sind."

Mit diesen Worten drückt er ab, das Bike gerät ins Schlingern und kippt um. Der Fahrer bleibt reglos auf der Straße liegen.

Ace verzieht anerkennend den Mund.

„Respekt. Guter Schuss, Bro."

Ich kneife meine Augen zusammen und versuche etwas zu erkennen – verdammt!

„Diese Arschlöcher haben Kutten an."

Ace gibt ein wütendes Knurren von sich.

„Scheiß auf die Kutten. Knall sie alle ab."

Es spielt keine Rolle, dass wir nicht wissen, wer genau diese Typen sind, alleine die Tatsache, dass sie es auf einen von uns abgesehen haben, reicht völlig aus, um das Feuer zu eröffnen. Poker und seine Verfolger verschwinden für einen Moment aus unserem Blickfeld, wir nutzen diese Pause, um nachzuladen.

Ace gelingt es, einen weiteren Motorradfahrer von seinem Bike zu holen. Die restlichen Wichser bekommen Panik und zerstreuen sich in unterschiedliche Richtungen.

„Zumindest wäre das schon mal geklärt." Aces trockene Feststellung ist alles, was gesagt wird. Wir stehen wieder auf, stecken unsere Waffen weg und steigen zurück auf unsere Maschinen. Es wird nicht lange dauern bis die Bullen hier auftauchen.

In Schrittgeschwindigkeit fahren wir zur Straße. Razzor steigt ab, stellt sich über den schwerverletzten auf der Straße liegenden Mann und verpasst ihm einen Kopfschuss. So schnell er kann, zieht er ihm seine Kutte aus und steigt wieder auf sein Bike.

Poker gibt uns mit einer Handbewegung zu verstehen, dass wir ihm folgen sollen.

Nach wenigen Minuten Fahrzeit kommen wir am Hafen an.

Poker steigt von seiner Harley und kommt hinkend auf uns zu.

„Shit, Bro. Hast du was abbekommen?"

Leise fluchend schüttelt er den Kopf.

„Dieses verrückte Miststück hat mir, als sie mich gesehen hat, eine verdammte Brechstange gegen das Bein geknallt."

Ace versucht, sein Lachen mit einem Hüsteln zu verbergen, scheitert jedoch kläglich.

„Welches Miststück?"

Poker sieht mich an, als wäre ich begriffsstutzig.

„Na Sally."

Razzor zündet sich eine Zigarette an, inhaliert den ersten Zug und lehnt sich entspannt an sein Motorrad.

„Du hast also ein verrücktes Miststück geschwängert, das dich, anstatt dich zu begrüßen mit einer Brechstange angegriffen hat? Respekt, Bro!"

Poker ballt seine Hände zu Fäusten.

„Halts Maul und sprich nicht so über sie."

Interessant....

Ace lässt seinen Blick prüfend über die Umgebung schweifen.

„Was waren das für Typen?"

Razzor reicht ihm die Kutte.

Dank des Top-Rocker-Schriftzugs wissen wir sofort, dass es sich bei den zwei Toten um Black Angels handelt. Die Black Angels sind ein Motorcycle-Club, dessen Motherchapter seinen Sitz in Texas hat.

„Fuck, Poker. Sag jetzt nicht, dass der Verlobte von dieser Sally ein Black Angel ist."

Poker zuckt die Schultern.

„Keine Ahnung, Präs. Er hat kein Leder getragen."

Seit seinem Anruf war mir klar, dass Poker in der Scheiße steckt. Aber dass sich diese Sache hier so entwickelt, hätte ich mir nicht gedacht.

„Was zur Hölle haben die Black Angels hier im Norden zu suchen?" Razzor spricht aus, was ich mir denke.

„Das werden wir jetzt herausfinden."
Ace fischt sein Mobiltelefon aus der Hosentasche, scrollt sich durch seine Kontakte und wählt die Nummer.

Mein Gefühl und die Tatsache, dass ich nachts um drei Uhr am Hafen von Gig Harbor stehe und nicht neben meiner Süßen im Bett liege, verraten mir, dass uns diese zwei toten Angels noch eine Menger Ärger bereiten werden.

25. Kapitel

Poker

Was für ein Dreck.

Es gibt da so ein beschissenes Sprichwort, das behauptet, dass man sich im Leben immer zweimal sieht. Bei Sally und mir scheint das zu stimmen.

Sally ist ein süßes Mädchen, sie ist jung, hübsch und hat einen Körper, der einen Mann einfach alles vergessen lässt. Vor sieben Monaten, als ich zuletzt mit Spider und Mad hier war, habe ich Sally im ‚Roses', einer kleinen Hafenkneipe, die sie zusammen mit ihrem Dad betreibt, das erste Mal gesehen. Von dem Moment an, in dem sich unsere Blicke getroffen haben, stand fest, dass ich sie ficken werde.

Als Nomad komme ich viel rum. In den vergangenen Jahren habe ich so viele Weiber gebumst, dass ich mich nicht mal mehr an ihre Gesichter erinnern kann, von ihren Namen ganz zu schweigen.

Ich hab der hübschen Sally von Anfang an klargemacht, dass wir nur Sex haben. Einfachen und unkomplizierten Sex. Ich mag ein Arschloch sein, aber ich spiele immer mit offenen Karten. Nur weil sie mich wie ein verdammtes Rodeogirl geritten hat, bedeutet das noch lange nicht, dass ich sie auf meinen Sozius lasse und mit ihr in den verfickten Sonnenuntergang fahre.

In den frühen Morgenstunden des dritten Tages habe ich sie ein letztes Mal zum Schreien gebracht. Anschließend habe ich mein sieben Sachen gepackt und bin ohne weitere Worte gegangen.

Sally weiß ganz genau, wer oder was ich bin. Sie hätte *verdammt noch mal* nach Tacoma kommen und mir von diesem Baby erzählen können.

Mir ist klar, dass ich sie nicht gerade wie eine Prinzessin behandelt habe. Aber *Scheiße*, das spielt doch nun wirklich keine Rolle.

Fuck off!

Im ersten Moment war ich mir nicht sicher, ob ich an ihrem dicken Bauch schuld bin, aber ihre Reaktion hat sie verraten. Anstatt mir endlich reinen Wein einzuschenken, hat sie eine verdammte Brechstange in die Hand genommen und ist damit wie eine Irre auf mich losgegangen. Nachdem es mir gelungen ist, ihr dieses Ding abzunehmen und ich sie zum wiederholten Mal nach dem Geburtstermin gefragt habe, ist sie meinen Blicken ausgewichen und hat mir erzählt, dass dieses Kind von ihrem Verlobten sei und dass ich mich schleunigst verpissen solle.

Heilige Scheiße!

Vor sieben Monaten ist mir echt nicht aufgefallen, wie verdammt irre dieses Weib ist.

Ich habe keine Ahnung, wie diese Sache so eskalieren konnte...

Dass Sally verlobt ist, mag ja durchaus sein. Aber warum zur Hölle kann sie mir nicht einfach das verdammte Zeugungsdatum sagen? Ich bin kein Profi, wenn es um Schwangerschaften geht. Aber selbst mir ist klar, dass jeder Arzt den ungefähren Zeitpunkt der Empfängnis berechnen kann.

Als Sallys sogenannter Verlobter die Brechstange in meiner einen und sein hochschwangeres, extrem hysterisches Mädchen in meiner anderen Hand gesehen hat, ist er durchgedreht.

Brüllend und mit hochrotem Kopf hat er mich gefragt, was ich von seiner Frau will.

Völlig unbeeindruckt habe ich ihm seine Frage beantwortet und ihm mitgeteilt, dass ich von Sally schon vor Monaten bekommen habe, was ich wollte.

Was dann passiert ist?

Sagen wir es mal so. Meine Antwort hat Sallys Verlobtem nicht gerade dabei geholfen, sich wieder etwas zu beruhigen. Plötzlich hatte ich den Lauf einer Waffe an der Stirn.

Da ich alles andere als lebensmüde bin, bin ich seiner Forderung, Sally loszulassen, sofort nachgekommen.

Sallys *fürsorglicher* Verlobter hat ihr wutentbrannt eine geknallt und sie an den Haaren zurück in die Kneipe geschleppt.

Es mag sein, dass Sally Scheiße gebaut hat, doch ich werde niemals zulassen, dass ein Mann so mit einer Frau umgeht. Ohne lange darüber nachzudenken, was mich in der Kneipe erwartet, habe ich ebenfalls meine Waffe gezogen und bin ins ‚Roses' gestürmt.

Irgendwie kam eines zum anderen und jetzt, vier Stunden später, stehe ich hier und starre auf die blutverschmierte Weste eines Black Angels.

Was für eine verfickte Scheiße!

Also eines ist schon mal sicher. Wenn ich vor sieben Monaten gewusst hätte, dass mir diese zwei Nächte in Sallys Bett so einen Ärger bereiten, hätte ich meinen Schwanz in der Hose gelassen.

Ace beendet sein Telefonat und dreht sich zu uns um.

„Wir haben ein Problem."

Spider atmet tief durch, Razzor flucht leise vor sich hin.

„Welches?"

„Dieser Typ an Sallys Seite ist der Cousin von Mickey. Er ist zwar kein Black Angel, gehört aber zur Familie und genießt deswegen den Schutz des MCs."

Beschissener hätte das alles gar nicht laufen können.

„Weiß Mickey, dass wir zwei seiner Männer erschossen haben?"

Ace nickt.

„Ja, das weiß er und er ist bereit, die Sache auf sich beruhen zu lassen, wenn wir seinen Cousin und Sally in Ruhe lassen.“
Bei seinen letzten Worten sieht er mich direkt an.

Mir ist klar, was das bedeutet. Wenn ich Sally weiterhin wegen des Babys unter Druck setze, gibt das gewaltigen Ärger.
Die Black Angels und die Dead Riders leben in Frieden miteinander. Der MC der Angels ist gut aufgestellt. Sie haben viele Members und gute Waffen. Wenn wir sie gegen uns aufbringen, wird das auf beiden Seiten viele Verluste geben.

Mir ist klar, dass ich mir jetzt die Frage stellen muss, ob Sally diesen ganzen Ärger wert ist. Ich habe diese verrückte Tussi immer nur mit Gummi gefickt. Und verdammt, in den letzten sieben Monaten habe ich keinen Gedanken an diese Frau verschwendet. Und trotzdem bin ich heute, als ich sie mit dem runden Babybauch gesehen habe, aus allen Wolken gefallen.

Was, wenn eines der Kondome nicht ganz dicht war?

Was, wenn dieses Kind tatsächlich von mir ist?

Dieser Wichser, der Sally heute geschlagen hat, ist die Luft, die er atmet, nicht wert. Alleine die Vorstellung, dass er dieses Baby als das seine betrachtet, lässt mich rotsehen.

Wenn es tatsächlich sein Kind ist, dann kann es einem nur leidtun.

Das Problem an der Sache ist nur, dass ich das ohne Sallys Hilfe beziehungsweise einen Vaterschaftstest nie herausfinden werde. Wahrscheinlich würden sich die meisten Männer keine weiteren Gedanken um Sally und das Baby machen und die beiden ihrem Schicksal überlassen. Aber ich bin nun mal nicht wie die meisten Männer. Auch wenn dieses Kind überhaupt nicht in mein Leben passt, bin ich durchaus bereit, zu meinen Taten zu stehen und die Verantwortung zu übernehmen....

Mit geschlossenen Augen sauge ich so viel Luft in meine Lungenflügel, bis ich das Gefühl habe, dass sie gleich platzen.

„*Fuck*, Präs! Was soll ich denn jetzt machen?“

Ace dreht mir den Rücken zu und starrt auf das Meer.

Als er sich wieder zu mir umdreht, spiegelt sich pure Entschlossenheit in seinem Gesicht.

„Bis zu Sophies Geburt hatte ich keine Ahnung, welch unendliches Glück ein Kind bedeutet. Dieses Mädchen macht mein Leben zu etwas Besonderem. Wenn auch nur die geringste Chance besteht, dass dieses Kind von dir ist, dann musst du alles tun, um Gewissheit zu bekommen, Bro.“

Er fährt sich mit den Fingern durch seine langen Haare.

„Aber jetzt ist nicht der richtige Augenblick dafür. Warte bis das Baby auf der Welt ist und fordere einen Vaterschaftstest. Jetzt sind dir die Hände gebunden. Wenn du dir zu 100% sicher wärst, dann wäre das etwas anderes. Aber wir können wegen einem *vielleicht* keinen Krieg mit den Black Angels anfangen.“

Ich weiß, dass Ace recht hat und dennoch gefällt es mir gar nicht, Sally mit diesem Wichser alleine zu lassen.

Spider klopft mir auf die Schulter.

„Wie auch immer du dich entscheidest, Bro, ich stehe hinter dir!“

Wie auch immer ich mich entscheide...

„Steigt auf eure Maschinen und lasst uns von hier verschwinden!“

Ace grunzt zustimmend.

„Das war die richtige Entscheidung, Poker.“

Da bin ich mir nicht so sicher....

Razzor steigt auf sein Bike und sieht mich an.

„In spätestens zehn Wochen kommen wir zurück und dann klären wir diese Sache. Du hast mein Wort, Bro.“

Der Drang auf etwas einzuschlagen wird beinahe übermächtig.

Ich balle meine Fäuste und zwinge mich ruhiger zu werden. Ace hat recht, zum jetzigen Zeitpunkt kann ich hier nichts ausrichten.

Unzufrieden packe ich mir meinen Helm, steige auf meine Harley, gebe Gas und folge meinen Brüdern nach Tacoma.

Was für ein beschissener Tag!

In Tacoma angekommen folge ich Ace und Razzor zum Clubhaus, während Spider eine andere Abfahrt nimmt.

Dieser glückliche Hurensohn hat in Abigail die perfekte Old Lady gefunden. Ich wünsche den beiden nur das Beste. In all den Jahren, die ich mit ihm und Mad zusammen durchs Land gefahren bin, habe ich Spider als ruhelosen Rider gekannt, der immer auf der Suche nach dem nächsten Abenteuer war.

Seit er diesem Mädchen begegnet ist, wirkt er ruhiger. Es scheint fast so, als wäre er endlich angekommen - als hätte er endlich das Ziel seines Lebens gefunden.

26. Kapitel

Spider

Bis ich endlich zu meiner Lady ins Bett steigen kann, wird es vor den Fenstern bereits wieder hell. Der Himmel färbt sich dank der Sonne, die im Osten aus der Versenkung aufsteigt, in verschiedenen Rot- und Violetttönen.

Erschöpft stelle ich den Motor aus und bleibe noch einen Augenblick im Sattel sitzen.

Poker ist seit vielen Jahren ein guter Freund und ein verlässlicher Bruder. Die Scheiße, die ihm da gerade um die Ohren fliegt, hat er nicht verdient.

Bis jetzt habe ich kein einziges Mal daran gedacht, mir ein Kondom überzuziehen, ehe ich in Abi eingedrungen bin. Dieses Mädchen gehört so sehr mir wie eine Frau einem Mann nur gehören kann.

Es ist mir egal, ob sie die Pille nimmt oder nicht.

Diese Frau ist meine Zukunft. Ich werde mein restliches Leben an ihrer Seite verbringen und ich kann es kaum erwarten, sie zu schwängern. Alleine bei der Vorstellung, dass ihr Bauch mit meinem Kind anschwillt, werde ich hart und meine Hoden ziehen sich einsatzbereit zusammen.

Im Gegensatz zu Poker muss ich mir keine Sorgen darüber machen, dass Abi von einem anderen Mann schwanger sein könnte. Der einzige Mann, der bis jetzt in ihre enge Pussy eingedrungen ist, bin ich und ich werde alles in meiner Macht Stehende tun, damit das auch so bleibt.

Müde lege ich den Kopf in den Nacken und rolle meine Schultern.

Die vergangenen Tage sind nicht spurlos an mir vorbeigegangen, so langsam werde ich wirklich zu alt für so eine Scheiße.

Noch bevor ich von meinem Bike steigen kann, höre ich, wie sich die Haustür öffnet.

Ich öffne meine Augen und starre dieses faszinierende Wesen, das mich mit leuchtenden Augen ansieht, fassungslos an.

Dieses Mädchen gehört nur mir! Für immer nur mir! Völlig egal, was ich zukünftig tun muss, um Abi zu beschützen, ich werde es ohne zu zögern machen.

„Hi, Dead Rider."

Ihre roten Lippen verziehen sich zu einem glücklichen Grinsen.

Ohne meinen Blick von ihr abzuwenden steige ich von meiner Harley und gehe auf sie zu. Abi kommt mir entgegen, in der Mitte von der Einfahrt ziehe ich sie in meine Arme. Das schwarze, ausgeblichene Shirt, das sie trägt, gehört mir und reicht ihr bis über die Knie. Langsam lasse ich meine Handflächen über ihre Rundungen und unter das T-Shirt gleiten. In dem Moment, in dem ich feststelle, dass sie keinen Slip trägt, presst sich mein Glied zuckend gegen den unnachgiebigen Stoff meiner Jeans.

Abi stellt sich auf die Zehenspitzen und presst ihren kleinen Körper gegen den meinen. Als sie ihre samtigen Lippen auf die meinen presst, fällt die ganze Anspannung der vergangenen Stunden von mir ab.

All der Ärger mit den Black Angels und Pokers Sorgen werden völlig unwichtig. Das Einzige, was jetzt noch für mich zählt, ist der süße Geruch meiner Frau und die Tatsache, dass nur der dünne Stoff dieses T-Shirts mich von ihrer feuchten Pussy trennt.

Knurrend schiebe ich meine Zunge tiefer in ihren Mund und sauge ihren Geschmack in mich auf. Erst als sie nach Luft schnappt, gebe ich sie wieder frei, umfasse mit meinen Händen ihren Po und trage sie zurück ins Haus.

„Hast du getan, was du tun musstest?“

Ich kicke die Haustüre hinter uns zu und trage sie ins Wohnzimmer.

„Aye Baby, das habe ich.“

„Gut, dann fick mich endlich.“

Mehr als diese Aufforderung brauche ich nicht.

Ich setze meine Süße auf die Couch und zerreiße mit einem kräftigen Ruck das Shirt.

Als sie ihre Finger nach meinem Gürtel ausstreckt, schüttle ich den Kopf und weiche einen Schritt zurück. Nachdem ich die Beretta aus meinem Hosenbund gezogen und sie auf den kleinen Glastisch gelegt habe, ziehe ich meine Kutte und das Pistolenholster aus.

„Halleluja! Alleine das Wissen, dass du in der Lage bist mich vorm Rest der Welt zu beschützen, lässt mich ganz feucht werden.“

Ihr Eingeständnis verrät mir nur, was ich die ganze Zeit schon wusste.

Abigail ist ein echtes Rockergirl. Meine Befürchtung, dass sie wegen ihrer Entführung vorbelastet und somit nicht für ein Leben an meiner Seite geeignet ist, hat sich nicht bestätigt – im Gegenteil.

Weder die Scheiße mit den Mexikanern, noch das mit den Russen hat sie aus der Bahn geworfen. Dieses kleine Mädchen ist verdammt zäh. Um meine Selbstbeherrschung ringend öffne ich die Verschnürung meiner Stiefel, ehe ich sie ausziehe und aus meiner Hose steige.

Bis jetzt habe ich mir nie wirklich Gedanken um meine Zukunft gemacht. Im Grunde genommen war mir alles egal, solange ich nur meine Kutte und mein Bike bei mir hatte. Jetzt hingegen geht es nicht mehr nur um mich. Zum ersten Mal in meinem Leben bin ich nicht mehr alleine.

Dieses Mädchen, das mich so vorbehaltlos in ihr Herz und ihren Körper gelassen hat, hat etwas Besseres als eine ungewisse Zukunft verdient.

Ich schwöre beim Teufel, dass ich einfach alles in meiner Macht Stehende tun werde, um Abigail glücklich zu machen.

Ich lasse mir mehr Zeit als notwendig, rufe mir immer wieder in Erinnerung, dass Abi nicht ansatzweise eine Ahnung davon hat, was ich alles mit ihr anstellen will...

27. Kapitel

Abigail

Ich habe keine Ahnung, was in den Stunden, die er weg war, passiert ist, aber es muss heftig gewesen sein. Spider wirkt wie ein wildes Tier. Zwar versucht er die Maske der Zivilisation nicht von seinem Gesicht rutschen zu lassen, doch es gelingt ihm nicht.

Als er sich endlich ausgezogen hat, kommt er knurrend auf mich zu. Das sexy Spiel seines Bizeps unter seiner braunen Haut fesselt meinen Blick.

Er presst mich mit dem Rücken auf das weiche Polster, lässt seine Finger über meinen Bauch tanzen und umschmeichelt die empfindliche Haut zwischen meinen Beinen. Seine Zähne graben sich in meinen Hals. Die Kombination aus federleichter Berührung und festem Biss sorgt dafür, dass ich immer noch feuchter werde.

Brummend saugt er meine Brustwarze zwischen seine Zähne, liebkost sie mit seiner Zunge, lässt mich erneut seine Zähne spüren.

„Spider, bitte..."

Groß und kraftvoll spüre ich seinen muskulösen Körper, jeder seiner Muskeln ist hart und vor Erregung angespannt. Seufzend schließe ich meine Augen, lasse mich fallen und gebe mich ihm hin.

Seine Hände umfassen meine Taille, er hält mich so fest an sich gepresst, als hätte er Angst davor, mich zu verlieren.

Mein Rider presst seine Lippen auf die meinen und stiehlt mir mit seinem groben Zungenspiel den Atem.

Hinter meinen geschlossenen Lidern explodieren goldene Punkte, unser Atem vermischt sich. Feucht, gierig und wild umschlingen sich unsere Zungen, saugen und fordern immer mehr vom anderen.

Gekonnt zwirbelt er meine geschwollenen Brustwarzen. Sein Daumen streicht über meine Schamlippen, während unsere Münder immer wilder und inniger miteinander verschmelzen. Spiders Küsse bringen mich um den Verstand, sie lassen mich alles um uns herum vergessen und sorgen dafür, dass ich absolut süchtig nach diesem Rocker werde.

Er knabbert ein letztes Mal an meiner Unterlippe, ehe er unseren Kuss beendet. Schwer atmend und maßlos erregt liegt Spider auf mir. Seine angespannte Miene und das Zucken an seinem Kiefer verraten mir, dass sich seine letzte Selbstbeherrschung gerade in Luft auflöst. Seine Finger gleiten abwärts, über meinen Bauch bis hinab zu meinem pochenden Kitzler.

Süchtig nach seinem herben Geschmack züngle ich über die empfindliche Haut an seiner Kehle, knabbere an seinem Ohrläppchen

und lasse meine Zungenspitze über die kratzigen Bartstoppeln an seiner Wange gleiten.
„Fuck Baby! Du hast keine Ahnung, wie sehr ich dich will!“
Jede Faser meines Körpers ist angespannt und glüht vor Lust, mein Blut rast durch meine Venen und mein Verstand hat sich schon vor Minuten verabschiedet.
„Du. Gehörst. Nur. Mir!“
Sein Knurren lässt mich erschaudern. Ich spüre bis in die Zehenspitzen, dass er recht hat.
Ich gehöre zu diesem Mann, so einfach ist das. Spider lässt seine Finger durch meine Spalte gleiten, dringt leicht in mich ein, treibt mich in den Wahnsinn.
Animalisch, roh und besitzergreifend erobert er meinen Körper.
Stöhnend presse ich mich seiner Hand entgegen. Mein Unterleib beginnt vor Erregung zu pochen. Keuchend klammere ich mich an seinen Schultern fest, kratze mit meinen Fingernägeln über seine Haut und versuche verzweifelt, ihm noch etwas näher zu kommen.
Ich presse meine Stirn gegen das große Totenkopftattoo auf seiner Brust, schließe meine Augen und inhaliere seinen Geruch. Er beißt erneut in meine empfindliche Brustwarze ... „Du bist absolut perfekt, Abigail.“
Mit jedem seiner eindringlichen Blicke, mit jedem bittersüßen Kuss und jeder sanften Berührung zeigt er mir, wie sehr er mich liebt.
Ungeduldig kralle ich meine Finger in sein volles Haar und ziehe ihn stürmisch zu mir herunter. Meinen Mund auf den seinen pressend nehme ich mir, was ich will und brauche.
Mit jeder Sekunde, die vergeht, kommt der Mann, der mich mehr will als sein Leben, mehr zum Vorschein. Seine eisblauen Augen glühen, sein Atem kommt laut und stoßweise.
Als er seinen Mund von dem meinen löst, brauche ich einen Augenblick, um wieder zu Atem zu kommen.
Wie in Trance beobachte ich ihn dabei, wie er sich zwischen meine gespreizten Schenkel kniet und seine dicke Eichel durch meinen Spalt gleiten lässt. Bestimmend spreizt er meine Schenkel, öffnet mich so etwas weiter für ihn.
Wimmernd genieße ich seinen gierigen Blick und das Gefühl seines Gliedes an meiner Nässe.
Tief in meinem Inneren findet eine Kernschmelze statt, winzige Schweißtropfen bilden sich in meinem Nacken, während er mit zwei seiner Finger langsam und tief in mich eindringt.
Oh jaaaaa.....

Ich stöhne laut, gebe ich mich ihm rückhaltlos hin, nehme alles und ertrinke in meiner Lust.
„Fick mich, Rider. Ich will dich endlich tief in mir spüren - ich brauche dich!“
Nach Halt suchend umklammere ich seine angespannten Oberarme. Als er mit einem weiteren Finger in mich eindringt, ziehen sich meine inneren Muskeln krampfartig zusammen. Stöhnend presse ich meinen Kopf auf die Couch.
„Sieh mich an, Baby. Ich will, dass du siehst, zu wem du gehörst.“
Blinzelnd befolge ich seinen Befehl und ertrinke in den Tiefen seiner Iris.
Rhythmisch bereitet er mich auf seinen großen Schwanz vor, reibt kreisend über meinen angeschwollenen Kitzler und treibt mich in ungeahnte Höhen der Lust.
Es wird nicht mehr lange dauern, bis ich über die Klippe des Erträglichen stürzen werde.
Der immer stärker werdende Druck in meinem Inneren lässt mich die Zehenspitzen krümmen. Verloren und meinem Rocker völlig ausgeliefert erwidere ich seinen Blick, ehe ich von meinem Höhepunkt fortgerissen werde.
Oh mein Gott....
Heiße Wellen der Erlösung überrollen mein Nervensystem, meine Synapsen brennen. Kraftvoll spreizt er meine zitternden Schenkel und lässt seinen gierigen Blick über meine zuckende Pussy gleiten. Seine Zunge neckt meinen Bauchnabel, seine Finger drücken mich wieder nach unten, als ich mich stöhnend aufbäume.
„Ich will dich schmecken.“
Hilflos schüttle ich meinen Kopf. Er ignoriert meine zugegebenermaßen schwache Gegenwehr.
Mit seiner rauen Zunge leckt er über meinen Eingang und umkreist verspielt meine Klitoris, während sich ein erneuter Orgasmus in mir aufbaut.
„Verdammt, Weib. Du bist mein Untergang und zugleich meine Rettung!“
Das dunkle Timbre seiner Stimme streicht über meine vibrierenden Nerven.
Hungrig leckt er sich durch meinen Spalt, stimuliert mich mit seinen Fingern.
„Jetzt werde ich dich ficken!“
Verschwitzt und kraftlos liege ich unter dem Mann, den ich von ganzem Herzen liebe und kann es kaum erwarten, ihn endlich in mir aufzunehmen.

Seine vor Lust dunklen Augen fixieren meinen Blick. Als ich seinen Schwanz an meinem Eingang spüre, komme ich ihm willig entgegen.

„... bitte, ich will dich endlich in mir spüren."

Erstaunlich sanft streifen seine Lippen über meine Schläfe.

Dieser Rider ist ein Mann mit verdammt vielen Facetten.

Einerseits ist er zärtlich und aufmerksam, aber andererseits ist er bestimmend und dominant. Die Spitze seines mächtigen Phallus dringt langsam immer tiefer in mich ein, dehnt mich und nimmt mich in Besitz.

Unsere Zungen treffen sich, stöhnend vermischt sich unser Atem.

Mit einem kraftvollen Stoß rammt er sich bis zum Anschlag tief in meinen Körper. Aus meiner Kehle löst sich ein lustvoller Schrei.

„Du bist mein Paradies..."

Meine Lust und die intensiven Emotionen, die durch meine Venen fließen, berauschen mich. Das köstliche Ziehen in meinen Schenkeln kündigt einen erneuten Orgasmus an - ich bin kurz davor, in meiner Lust zu ertrinken.

Seine rauen Worte schleichen sich in mein Herz und lassen meine Seele leise seufzen.

„Oh Gott, Baby…" Spiders sehr tiefe Stöße werden immer härter. Sein Schwanz dringt so hart in mich ein, dass ein angenehmer Schmerz entsteht.

Gekonnt verändert er den Winkel, mit dem er ich mich eindringt und trifft bei jedem neuen Vorstoß auf meinen G-Punkt.

Das heftige Zucken in seinen Armen und seinen Oberschenkeln verrät mir, dass er sich noch immer sehr zurückhält.

Vorstoß – Rückzug –Vorstoß – Rückzug

Gnadenlos und kraftvoll nimmt er mich mit jedem erneuten Eindringen immer mehr in Besitz. Ich schnappe nach Luft, meine Muskeln spannen sich an, meine Beine beginnen zu zucken und meine Atmung stoppt.

Der über mich hereinbrechende Orgasmus ist wie ein Wirbelsturm aus Gefühlen und Empfindungen. Die Kontraktionen in meiner Pussy sind so stark, dass ich Spider mitreiße und er sich laut stöhnend in mir ergießt. Selbstvergessen fällt sein Kopf in den Nacken, seine Bauchmuskulatur zuckt wild, während seine Eichel tief in mir pulsiert.

Glücklich und kraftlos schlinge ich meine Beine um seine Taille und ziehe ihn noch ein bisschen tiefer in mein zitterndes Inneres.

Es ist verrückt, aber nur dann, wenn ich ihn tief in mir habe, fühlt es sich so an, als sei ich gänzlich vollständig. Er ist das Schwarz und ich bin das Weiß. Zusammen ergeben wir ein Ying und ein Yang. Der Gedanke gefällt mir.

Zufrieden seufzend lecke ich ihm über den Brustkorb und schmecke sein herbes Aroma.

Wir schweigen, unsere Blicke treffen sich. Sein warmer Atem liebkost meine Haut, während unsere Herzen im gleichen Takt schlagen. *So fühlt sich Liebe an!*

Glücklich sehe ich ihm tief in die Augen.

„Was muss ich tun, um dasselbe gleich noch mal zu bekommen?"

Stöhnend verdreht mein Rider die Augen, seine Lippen verziehen sich zu einem glückseligen Lächeln.

„Einfach liegen bleiben..."

Mit meinen Fingern fahre ich ihm durch die Haare.

Zufrieden brummend rollt er sich von mir herunter, legt sich neben mich und zieht mich in seine Arme. Die besitzergreifende Geste, mit der er seine Hand auf meinen Po legt und mir einen leichten Klaps verpasst, sorgt für ein wohliges Gefühl in meinem Bauch.

Jeder Zentimeter meines Körpers fühlt sich an wie aus Gummi.

Seufzend schlafe ich wieder ein. Als ich das nächste Mal meine Augen öffne, ist es taghell. Durch das offene Fenster dringt das Rattern eines Rasenmähers, ein Auto fährt am Haus vorbei. Spider liegt mit geschlossenen Augen neben mir. Selbst im Schlaf wirkt sein Gesicht noch angespannt und hart.

Für eine Weile bleibe ich einfach liegen und sauge jedes kleine Detail meines Riders in mich auf. Bis jetzt hatte ich nicht oft die Möglichkeit, ihn ungestört betrachten zu können.

Erst als er sich brummelnd auf die andere Seite dreht, steige ich aus dem Bett und ziehe die Schlafzimmertüre leise hinter mir zu. Ich brauche dringend eine heiße Dusche, einen Kaffee und ein Frühstück. Ich hätte nie gedacht, dass Sex so verdammt hungrig machen kann. Fünfzehn Minuten später sitze ich mit einem rosafarbenen Handtuchturban und meinem sonnengelben Bademantel in der Küche und schlürfe meinen frisch ausgebrühten Kaffee. Noch bevor ich dazu komme, mein Handy anzuschalten, höre ich erst das laute Brummen eines Motorrads, ehe es eine Minute später an der Türe klopft.

Wer kann das sein?

Neugierig stelle ich meine Tasse ab, stehe auf und geh zur Türe.

Meine Überraschung könnte nicht größer sein. Ich wäre nie auf die Idee gekommen, dass Ace an einem Samstagmorgen bei mir vor der Türe stehen könnte. Es ist nicht so, dass wir uns nicht vertragen, im Gegenteil. Der Präsident der Dead Riders hat mich immer wie ein Familienmitglied behandelt.

„Guten Morgen, Ace."

Sein Blick gleitet von dem Handtuch auf meinem Kopf bis hinab zu meinen nackten Füßen mit den pinkfarbenen Zehennägeln. Als sich das nächste Mal unsere Blicke treffen, zucken seine Mundwinkel amüsiert.

„Hey Abi, ich muss zu Spider."

„Komm rein. Er schläft noch. Geh doch einfach schon mal in die Küche und nimm dir einen Kaffee, ich wecke ihn solange auf."

Während Ace sich am Kaffee bedient, mache ich mich auf den Weg, meinen Rocker zu wecken. Ich habe keine Ahnung, was Ace von Spider will, aber wenn sich der Präsident persönlich auf den Weg hierher macht, muss es etwas Wichtiges sein.

Das mit dem Aufwecken kann ich mir sparen. Spider ist bereits wach und schließt gerade den Knopf seiner Hose.

Er hebt den Kopf, sieht mich an und kommt mit zwei großen Schritten auf mich zu.

In der einen Sekunde starre ich noch wie gebannt auf seinen sexy Oberkörper, in der nächsten werde ich von den Füßen gerissen und stürmisch geküsst.

Spiders Zunge dringt tief und wild ich mich ein, seine Hände schieben sich unter meinen Bademantel und umfassen besitzergreifend mein Hinterteil.

Ich erwidere seinen Kuss stürmisch, presse mich fester an seinen Brustkorb und schlinge meine Arme um seinen Nacken.

Bei Gott... in der letzten Nacht hat mich mein Rocker mehr als ausgelaugt, und dennoch würde ich ihn am liebsten sofort wieder in mir spüren.

Seine langen Finger streichen durch meine Poritze, teilen meine Schamlippen und necken meinen feuchten Eingang. Er gibt ein raues Stöhnen von sich, ehe er mit zwei seiner Finger tief in mich eindringt.

Meinen Mund von dem seinen lösend schnappe ich nach Luft, stöhne laut und reibe mich an seinem Handballen.

„Fuck Baby! Ich liebe es, dass du immer bereit für mich bist."

Spider presst mich mit dem Rücken gegen die Wand, streicht mit seiner Nase an meinem Kiefer entlang und beißt mir in den Hals. Der bittere Schmerz vermischt sich mit meiner süßen Erregung.

„Wir können das jetzt nicht tun..."

Seine Augen verdunkeln sich bedrohlich.

„Ach, und warum nicht, Baby?"

Ich schlucke, mein Verstand hat echt damit zu kämpfen, einen anständigen Satz zu formulieren.

„Ace wartet unten auf dich."

Spider zuckt mit den Schultern.

„Glaube mir Baby, er wird auch noch da sein, wenn ich hier mit dir fertig bin."

Rhythmisch fickt er mich mit seinen Fingern, streichelt über meinen Kitzler und knabbert an der dumpf pochenden Stelle an meinem Hals.

So sehr ich es auch versuche, aber es gelingt mir einfach nicht leise zu sein.

Hilflos beiße ich mir auf die Unterlippe, Spider kennt kein Erbarmen.

Er weiß genau, wo meine erogenen Zonen sind. Sein Blick legt sich auf mein Gesicht, er beobachtet mich genau, saugt jede meiner Regungen tief in sich auf.

Es dauert nicht lange bis mich ein allumfassender Höhepunkt überrollt.

„Bei allen Heiligen, du bist mein verdammter Untergang, Baby."

Als die Zuckungen in meinem Inneren allmählich nachlassen, entzieht er mir seine Finger, presst mir einen nassen Kuss auf die Stirn und trägt mich zum Bett.

„Zieh dir was an und dann komm runter."

Mit diesen Worten lässt er mich verschwitzt und mit einem Schwarm Schmetterlinge im Bauch alleine zurück.

Da mir klar ist, dass sich Ace und Spider ungestört unterhalten wollen, lasse ich mir mehr Zeit als nötig. Ace hat den Weg hierher bestimmt nicht auf sich genommen, weil er mich im Bademantel sehen wollte. So wie ich das sehe, geht es um irgendeine Clubangelegenheit. Ich kann nur hoffen, dass nicht weitere Probleme anstehen.

Es ist schlimm genug, dass Ghost noch immer im Krankenhaus liegt. Diese Scheiße mit den Chinesen ist noch lange nicht ausgestanden und die Sache mit diesem Alan MacDowney wird mit Sicherheit auch nicht ohne Blutvergießen am Club vorübergehen.

Mir war von vornherein klar, dass ein Leben an Spiders Seite alles andere als langweilig wird. Nichtsdestotrotz hätte ich nichts dagegen, wenn er mehr Zeit in Tacoma als auf irgendwelchen Landstraßen verbringen würde.

Als ich schließlich in die Küche komme, bekomme ich gerade noch mit, wie Ace Spider dafür dankt, dass er ein Auge auf Poker hat.

Der Präsident der Dead Riders nickt mir kurz zu, dankt mir für den Kaffee und verschwindet genauso plötzlich, wie er aufgetaucht ist.

„Wieso musstest du letzte Nacht weg?"

Spider sieht mich prüfend an, er scheint abzuwägen, wie viel er mir sagen kann.

„Poker war in Schwierigkeiten, wir haben ihm Rückendeckung gegeben."

„Was für Schwierigkeiten?"

„Glaub mir Baby, das willst du gar nicht wissen."

Ich verdrehe genervt die Augen.

„Wenn ich es nicht wissen wollte, würde ich dich nicht fragen. Also spuck es schon aus."

Spider flucht leise, fährt sich mit der Hand durch die Haare und schenkt sich eine weitere Tasse Kaffee ein. Gerade als ich denke, dass er mir nicht antworten wird, blickt er mir über den Küchentisch hinweg direkt in die Augen.

„Poker hat vor ein paar Monaten in Gig Harbor eine Tussi gebumst. Die ist jetzt schwanger und nun ist er der festen Überzeugung, dass das Kind von ihm ist."

Ich sehe ihn verständnislos an.

„So etwas passiert, wenn man seinen Schwanz nicht in der Hose lässt. Was hat das alles mit dir und Ace zu tun?"

Mein Rocker schnappt sich seinen Kaffee und verlässt die Küche. Ich folge ihm vors Haus und warte geduldig ab, bis er sich seine Kippe angezündet hat.

„Sally behautet, dass ihr neuer Verlobter der Vater des Kindes ist. Doch Poker glaubt ihr kein Wort."

Ich setzte mich neben Spider, nehme ihm die Zigarette ab und gönne mir einen tiefen Zug. Nachdem ich den Rauch wieder ausgeatmet habe, lehne ich mich an seine Schulter.

„Wie gesagt, das ist ärgerlich. Aber ich verstehe das Problem nicht."

„In diese ganze Scheiße ist ein anderer MC verwickelt. Wir haben letzte Nacht zwei Members der Black Angels getötet."

Oh verdammt!

Da mir klar ist, dass er mir schon mehr verraten hat, als er eigentlich wollte, halte ich trotz meiner Neugierde die Klappe. Spider nimmt mir die Zigarette ab und legt mir seinen Arm um die Schulter. Schweigend sitzen wir vor dem Haus, sortieren unsere Gedanken und genießen die Nähe des anderen.

So viel zum Thema, dass es mir an der Seite dieses Rockers niemals langweilig werden wird...

Erst als die Kippe bis zum Filter aufgeraucht ist, dreht er sich zu mir um und presst mir einen Kuss auf den Scheitel.

„Hör mal, mein Engel. Ich muss für ein paar Stunden zum Club. Was hältst du davon, wenn ich dich mitnehme und du den Nachmittag mit den Ladys verbringst und Angel kennen lernst?"

Das mit den Ladys klingt gut, der Rest eher weniger.

Mist! Ich bin ein unfaires Miststück. Diese Frau hat mir nie etwas getan, ganz im Gegenteil, sie hat meinem besten Freund das Leben gerettet. Aber anstatt dass ich mich darüber freue, sie kennen zu lernen, würde ich sie am liebsten zum Teufel schicken.

Tief durchatmend stehe ich auf und sehe zu der alten Smith rüber.

Seit dem Vorfall zwischen ihrem Enkel und Spider habe ich es nicht mehr geschafft, ihr einen Besuch abzustatten. Dabei muss ich mich echt für Spiders unmögliches Benehmen entschuldigen.

Den Kopf schüttelnd gehe ich zurück ins Haus und lasse Spider alleine draußen stehen.

Damals, als Catcher mich mit zum Club genommen hat, haben mich alle Old Ladys mit offenen Armen empfangen. Sie haben mich vorbehaltlos in ihrer Mitte akzeptiert und sich um mich gekümmert.

Dieser MC ist wie eine große, loyale Familie.

Fest entschlossen, über meinen Schatten zu springen, spüle ich meine Kaffeetasse ab und teile Spider mit, dass ich in zehn Minuten abfahrbereit bin.

Es wird Zeit, diese Angel kennen zu lernen, es wird Zeit, meiner Rolle als Spiders Old Lady gerecht zu werden.

28. Kapitel

Spider

Seit einer Stunde sitzen wir jetzt schon in Aces Büro am Tisch und diskutieren darüber, wie wir diesen Alan MacDowney am besten ausschalten. Dank Tick wissen wir jetzt, dass er der Vater des Senators ist, den wir damals bei Abigails Befreiung getötet haben.

Dieser MacDowney ist Richter am Supreme Court of the United States, also dem obersten Gerichtshof der Vereinigten Staaten.

Was für eine Ironie, dass ausgerechnet ein Vertreter eines so mächtigen Staatsorgans, das für die Rechtsprechung dieses Landes zuständig ist, einen Mordauftrag erteilt.

Dieser Drecksack ist neben seinem Sohn der beste Beweis dafür, dass sich nicht einmal Richter und Politiker an die Gesetze halten.

Für mich und meine Brüder macht es keinen Unterscheid, ob MacDowney ein Bäcker, ein Metzger oder ein Richter ist, wir werden ihn suchen, finden und töten. Sein Sohn war ein widerliches Schwein, das ein entführtes minderjähriges Mädchen für seine perversen sexuellen Vorlieben ersteigern wollte. Er hat seinen Tod mehr als verdient.

Der einzige Unterschied ist nur, dass es wesentlich leichter ist, an einen Bäcker ranzukommen, als an einen Richter.

Skorpions Vorschlag, diesen Alan mit einem Trick nach Tacoma zu locken, gefällt mir von all den vielen Ideen, die bis jetzt vorgebracht wurden, am besten. Um diesen Plan umzusetzen, muss es uns allerdings gelingen, einen der Chinesen in unsere Gewalt zu bringen. Dieses Schlitzauge muss dann für uns MacDowney nach Tacoma locken, damit wir ihn hier unauffällig ausschalten können. Skorpions Plan ist kompliziert und er beinhaltet jede Menge Stolperfallen, aber einen besseren haben wir nicht. Selbstverständlich könnten wir uns auch auf unsere Maschinen schwingen, nach Washington fahren und ihn in seinem eigenen Zuhause abknallen. Das Problem an der Sache ist nur, dass dieser Drecksack bestimmt mit so etwas rechnet. Außerdem ist das Haus eines Richters am Supreme Court zweifellos mit starken Sicherheitsvorkehrungen vor Angriffen geschützt.

Ganz davon abgesehen stehen wir immer noch im Fokus des FBIs. Zwar werden wir nicht mehr sieben Tage die Woche überwacht, aber das bedeutet noch lange nicht, dass es den Anzug tragenden Drecksäcken nicht auffällt, wenn wir zu dritt oder viert nach Washington fahren.

Slide zündet sich eine Marlboro an und lässt den Deckel seines goldenen Zippos immer wieder auf- und zuschnappen.

Jeder von uns ist nervös. So einen dicken Fisch mussten wir noch nie an Land ziehen.

Ace erhebt sich von seinem Platz am Kopfende des Tisches. Er stützt sich mit den Händen an der abgewetzten Tischkante ab und blickt nacheinander jedem fest in die Augen.

„Die nächsten Wochen werden nicht leicht. Es kann durchaus sein, dass einige von uns verhaftet oder sogar getötet werden. Aber *Scheiße*, Brüder, ich sehe keinen anderen Ausweg aus dieser Situation.“

Razzor nickt zustimmend, jeder von uns weiß, was Sache ist.

Poker und Mad, die seit wenigen Stunden feste Members des Tacoma Chapters sind, murmeln ihre Zustimmung.

Ace atmet geräuschvoll aus, ehe er erneut das Wort ergreift.

„Mir ist klar, dass der Zeitpunkt denkbar ungünstig ist, aber uns bleibt keine andere Wahl, Brüder. Wenn wir diesen MacDowney nicht schnellstmöglich ausschalten, ist es nur noch eine Frage der Zeit, bis die Chinesen einen zweiten Angriff starten werden. Doch dieses Mal werden sie nicht denselben Fehler wie beim letzten Mal machen. Dieses Mal werden sie nicht zu sechst, sondern zu zehnt oder gar zu zwölft kommen, und dann stehen die Chancen nicht schlecht, dass der Richter bekommt, was er will – nämlich tote Riders.“

Bei Aces Worten muss ich an mein Mädchen denken und daran, wie es mir gesagt hat, dass es einen weiteren Verlust nicht verkraften könne.

Es ist mir völlig egal, was ich tun - oder wen ich töten muss, um endlich für Ruhe und Frieden zu sorgen.

Der Präsident nimmt erneut in seinem Sessel Platz, Slide ergreift das Wort.

„Also Männer, ihr habt alles gehört. Wir haben jede Möglichkeit durchgesprochen. Lasst uns abstimmen. Wer dafür ist, dass wir uns einen der Chinesen greifen und so den Richter in eine Falle locken, stimmt mit Ja. Wer das zu riskant findet, mit Nein.“

Aces Handy beginnt zu vibrieren, er stellt es auf stumm.

Bruder für Bruder gehen die Arme hoch. Wenige Minuten später steht fest, dass das Ergebnis einstimmig ist – wir werden Skorpions Plan in die Tat umsetzen.

Slide räuspert sich laut, seine Mimik verrät, dass das, was er uns jetzt gleich sagen wird, keine positiven Nachrichten sind.

„Wie die meisten von euch wissen, ist King letzte Nacht mit zwei seiner Männer hier aufgetaucht. Er war nicht nur hier, um nach seiner Tochter zu sehen, sondern er hat mich, und somit alle Dead Riders, um Hilfe gebeten. Noch kann ich euch nicht mehr Informationen zukommen lassen. Dafür ist die Sache zu heikel. Ich will aber, dass ihr alle wisst, das die Black Devils demnächst unsere Hilfe brauchen werden.“

Ein Raunen geht durch den Raum, keiner der hier Anwesenden ist besonders gut auf den MC aus Everett zu sprechen.

Bevor Ace die Besprechung für beendet erklärt, teilt er uns noch mit, dass Ghost auf dem Weg der Besserung ist und in einer Woche entlassen wird. Endlich mal positive Nachrichten.

Nachdem sich die Versammlung aufgelöst hat, gebe ich Slide zu verstehen, dass ich noch etwas mit ihm besprechen muss.

Zusammen gehen wir in sein Büro.

„Was gibt's, Bro?"

Der Vize der Riders sieht mich abwartend an.

„Mir ist klar, dass du gerade viel mit deiner Lady und deinem Sohn beschäftigt bist. Dennoch will ich dich bitten, mir für Abi eine Kutte anfertigen zu lassen. Es wird verdammt noch mal Zeit, dass sie mein Leder trägt.

Slide gibt ein zustimmendes Brummen von sich.

„Aye Bro, das sehe ich auch so."

Er schüttelt lachend den Kopf, öffnet die obere Schublade seines Schreibtischs und zieht ein braunes Päckchen hervor.

„Im Gegensatz zu dir war mir von Anfang an klar, dass es dir nicht gelingen wird, Abigail zu vergessen."

Er reicht mir das Paket und lehnt sich äußerst zufrieden mit sich selbst in seinem schwarzen Lederstuhl zurück.

„Mach's auf, Spider."

Ich komme seiner Anweisung nach und staune nicht schlecht.

In dem kleinen Karton liegt eine schwarze Kutte. Der Geruch von Leder steigt mir in die Nase. Ich hole sie heraus und betrachte das Patch, das auf der Rückseite des Leders aufgenäht ist: Property of Spider.

Zur Hölle!

Es erfüllt mich mit Stolz, dass bald alle Welt sehen kann, dass Abi meine Old Lady ist. Sprachlos und von meinen Emotionen überwältigt starre ich auf das Backpatch.

„Abi ist ein gutes Mädchen. Sie wird den Club unterstützen und dir eine gute Old Lady sein."

Mit wild klopfendem Herzen lege ich die Kutte zurück in den Pappkarton

„Ich danke dir, Bro. Allerdings muss ich dich um noch etwas bitten. Ich weiß, dass es für die Kutte einer Lady nicht üblich ist, dennoch möchte ich ihr ein GBNF-Patch aufs Leder nähen."

Slide zögert nicht, er steht auf, geht zu der Kommode auf der anderen Seite des Raums und öffnet eine schwarze Schachtel. Als er sich wieder setzt, legt er den schwarz-weißen Aufnäher vor mir auf den Schreibtisch.

„Ich habe Catcher geliebt wie einen echten Bruder. Es ist nur richtig, wenn Abi ebenfalls dieses Patch trägt."

„Danke, Bro. Das wird meine Lady verdammt glücklich machen."

Er schnalzt mit der Zunge.

„So soll es sein, Spider. Ich werde mich jetzt ebenfalls um meine Frau kümmern."

Nachdem sich Slide auf die Suche nach Ellen und seinem Baby gemacht hat, setze ich mich an die Bar und genehmige mir ein kaltes Bier.

Es ist mir nicht leicht gefallen, mein Leben als Nomad aufzugeben. Doch je mehr Zeit ich in Tacoma verbringe, umso sicherer bin ich mir, dass ich hier richtig bin.

Ace, der Rocker Dämon, ist der beste Präsident, den sich ein Chapter wünschen kann, ich respektiere ihn und seine Entscheidungen. Es wird mir eine Ehre sein, die nächsten Jahre unter seinem Kommando zu fahren.

Während ich hier sitze, ist Ace mit Sicherheit bereits dabei, alles zum Laufen zu bringen. Es wird keine zwei Tage dauern, bis wir uns einen der Chinesen schnappen und die Sache losgeht...

29. Kapitel

Angel

In meinem Leben habe ich schon verdammt viel gesehen und erlebt, aber das hier, das ist selbst für mich neu. Diese Dead Riders schüchtern mich ein, sie machen mir regelrecht Angst. Bis jetzt dachte ich, dass Razzor angsteinflößend aussieht, aber dieser Kerl, den alle Skorpion nennen, toppt das alles noch. Verdammt, dieser Typ sieht aus, als wäre er direkt aus einem meiner schlimmsten Alpträume gekrochen.

Wie man an meinem Aussehen leicht erkennen kann, bin ich niemand, der Wert darauf legt, mit der Menge zu schwimmen. Mainstream ist nicht so mein Ding. Daher ärgere ich mich über mich selber, weil ich diese Männer, die mich alle ausnahmslos gut behandelt haben, nach ihrem Äußeren bewerte. Im Gegensatz zu mir legt mein Mann Taylor immensen Wert auf den äußeren Schein. Ihm war es immer wichtig, was die Nachbarn, die Kollegen oder was seine Familie gedacht hat.

Es hat lange gedauert, bis ich endlich genug Mut aufgebracht und gegen seine strengen Regeln rebelliert habe. Wir sind in der High School zusammengekommen, haben viel zu früh geheiratet und uns dann innerhalb kürzester Zeit in zwei gegensätzliche Richtungen entwickelt.

Am Anfang hat er mich nur angeschrien, irgendwann hat er Gegenstände nach geworfen und als Krönung hat Taylor schlussendlich angefangen mich zu schlagen.

Es hat lange gedauert, bis ich realisiert habe, dass ich ein freier Mensch bin und dass ich tun und lassen kann, was immer ich will. Zu lange.

Jetzt sitze ich hier in Tacoma, auf dem streng bewachten, mit einem zwei Meter hohen Zaun von der Außenwelt abgeschirmten Gelände der Dead Riders und versuche zu verstehen, wie um alles in der Welt ich hierher geraten bin.

Seit sechs Monaten versuche ich wirklich alles, um mein Leben wieder auf die Reihe zu bekommen, aber es will mir einfach nicht gelingen. Je mehr ich mich bemühe, umso schlimmer wird alles. Jetzt bin ich nicht nur mittellos und auf der Flucht vor meinem gewalttätigen Ehemann, der mich mit Sicherheit sucht, sondern ich bin auch eine Mörderin.

Liebe Götter, steht mir bei...

Ich habe einen Menschen getötet und vertraue nun meine Sicherheit einer Handvoll bedrohlich aussehende Rocker an. Wenn ich Razzor und Ghost glauben kann, sind diese Chinesen jetzt hinter mir her, um sich an mir zu rächen.

Liebes Schicksal, kann es eigentlich noch schlimmer kommen?

In dem Augenblick, in dem die Chinesen das *‚Devils Point'* gestürmt haben, hätte ich einfach abhauen sollen. Doch anstatt meinen Arsch zu retten, bin ich geblieben und habe versucht, die Blutung des Rockers mit den Geisteraugen zu stoppen.

Ghost... Wann immer ich an ihn denke, beginnt mein dummes Herz wie verrückt zu rasen.

Als es mir gelungen ist, Taylor zu verlassen, habe ich mir geschworen, um Männer zukünftig einen großen Bogen zu machen.

Verflixte Scheiße! Das ist mir ganz offensichtlich nicht so besonders gut gelungen.

Ich habe nicht die geringste Ahnung, was die Zukunft für mich bereithält - falls ich überhaupt eine habe. Ein Teil von mir wartet die ganze Zeit darauf, dass die Polizei das Gelände stürmt und mich wegen Mordes verhaftet.

Ich scheine die Einzige zu sein, die Angst davor hat, von den Bullen einkassiert zu werden. Die Dead Riders wirken auf mich nicht so, als würden sie damit rechnen, wegen der Sache in Marysville zur Rechenschaft gezogen zu werden.

Kann es wirklich sein, dass ich mit diesem Mord davonkomme?

Und wenn ja, kann ich das mit mir persönlich vereinbaren?

Wie soll ich unter diesen Umständen meinem Spiegelbild in die Augen sehen können?

Im Moment kommt es mir so vor, als würde mein Leben nur noch aus verdammten Fragezeichen bestehen.

Vielleicht sollte ich einfach von hier verschwinden, meinen Namen ändern und irgendwo ganz weit weg ein neues Leben anfangen.

Denn selbst wenn mich die Chinesen nicht erwischen und ich nicht verhaftet werde, bin ich hier in Tacoma noch lange nicht in Sicherheit. Ich kenne Taylor, ich war ganze sechs Jahre mit ihm zusammen, vier davon sind wir bereits verheiratet. Er wird mir meine Flucht nicht durchgehen lassen. Sobald er mich gefunden hat, sind diese Chinesen und die Cops mein geringstes Problem.

Seit dieser verheerenden Nacht vor vier Tagen sehe ich, wann immer ich für eine Sekunde zu Ruhe komme, diesen Ghost vor mir. Dieser Rocker hat die schönsten und zugleich unheimlichsten Augen, die ich in meinem ganzen Leben gesehen habe. Es mag völlig durchgeknallt klingen, - oh Gott, wahrscheinlich bin ich wirklich völlig durchgeknallt - aber tief in meinem Inneren spüre ich, dass mein Leben mit dem von Ghost verknüpft ist. Wie ich auf diese Idee komme? Keine Ahnung!

Es ist einfach so. Dieses Gefühl der Zusammengehörigkeit war plötzlich da und will sich einfach nicht mehr in Luft auflösen.

Seit sich unsere Lippen das erste Mal berührt haben, ist da eine Verbindung, die ich nicht einfach ignorieren kann.

Tief durchatmend, völlig übermüdet und schrecklich verwirrt schließe ich meine Augen und lausche dem Stimmengewirr, das um mich herum herrscht.

So furchteinflößend diese Dead Riders auch sein mögen, ihre Frauen sind fantastisch.

Amy, Ellen, Nora, Nicki und Abigail sind unglaublich tough.

Diese fünf Old Ladys, wie sie von ihren Männern genannt werden, halten, egal was kommt, immer zusammen. Bis ich gestern Abend von Razzor hierher gebracht worden bin, hatte ich keine Ahnung davon, wie es in einem Motorcycle-Club so zugeht.

Von den ganzen angsteinflößenden Rockern mal abgesehen, gefällt es mir ganz gut hier.

Nora, die Frau des alptraumhaften Mannes mit dem Skorpionstattoo auf dem Kopf, ist so unglaublich lebensfroh und freundlich, dass ich sofort das Gefühl hatte, ihr vertrauen zu können. Sie und ihr Mann haben drei ganz bezaubernde Jungs, die seit Stunden ununterbrochen kreischend, lachend und spielend über den Hof rennen. Amy, die Frau des Clubpräsidenten, hat mich zur Begrüßung in die Arme genommen und mir leise zugeflüstert, dass ich mir ab jetzt keine Sorgen mehr machen muss, weil der Club mich beschützt.

Aber warum stehe ich unter dem Schutz des MCs?

Ich bin für all diese Biker eine Fremde und dennoch akzeptieren sie mich vorbehaltlos in ihren Reihen.

Ellen, die Old Lady des Vizepräsidenten, hat erst vor kurzem einen wundervollen Sohn zur Welt gebracht. Ethan ist ein süßer Wonneproppen mit azurblauen Babyaugen. Ich hätte wirklich nicht gedacht, dass ich in einem MC auf so viele Kinder treffe.

Abigail ist die jüngste von allen. Dank Nora weiß ich, dass sie gerade mal siebzehn Jahre alt ist. Abi, wie sie von allen genannt wird, ist die Lady von Spider, dem Rider, dem ich bereits im *‚Devils Point'* begegnet bin. Auch wenn sie sehr freundlich zu mir ist, ist sie die Einzige, die mich mit einer gewissen Skepsis betrachtet.

Razzors Old Lady Nicki ist mir mit ihrer Art sofort ans Herz gewachsen. Sie und ich sind uns sehr ähnlich und obwohl sie hier bei den Riders sehr glücklich zu sein scheint, erkenne ich in den Tiefen ihrer Augen, dass sie kein leichtes Leben hatte. Obwohl sie sehr stark und selbstständig ist, hat sie auch eine verletzliche Seite.

Aus den geöffneten Toren der Werkstatt dringt ein lautes Hämmern zu uns nach draußen. Razzor hat mir, bevor er mich gewissermaßen an die Ladys überreicht hat, die Anweisung gegeben, dass ich immer in der Nähe von Ellen, Amy oder Nora bleiben soll. Zwar habe ich nicht verstanden, wieso ich mich nicht frei auf dem großen Gelände bewegen kann, aber es wird schon seinen Grund haben.

Von Ace weiß ich, dass Ghost in einer Woche aus dem Krankenhaus entlassen wird. Die Frage ist nur, wie es ab dann weitergehen soll.

Razzor hat mir nur gesagt, dass ich solange unter dem Schutz der Dead Riders stehe, bis es dem Club gelungen ist, das Chinesen-Problem zu lösen. Aber wie lange wird das dauern? Eine Woche, einen Monat oder noch länger?

Die letzte Nacht habe ich in einem Apartment im ersten Stock der großen Fabrikhalle, die als Clubhaus dient, verbracht.

In der Küche dieses Apartments habe ich ein Foto entdeckt, auf dem Abigail und ein Rider zu sehen sind. Allerdings ist mir dieser Rocker bis jetzt noch nicht über den Weg gelaufen. Vorhin, als ich mich mit Abi unterhalten habe, wollte ich sie schon nach dem Bild fragen, aber dann hat mich eine innere Stimme davon abgehalten.

Mein Bauchgefühl verrät mir, dass diese Frage eine unschöne Antwort herausfordert.

Ich spüre Abis Blick und drehe mich zu ihr um, unsere Blicke treffen sich, wir starren uns an. Erst als sich Amy leise räuspert, wendet Spiders Lady ihren Blick ab.

Abi schüttelt leicht den Kopf, steht auf und geht Richtung Clubhaus. Gerade als ich Amy fragen will, was mit ihr los ist, beginnt Sophie, ihre Tochter, laut zu schreien.

Amy nimmt ihr Töchterchen aus dem Kinderwagen, legt sie sich an die Brust und stillt sie. Um den beiden ihre Privatsphäre zu lassen, beginne ich mit Nora ein Gespräch über Skorpion und all die anderen Männer. So erfahre ich, dass Ace und Slide zusammen in der Army waren. Ich hatte mir schon so etwas gedacht, die beiden haben etwas Militärisches an sich.

Ellen mischt sich in das Gespräch ein: „…Sag mal, Angel, wie wäre es, wenn wir heute Nachmittag in die Stadt fahren und dir ein paar andere Klamotten und Kosmetikartikel besorgen? Ich kann mir vorstellen, dass du dringend noch ein paar Dinge benötigst.“

Bis auf die paar Sachen, die ich zusammen mit Razzor gekauft habe, bevor wir nach Tacoma aufgebrochen sind, besitze ich nur das was ich am Leib trage.

„Das wäre toll. Ich wollte euch auch schon fragen, ob das möglich ist, aber ich war mir wegen der Sache mit den Chinesen nicht sicher, ob das geht?“

Ellen zuckt mit den Schultern. Amy gibt ein leises Schnauben von sich.

„So wie ich das sehe, werden unsere Männer mit Sicherheit nicht glücklich darüber sein, dass wir shoppen gehen. Aber das sind sie nie.

Ach Fuck! Erst waren es die Mexikaner, dann die Russen und jetzt die Chinesen. Irgendeine Gefahr gibt es immer. Wir nehmen uns einfach einen unserer Kerle und einen der Prospects mit und dann dürfte uns nichts passieren. Tacoma ist unser Revier, hier sollten wir eigentlich sicher sein."

Mexikaner, Russen und Chinesen?

„Wir sagen es ihnen sobald die Besprechung, in der sie gerade sitzen, beendet ist."

Die Selbstverständlichkeit, mit der Ellen über all diese Gefahren spricht, macht mich sprachlos. Die Old Ladys der Dead Riders scheinen sich wegen dieser Sache keine großen Sorgen zu machen. Entweder sind sie leichtsinnig, oder aber, was ich viel eher glaube, sie haben Vertrauen in die Fähigkeiten ihrer Männer.

Da mir keine andere Wahl bleibt, werde ich es, obwohl ich keine Riderlady bin, einfach wie Amy, Ellen und all die anderen Clubfrauen machen. Ich nehme die Gefahr als eine Tatsache hin, mache mich aber wegen ihr nicht weiter verrückt. Ich habe schon viel zu viele Jahre in Angst gelebt, ich werde nicht zulassen, dass ich erneut in die Rolle des Opfers schlüpfe.

30. Kapitel

Abigail

Verdammt – verdammt – verdammt!

Auch wenn ich nicht wirklich begeistert bin, dass diese Angel für die nächste Zeit hier im Club bleibt, gelingt es mir einfach nicht, sie nicht zu mögen.

Sie ist eine schöne, jedoch außergewöhnliche Frau. Ihre Haare sind schneeweiß mit blauen Strähnen. Mittig in ihrer Unterlippe steckt ein silberner Ring. Auf ihrer Schläfe befinden sich drei Sternentattoos, auf ihrem linken Handrücken hat sie sich eine Sonne stechen lassen, auf dem rechten, wie sollte es auch anders sein, einen Mond.

Angel ist weder zu laut noch zu leise. Sie spielt sich nicht in den Mittelpunkt, ist aber auch kein eingeschüchtertes Mädchen, das sich wegen der Scheiße, die ihr passiert ist, beklagt. Sie nimmt das Leben, wie es kommt, und versucht das Beste daraus zu machen – dafür respektiere ich sie.

Auch wenn es mir nicht leichtfällt, muss ich zugeben, dass sie nicht nur vom Namen her gut zu Ghost passt. Wenn das Schicksal mich gebeten hätte, eine Frau für Ghost zu erschaffen, hätte ich sie wahrscheinlich wie diese Angel aussehen lassen.

Ich bin nicht eifersüchtig darauf, dass Ghost sich ganz offensichtlich für diese Frau interessiert, wirklich nicht, ich habe nur Angst davor, dass unsere Freundschaft endgültig zerbricht.

Innerlich zwiegespalten lasse ich die Ladys alleine auf dem Hof und mache mich auf die Suche nach Spider. Mit ein bisschen Glück ist die Besprechung vorbei und wir können wieder nachhause fahren. Tick kommt mir entgegen, er zwinkert mir zu und zieht mich in eine kurze Umarmung.

„Wie schaut's aus, Kleines? Es wird Zeit, dass wir unsere Entwürfe fertig stellen." Gemeinsam haben wir vor Monaten an neuen Tattoovorlagen gearbeitet, aber nach Catchers Tod ist das alles liegen geblieben.

Tick lehnt sich mit dem Rücken gegen den Türrahmen und sieht mich prüfend an.

Mein Blick fällt auf das ‚Sgt-at-Arms-Patch' auf seiner linken Brust.

„Geht es dir gut, Abi? Ich weiß, wir haben uns in letzter Zeit nicht viel unterhalten. Jetzt, wo Susan einfach abgehauen ist, will ich, dass du weißt, dass du nicht alleine bist. Ich bin immer für dich da! Catcher war mein Bruder, somit bist du meine Familie."

Bei der Erinnerung an meinen Onkel steigen mir die Tränen in die

Augen. Es wird noch eine lange Zeit dauern, bis ich mit einem Lächeln auf den Lippen an ihn denken kann.

Entschlossen, jetzt nicht zu weinen, blinzle ich gegen die Tränen an und erwidere Ticks prüfenden Blick.

„Es geht mir gut, wirklich. Ich bin sehr glücklich und fühle mich in dem kleinen Haus sehr wohl."

Tick nickt, er zündet sich eine Kippe an und bietet mit ebenfalls eine an, die ich aber dankend ablehne.

„Behandelt dich Spider gut? Wenn nicht, werde ich ihm einen Arschtritt verpassen."

Jetzt verziehen sich meine Lippen zu einem ehrlichen Grinsen.

„Er behandelt mich gut. Aber auf das mit dem Arschtritt werde ich mit Sicherheit irgendwann mal zurückkommen."

An seiner Zigarette ziehend nickt er mir amüsiert zu.

„So ist es gut. Das ist mein Mädchen."

Mit diesen Worten wuschelt er mir mit der Hand über den Kopf und verschwindet nebenan in der Werkstatt.

Nach meinem Kerl muss ich nicht lange suchen. Spider sitzt mit einem Bier in der Hand an der Bar. Als er mich kommen sieht, legt er den Kopf leicht schief und sieht mich eindringlich an.

„Alles OK bei dir, Baby?"

Ich nicke, stelle mich zwischen seine Beine und schlinge ihm meine Arme um den Hals.

„Jetzt schon."

Er gibt ein leises Knurren von sich, stellt sein Bier ab und presst mich fest an sich. Mein Rocker vergräbt seine Nase in meinen Haaren und inhaliert meinen Geruch- ich liebe es, wenn er das macht.

Ich knabbere an seinem Ohrläppchen und frage ihn, ob er hier fertig ist.

„Aye, mein Engel. Wenn du willst, können wir verschwinden."

„Ja, das will ich."

Als ich mich eine Minute später noch immer fest an ihn drücke und keine Anstalten mache, mich von ihm zu lösen, lacht er leise.

„Süße, so kann ich dich nicht nachhause bringen."

„*Mhmmmm,* ich weiß. Aber ich bin jetzt einfach noch nicht bereit, dich loszulassen."

Mein Eingeständnis entlockt ihm einen leisen Fluch. In der einen Sekunde stehe ich noch auf meinen Beinen, in der nächsten sitze ich auf seinem Schoß.

„Du wirst mich niemals loslassen müssen, Baby. Ich bin dein und du bist mein. So einfach ist das."

Seine mit dunkler Stimme geraunten Worte lassen mich erschaudern.

Vor langer Zeit hat Spider mal zu mir gesagt, dass er kein Romantiker ist. Für mich steht fest, dass er gelogen hat. Es mag sein, dass er kein Schnulzen singender Shakespeare-Verschnitt ist, Gott bewahre, das ist auch gut so. Aber seine düstere und besitzergreifende Rockerromantik geht mir jedes Mal wieder unter die Haut. Eine kleine Ewigkeit später bin ich endlich bereit, meine Arme von seinem Hals zu lösen.

Spider umfasst mein Kinn, dreht meinen Kopf so, dass ich ihn ansehen muss und küsst mich sanft auf den Mund.

„Ist wirklich alles OK bei dir, Kleines?"

„Ja, es geht mir gut. Seht gut sogar."

„Fein!"

Mit diesen Worten steht er auf und trägt mich raus zu seinem Bike.

„Fein? Echt jetzt? Du bist also flippig, emotional, inkompetent und neurotisch? Sehr interessant...."

Kaum dass ich diese Worte ausgesprochen habe, bleibt er abrupt stehen.

„Fuck Baby! Hast du mich gerade inkompetent genannt?"

Sein ungläubiger Gesichtsausdruck bringt mich zum Lachen.

„Ja, das habe ich..."

Er verpasst meinem Po einen harten Klaps und stellt mich direkt neben seiner Harley ab.

„Na warte, Lady. Ich werde dich jetzt nachhause bringen und dir dann zeigen, wie verdammt kompetent ich dich zum Schreien bringen kann."

Spiders Worte sorgen dafür, dass sich mein Unterleib pochend zusammenzieht.

Nachdem er mir den Helm aufgesetzt hat, scheint ihm etwas einzufallen.

„Warte kurz hier, ich habe drinnen was Wichtiges vergessen."

Er eilt zurück zum Club, wenige Minuten später ist er wieder da.

„Also, Baby. Wir können."

Er schwingt sich auf sein Bike, startet den Motor und wartet darauf, dass ich mich hinter ihm auf den Sozius setze.

Kaum dass ich mich fest an seinen Rücken presse und ihm meine Arme um die Mitte schlinge, gibt er Gas und wir rasen vom Gelände der Riders.

Das Vibrieren des Motors, der Geruch seines Leders und das Wissen, dass dieser Mann für immer nur mir gehört, lassen mich zufrieden seufzen. Das Leben hat sich noch nie so verdammt richtig angefühlt.

Es mag sein, dass in den nächsten Jahren noch viele Probleme auf uns zukommen werden, doch zusammen werden wir mit allem fertig.

Ich will Spider darum bitten, mir das Schießen beizubringen. So wie ich ihn kenne, wird er nicht einmal blinzeln, sondern mir sofort eine Waffe in die Hand drücken.

Wenn es um meine Sicherheit geht, versteht mein Rocker keinen Spaß.

Eine auf Rot umschaltende Ampel zwingt uns zum Stehenbleiben. Neben uns halten eine Handvoll Motorradfahrer. Neugierig betrachte ich ihre Maschinen und stelle fest, dass auf drei Motorrädern Frauen sitzen. Seit dem Unfall damals habe ich meine Deuce kein einziges Mal mehr zu Gesicht bekommen. Von Spider weiß ich, dass sie bereits repariert wurde. In meinem Magen breitet sich ein nervöses Prickeln aus. Ich liebe es, hinter Spider auf seinem Bike zu sitzen, und dennoch vermisse ich die Ausfahrten mit Ghost. Vielleicht sollte ich Spider fragen, ob er mit mir eine Spritztour machen will. Im Grunde genommen kenne ich seine Antwort schon. Er wird ausflippen und mir eine Predigt darüber halten, dass mein Platz hinter ihm auf seinem Bike ist und in seiner typischen Machomanier eine ganze Menge *bla bla bla* von sich geben.

Heute will ich die Harmonie nicht zerstören, aber früher oder später werde ich alles dafür tun, um wieder diese Freiheit zu spüren, die sich nur dann in mir ausbreitet, wenn ich die Hände am Lenker habe und so viel Gas geben kann, wie ich will.

Wenn einer versteht, wovon ich rede, wenn ich die zwei Wörter *Freiheit* und *Fahrtwind* in einem Satz verwende, dann Spider – zumindest hoffe ich das.

31. Kapitel

Spider

Wir sind da und steigen vom Bike. Ich umfasse ihren Arm und ziehe sie hinter mir her, während ich mit großen Schritten ins Haus stürme. Im Schlafzimmer werfe ich sie auf die Matratze ihres Betts und ziehe ihr mit wenigen Handgriffen das Top und den BH aus. Nachdem ich mir die Kutte von den Schultern gestreift habe, öffne ich den Gürtel und ziehe ihn aus den Schlaufen meiner Hose.

Ohne Abi aus den Augen zu lassen, knie ich mich neben sie auf das Bett, schnappe mir ihre Arme und ziehe sie ihr über den Kopf.

„Spider?" Ihre Frage hängt unbeantwortet in der Luft.

Noch bevor sie kapiert hat, was ich vorhabe, bilde ich eine Schlaufe, fange ihre Hände ein und zurre das Leder fest. Wenige Handgriffe später ist sie an das Kopfteil des Betts gefesselt.

„Ich werde dir jetzt beweisen, wie verdammt kompetent ich bin, Baby."

Sie schluckt schwer.

Während mich die Tatsache, dass sie mir jetzt völlig wehrlos ausgeliefert ist, erregt, sieht Abi mich unsicher an.

„Jetzt kannst du mir nicht mehr entkommen..."

Die Pupillen meiner Süßen weiten sich, sie atmet immer schneller.

„Was hast du vor?"

Ohne auf ihre Frage einzugehen, ziehe ich mir das Shirt aus und streife mir die Schuhe von den Füßen.

„Vielleicht sollte ich dich jetzt für immer an das Bett fesseln, es gefällt mir, dass du absolut wehrlos bist."

Sie schüttelt den Kopf, während sie sich nervös in die Lippe beißt.

Holy *Fuck!* Alleine die Vorstellung reicht aus, um mich schmerzhaft hart werden zu lassen.

Zufrieden beobachte ich meinen Engel dabei, wie sie versucht, sich aus der Fesselung zu lösen. Das kann sie gerne versuchen, sie wird keinen Erfolg haben. Ich bin ein gottverdammter Dead Rider - wenn ich etwas mache, dann richtig.

Ich steige aus meiner Hose, knie mich zwischen ihre gespreizten Schenkel und presse meine Nase auf die seidene Haut an ihrem Bauch.

Gierig inhaliere ich ihren köstlichen Duft. Davon werde ich niemals genug bekommen....

Ohne kostbare Zeit zu verlieren, öffne ich ihre Jeans und ziehe sie nach unten. Als Nächstes umfasse ich den dünnen Stoff ihres Strings und zerreiße ihn.

Gefesselt und erregt schließt Abi ihre Augen und unterwirft sich meiner Kontrolle. Die Falten ihrer Pussy sind weich und rosa. In dem Moment, in dem ich mit meinen Fingern durch ihre Spalte streiche, stockt meine Atmung.

Weich, heiß, nass und eng – diese Muschi ist das absolute Paradies.

Mit meinem Daumen reibe ich kreisend über ihren Kitzler, sie wird sofort noch nasser. Dieses Mädchen werde ich für den Rest meines Lebens immer wieder in Besitz nehmen. Ich will sie lecken, schmecken, fingern, ausfüllen und für mich beanspruchen – immer und immer wieder. Langsam und träge lecke ich mich durch ihren Spalt, koste sie und dringe mit meiner Zunge so tief wie möglich in ihre Scheide ein.

Ihr lautes Stöhnen hallt von den Wänden wider.

Besitzergreifend umfasse ich ihren Po, hebe ihr Becken an und presse sie noch etwas fester gegen meinen Mund.

Zum Teufel....

Erst als Abi zuckend und stöhnend unter mir liegt, gebe ich ihre Pussy wieder frei und richte mich auf. Zufrieden lasse ich meine Hände über ihren kurvigen Körper gleiten. Ich streiche über die weiche Unterseite ihrer Brüste, umfasse das pralle Fleisch und knete es. Ihr Körper reagiert sofort, ihre Brustwarzen ziehen sich erregt zusammen. Saugend ziehe ich einen ihrer Nippel tief in meinen Mund, züngle über die harte Knospe und lasse sie meine Zähne spüren.

Sie verspannt sich kurz, ehe sie ihren Rücken durchdrückt und sich mir entgegenpresst. *Braves Mädchen!*

Es gefällt mir ganz und gar nicht, dass Abi so eine Macht über mich hat, doch ich habe längst verstanden, dass ich nicht vor meinem Schicksal fliehen kann. Immerhin ist es ja nicht so, dass ich das nicht längst versucht habe.

Ich beiße ein letztes Mal zu, entlocke ihr so einen gequälten Schrei und drehe sie mit Schwung auf den Bauch. Sie drückt ihre Stirn auf die Matratze, ihr ganzer Körper wird von einem heftigen Schauder erfasst.

Das moschusartige Aroma ihrer Lust erfüllt den Raum, steigt mir in die Nase.

Eigentlich wollte ich mir Zeit lassen, ich wollte jeden Zentimeter ihres göttlichen Körpers erkunden und kosten. Ich wollte ihr meinen Schwanz in den Mund schieben und sie daran lutschen lassen. Aber jetzt, wo sie nackt, gefesselt und wimmernd vor mir liegt, will ich nur noch eins, mich bis zum Anschlag in ihrer engen Pussy versenken.

„Fuck Baby! Ich werde dich jetzt ficken."

Ich schlinge meinen Arm unter ihrem Bauch hindurch, ziehe sie auf die Knie und bringe mich hinter ihr in Position.

„Wie willst du es Baby? Sanft oder hart?“
Zur Hölle, wenn sie jetzt sanft sagt, sterbe ich.
Genüsslich vergrabe ich meine Finger in ihrem Fleisch, ziehe ihre Arschbacken auseinander und lasse meine Augen über ihre geschwollene Mitte gleiten.
Mir zuckenden Muskeln umfasse ich meinen Schwanz und schiebe meine Eichel in ihre nasse Öffnung.
„...ich will es hart, Rider.“
Laut fluchend schließe ich meine Augen. Die Muskeln in meinen Oberschenkeln zucken unkontrolliert. Meine Selbstbeherrschung ist so gut wie aufgebraucht.
Bei meiner Kutte! In den Körper meiner Lady einzudringen fühlt sich an, als ob ich das verdammte Paradies betrete.
Der Drang, sie mit einem harten Stoß zu nehmen, ist beinahe übermächtig, doch ich beiße die Zähne zusammen, lasse mir Zeit und genieße jeden Zentimeter, den ich tiefer in sie gleite.
Erst als meine Hoden gegen ihre Haut klatschen und ich mit einem lauten, zutiefst erregten weiblichen Stöhnen belohnt werde, lasse ich mich gehen.
„Oh ja, das ist wirklich *fein,* Spider.“
Ihre geflüsterten Worte lassen meine Kontrolle in Flammen aufgehen.
Dieses Biest traut sich echt, mich zu reizen...
Wenn sie glaubt, dem, was sie da gerade herausfordert, gewachsen zu sein, dann soll sie es verdammt noch mal bekommen - es wird Zeit, sie so richtig durchzunehmen.
Ich ziehe mich aus ihrer zuckenden Öffnung zurück, nur um eine Sekunde später wieder zuzustoßen.
Knurrend beiße ich ihr in die Schulter, versenke mich erneut bis zum Anschlag in ihr und richte mich wieder auf. Abi schreit auf. Bei jedem meiner harten Stöße wird ihr ganzer Körper ein Stück nach oben geschoben.
Während sie mir herausfordernd ihren Po entgegenstreckt, verpasse ich ihrem willigen Fleisch einen harten Klaps.
Meine Süße schreit erschrocken auf. Ihr Unterleib zieht sich krampfartig zusammen, ihre Scheide zuckt wild.
„Na, ist *fein* genug für dich?“
Weil ich mich gerade erneut tief in sie ramme, bringt sie nur ein unverständliches Grunzen zustande.
Als sie sich aufbäumt, presse ich sie sofort zurück auf die Matratze.
Erneut lasse ich sie jeden harten Zentimeter spüren, massiere mit meinem Daumen ihre enge Rosette und ficke sie, als würde mein verdammtes Leben davon abhängen.

Als ich sie erneut, dieses Mal noch etwas härter, meine Handfläche spüren lasse, hallt ihr lauter Schrei durch das Schlafzimmer.

Ein heißer Schauder rieselt an meinem Rückgrat hinab und meine Hoden ziehen sich schmerzhaft zusammen. Ihre Pussy schnürt mein Glied so fest ein, dass es vor meinen Augen schwarz wird. Abis Körper erzittert, der Orgasmus, der über sie hereinbricht, lässt sie meinen Namen schreien.

Ich verliere mich völlig in meiner Lust – nehme sie mir immer tiefer und härter.

Plötzlich zählt für mich nichts mehr außer dem geilen Gefühl, das mich berauscht. Ich verliere den Verstand.

Aus meinem lustvollen Stöhnen wird ein lautes Brüllen. Unzählige Schweißperlen rinnen mir über den Rücken, das ist es, das ist der Grund, aus dem ich lebe.

Ich kralle meine Finger in ihr Fleisch, halte mich an ihr fest und spritze meinen Samen so tief es geht in ihren zitternden Körper.

Atemlos stütze ich mich auf dem Bett ab und stoße ein letztes Mal in ihren engen Körper.

Unsere verschwitzten Körper kleben aneinander fest. Ihr leises Stöhnen und das Gefühl ihres weichen Körpers, der mich wie eine pumpende Faust umschließt, sind alles, was ich wahrnehme.

Was für ein Fick!

Langsam und vorsichtig ziehe ich mich aus ihr heraus, sauge frischen Atem in meine Lungenflügel und zwinge meinen Puls dazu, wieder seinen Rhythmus zu finden.

Kaum dass ich ganz aus ihr herausgerutscht bin, löse ich ihre Hände aus der Gürtelschlaufe.

Die Liebe, die ich für diese Frau empfinde, zwingt mich jeden Tag aufs Neue in die Knie.

Am liebsten würde ich jeden Zentimeter ihres Körpers mit meinem Sperma einreiben und sie so als mein Eigentum markieren.

Erschöpft rolle ich mich von ihr runter, lege mich neben sie und schlinge besitzergreifend meine Arme um ihre Taille.

Besorgt sehe ich auf mein Mädchen hinunter und streiche ihr eine verschwitzte Haarsträhne aus dem Gesicht.

„Geht es dir gut, Baby?“

Ihre Brust hebt und senkt sich unter ihren Atemzügen.

Nicht in der Lage, das Glück, sie besitzen zu dürfen, zu verstehen, sauge ich ihren Anblick in mich auf.

Ihre Lider öffnen sich, sie sieht mich breit grinsend an.

„Ist alles OK bei dir, Baby?“

„Mir geht es *fein*...“

Seufzend kuschelt sie sich fester an mich, mein Blick schweift über ihre Brüste weiter hinab zu der Stelle, an der sich ihre Beine treffen.

Ich bedecke mit meiner Hand ihre Pussy, teile ihre Schamlippen und schiebe meinen Finger in ihre nasse Öffnung.

In dem Moment, in dem ich mein Sperma spüre, das aus ihr herausläuft, bin ich der glücklichste Mann auf diesem gottverdammten Planeten.

Abi gibt ein leises Seufzen von sich. Obwohl sie wund ist, ist sie schon wieder bereit für mich. Tief in meinem Inneren weiß ich, dass es zwischen uns beiden immer so sein wird.

Jeder von uns braucht den anderen, um zu überleben. Wir ergänzen uns, wir lieben uns – so einfach ist das.

Sobald ich wieder zu etwas Atem gekommen bin, werde ich Abi die Kutte geben, die in der Innentasche der meinen steckt.

Es spielt keine Rolle, dass ich zehn Jahre älter bin, oder dass die Welt, in der ich lebe, verdammt tödlich ist. Alles was zählt ist, dass wir uns gefunden haben.

Abi wird eine fantastische Old Lady sein, dessen bin ich mir sicher.

„Spider?“

Ihre vom Schreien raue Stimme dringt durch meine Gedanken zu mir durch.

„Ja, Baby.“

„Ich will dass du mir das Schießen beibringst.“

Fassungslos starre ich auf sie hinab und kann mein Glück nicht fassen.

So viel zum Thema, dass sie eine geniale Lady sein wird.

Selbstverständlich werde ich Abi beibringen, sich selbst zu verteidigen, dennoch muss ich meine Neugierde befriedigen und ihr die Frage stellen, die mir auf der Zunge liegt.

„Warum willst du lernen, wie man mit einer Waffe umgeht?“

„Damit ich dich beschützen kann.“

Mit diesen Worten presst sie sich noch fester an meinen Brustkorb und schläft leise seufzend ein.

Ihre Worte lassen mich erstarren. Mein Kopf ist leer, mein Herz quillt vor Liebe geradezu über.

In meinem ganzen Leben bin ich nie stolzer auf jemanden gewesen, wie in diesem Augenblick auf das nackte süße Mädchen, das so vertrauensvoll schlafend in meinen Armen liegt.

32. Kapitel

Abigail

„Hör auf mich so anzusehen, Baby, oder die einzige Waffe, die heute noch abgefeuert wird, ist die zwischen meinen Beinen."

Ich verdrehe seufzend meine Augen und zeige meinem Rider so, was ich von seinem Machogehabe halte: nichts.

Da ich Spider aber durchaus zutraue, dass er seinen Worten Taten folgen lässt und ich wirklich unbedingt schießen lernen will, atme ich tief durch und konzentriere mich auf das Gefühl, eine geladene Pistole in den Händen zu halten.

Ich nehme die von ihm gewünschte Position ein. *Nur wenn du gut stehst, wirst du gut schießen...*

Die Heckler & Koch P7 oder abgekürzt PSP ist, wie ich dank Spiders ausführlicher Erklärung weiß, eine Selbstladepistole in Ganzstahl-Bauweise. Sie verschießt Patronen des Kalibers 9x19mm. Es ist unfassbar, dass so etwas Kleines einen Menschen auf der Stelle töten kann. Die P7 ist ein Rückstoßlader mit unverriegeltem, jedoch gasgebremstem Masseverschluss. Dieser Verschlusstyp bringt es mit sich, dass die Waffe einen fest eingebauten Lauf hat, der sich beim Schuss nicht bewegt.

Das ist auch mit der Grund, warum Spider der Meinung ist, dass ich mit dieser Waffe schießen lernen soll, denn die P7 zeichnet sich durch eine hohe Eigenpräzision aus.

Er hat mir die Pistole wie ein besonders kostbares Geschenk überreicht und mir dann gezeigt, wie ich die P7 in ihre vier Baugruppen zerlegen kann: Griffstück mit Lauf - Schlitten mit Gaskolben - Schlagbolzen mit Schlagbolzenfeder und die Verschlussfeder.

Als Ziel hat er mir eines der Poster aus der Werkstatt auf die rückwärtige Betonwand des Clubs geklebt. Die dicklippige Blondine, deren Silikonbrüste sich gegen das nicht wirklich erwähnenswerte Bikinioberteil pressen, räkelt sich lasziv auf einer schwarzen Harley. Um ehrlich zu sein, hasse ich diese blöden Poster. Keine Frau, die auch nur ein Quäntchen Selbstachtung besitzt, gibt sich für solche Wichsvorlagen her....

„Ok Baby. Jetzt halt die Waffe so, wie ich es dir gezeigt habe. Nimm deine linke Hand nach unten, damit du mit ihr die rechte abstützen kannst. Lass den Finger so lange weg vom Abzug, bis du dein Ziel direkt im Visier hast."

Ich tue, was er sagt, mein Herz beginnt vor Aufregung zu wummern.

„Wenn du schussbereit bist, leg den Finger auf den Abzug. Zieh ihn so weit durch bis er arretiert. Kontrolliere ein letztes Mal dein Ziel, dann feuere."

Ich drücke ab und verpasse der dummen Tussi mit ihrem nervtötenden Schlafzimmerblick zwei nah beieinander liegende Einschusslöcher in die viel zu dicken Silikonbrüste.

Anschließend nehme ich den Finger vom Abzug und richte die Mündung der Waffe auf den Boden.

„Nicht schlecht. Ich hätte nicht gedacht, dass du beim ersten Mal überhaupt das Poster triffst."

„Was soll das denn heißen?"

Ich drehe mich, völlig zufrieden mit meiner Leistung, zu Spider um.

„Ach komm schon, Baby. Du hast auf den Kopf gezielt und die Titten getroffen."

Ich sehe Spider herausfordernd an.

„Du verwechselst da was. Ich habe nicht auf den Kopf gezielt."

Er schaut überrascht.

„Und auf was dann?"

Ich zucke lachend mit den Schultern. „Das ist ja wohl offensichtlich."

Meinem Rider klappt der Mund auf.

„Respekt, Baby. Du bist ein echtes Naturtalent. Erinnere mich daran, keine Waffen in deiner Reichweite liegen zu lassen."

Es mag verrückt klingen, aber es fühlt sich absolut irre an zu schießen. Diese Waffe in den Händen zu halten hat mir das Gefühl gegeben, stark, unbesiegbar und tough zu sein. So als wäre ich unbesiegbar. Mir ist klar, dass dieses Gefühl trügt. Für Spider und seine Clubbrüder wäre es ein Leichtes, mich mit wenigen Handgriffen zu entwaffnen und auf den Boden zu werfen. Trotzdem hoffe ich, dass aus mir mit viel Übung und etwas Glück eine gute Schützin wird.

„Jetzt such dir ein kleineres Ziel. Je genauer du den Punkt, an dem die Kugel schlussendlich einschlagen soll, anvisierst, je höher ist deine Trefferwahrscheinlichkeit. Zielst du nur auf den Kopf, ist das leicht zu treffen, zielst du aber auf ein Auge, sieht die Sache schon schwieriger aus. Ich hoffe für dich, dass du niemals in die Lage kommst, auf einen Menschen schießen zu müssen, aber falls doch, wird dieser nicht stehen bleiben und warten, bis du abgedrückt hast. Wenn du in so einer Situation dann nicht auf einen fixen Punkt zielst, verfehlst du höchstwahrscheinlich dein Ziel, und dann bist als Nächstes du diejenige, die vorbeifliegenden Projektilen ausweichen muss."

Wieder drehe ich mich zu dem Poster um, jetzt fixiere ich das rechte Auge an.

Ich atme ein letztes Mal tief durch, ehe ich die Luft anhalte. Fest entschlossen, alles richtig zu machen, achte ich auf die Stellung meiner Füße und die Haltung meiner Schultern. Erst als ich mir sicher bin, dass ich die Waffe perfekt halte, krümme ich den Zeigefinger und drücke ab.

Vom lauten Knall begleitet, der über den Hof schallt, trifft die Kugel direkt in das Auge der Bitch.

„Fuck Abi. Du hast Zielwasser im Blut!“

Ace und Razzor kommen ums Hauseck.

„Was zum Teufel treibt ihr hier?“

Skorpion entdeckt die Waffe in meiner Hand und schüttelt lachend den Kopf.

„Ist dir die Welt noch nicht gefährlich genug, Bro? Oder warum gibst du deiner Lady freiwillig eine geladene Waffe in die Hand?

Spider geht nicht auf Skorpions Stichelei ein.

Ace begutachtet die Einschusslöcher auf dem Plakat.

„Erst die Titten und dann ins Auge. Nicht schlecht.“

Der Präsident zündet sich eine Kippe an und lehnt sich im Schatten an die Hauswand.

Er streckt die Hand nach der Waffe aus, ich überreiche sie ihm.

„Ich finde es gut, wenn sich die Ladys dieses Clubs im Notfall verteidigen können. Aber vergiss eines nicht, Abi. Im Ernstfall schießt du nicht, um zu verletzen, sondern um zu töten. Komm nicht auf die idiotische Idee, deinem Feind nur ins Bein schießen zu wollen. Ziele immer auf seinen Kopf oder auf sein Herz. Sobald du eine Waffe bei dir trägst, musst du auch bereit sein, bis zum Äußersten zu gehen. Nur so wird es dir gelingen, im Ernstfall dein Leben zu retten.“

Spider hat mir erzählt, dass Ace und Slide mehrere Jahre bei der Army waren. Die beiden waren zusammen in Afghanistan stationiert. Ich kann mir nicht mal ansatzweise vorstellen, wie es sein muss, für mehrere Monate dort sein zu müssen. Wenn also einer weiß, wovon er spricht, dann Ace, der Rocker Dämon.

„Danke für den Tipp. Ich verspreche dir, dass ich deine Worte berücksichtigen werde.“

Spider gibt ein wildes Knurren von sich, ehe er mich in eine feste Umarmung zieht.

„Keine Sorge Baby, ich werde jedem, der dir etwas antun will, mit Freuden das Genick brechen. Wenn ich bei meiner Aufgabe, dich zu beschützen, nicht völlig versage, wirst du nie gezwungen sein, jemanden zu töten.“

„Sag niemals nie, Bro...“

Ace überreicht Spider die Waffe, meine Schießstunde ist damit offiziell beendet.

„Abi, kannst du mal nach Amy sehen?"
Mir ist sofort klar, dass die Männer etwas zu besprechen haben. Nachdem ich Spider einen Kuss auf die Lippen gedrückt habe, lasse ich die drei alleine und mache mich auf die Suche nach Amy und Sophie.

Ich sehe meinen Rocker erst wieder, als es dunkel wird. Er wirkt müde und abgeschlagen, so als würde alles Gewicht der Welt auf seinen Schultern lasten. Er kommt zu Nicki und mir in die Küche, setzt sich wortlos auf einen der Holzstühle und zündet sich eine Kippe an.

Gerade als ich Spider ein kaltes Bier gebe, kommen Ace und Razzor ebenfalls dazu.

Nicki mustert die drei Riders, ehe sie die Hände in die Hüften stemmt.

„Was soll das werden, eine Küchenparty?"

Ace gibt ein humorloses Grunzen von sich.

„Amy, Ellen und Nora wissen bereits Bescheid. Der Club wird für die nächsten 24 Stunden abgeriegelt."

Eines habe ich in der Zeit, die ich jetzt schon bei den Riders verbracht habe, definitiv gelernt: Eine Abriegelung bedeutet immer Ärger – großen Ärger.

„Wieso? Was ist seit heute Morgen passiert?"
Ich erkenne an Nickis Augen, dass sie wirklich Angst hat.

Razzor nimmt seine Old Lady in die Arme und streicht ihr beruhigend über die Schultern. Nicht zum ersten Mal fällt mir auf, was für ein perfektes Paar die beiden doch sind. Die Liebe, die sie füreinander empfinden, ist beinahe schon greifbar.

„Wir haben wichtige Informationen erhalten, die wir zu unserem Vorteil nutzen müssen."

Informationen? Vorteil? Verdammt, ich verstehe nur Bahnhof....

Genervt sehe ich Spider an.
„Geht das auch genauer?"
Er schüttelt schweigend den Kopf.

„Sorry Baby. Das sind Clubangelegenheiten."

Ace nimmt sich ein Bier aus dem Kühlschrank.

„Das Einzige, was ihr beiden wissen müsst, ist, dass ihr das Gelände auf keinen Fall verlassen dürft. Verstanden?"
Nicki sucht meinen Blick, wir beide versichern unseren Männern, dass wir hierbleiben werden. In meinem Magen breitet sich ein unangenehmes Ziehen aus. Ich habe keine Ahnung, was unsere Männer vorhaben, oder was in den nächsten Stunden passieren wird, aber mein Instinkt verrät mir, dass die Sorge, die sich gerade in meinem Inneren ausbreitet, absolut berechtigt ist.

Hat das mit dem Vorfall in Marysville zu tun? Wollen sie sich an den Chinesen rächen?

Oder geht es jetzt diesem ominösen Alan MacDowney an den Kragen?

Am liebsten würde ich Spider eine Million Fragen stellen, doch ich weiß, dass ich jetzt keine Antwort darauf bekommen werde.

Die offizielle Regel des MCs lautet, dass nur Members über die Probleme des Clubs informiert werden – Old Ladys hingegen sollen in seliger Unwissenheit bleiben.

Was für ein Bullshit ...

Bis jetzt ist es mir noch immer gelungen, Spider zum Reden zu bringen. Natürlich erzählt er mir nicht alles, doch das stört mich nicht. Ich muss nicht alles bis ins letzte blutige Detail erfahren, ich weiß nur ganz gerne, was um mich herum so alles los ist.

Meine Finger umfassen die Kante der Küchenarbeitsplatte so fest, dass sämtliches Blut aus ihnen weicht und meine Knöchel weiß werden.

Ace leert in einem großen Zug sein Bier, teilt Spider und Razzor mit, dass er sie später noch mal sprechen muss und geht aus der Küche.

Razzor wirft Spider einen kurzen Blick zu, ehe er mit seiner Lady verschwindet.

Jetzt bin ich mit meinem Rider allein. Doch anstatt ihm all die Fragen zu stellen, auf die ich eine Antwort will, gehe ich nur auf ihn zu, setze mich rittlings auf seinen Schoß und schlinge ihm meine Arme um den Hals.

Spider streicht mir beruhigend über den Rücken, küsst mich auf die Stirn und vergräbt seine Nase in meinem Scheitel.

„Hör auf dir Sorgen zu machen, mein Engel. Mir wird nichts passieren. Dass wir den Club abriegeln, ist eine reine Vorsichtsmaßnahme."

Am Klang seiner Stimme erkenne ich, dass er mich anlügt. Da ich aber weiß, dass er es nur gut meint, lasse ich ihm das durchgehen.

„Und welche Vorsichtsmaßnahme rettet deinen Arsch, wenn es hart auf hart kommt?"

Seine Mundwinkel zucken amüsiert.

„Meine Brüder, meine Waffe und meine Entschlossenheit zu dir zurückzukommen, sind alles, was ich brauche. Glaube mir Baby, morgen früh werde ich zu dir ins Bett steigen und dich in meine Arme nehmen. Ich werde dir sagen, wie sehr ich dich liebe, du wirst dich auf mich setzen und mich so hart reiten, bis ich meinen Saft tief in deine Pussy spritze."

Da haben wir sie wieder, die Rockerromantik...

Fest an seine Worte glaubend, streife ich mit meinen Lippen über die seinen. Mit meiner Zunge zeichne ich die Konturen seines Mundes nach, ehe ich ihn tief und langsam küsse. Spiders herber Geschmack benebelt meine Sinne, mein Herzschlag setzt für eine Sekunde lang aus, nur um danach doppelt so schnell durch meine Brust zu rasen.

Was ich will ist klar, was ich brauche auch, jetzt liegt es am Schicksal, ob es mir ein langes Leben mit diesem Mann an meiner Seite gönnt.

Unsere Zungen duellieren sich. Seine Finger graben sich in mein Fleisch, seine großen Hände schieben sich unter mein Top, streichen über meine Brüste, meinen Bauch, bis hinab in meine Hose. In der Sekunde, in der er seinen Daumen auf meinen Kitzler legt, verpuffen all meine Sorgen. Plötzlich zählt nur noch der Moment, das Hier und Jetzt und die Liebe, die ich für diesen Mann empfinde.

Leise keuchend beende ich unseren Kuss, lehne meine Stirn an die seine und suche seinen Blick.

„Wenn du es wagst, dich anschießen zu lassen, töte ich dich! Verstanden?“

Aus seiner Kehle löst sich ein wildes Knurren.

„Oh Baby, du bist total verrückt.“

Ich nicke, spreize meine Beine noch etwas mehr und gewähre so seinen Fingern besseren Zugang zu meinen weichen Falten.

„Ja, verrückt nach dir!“

Wir küssen uns erneut, Spider übernimmt die Kontrolle und ich verliere mich in meiner Lust.

Als die Männer wenige Stunden später aufbrechen, sitze ich mit Nicki und Nora im Club und starre auf das verriegelte und streng bewachte Tor, das auf das Gelände der Riders führt. Keine von uns redet oder lacht, jede von uns denkt an ihren Mann und hofft, dass es dem Sensenmann heute Nacht nicht gelingen wird, einen Dead Rider in seine glühenden Tiefen zu ziehen.

33. Kapitel

Spider

Der Nebel, der vom Hafen aufsteigt, behindert meine Sicht. Fire, unser neuer Prospect, wartet zusammen mit Razzor auf der Rückseite des Überseecontainers darauf, dass die Chinesen eintreffen. Ace, Slide und ich knien im Dreck hinter dem kleinen Hang auf der gegenüberliegenden Seite des Verladeplatzes.

Skorpion und Poker haben direkt an der Zufahrt zum Hafen Stellung bezogen. Das Klatschen der Wellen, die gegen den Beton des Kais schwappen, vermischt sich mit dem Heulen des Windes, der vom offenen Meer über das Land fegt.

Die Stimmung ist angespannt, mein Zeigefinger ist schussbereit.

Tick und Mad sind im Club geblieben, sie bewachen den MC und die Menschen darin.

Slide wirft einen prüfenden Blick auf seine Uhr.

„Es ist zwei Minuten vor zehn, wenn unsere Info stimmt, müssten die Wichser jede Sekunde eintreffen."

Dank Aces guten Beziehungen zum Hafenmeister haben wir herausgefunden, dass die Chinesen eine Lieferung Koks bekommen haben, die sie heute Nacht abholen wollen. Hier zwischen all den Containern und wegen des schummrigen Lichts bietet sich für uns die beste Gelegenheit, Skorpions Plan in die Tat umzusetzen. Wenn es uns gelingt, den Anführer Zuko oder seinen Stellvertreter Akuma in unsere Gewalt zu bekommen, dürfte es kein Problem sein, Alan MacDowney nach Tacoma zu locken. Der Zeitpunkt ist günstig, denn der Richter ist gerade in der Nähe auf einem Kongress in Des Moines.

Die Chinesen sind schnell, kaltblütig und sie werden kein Problem damit haben, uns alle zu töten. Ganz im Gegenteil, je mehr Riders sie umlegen, umso höher wird die Summe sein, die sie von MacDowney kassieren werden.

„Sobald die Chef-Schlitzaugen in den Container gehen, um ihre Lieferung zu prüfen, geht es los. Für gewöhnlich hasse ich es, ein Blutbad anzurichten, doch heute Nacht bin ich gewillt eine Ausnahme zu machen. Bringt alle bis auf Zuko und Akuma um. Wir werden an diesen Reisfressern ein verdammtes Exempel statuieren. Das nächste Mal, wenn irgend so ein Anzugträger ein Kopfgeld auf uns aussetzt, soll sich jeder Killer von hier bis Florida an das Schicksal der Chinesen erinnern und gar nicht erst auf die Idee kommen, den Auftrag anzunehmen."

Da ich die Sache ganz genauso wie Ace sehe, nicke ich zustimmend.

„Keine Sorge Präs, nach dieser Nacht wird niemand mehr so dumm sein und sich mit uns anlegen."

Slide grunzt, zündet sich eine Kippe an und schaut durch das Zielfernrohr seiner IMI Negev. Dieses leichte Maschinengewehr gehört zu Slides absoluten Lieblingen, es wundert mich nicht, dass es heute Nacht zum Einsatz kommt. Mit diesem Baby wird es ein Leichtes sein, unseren Plan ohne Probleme umzusetzen. Die Patronen des Munitionsgurts schimmern leicht im Schein des Mondes. Zur Hölle, der Hafen wird nach dieser Nacht einem Kriegsschauplatz gleichen.

Mehrere Autos nähern sich uns, bleiben direkt vor dem Container stehen.

Nachdem zwei Typen ausgestiegen sind und die nähere Umgebung kontrolliert haben, steigen unsere Zielpersonen aus.

Zuko ist klein und dürr, Akuma hingegen ist für einen Chinesen erstaunlich fett.

Einer von Zukos Männern prüft die Unversehrtheit der Plombe, mit der der Container gesichert ist, dann tritt Akuma vor und sperrt das Bolzenschloss auf.

Angespannt warten wir bis Zuko und Akuma im Container verschwunden sind, ehe wir das Feuer eröffnen. Da Slides Maschinengewehr eine höhere Durchschlagskraft hat, kümmert er sich um die Wichser, die sich hinter einem Auto oder sogar noch darin befinden, während Ace und ich die restlichen Schlitzaugen aufs Korn nehmen.

Das gnadenlose Rattern der IMI Negev hallt durch die schwarze Nacht. Panische Schreie werden laut, immer mehr Leichen bedecken den Boden. Der Schusswechsel hat keine fünf Minuten gedauert, wobei man es auch nicht wirklich einen Schusswechsel, sondern eher ein Gemetzel nennen muss.

Wir haben die Chinesen kalt erwischt. Ein paar von ihnen ist es gelungen, zurückzuschießen, doch sie haben niemanden von uns getroffen.

Fire und Razzor kommen aus ihrem Versteck, eilen mit großen Schritten zu den Türen des Containers und schnappen sich Zuko und Akuma. Unser Plan ist tatsächlich aufgegangen.... *Holy Fuck!* Es war fast schon zu leicht.

Ace ruft Skorpion an und befiehlt ihm, dass er mit Poker zu uns kommen soll.

Razzor fesselt den beiden vor Wut tobenden Schlitzaugen die Arme mit Kabelbindern auf den Rücken. Zuko wehrt sich so gut er kann, er schreit etwas in seiner Sprache, keiner von uns versteht ein Wort.

Akuma gelingt es, Razzor seinen Ellenbogen in die Rippen zu stoßen und ihm ins Gesicht zu spucken. Das hätte er mal lieber nicht tun sollen. Ohne zu zögern holt Razzor aus und verpasst dem arrogant dreinschauenden Schlitzauge einen kraftvollen Schlag in die Rippen. Dieser schnappt schmerzerfüllt nach Luft und geht mit hochrotem Gesicht in die Knie.

„Wer austeilt muss auch einstecken können, Arschloch!"

Slide lacht kurz auf, Razzors Fuß landet in den Eiern des am Boden knienden Chinesen.

Dieser kippt laut schreiend nach vorne um, landet mit dem Gesicht in der Blutlache von einem seiner erschossenen Männer.

Ace hält Razzor davon ab, erneut zuzutreten.

„Verdammt Bro, beruhig dich. Sobald wir MacDowney haben, kannst du mit dem Reisfresser machen was du willst, aber *noch* brauchen wir ihn lebend."

Fluchend wischt sich Razzor mit dem Ärmel über das Gesicht und wendet sich von dem noch immer winselnden Akuma ab. Zusammen mit Fire macht er sich daran, die Waffen der getöteten Männer einzusammeln. Die Chinesen sind dafür bekannt, nur 1a-Ware zu haben. Es wäre eine absolute Verschwendung zuzulassen, dass sie nach der heutigen Nacht von der Polizei sichergestellt und in irgendeine Asservatenkammer gebracht werden. Der Van hält mit laufendem Motor neben uns, Skorpion und Poker steigen aus. Skorpion lässt seinen Blick über die vielen Leichen gleiten und stößt einen anerkennenden Pfiff aus.

„Respekt Männer, ihr wart wirklich gründlich."

Poker schüttelt lachend den Kopf.

„Das nächste Mal müsst ihr Skorpion mitspielen lassen, er hat wie ein Kind, das ohne Abendbrot ins Bett muss, die ganze Zeit gejammert und sich darüber beschwert, dass er bei der Schießerei nicht dabei ist. Dieser Kerl ist echt krank." Beim letzten Satz rempelt Poker Skorpion brüderlich mit der Schulter an.

Ace schüttelt den Kopf und schnalzt laut mit der Zunge.

„Lasst uns von hier verschwinden. Es wird nicht lange dauern, bis die Cops hier auftauchen werden."

Im Augenwinkel sehe ich eine Bewegung. Einer der am Boden liegenden Chinesen schient noch nicht genug bekommen zu haben. Er richtet sich stöhnend auf, zieht eine Waffe unter seiner Jacke hervor und zielt damit direkt auf Slide. Ich reagiere so schnell ich kann, trete ihm die Halbautomatik aus der Hand und verpasse ihm zwei Kugeln direkt zwischen die Augen.

Sein Blut spritzt mir entgegen und verteilt sich auf dem Leder meiner Kutte.

„Ach Fuck! Was für eine Sauerei."

Fluchend stecke ich meine Waffe weg und wische mir die Hand an der Hose ab.

„Danke Bro, das war knapp."

Slide klopft mir auf die Schulter und zieht mich in eine kurze Umarmung.

„Jederzeit, Bro."

In der Zwischenzeit hat Skorpion die zwei Chinesen hinten in den Van gesperrt und Fire eine beachtliche Ladung an Schusswaffen in einer schweren Holzkiste verstaut.

„Es war verdammt gut, dass wir sie aus dem Hinterhalt angegriffen haben, bei einer direkten Konfrontation hätten wir nicht die geringste Chance gehabt.

Poker spricht aus, was wir uns alle denken.

„Diese Drecksäcke waren bis an die Zähne bewaffnet und es hat ihnen dennoch nichts genutzt." In der Stimme meines Präsidenten schwingt pure Schadenfreude mit.

„Was ist mit dem Koks? Lassen wir das zurück?"

Ace sieht Fire streng an.

„Ja, das lassen wir zurück. Die Riders fassen keine Drogen an: weder privat noch geschäftlich! Verstanden?"

Der Prospect nickt.

„Aye Präs, verstanden."

Skorpion verpasst Fire einen harten Schlag in die Magengrube.

Mit einem „Idiot!", in dessen Richtung steigt er zusammen mit Poker in den Van.

Razzor sieht mich breit grinsend an: „Oh ja, die Zeiten als Prospect steht nicht jeder durch." Er steigt über eine der vielen Leichen, schwingt sich auf sein Bike und wartet darauf, dass wir den Tatort verlassen.

Im Gegensatz zu Ghost bin ich mir bei Fire nicht sicher, ob er das Zeug zu einem guten Rider hat. Wenn er nicht schnell dazulernt, wird er nach dem Jahr als Prospect mit einem Arschtritt vom Hof gejagt. Ghost hingegen ist es gelungen, sich schon als Anwärter einen respektablen Ruf zu erarbeiten.

Ace setzt sich auf seine Maschine, wartet noch gerade so lange bis Skorpion und Poker die Kiste in den Van geladen haben und eingestiegen sind, ehe er Gas gibt.

Zurück im MC verdoppeln wir die Wachen am Tor und auf dem Flachdach des Clubhauses.

Zwar haben wir niemanden am Leben gelassen, der den restlichen Chinesenclan warnen oder über das Blutbad informieren könnte, doch diese Reisfresser sind intelligent. Sie werden sofort wissen, was los ist. Spätestens wenn sie gemerkt haben, dass Zuko und Akuma nicht unter den Toten sind, werden sie sich auf die Suche nach den beiden machen und ich bin mir sicher, dass die hier bei uns als Erstes auftauchen werden.

Auch wenn diese Aktion reibungslos verlaufen ist, bedeutet das noch nicht, dass wir alles überstanden haben. Jetzt müssen wir einen der Schlitzaugen dazu bekommen, Alan MacDowney anzurufen und ihn für uns in die Falle zu locken. Sobald der dann da ist, müssen wir ihn töten und so beseitigen, dass er nie wieder gefunden wird. Anschließend werden wir Zuko und Akuma ebenfalls verschwinden lassen. Und wenn das alles erst mal überstanden ist, müssen wir davon ausgehen, dass die Chinesen sich an uns rächen werden. Uns steht viel Scheiße bevor, und es hilft uns nicht gerade, dass Catcher tot und Ghost verletzt ist. Die nächsten Tage brauchen wir jeden verdammten Dead Rider voll einsatzbereit und mit geladener Waffe.

Kaum dass der Van zum Stehen gekommen ist, öffnet Ace die Schiebetüre und zieht den ersten Chinesen heraus. Skorpion bringt Zuko in die Garage. Razzor lässt es sich nicht nehmen, Akuma an den Füßen aus dem Van zu ziehen. Als dieser mit dem Kopf auf den Asphalt knallt, grinst er zufrieden. Ich kann verstehen, warum mein Bruder diesen Chinesen leiden lassen will, doch diese ganze Sache darf auf gar keinen Fall persönlich für Razzor werden.

Sobald man anfängt unprofessionell zu werden, macht man Fehler und das können wir uns nicht leisten.

Entschlossen, diese Nacht möglichst schnell hinter mir zu lassen, stelle ich mich zwischen Razzor und den am Boden liegenden Akuma.

„Ab hier übernehme ich, Bro."

Razzor sieht mich aus zusammengekniffenen Augen an. Gerade als ich denke, dass er sich mit mir prügeln will, stößt er seinen angehaltenen Atem geräuschvoll aus und zuckt mit den Schultern.

Slide nickt mir dankbar zu, ehe er den Van in eine der Garagen und somit aus dem Sichtfeld von eventuellen Zeugen fährt. Wir stecken die zwei Schlitzaugen in einen gut verborgenen, fensterlosen und schalldichten Raum, den man nur durch die Werkstatt betreten kann. Bis auf den am Boden fixierten Metallstuhl, der sich in der Mitte des knapp zwanzig Quadratmeter großen Zimmers befindet, ist der Raum leer.

Zuko starrt entsetzt auf die bräunlichen Blutflecken, die sich, trotz des spärlichen Lichts, deutlich sichtbar auf dem Betonboden abzeichnen.

„Warum habt ihr uns hierhergebracht?"

Obwohl er alles versucht, um uns in dem Glauben zu lassen, dass er keine Angst verspürt, erkenne ich sie in den Tiefen seiner Augen.

Ich habe in meinem Leben schon zu viele Männer sterben sehen, als dass man mir etwas vorspielen könnte. Es spielt keine Rolle, ob Russe, Amerikaner, Mexikaner oder Chinese, in den letzten Augenblicken unseres Lebens fühlen wir alle das Gleiche – Todesangst.

Ace zündet sich eine Zigarette an, ehe er Zuko direkt ansieht.

„Du kennst die Antwort bereits. In dem Augenblick, in dem du Alan MacDowneys Auftrag angenommen hast, hast du dein eigenes Todesurteil unterzeichnet."

Der Chinese schüttelt panisch den Kopf.

„Ich weiß nicht, wovon du redest, Rider. Ich kenne keinen Alan MacDowney."

Slide gibt ein ungläubiges Schnauben von sich, er zieht seine Waffe und zielt auf das Knie von Zukos Stellvertreter.

Akuma weicht so weit es ihm möglich ist an die Wand zurück, ein lächerlicher Versuch, seine Haut zu retten.

„Für jedes Mal, wo du mich belügst oder mir eine Antwort verweigerst, wird mein Vize deinem Mann eine Kugel verpassen. Wir werden ja sehen, wie lange es dauert, bis er in seinem eigenen Blut liegend verreckt."

Aces Stimme klingt trügerisch sanft. Zuko wirft Akuma einen Blick zu. Die beiden unterhalten sich auf Chinesisch. Ace sieht nickend zu Slide, dieser drückt ab.

Der Knall und Akumas Schmerzensschrei hallen ohrenbetäubend laut durch den Raum.

Ohne dem Gejammer des angeschossenen Chinesen Beachtung zu schenken, sieht Ace Zuko an.

„Wie gesagt, keine Spiele mehr!"

Ein heftiges Zittern lässt Zuko erbeben. Blut strömt aus der Schusswunde des am Boden liegenden Reisfressers.

„MacDowney kam auf uns zu. Er will, dass die Rider vom Erdboden verschwinden. Seine Motivation ist Rache. Ihr habt seinen Sohn getötet."

Slide spuckt neben seinen Füßen auf den Boden. „Das wissen wir bereits."

An seiner Kippe ziehend holt Ace sein Mobiltelefon aus der Hosentasche.

„Du wirst jetzt diesen MacDowney anrufen und ihm erzählen, dass du den Präsidenten der Dead Riders, also mich, umgebracht hast und dass du neu verhandeln willst. Vereinbare ein Treffen in Lakewood am Steilacoom Lake an der Adresse 10512 Brook Ln SW mit ihm, am besten noch heute Nacht."

Gespannt, wie der Chinese reagieren wird, verschränke ich meine Arme vor der Brust und warte.

„Das geht nicht, Rider. MacDowney ist ein paranoides Arschloch, das nach jedem Schritt dreimal über die Schultern schaut."

Slide wartet gar nicht erst auf ein Zeichen von Ace, sondern verpasst Akuma eine weitere Kugel, dieses Mal in die linke Schulter.

Sein lauter Schmerzensschrei sorgt dafür, dass Zuko mit einem Nicken nachgibt.

„OK, OK. Ich werde es versuchen."

„Versuchen reicht nicht, Reisfresser. Wenn es dir nicht gelingt, MacDowney davon zu überzeugen, sich mit dir zu treffen, werdet ihr beide sterben."

Ich gehe auf Zuko zu und ziehe mein Messer aus der Scheide. Das ängstliche Wimmern des Chinesen, dessen Hände auf dem Rücken gefesselt sind, ignoriere ich.

„Wenn du einen Trick versuchst, schlitze ich dich damit...", ich halte ihm die dreißig Zentimeter lange Klinge unter die Augen, „... vom Sack bis zur Nasenspitze auf! Kapiert?"

Der Chinese nickt heftig. Mittlerweile sind wir an dem Punkt angekommen, an dem Zuko endlich kapiert hat, dass es ein Fehler war, sich gegen die Dead Riders zu stellen.

Ace reicht dem verängstigten Chinesen das Handy. Der wählt ohne zu zögern die Telefonnummer des Richters. Die Tatsache, dass Zuko die Nummer auswendig im Kopf hat, bestätigt mir, was ich schon länger geahnt habe. Die Chinesen stehen mit diesem MacDowney schon länger in Kontakt. Wahrscheinlich steht der Richter sogar auf der Gehaltsliste der Schlitzaugen.

„Stell auf Lautsprecher und keine Tricks, oder du und dein Freund hier", Slide deutet mit dem Lauf seiner Waffe auf Akuma, „seid auf der Stelle Geschichte."

Es dauert einen Moment, bis das Arschloch, das unseren Tod in Auftrag gegeben hat, das Gespräch entgegennimmt.

„MacDowney."

„Hier ist Zuko."

Es herrscht eine Sekunde des Schweigens.

„Du rufst nicht von dem Handy an, das ich dir gegeben habe!" MacDowney klingt aufgebracht und wachsam.

Der Chinese lässt sich davon nicht durcheinanderbringen. Trotz der Schweißperlen, die sich auf seiner Stirn bilden, gelingt es ihm, seine Stimme normal klingen zu lassen.

„Das Telefon ist zerstört, diese Leitung hier ist sicher. Ich rufe dich an, um mit dir über den Preis zu verhandeln."

Vom anderen Ende der Leitung ertönt ein Schnauben.

„Es gibt nichts zu verhandeln. Bis jetzt hast du keinerlei Erfolge vorzuweisen."

„Das hat sich heute Nacht geändert. Ich habe den Präsidenten ausgeschaltet. Zwei weitere Riders habe ich im Schussfeld."

Der Richter gibt ein undefinierbares Geräusch von sich.

„Wiederhole das!"

Zuko wiederholt, dass er Ace erschossen hat.

„Ich verlange einen Beweis."

„Den bekommst du, wenn wir uns in einer Stunde in Lakewood am Steilacoom Lake treffen. Fahr zu der Adresse 10512 Brook Ln SW, dort erwarte ich dich."

Der Richter schweigt, es ist kein gutes Schweigen. Für eine Sekunde befürchte ich, dass er den Chinesen durchschaut.

„Ich warne dich, Zuko. Solltest du mich verarschen, werden all unsere Vereinbarungen hinfällig. Ich muss dir nicht sagen, was dann passiert?"

Der letzte Satz klingt mehr nach einer Drohung als nach einer Frage.

„Sei pünktlich, Alan und bring die vereinbarte Summe mit."

Der Richter erwidert nichts mehr, er beendet kurzerhand das Telefonat.

Es war deutlich herauszuhören, dass MacDowney der ganzen Sache nicht traut. Seine Wut auf uns ist aber so groß, dass er trotz seiner Befürchtung, der Chinese könnte ihn über den Tisch ziehen, dennoch kommen wird, und das nur, weil er unbedingt unseren Tod will.

Ungezügelte Wut brodelt in meinem Inneren. Es kostet mich viel Kraft, diesem widerlichen Chinesen nicht sofort das Genick zu brechen.

An Razzors geballten Fäusten erkenne ich, dass es ihm genauso wie mir geht.

Ace nimmt Zuko das Handy ab, zieht einen Kabelbinder aus seiner Hosentasche und fesselt erneut die Hände des Drecksacks, dessen Tod ich mir so dringend herbeisehne. Seine Zeit wird kommen. Völlig egal, wie kooperativ diese Schlitzaugen sich auch zeigen, sterben werden sie so oder so.

Noch bevor Ace den bunkerähnlichen Raum verlassen hat, richtet Slide Akuma mit einem gezielten Schuss hin.

Aus den Lippen des fettleibigen Chinesen weicht ein letztes Stöhnen, seine Hose färbt sich dunkel von seinem Urin. Zukos entsetzter Schrei ist wie Musik in meinen Ohren.

Ace macht sich nicht die Mühe, sich zu dem noch lebenden Chinesen umzudrehen.

„Nimm das als Warnung. Solltest du dich nicht genau an meine Anweisungen halten, wirst du genauso enden wie dein Freund – im

eigenen Blut und Urin liegend."
Zuko nickt heftig, seine Nerven liegen blank.

Meine Brüder und ich verlassen den Raum und verriegeln die Türe hinter uns.

Ace wendet sich uns zu.

„Abfahrt in zehn Minuten, Männer."

Slide und Razzor sind bereits auf dem Weg zum Clubhaus. Genau wie ich wollen die beiden nach ihren Ladys sehen, ehe sie sich erneut auf den Weg machen.

Auch wenn Alan MacDowney nur eine Stunde Zeit hat, um sich am vereinbarten Treffpunkt einzufinden, heißt das noch lange nicht, dass es ihm nicht gelingt, sich Verstärkung zu organisieren. Alleine die Tatsache, dass er mit den Chinesen gemeinsame Sache macht, ist Beweis genug für mich, dass er weitreichende Kontakte in die Unterwelt hat.

Für uns wäre es natürlich einfacher, wenn MacDowney alleine kommt, aber selbst wenn er ein Dutzend bewaffneter Söldner bei sich hat, wird ihn das nicht retten.

Das Leben von Alan MacDowney endet so oder so heute Nacht. Die Frage ist nur, wie viele von uns ihn in den Tod begleiten werden.

Wir kommen zwanzig Minuten vor dem vereinbarten Zeitpunkt in Lakewood an der genannten Adresse an.

Genau wie vor ein paar Stunden am Hafen, teilen wir uns auch dieses Mal wieder auf. Skorpion und Poker positionieren sich eine Querstraße weiter. Slide und Razzor parken den Van in der Einfahrt eines leerstehenden Hauses. Zusammen mit Mad beobachte ich die einzige Zufahrtsstraße, so dass wir sofort wissen, wenn der Richter kommt.

Unsere Motorräder stehen gut versteckt in einem der Bootsschuppen direkt am Wasser.

Mit ein bisschen Glück läuft uns der Drecksack direkt in die Arme.

Vor langer Zeit hat mich eine der Club-Bitches mal gefragt, ob ich ein schlechtes Gewissen habe, wenn ich jemanden töte. Nein. Ein schlechtes Gewissenhatte ich noch nie. Es gibt Männer, die können Flugzeuge bauen, es gibt Männer, die können Herzen transplantieren, und dann gibt es Männer wie mich, ich kann gewissenlos töten und dennoch gut schlafen.

Bei Kerlen wie dem Richter und seinem Sohn, dem Senator, stört es mich, dass man einen Menschen nur einmal das Leben nehmen kann.

Es mag sein, dass ich ein Killer bin, aber bei meiner Ehre, ich würde niemals auf die Idee kommen, ein minderjähriges Mädchen, das gegen ihren Willen festgehalten wird, für meine perversen sexuellen Vorlieben zu ersteigern. Im Gegensatz zu MacDowney habe ich genug Eier, meine

Schlachten selber zu schlagen, ich brauche kein dickes Konto, um für Gerechtigkeit zu sorgen, ich nehme es einfach selbst in die Hand.

Die Politiker stellen uns Riders gerne als den Abschaum der Gesellschaft dar, doch in Wirklichkeit haben wir das Herz am rechten Fleck.

Ein dicker silberner Mercedes biegt in die Straße ein, die hellen Scheinwerfer blenden mich so stark, dass ich nicht erkennen kann ob es sich bei dem Mann hinter dem Steuer tatsächlich um unsere Zielperson handelt.

„Scheiße, Mad hast du was erkannt?"

Mad wirft noch mal einen prüfenden Blick auf das Foto von MacDowney, das wir bei unserer Internetsuche gefunden haben.

„Aye, ich denke, das ist er, Bro."

Ich sehe ihn fassungslos an.

„Denke? Fuck! Wir müssen uns zu 100% sicher sein. Wir können es uns nicht leisten, den Falschen mit Waffengewalt aus dem Auto zu zerren."

Ich nehme mir mein Handy und rufe Ace an. Noch während ich in der Leitung bin, steigt er zu Zuko in den Van und befragt den Chinesen.

„Spider?"

„Aye Präs."

„Laut dem Chinesen ist das MacDowney. Wir schlagen zu, sobald der Wagen steht."

Bei Aces Worten beschleunigt sich mein Puls – endlich ist es so weit.

„Wir rücken zu euch auf und schneiden ihm den Fluchtweg ab."

„Seid vorsichtig, Bro. Ich habe kein gutes Gefühl bei der Sache."

„Das werden wir, Präs.

Mad steigt auf sein Bike.

„Jetzt ist die Stunde der Abrechnung gekommen, Bro!"

„Aye, ich kann es kaum erwarten."

Seite an Seite folgen wir der Straßenbiegung. Als wir die roten Rücklichter von MacDowneys Auto sehen, stoppen wir sofort und schalten unsere Motoren ab.

Wir ziehen unsere Waffen und überwinden zu Fuß die restliche Distanz zu dem Mercedes, der jetzt nur noch in Schrittgeschwindigkeit um die nächste Straßenbiegung fährt.

Noch bevor der Wagen völlig zum Stehen gekommen ist, stürmen Ace und Slide darauf zu.

Ace reißt die Fahrertüre auf, Schreie werden laut, ein Schuss fällt. Ich sehe, wie Ace rückwärts auf die Straße fällt und renne so schnell ich kann. Skorpion und Poker kommen ebenfalls die Straße entlanggelaufen, beide halten ihre Waffe in der Hand. Zu meiner grenzenlosen Erleichterung ist Ace nicht verletzt, Slide hat dem Arschloch die silberne Pistole bereits abgenommen.

Jetzt hält sich der Richter krampfhaft am Lenkrad fest.

„Lass los oder ich schneide dir die Hände ab."

Meine Drohung sorgt dafür, dass er seinen Griff lockert. Zusammen mit Slide zerre ich MacDowney aus dem Mercedes.

Kaum dass er mit dem Rücken auf dem Boden liegt, verwandelt sich der mächtige Richter in einen jammernden, hilflosen Wurm. Voller Abscheu starre ich auf den Bastard, der den Tod von mir und meinen Brüdern in Auftrag gegeben hat.

„Steh auf, steh auf und stell dich uns wie ein Mann."

Panisch sieht er zu uns auf.

„Steh auf, hab ich gesagt!"

Während sich der Richter umständlich auf die Knie begibt, zündet sich Slide eine Kippe an. Angespannt lässt er den Deckel seines Zippos immer wieder auf- und zuschnappen, meine Geduld ist am Ende.

Ich packe MacDowney hinten am Kragen seines Sakkos und ziehe ihn auf die Beine. Razzor stößt einen derben Fluch aus. Er mustert ihn mit einem eiskalten Blick.

„Wie kann es sein, dass uns so ein Pisser so einen Ärger einbrockt?"

Ace kennt die Antwort auf seine Frage: „Großes Bankkonto – großer Ärger. So einfach ist das."

MacDowney wischt sich die Hände an der Hose ab. Er hat wohl immer noch nicht begriffen, dass dieses bisschen Dreck das Geringste seiner Probleme ist.

„Hö ...hört mal... ich bbbin mir sicher, daaas wir das irgendwie anders k... klären können. Es muss doch nicht no.. noch mehr Bbblut vergossen werden."

Skorpions Nasenflügel blähen sich, erst ist kurz davor dem vor Angst stotternden Richter einfach den Kopf abzureißen.

„Das aus deinem Mund zu hören verwundert mich. Du bist doch derjenige, der uns alle umbringen lassen wollte. Das Blutvergießen geht also auf deine Kappe. Es wundert mich aber nicht, dass du jetzt den Schwanz einziehst. Wenn es plötzlich um das eigene Blut und nicht mehr um das von Fremden geht, werden reiche Wichser wie du schnell ganz kleinlaut."

Der Richter wird weiß wie Schnee, Angstschweiß glänzt auf seiner Stirn.

„Ich habe Geld, viel Geld. Ich gebe euch so viel ihr wollt."

Prüfend lasse ich meinen Blick über die Umgebung schweifen. Keine Zeugen, keine Passanten, nicht mal eine verdammte Katze ist zu sehen.

Ace lässt seinen Kopf im Nacken rollen, seine Wirbel knacksen geräuschvoll.

Er atmet tief ein, überreicht Slide seine Waffe und geht auf den Richter zu.

„Bevor du stirbst, will ich dir noch eine Sache mit auf den Weg geben. Nicht alles ist für Geld zu kaufen. Loyalität, Ehrlichkeit und Integrität haben kein Preisschild."

MacDowney weicht so weit er kann zurück. Erst als er gegen Razzor stößt und der ihn mit einem Schubs zurück zu Ace befördert, kapiert er, dass seine Gnadenfrist abgelaufen ist.

Auf den Lippen meines Präsidenten breitet sich ein zufriedenes Lächeln aus.

„Kein Blutvergießen. Versprochen."

Mit diesen Worten umfasst er den Kopf des Richters und bricht ihm mit einer ruckartigen Bewegung das Genick. Der leblose Körper sackt in sich zusammen wie eine Marionette, bei der die Fäden durchgeschnitten worden sind.

„Verdammt! Das ging viel zu schnell. Er hätte mehr leiden müssen."

Pokers Worte entlocken Razzor ein zustimmendes Grunzen.

„Ja, das sehe ich auch so, Bro. Aber um ehrlich zu sein, hatte ich einfach keinen Bock, noch mehr Zeit mit diesem Wichser zu verschwenden. Während ich hier irgendwo im Nirgendwo auf der Straße stehe, liegt meine Old Lady in meinem Bett und wartet darauf, dass ich sie mir nehme. *Fuck off!* Mehr von meiner Zeit konnte ich für diesen Drecksack einfach nicht erübrigen."

Ace fährt sich mit den Fingern durch seine schulterlangen Haare. Zusammen mit Mad hebt er den Leichnam des Richters hoch und wirft ihn in hohem Bogen in das im Mondschein pechschwarz aussehende Wasser.

Ich beobachte, wie der Körper im Wasser versinkt – das wäre erledigt.

„Wolltest du ihn nicht irgendwo tief und unauffindbar vergraben?"

Der Präsident der Dead Riders zuckt gelangweilt mit den Schultern.

„Nope, Bro. Alles, was ich will, ist fertig werden. Es ist mir scheißegal, ob ein Angler in ein zwei Wochen den aufgedunsenen Richter an der Angel hängen hat. Mir reicht's für heute."

Mit diesen Worten zündet er sich eine Zigarette an und stößt den Rauch geräuschvoll aus.

Da es erheblich weniger Arbeit und bedeutend weniger Schweiß bedeutet, MacDowney den Fischen zu überlassen, bin ich mit dieser Variante mehr als zufrieden.

„Was passiert jetzt mit Zuko?"

Razzor deutet mit dem Kopf auf den am Straßenrand stehenden Van.

Ace zieht an seiner Kippe, die orange glühende Spitze der Zigarette leuchtet in der Dunkelheit.

„Schneidet ihm den Kopf ab und serviert ihn zusammen mit Akumas Händen dem restlichen Schlitzaugenclan. Es wird Zeit ein Zeichen zu setzen. Wir werden diesen Chinesen ein für alle Mal klarmachen, wer hier, verdammt noch mal, das Sagen hat."

Perplex sehe ich Ace an. Eigentlich hatte ich gedacht, dass wir Akuma und Zuko so verschwinden lassen, dass die Chinesen uns nicht nachweisen können, dass wir für den Tod ihrer Anführer verantwortlich sind.

„Du weißt, dass sie sich rächen werden?"

Ace nickt.

„Ja das weiß ich, Bro. Aber ich weiß auch, dass ich es satt habe, mich vor diesen Stäbchenfetischisten zu verstecken. So eine Scheiße wie mit dem Richter darf nie wieder passieren. Wir werden diese Chinesen ein für alle Mal Respekt lehren!"

Skorpion murmelt etwas Unverständliches, ehe er uns mitteilt, dass er sich um diese Kopf-und-Hände-Sache kümmern wird. Zusammen mit Poker macht er sich auf den Weg zum Van.

Slide wirft einen letzten Blick auf den See. Dann steigt er in den Mercedes und fährt davon. Zusammen mit Poker wird er ihn in einer verlassenen Kiesgrube verschwinden lassen.

Holy Fuck!

Mir geht es genau wie Ace – alles- was ich jetzt will- ist Abigail. Ich will meine Lady in meine Arme ziehen, sie fest an meinen Körper drücken und meine Nase in ihren Haaren vergraben und ihren Geruch inhalieren.

Vor nicht allzu langer Zeit war ich mir sicher, dass eine Old Lady nichts für mich ist, zu meinem Glück hat mich das Schicksal eines Besseren belehrt. Dieses Mädchen, das zuhause auf mich wartet, ist mehr, als ich verdient und mehr, als ich mir jemals erhofft habe. Routiniert setze ich mir den Helm auf, steige auf mein Motorrad und folge Ace zurück nach Tacoma.

Als wir endlich an den Toren des Clubs ankommen, färbt sich der Himmel in der aufgehenden Sonne bereits rosaviolett.

Die letzten Stunden waren extrem anstrengend. Diese Nacht habe ich zusammen mit meinen Brüdern dem Sensenmann verdammt viele Seelen geschickt. Die Gesichter all der Männer, die wir getötet haben, sind längst vergessen. Alles was zählt ist, dass kein Dead Rider sein Leben gelassen hat, der Rest ist unwichtig.

Noch bevor ich meine Harley parken kann, sehe ich auch schon Abigail auf mich zueilen. Kaum dass ich den Motor ausgeschaltet habe, steige ich von meinem Bike und fange mein Mädchen auf, das sich mir stürmisch in die Arme wirft.

„Hey Baby..."

Sie küsst mich kurz und heftig.

„Hey Rider...."

Ich stelle sie wieder auf die Beine, Abigail löst sich widerwillig von mir.

Erst als ich die Blutschmierer auf ihrem weißen Wollpullover sehe, fällt mir wieder ein, dass ich dank des fetten Chinesen voller Blutspritzer bin. Abi bemerkt meinen entsetzten Blick und schaut an sich herab, als sie das viele Blut sieht wird sie panisch.

„Oh mein Gott, Spider. Bist du verletzt? Hat es dich erwischt?"

Sie beginnt damit mich von oben bis unten abzutasten. Ich umfasse ihre Oberarme und zwinge sie so dazu, damit aufzuhören.

„Sieh mich an, mein Engel. Das Blut ist nicht von mir."

Es dauert eine Sekunde, bis sie kapiert, was ich ihr gerade gesagt habe, sofort wird sie ruhiger.

„Wessen Blut ist es dann?"

„Glaube mir, das willst du nicht wissen."

Sie lässt ihren Blick an mir hinabgleiten, sofort tritt sie einen Schritt zurück.

„Das ist aber verdammt viel Blut..."

Ich zucke mit den Schultern.

„Glaube mir, Akuma braucht es nicht mehr."

Aus Abis Kehle löst sich ein ersticktes Keuchen.

„Wie viele Männer hast du heute Nacht getötet?"

Ihre Frage erstaunt mich, ohne sie aus den Augen zu lassen führe ich sie ins Innere des Clubs und setze sie auf einen der Ledersessel.

„Das spielt keine Rolle, Baby. Alles, was du wissen musst, ist, dass es jetzt vorbei ist und dass kein Rider verletzt worden ist. Der Rest ist absolut unwichtig."

Sie schluckt schwer, nickt jedoch zustimmend.

„Geht es dir gut, Kleines?"

Ich suche ihren Blick.

„Ja. Ich bin nur wegen des Bluts erschrocken."

Das wundert mich nicht. Beim nächsten Mal muss ich wirklich darauf achten, mich nicht so schmutzig zu machen.

„Wir werden heute Nacht hierbleiben. Das ist sicherer."

Abi widerspricht mir nicht. Ace und Skorpion betreten den Club, Razzor folgt eine Minute später mit seiner Old Lady in seinen Armen.

„Lasst uns für heute Schluss machen Männer. Um 14:00 Uhr treffen wir uns alle am Tisch."

Mit diesen Worten steigt Ace die Stufen hoch, ich folge ihm mit Abi im Arm.

Oben in Catchers früherem Apartment angekommen führe ich Abi in ihr ehemaliges Zimmer. Angel schläft ebenfalls in diesem Apartment, aber in Susans und Catchers ehemaligem Schlafzimmer. Kaum dass ich die Türe hinter uns geschlossen habe, streift Abi mir die mit Blut verschmierte Kutte von den Schultern, mein Hoodie folgt eine Sekunde später. Erst als ich komplett nackt vor ihr stehe, zieht sie sich ebenfalls den Pullover über den Kopf, ehe sie sich an mich schmiegt.

„Ich habe mir solche Sorgen um dich gemacht."

Ihr Eingeständnis bringt mein Herz aus dem Takt.

„Das musst du nicht, Baby, Ich werde immer zu dir zurückkommen."

Was ich sage meine ich absolut ernst. Selbst wenn ich mit dem Teufel persönlich über meine Seele verhandeln müsste, ich würde absolut immer einen Weg zurück zu Abigail finden.

Mit meinen Händen ihr Gesicht umfassend, presse ich meine Lippen auf die ihren.

Ihr süßer Geschmack benebelt meine Sinne und lässt mich sofort hart werden.

Erst als sich ein sehnsüchtiges Seufzen aus ihrem Mund löst, gebe ich sie wieder frei.

„Gib mir fünf Minuten, Baby. Ich muss duschen. Ich kann nicht mit dem Blut eines anderen Mannes auf meiner Haut zu dir ins Bett steigen."

Sie verzieht ihre Lippen zu einer Schnute.

„Fünf Minuten, keine Sekunde länger."

Ich verpasse ihrem Po einen Klaps und eile mit großen Schritten ins Bad.

Nach einer schnellen, jedoch gründlichen Dusche gehe ich zurück zu meiner Old Lady. Sie steht nackt und wunderschön vor dem leicht geöffneten Fenster. Das violette Licht der Morgensonne hüllt ihren Körper ein – sie ist wunderschön.

Bei allem, was mir heilig ist, aber wenn ich sie nicht in wenigen Augenblicken nackt unter mir liegen habe, verliere ich noch den Verstand.

Jede Zelle meines Körpers sehnt sich nach ihrem süßen Geschmack, nach der engen Hitze ihrer Pussy und ihren Fingern, die sich auf der Suche nach Halt in meine Haut graben. In dem Augenblick, in dem sie sich zu mir umdreht, wird sie zum Mittelpunkt meiner Welt. Knurrend zeichne ich mit meinen Fingerspitzen den dunklen Warzenhof ihrer Nippel nach. Knete das weiche Fleisch und ziehe an ihren aufgerichteten

Brustwarzen. Stöhnend schließt sie ihre Augen, gibt sich meinen Berührungen hin und schenkt sich mir bedingungslos...

„Ich will mit dir spielen, Rider."

Das Funkeln in ihren Augen lässt mich noch härter werden. Noch bevor ich verstehe, was sie meint, sinkt sie anmutig vor mir auf den Boden.

Fuck. Diese Frau ist mein Tod!

Der Anblick, den sie mir bietet, ist das Geilste, was ich in meinem ganzen Leben jemals gesehen habe. Nichts fühlt sich besser an als die Frau meines Lebens vor mir knien zu sehen.

Ohne unseren Blickkontakt zu unterbrechen, umfasst sie meinen Schwanz und pumpt ihn gekonnt. In dem Augenblick, in dem sie sich die Lippen leckt, beginnen meine Hoden ungeduldig zu puckern.

Abis heißer Atem streift über meine geschwollene Eichel, sie lässt ihre Zungenspitze darüberschnellen.

An ihm saugend nimmt sie ihn langsam und unfassbar tief in den Mund.

Ihre Wangen wölben sich nach innen, während sie meine komplette Länge tief in ihre heiße Kehle saugt. Knurrend vergrabe ich meine Finger in den weichen Strähnen ihrer Haare, übe so mehr Kontrolle auf sie aus, während ich mich ermahne, ihr Zeit zu lassen.

Abis raue Zunge raubt mir den Atem, geschickt spielt sie mit meinen Eiern, massiert sie und zieht sie sanft in die Länge. Meine Atmung stockt, es ist soweit – ich sterbe.

Ihre vollen Lippen umschließen den dicken Schaft meines Glieds, während sich jeder noch so kleine Muskel in mir krampfartig anspannt. Meine Urinstinkte übernehmen die Oberhand, jetzt gibt es kein Zurück mehr.

Mein Besitzanspruch dieser Frau gegenüber ist grenzenlos und ich habe das Gefühl, dass er immer stärker wird.

Ich werde niemals zulassen, dass sich mein Mädchen in Gefahr begibt oder sich von mir entfernt. Für den Rest meines Lebens werde ich die völlige Kontrolle über sie haben.

Leckend, züngelnd, knabbernd und saugend treibt mich meine Süße in den Wahnsinn.

Ich spüre, wie sich meine Eier für den finalen Schuss vorbereiten und ziehe mich aus ihrer Kehle heraus. Gierig auf mehr ziehe ich sie zu mir hoch, presse ihren kleinen Körper an den meinen und lasse sie meine Kraft spüren. Ich will, dass sie ganz genau fühlt, wie schutzlos sie ist. Diese kleine perfekte Frau ist mein Leben und meine Zukunft.

Wild und erbarmungslos duelliere ich mich mit ihrer Zunge, meine Hände wandern über ihren Körper und ich weiß ganz genau, was ich jetzt mit ihr tun werde – ich werde sie so lange ficken, bis unsere Körper verschmelzen.

Unter meiner Eroberung wird ihr Körper weich und anschmiegsam, aus ihren geschwollenen Lippen löst sich ein Stöhnen.

Ungeduldig lege ich meine Hände auf ihren runden Po und hebe sie hoch. Es wird, verdammt noch mal, Zeit, meiner Frau endgültig begreiflich zu machen, wessen Eigentum sie ist.

Ich küsse sie grob, drehe sie in meinen Armen um und lege meine Hand um ihren schmalen Hals. Knurrend drücke ich sie nach unten, erst als sie bäuchlings auf dem Bett liegt und sich ihr perfekter Po schutzlos und aufreizend vor mir windet, spüre ich, wie ich mich wieder etwas unter Kontrolle bekomme.

Reiß dich gefälligst zusammen, Rider. Sie ist keine erfahrene Clubbitch sondern ein unerfahrenes Mädchen...

Tief in meinem Inneren wütet ein gefährliches Durcheinander.

„Du gehörst nur mir, Baby! Nur mir!"

Sie leckt sich keuchend über die Lippen, dreht ihren Kopf auf die Seite und sieht mir tief in die Augen.

Langsam streiche ich mit meiner Hand über ihren Rücken, spüre jeden einzelnen ihrer Wirbel und beobachte fasziniert, wie sich ihr Atem alleine durch diese Berührung beschleunigt. *Gott, sie ist einfach zu perfekt.*

Das sanfte Blau ihrer Adern, das durch ihre milchweiße Haut scheint, bringt mein Blut zum Kochen. Es ist nicht mehr nur so, dass ich Abigail begehre, oh nein, mittlerweile ist sie der Mittelpunkt meines Lebens.

Jeder meiner Gedanken wird von ihr dominiert, mein Körper sehnt sich nach ihren Berührungen - meine Welt hat angefangen, sich nur noch um sie zu drehen.

Genussvoll zeichne ich die weichen Falten ihrer nassen Pussy nach und lausche ihren immer schneller werdenden Atemzügen.

Mein Engel muss lernen, dass sie mir ausgeliefert ist, dass sie unter meiner Kontrolle steht und dass ich zu allem, wirklich allem, bereit bin, nur um sie zu beschützen und zu besitzen! Gierig fahre ich mit meinen Fingern durch die zuckende Spalte, verweile kurz an ihrem engen Eingang. Nass und cremig erwartet ihr Körper meine Inbesitznahme.

Maßlos erregt, dringe ich mit zwei meiner Finger in ihre Scheide ein, mein Daumen reibt quälend langsam über ihren Kitzler. Ich beobachte fasziniert wie sich ihre Atmung verändert. Den Druck erhöhend kreise ich härter über ihre Klit, lasse ihre Lust anschwellen und stoppe die Bewegung erst kurz bevor sie ihren Höhepunkt erreicht hat. Das leise, gequälte Wimmern, das sich aus ihrem Mund löst, ist Musik in meinen Ohren. Meine Lady kann es kaum erwarten, gefickt zu werden.

Nur meins!

Das süße Aroma ihrer Erregung erfüllt die Luft und ich kann ihr nicht länger widerstehen.

Hungrig beuge ich mich zu ihr hinunter, fahre mit meinen Lippen über die weiche Haut an ihrem Rücken und lecke ihren salzigen Schweißfilm ab.

Saugend, knabbernd und leckend reize ich die Haut an ihrem Schulterblatt... Bestimmend schlinge ich meinen Arm um ihren Körper, Abi weiß, was ich will und geht auf die Knie. Braves Mädchen. In dieser Position reckt sich ihr kleiner Po noch aufreizender in meine Richtung. Pink, geschwollen und feucht glänzend bietet sie mir in dieser Position ihre feuchte Muschi an.

Angespannt bringe ich mich hinter ihr in Position, genieße den göttlichen Augenblick und ramme mich mit einem harten Stoß tief in ihren engen Körper.

Ihr lauter Schrei lässt mir jegliches Blut in den Schwanz schießen.

Mich tief in ihr vergrabend wickle ich mir ihre weichen Haare um die Finger und ziehe so ihren Kopf in den Nacken.

Das immer lauter werdende Stöhnen, das sie von sich gibt, lässt mich beinahe kommen.

Rhythmisch dringe ich in sie ein, mache sie mit jedem erneuten harten Vorstoß noch mehr zu der meinen.

Ihre glitschigen Scheidenwände beginnen zu zucken, ich spüre, dass sie kurz davor ist zu kommen. Das gierige Wimmern, das sich aus ihrer Kehle löst, als mein harter Schwanz immer tiefer in sie eindringt, lässt mich durchdrehen.

Immer gnadenloser und schneller lasse ich sie meine Kraft spüren, erst als sie laut stöhnend die Augen verdreht und ich die starken Zuckungen ihres Orgasmus spüren kann, lockere ich meinen bestimmenden Griff und spritze meinen Samen laut brüllend in ihren bebenden Körper.

Erschöpft, verschwitzt und atemlos starre ich auf mein Mädchen hinunter. Langsam dreht sie den Kopf zur Seite. Wie jedes Mal nach dem Sex verziehen sich ihre Lippen zu diesem süßen, zutiefst weiblichen Lächeln, das absolute Befriedigung und totale Zufriedenheit ausdrückt.

Sachte streiche ich mit meinen Händen über ihre Stirn und bemerke, dass meine Finger zittern. Diese Frau schafft, was zwei Dutzend bis an die Zähne bewaffnete Chinesen und ein korrupter Richter nicht geschafft haben, sie zwingt mich in die Knie.

Blinzelnd öffnet sie ihre Augen.

„Ich liebe dich Spider."

Ihre Stimme klingt rau und kehlig.

„Ich liebe dich Baby."

Vorsichtig ziehe ich mich aus ihr heraus. Rolle mich von ihr herunter und lasse mich neben ihr auf den Rücken fallen.

Als sich mein Herzschlag wieder etwas beruhigt hat, ziehe ich sie in meine Arme, schließe meine Augen und schlafe auf der Stelle ein.

34. Kapitel

Abigail

Innerlich kochend beobachte ich, wie Angel Ghost aus dem Pick-up hilft.

Natürlich bin ich unendlich froh, dass es ihm wieder gut geht und dass er endlich wieder im Club ist, dennoch fühlt es sich komisch an, ihn mit dieser Frau zu sehen.

Ich spüre Spiders prüfenden Blick auf meinem Gesicht und weiß, dass er sich fragt, was mit mir los ist.

Ace und die anderen begrüßen ihren Bruder mit lauten Pfiffen, Jubelrufen und unzähligen Glückwünschen. Kaum dass er die Beifahrertüre hinter sich geschlossen hat, treffen sich unsere Blicke. Da Spider aus Sicherheitsgründen darauf bestanden hat, dass ich möglichst viel Zeit auf dem Gelände der Riders verbringe, habe ich Ghost nur ein einziges Mal im Krankenhaus besuchen können. Ich stehe auf und gehe auf ihn zu. Sofort öffnet er seine Arme und ich schmiege mich an seine Brust.

Tränen der Erleichterung und des Glücks steigen mir in die Augen, wenn es den Chinesen gelungen wäre, ihn umzubringen, wäre ich wahrscheinlich Amok gelaufen.

„Es tut gut, dich zu sehen, Ridergirl..."

Er presst seine Lippen auf meine Stirn.

„Wenn du dich jemals wieder anschießen lässt, kündige ich dir die Freundschaft, Ghost."

Sein Brustkorb bebt vor unterdrücktem Lachen.

„So wie ich das sehe, wird das mit der nächsten Kugel nicht lange dauern, dein alter Mann hat seinen Finger schon so gut wie am Abzug."

Ich löse meine Arme nur ungern von ihm und drehe mich zu Spider um. Sein Gesichtsausdruck wirkt zwar völlig neutral, doch das gefährliche Funkeln in seinen eisblauen Augen sagt mir, dass mein Rocker kurz davor ist, vor lauter Eifersucht auf seinen eigenen Bruder zu schießen.

„Verdammt!"

Ghost streicht mir sanft über die Schläfe.

„Ich kann ihn gut verstehen Abi. Wenn du meine Old Lady wärst, würde ich auch nicht erlauben, dass dich ein anderer Mann so umarmt, wie ich es gerade getan habe."

Eine große Hand schlingt sich um meinen Arm, zieht mich an einen breiten Brustkorb.

Spider ist gekommen, um sein Revier zu markieren. Dämliches Platzhirschgehabe ...

„Willkommen zurück, Bro."
Spider und Ghost reichen sich die Hand, die Spannung zwischen den beiden ist spürbar.

Sobald die beiden ihre Begrüßung beendet haben, führt mich Spider hinter das Clubhaus. Genau an der Stelle, an der die Löcher von meinen Schießübungen den Beton zieren, presst er mich gegen die Wand. Erschrocken stütze ich mich mit den Händen ab. Seine Finger streichen über meinen Nacken ehe sie meinen Hals umschließen.

„Was zur Hölle soll das werden, Abigail?"

Ohhhh, wenn er mich beim Vornamen nennt, muss er wirklich richtig sauer auf mich sein.

„Wovon redest du? Ich habe einen Freund begrüßt."

Spider gibt ein aufgebrachtes Schnauben von sich.

„Das wirst du zukünftig unterlassen!"

„Wie bitte?"

Verärgert versuche ich mich zu ihm umzudrehen, doch er hält mich mit Leichtigkeit davon ab. Wenn das hier ein Kräftemessen werden soll, habe ich sowieso verloren...

„Du hast mich richtig verstanden. Du bist meine Frau, ich habe jedes Recht, dir zu verbieten, dich in die Arme eines anderen Kerls zu schmeißen! Fuck Abi. Du bist meine verdammte Old Lady!"

Seine Stimme klingt dunkle, rau, fast wie ein Knurren. Sein Körper ist komplett angespannt, ich spüre das Zucken seiner Muskeln.

„Old Ladys tragen Kutten, ich hingegen habe kein Leder, das mich als dein Eigentum auszeichnet."

Spiders Finger graben sich schmerzhaft tief in meine Haut.

„Was hat Ghost mit deiner Kutte zu tun?"

Ich zögere nicht und schieße sofort verbal zurück.

„Was hat meine Freundschaft zu Ghost mit deiner deplatzierten Eifersucht zu tun?"

Ein Schwall Flüche verlässt seinen Mund, ehe er etwas über dämliche Prospects, zickige Weiber und komplizierte Fremdwörter murmelt.

In der einen Sekunde stehe ich noch mit dem Gesicht zur Wand, in der nächsten schiebt mir mein Rocker seine Zunge in den Mund und stiehlt mir den Atem.

„Verdammt Baby, du machst mich fertig."

Jetzt bin ich also wieder sein Baby....

Seine langen Finger mit den meinen verschlingend zerrt er mich über den Hof direkt zu seinem Bike. Eine Minute später sitze ich, mit dem Helm auf dem Kopf, bereits hinter ihm auf dem Sozius und wir fahren vom Gelände.

Was zur Hölle hat er vor?

Sein Fahrstil ist noch schneller und aggressiver als gewöhnlich, er fährt direkt zu mir nachhause.

Er parkt die Harley in der Einfahrt und wartet dann, bis ich abgestiegen bin, ehe er mich hinter sich her zur Haustür schleift. Da er seit dem letzten Mal, als er hier war, seinen eigenen Schlüssel hat, sperrt er kurzerhand die Türe auf und zerrt mich die Treppen in den ersten Stock rauf. In seinen Augen erkenne ich pure Entschlossenheit. Mein Rider umfasst meine Schultern und presst mich auf das Bett, ich setze mich und schüttle verwirrt den Kopf.

„Was wird das hier, Spider?"

„Ich habe es zu lange aufgeschoben. Ich wollte warten, bis der richtige Augenblick gekommen ist, doch du willst es ja nicht anders."

Wovon zum Teufel redet er da nur?

Mit großen Schritten umrundet er das Bett, öffnet die Schublade in der braunen Holzkommode neben dem Fenster, in der er seine Sachen untergebracht hat und zieht etwas hervor, das in braunes Packpapier eingewickelt ist.

„Seit damals in Kanada, als du völlig verängstigt und halb nackt zwischen all den toten Mexikanern gestanden und mich so hilfesuchend angesehen hast, weiß ich, dass du die Eine für mich bist. Scheiße, Süße! Das klingt echt krank, aber so ist es nun mal. Glaub ja nicht, dass ich nicht versucht habe, vor genau diesem Augenblick hier zu flüchten. Denn das habe ich, ich bin durch das halbe Land gefahren, habe tausende von Meilen zwischen uns gebracht und es hat alles nichts genützt. *Fuck!* Wahrscheinlich lacht sich das Schicksal gerade über mich schlapp, weil es mir ein siebzehnjähriges, unschuldiges Mädchen in den Weg gestellt hat – aber das stört mich nicht. Mich stört rein gar nichts, solange du nur mir gehörst!"

Tief durchatmend stellt er sich breitbeinig vor mich, sieht prüfend auf mich herab und schüttelt ungläubig den Kopf.

„Für dich würde ich einfach alles tun, Baby."

Mit diesen Worten überreicht er mir das braune Päckchen.

Tief in meinem Inneren ahne ich schon, was sich darin befindet, dennoch bekomme ich Herzrhythmusstörungen, als ich das schwarze Leder mit dem ‚Property of Spider'-Patch auspacke.

Tränen des Glücks steigen mir in die Augen, ich bekomm kaum noch Luft.

Mir ist klar, dass das einfach nur eine Kutte ist, und kein tausend Dollar teurer Diamant. Und dennoch würde ich sie gegen kein Geld der Welt eintauschen.

Es geht hier nicht um den materiellen Wert, sondern um die Bedeutung dieses einzigartigen Augenblicks.

Wenn ein Rider einer Frau sein Leder überreicht, dann ist diese Bindung für immer. Es bedeutet, dass er diese Frau mit seinem Leben beschützen, dass er für sie sorgen und sein Leben mit ihr verbringen will.

Eine Ehe kann geschieden werden, das, was Spider mir da gerade anbietet, nicht.

Ab jetzt bin ich eine richtige Old Lady. Der MC wird immer über mich wachen.

Als Spider bemerkt, dass mir dicke Tränen über die Wangen laufen, kniet er sich vor mich und umfasst zärtlich mein Gesicht. Mit seinen rauen Daumenkuppen streicht er sie mir aus dem Gesicht, ehe er mich langsam und tief küsst.

Unsere Zungen umschlingen sich, wir verlieren uns zwischen den Lippen des anderen.

Spider knabbert an meiner Unterlippe und beendet somit unseren Kuss.

Lachend und zugleich weinend sitze ich mit dem Geschmack meines Rockers auf den Lippen auf der Bettkante und bin so glücklich wie noch nie.

„Dir ist schon klar, dass ich diese Kutte niemals wieder ausziehen werde?“

Aus seinem Brustkorb löst sich ein dunkles Lachen.

„Das will ich hoffen, Baby. Ich kann es kaum erwarten, dich von hinten zu ficken während du nur mein Leder trägst. Ich werde meinen Samen in deine Muschi pumpen und dabei auf das Patch starren, das dich als mein Eigentum markiert – besser geht es nicht.“

Da ist sie also wieder, die Rockerromantik...

Mit zitternden Fingern streiche ich über das Patch, ehe ich vor Glück laut lachend die Augen verdrehe. Entschlossen, mit der Heulerei aufzuhören, stehe ich auf und ziehe mir die Kutte an.

Ungläubig streiche ich mit meinen Händen über die Vorderseite und spüre rechts unten einen weiteren Patch. Neugierig sehe ich nach unten, eine Gänsehaut überzieht meine Arme.

Catcher – Gott, wie sehr ich ihn vermisse!

Ganz unten befindet sich ein GBNF-Aufnäher. Jetzt ist es mit meiner Selbstbeherrschung endgültig vorbei, meine Tränen laufen in Strömen.

„Danke, danke, danke, danke, danke, danke, danke. Das ist perfekt!“

Spider zieht mich in seine Arme, ich berge meinen Kopf an seiner Schulter, schnuppere an seiner Halsbeuge und inhaliere sein unverkennbares Aroma. Mein Rocker riecht nach Mann, Leder und Motoröl. Ist es verrückt, dass ich es schade finde, dass er heute nicht nach Schießpulver riecht? Wahrscheinlich schon.

„Baby, du hast keine Ahnung, wie tief meine Liebe für dich ist und wie bereit ich bin, alles für dich zu tun!“

Doch, das habe ich, denn mir geht es nicht anders.

Schweigend und engumschlungen stehen wir in dem Haus, das mein Onkel damals für seine Familie gekauft hat. Jetzt liegt es an mir und dem Rider, dessen Geruch ich gerade tief in mich aufsauge, unsere eigene Familie zu gründen und glücklich zu sein. Ich bete zu Gott, dass uns viele Jahre voller Glück und Liebe bevorstehen!

„Sollte ich dich jemals wieder in den Armen eines anderen Mannes sehen, werde ich mit diesem kurzen Prozess machen und dann wird es mir völlig egal sein, ob er ein Rider oder ein Zivilist ist. Verstanden? Du gehörst nur mir, Abi. Ich teile nicht."

Mir ist durchaus bewusst, dass Spider gerade völlig übertrieben reagiert und dass jede Feministin in diesem Land bei dieser Äußerung ihren Kopf auf die Tischplatte schlagen würde, aber zum Teufel noch mal, ich finde Spiders besitzergreifende Art und seine Eifersucht irgendwie süß. Es ist seine Art mir zu zeigen, wie viel ich ihm bedeute.

Mir über die Lippen leckend suche ich seinen Blick und streiche mit meinen Fingerspitzen über das Revers seiner Kutte. Seine Atmung beschleunigt sich augenblicklich. Ich streiche über seinen Bauch, schiebe meine Hand in seine Hose und umfasse sein bereits hartes Glied.

„Wie wäre es mit einem harten Ritt, Rider?"

Seine Pupillen weiten sich, er schluckt hart.

„Hast du nach letzter Nacht noch nicht genug, Baby?"

„Von dir werde ich nie genug bekommen, Spider."

Ich gehe auf die Zehenspitzen, lecke über seinen Hals und beiße ihm sachte ins Ohrläppchen.

„Zur Hölle. Du bist ein sexhungriges Geschöpf."

Er umfasst meinen Po und presst mich fester an seinen Körper.

„Erst seitdem ich dir begegnet bin. Es muss also deine Schuld sein, dass ich von deinem Schwanz nie genug bekomme."

Er stößt ein animalisches Knurren aus, hebt mich hoch und wirft mich in die Mitte des Bettes. „Ich würde sagen, dann habe ich alles richtig gemacht, Baby!"

Oh ja, allerdings....

Ich spreize meine Beine, er legt sich auf mich und presst mich mit seinem Gewicht in die Matratze. Seine Hände öffnen meine Hose, seine Finger sind plötzlich überall. Es dauert nicht lange, bis ich mich nackt, nur mit meiner Kutte auf den Knien vor ihm befinde und stöhnend sein dickes Glied in mich aufnehme. Spider krallt seine Finger in mein Fleisch und verfällt in einen schnellen, gnadenlosen Rhythmus.

35. Kapitel

Ghost

„Hey Bro, wie vertragen sich deine Schmerzmittel mit der Flasche Whiskey?"

Razzors Frage mit meinem Mittelfinger beantwortend, starre ich in die Flammen des im Ölfass brennenden Feuers. Es dürfte mittlerweile kurz nach Mitternacht sein, Angel lehnt mit ihrem Kopf an meiner unverletzten Schulter, ihre Augen sind geschlossen, sie wirkt entspannt. Während die Schussverletzung, die ich diesem Drecks-Chinesen zu verdanken habe, nur noch dumpf pocht, löst der Anblick von Abi, die Spiders Leder trägt, ein unangenehmes Ziehen in meinem Magen aus.

Sechs ganze Monate lang habe ich alles getan, um dieses Mädchen zu beschützen, sechs Monate lang war es mein Lebensinhalt, mich um Abigail zu kümmern, und jetzt kann ich sie nicht einmal mehr in die Arme nehmen, ohne das Risiko einzugehen, erneut eine Kugel abzubekommen.

Ich kann Spider nur raten, sich gut um Abi zu kümmern. Sollte er sie verletzen, verarschen oder irgendwie schlecht behandeln, töte ich ihn.

Die Stimmung im Club ist ausgelassen. Die Band *Puddle of Mudd* dröhnt mit ihrem Song *She Hates Me* aus den Boxen. Skorpion sitzt mit Ace auf einer Bank vor den geschlossenen Türen der Werkstatt, während Abi auf Spiders Schoß sitzt und ihre kleinen Hände unter sein Shirt gleiten lässt.

Es ist nicht so, dass ich eifersüchtig bin, es fühlt sich nur einfach komisch an, sie mit einem anderen Mann zu sehen, nachdem ich so lange die Verantwortung für sie übernommen hatte.

Einen weiteren Schluck aus der mittlerweile fast leeren Flasche Jack Daniel's nehmend betrachte ich Angels wunderschönes Gesicht. Ihre langen schwarzen Wimpern bilden dunkle Kränze um ihre Augen, die Tattoos an ihrer Schläfe schimmern leicht im flackernden Licht der lodernden Flammen. Ohne diese Frau wäre ich nicht mehr am Leben. Natürlich bin ich Angel dankbar dafür, dass sie mir den Arsch gerettet hat, doch das ist nicht der Grund, aus dem sie jetzt hier bei mir ist.

Es mag bescheuert klingen, aber in der Nähe dieser Frau fühle ich mich wie ein anderer Mensch. Angel bringt mich dazu die verrücktesten Dinge zu fühlen. Dank ihr bin ich nicht mehr nur ein emotionsloser Killer mit einer schizoiden Persönlichkeitsstörung. In der Nähe dieser faszinierenden Frau beginne ich zu fühlen...

Mit meinen Fingern streiche ich durch ihre weiß-blauen Haare. Wie so oft in der vergangenen Woche muss ich immer wieder an den merkwürdigen Traum denken, den ich in Marysville hatte. Der Gedanke, dass Angel mein persönlicher Schutzengel ist, gefällt mir verdammt gut. Mit jedem Tag, wo es mir etwas besser geht, wächst mein Verlangen nach ihr. Bis auf den Kuss im *'Devil's Point'* ist nichts mehr zwischen uns gelaufen - wenn das so weitergeht werden meine Eier so blau wie Angels Haarsträhnen.

Dank des langen Gesprächs, was ich mit Ace und Tick geführt habe, weiß ich, dass sich die Sache mit den Chinesen jetzt in genau zwei Richtungen entwickeln kann. Entweder haben sie die Warnung, die Razzor ihnen hat zukommen lassen, verstanden und sie lassen uns in Ruhe, oder aber die Scheiße fliegt uns so richtig um die Ohren. Völlig egal, was passieren wird, ich bin mir ziemlich sicher, dass keine Gefahr mehr für Angel besteht.

Nach dem Blutbad, das die Riders im Hafen angerichtet haben und dem Tod von Zuko und Akuma, werden die Schlitzaugen ihre gesamte Aufmerksamkeit auf den MC richten. Eine unbedeutende Tänzerin aus einem Stripclub in Marysville wird in ihren Racheplänen gewiss nicht vorkommen.

Ace überlässt es mir, wie und wann ich Angel von dieser für sie positiven Entwicklung erzähle.

Das Problem an der Sache ist nur, dass ich es ihr eigentlich gar nicht sagen will.

Ich will, dass Angel hierbleibt, ich will mehr Zeit mit dieser Frau verbringen und herausfinden, was das zwischen uns genau ist.

Natürlich könnte ich auch einfach die Karten auf den Tisch legen und sie bitten zu bleiben. Aber was, wenn sie nein sagt?

Ich kann das Risiko nicht eingehen, sie aus den Augen und somit auch aus meiner Reichweite zu lassen,.

Nennt mich ein egoistisches Arschloch, aber neben Abigail ist Angel die einzige Frau, die mich jemals etwas hat fühlen lassen.

Entschlossen, diese Nacht mit ihr zu verbringen, trinke ich den Whiskey leer, stelle die Flasche auf den Boden und küsse die Frau, die völlig entspannt an mir lehnt, auf den Scheitel.

„Komm Snow White ich bringe dich ins Bett."

Sie gibt ein leises Seufzen von sich.

„Aber nur, wenn du dich zu mir legst."

„Du bräuchtest eine verdammte Armee, um mich heute Nacht von deinem Bett fernzuhalten."

Ihre Mundwinkel zucken amüsiert. Sofort stelle ich mir vor, wie es sich wohl anfühlen würde, wenn sich ihre vollen Lippen saugend um meinen Schwanz schließen.

Alleine das Bild, wie sie vor mir auf die Knie geht, reicht aus, um mich unerträglich hart werden zu lassen. In meiner Fantasie schlinge ich mir ihre langen Haare um die Finger und dirigiere ihren Kopf in einem schnellen Rhythmus immer wieder vor und zurück.

Bei Gott... Ich würde mich so tief in ihre enge Kehle rammen, dass ihre Nasenspitze gegen meinen Bauch stoßen würde.

Holy Shit! Ich kann beinahe schon das laute Schmatzen ihrer geschwollenen Lippen hören.

Angel setzt sich aufrecht hin, streckt ihre Arme gen Himmel und lässt ihre Schultern rollen. Nachdem sie aufgestanden ist, streckt sie mir ihre Hand entgegen und sieht mich erwartungsvoll an.

„Was ist, Rider? Hast du Angst, dass du es mit mir nicht aufnehmen kannst?“

Ihre Augen blitzen belustigt.

„Nein, ich habe eher Angst davor, dass ich dich verschrecke und du schreiend um dein Leben rennst.“

In der einen Sekunde wirkt sie noch erheitert, in der nächsten verschreckt. Irgendetwas von dem, was ich gerade gesagt habe, hat ihr Angst gemacht.

„Schläge, Tritte und Bondagespiele sind für mich tabu! Wenn ich nein zu dir sage, dann bedeutet das auch nein und nicht ja. Im Gegensatz zu den meisten Frauen meine ich, was ich sage. Sobald ich dich bitte aufzuhören, erwarte ich, dass du es sofort tust!“

Heilige Scheiße!

Was zur Hölle hat sie denn bitte in ihrer Vergangenheit durchmachen müssen, dass sie mir mitteilt, dass Tritte für sie nicht zum Sex gehören?

Schläge und Bondage, OK. Das gehört ja mittlerweile schon fast zu jeder Vanillabeziehung. Aber Tritte? Fuck!

„Baby, ich werde nichts tun, was du nicht willst!“

Sie sieht mir tief in die Augen.

„Versprich es.“

Besitzergreifend ziehe ich Angel in meine Arme und verspreche ihr, dass ich sie nicht verletzen werde.

Der Drang, sie zu beschützen, wird beinahe übermächtig. Stumm schwöre ich mir, herauszufinden, was ihr passiert ist und dem Typen sämtliche Knochen zu brechen. Angel gehört ab jetzt zu mir, sie ist mein Mädchen und ich ertrage es nicht, wenn sie sich vor mir fürchtet.

Für eine Sekunde denke ich darüber nach, ihr von meinem ehemaligen Präsidenten zu erzählen, den ich in einem klassischen Overkill mit über vierzig Messerstichen hingerichtet habe, weil ich ihn dabei erwischt habe, wie er die Old Lady eines anderen Riders vergewaltigt hat. Ich entscheide mich dagegen. Das Wissen, dass ich ohne Probleme zu so einer Gewalttat fähig bin, wird Angel bestimmt nicht dabei helfen, sich in meiner Gegenwart wohl zu fühlen.

Nach einem kurzen Moment des Zögerns schlingt sie mir ihre Arme um den Rücken und entspannt sich wieder etwas.
Ich lege ihr meinen Zeigefinger unters Kinn, hebe ihren Kopf an und suche ihren Blick.

„Vertrau mir Angel, bevor ich dich verletze, hacke ich mir lieber die Hände ab.“

Sie saugt ihre Unterlippe zwischen die Zähne und knabbert darauf herum.

„Das Schicksal hat dafür gesorgt, dass sich unsere Lebenswege kreuzen, jetzt müssen wir dafür sorgen, dass sie sich verbinden.“

Diese Frau hat keine Ahnung, was ihre Worte mit meiner Seele anrichten.

Angel stellt sich auf die Zehenspitzen, streift mit ihren Lippen über die meinen und verführt mich zu einem leidenschaftlichen Kuss.

Unser Atem vermischt sich, meine Hoden ziehen sich puckernd zusammen, der Griff, mit dem ich sie halte, festigt sich.

Ich hebe sie kurzerhand hoch und ignoriere den Schmerz, der wellenartig von meiner noch nicht ganz verheilten Verletzung ausgeht.

Angel schlingt mir ihre langen Beine um die Taille. Mit großen Schritten trage ich sie über den Hof, in das Clubhaus und die Treppe nach oben in den ersten Stock.

Vor der Türe zu dem Apartment, in dem sie während ihres Aufenthalts im MC wohnt, bleibe ich stehen und warte, bis sie die Türe geöffnet hat.

Zeitgleich mit dem Aufschnappen des Schlosses trage ich sie durch die Türe.

„Wo ist dein Schlafzimmer?“

„Hinten rechts.“

Noch bevor ich den gewünschten Raum gefunden habe, knabbert sie an meinem Hals und vergräbt ihre Finger in meinen Haaren.

Nacht für Nacht habe ich mir vorgestellt, wie es sich wohl anfühlen muss, Angel zu berühren, sie mit meinem Körper zu bedecken und sie tief und langsam zu bumsen. Jetzt ist endlich der Augenblick gekommen, in dem ich die Antwort auf diese Frage bekomme.

In den vergangenen Monaten habe ich unzählige Frauen gefickt, keiner von ihnen ist es gelungen, in meinem Gedächtnis zu bleiben.

Bei Angel wird das anders sein, sie verführt mich nicht nur physisch, sondern auch emotional. Es kommt mir so vor, als ob sie in meinen Verstand eingedrungen ist und mich heilt. Diese Frau komplettiert mich, sie lässt mich hoffen.

Erst vor ihrem Bett stelle ich sie wieder auf die Beine.

„Obwohl ich mich nach dir verzehre, fürchte ich mich vor meiner eigenen Courage. Ich weiß nicht ob ich das wirklich durchziehen kann.“

Ihr geflüstertes Eingeständnis geht mir unter die Haut.

„Baby, wir müssen keinen Sex haben..."

In dem Moment, in dem ich diese Worte ausgesprochen habe, zuckt mein Schwanz protestierend. Eines steht schon mal fest, wenn sie jetzt tatsächlich einen Rückzieher macht, platzen meine Eier.

„Ich will dich, Ghost. Ich will dich in mir aufnehmen, deine Kraft spüren und mich unter dir vor dem Rest der Welt verstecken."

Ich beiße meine Zähne zusammen, unterdrücke das Knurren, das sich in meiner Kehle zusammenbraut und rufe mir in Erinnerung, dass ich mit Angel vorsichtig umgehen muss.

Zum ersten Mal in meinem Leben will ich nicht nur den Körper einer Frau in Besitz nehmen, sondern auch ihr Vertrauen gewinnen. Erst wenn es mir gelungen ist, dass Angel ihre Angst überwunden hat, werde ich völlig zufrieden sein.

Das, was ich vorhin zu ihr gesagt habe, war mein voller Ernst. Sie zu verletzen ist das Letzte, was ich will....

Um meinen Hunger nach dieser Frau zu stillen, presse ich meine Lippen auf die ihren, wühle mich mit meiner Zunge durch ihren Mund und umfasse ihre schmale Taille.

Leise stöhnend erwidert sie den Kuss, ihre Finger streifen mir das Leder von den Schultern, ehe sie damit beginnt, die Knöpfe meines Hemds zu öffnen.

Es dauert nicht lange, bis ich nur noch in Jeans und Stiefeln vor ihr stehe.

Angel beginnt damit, meinen Schwanz durch den Stoff der Hose zu massieren – es kostet mich beinahe übermenschliche Kraft, sie nicht einfach zu packen, auf das Bett zu werfen und zu ficken.

In der Sekunde, in der sie damit beginnt, meinen Gürtel zu öffnen, umfasse ich ihre Handgelenke und stoppe sie.

„Langsam Baby, langsam."

Ihre Augen funkeln amüsiert.

„Ich will aber nicht langsam."

„Angel, ich bin genau eine Berührung davon entfernt, dich zu packen und so lange zu vögeln, bis du deinen Namen vergessen hast, weil du meinen so oft gebrüllt hast.

Wenn du das nicht willst – mach, verdammt noch mal, langsam!"

Sie grinst breit.

„...meinen Namen vergessen? Echt jetzt?"

„Allerdings!"

Sich über die Lippen leckend sieht sie mich prüfend an, ich kann ihre Gedanken geradezu hören, sie frägt sich, ob sie mir wirklich vertrauen kann.

Tief einatmend legt sie ihren Kopf schief und befreit ihre Hände aus meinem Griff.

Ohne unseren Blick zu unterbrechen nestelt sie weiter an meinem Gürtel herum.

Als sie den Knopf meiner Hose durch das Loch schiebt und dabei über mein Glied streicht, löst sich aus meiner Kehle ein leises Grollen.

„Beweise es!“

Da mein Körper alles Blut von meinem Hirn in meinen Penis gepumpt hat, dauert es einen Moment, bis ich kapiere, was sie meint.

„Sicher?“

„So sicher wie irgend möglich.“

Mehr Bestätigung brauche ich nicht. Es dauert keine drei Sekunden, da liegt Angel nackt mitten auf dem Bett. Die Hälfte ihrer Klamotten hat meine Ungeduld nicht überlebt und liegt nun zerrissen auf dem Boden.

Durch das gekippte Fenster dröhnt das Wummern der Musik und ein leises Stimmengewirr bis zu uns hoch.

Angel ist es gelungen, ihre Angst zu überwinden, sie ist bereit, sich mir hinzugeben. Jetzt liegt es an mir, es nicht zu versauen....

36. Kapitel

Angel

Mit rasendem Herzen liege ich nackt mitten im Bett.

Ghosts Ansage hallt wie ein Echo immer wieder durch mein Inneres.

... ich bin genau eine Berührung davon entfernt, dich zu packen und so lange zu vögeln, bis du deinen Namen vergessen hast, weil du meinen so oft gebrüllt hast.

Wenn du das nicht willst – mach, verdammt noch mal, langsam ...

Was soll ich davon halten?

Nervös suche ich seinen Blick, und was ich in den Tiefen seiner gespenstischen Augen erkennen kann, raubt mir den Atem.

Dieser Mann will mich mehr als alles andere auf dieser Welt.

Ohne sich weiter auszuziehen legt er sich neben mich. Bestimmend zieht er mich zu sich, seine rechte Hand legt sich auf meinen Hintern, während seine linke mein Gesicht umfasst.

Meine Lippen prickeln, sehnen sich nach einem wilden Kuss.

Oh mein Gott....

In meinem ganzen Leben war ich noch nie so scharf darauf geküsst zu werden, wie in diesem Augenblick. Jeder meiner Sinne ist auf den sexy Dead Rider neben mir ausgerichtet. In meinem Bauch prickelt es erwartungsvoll, sehnsüchtig komme ich ihm entgegen und schließe erwartungsvoll meine Augen.

Eigentlich sollte ich jetzt nicht mit diesem Rocker in einem Bett liegen, sondern mir Gedanken darüber machen, wie ich mein völlig verkorkstes Leben wieder auf die Reihe bekomme.

Ghost knurrt leise, unser Atem vermischt sich, mein Herzschlag setzt aus.

Endlich spüre ich seinen Mund auf dem meinen, erst leicht, doch dann immer fester. Seine Zungenspitze zeichnet die Konturen meiner Lippen nach, dringt weiter vor, verführt mich zu einem wilden Kuss.

Keuchend öffne ich meine Lippen, schlinge ihm meine Arme um den Nacken und erwidere sein Zungenspiel.

Sein herber Geschmack berauscht mich, sein Geruch, seine Kraft und seine Wärme schenken mir das trügerische Gefühl der Sicherheit.

Dieser Rider könnte mich ganz ohne Probleme verprügeln und anschließend vergewaltigen und ich hätte nichts, was ich ihm entgegensetzen könnte. Doch anstatt sich mit Gewalt zu nehmen, was er will – mich, nimmt er sich zurück und lässt mir die Zeit, die ich brauche.

Unsere Zungen tanzen miteinander, alles woran ich in diesem Augenblick denken kann ist, dass ich ihm so nah wie nur irgend möglich sein will.

Ghosts lustvolles Stöhnen vermischt sich mit meinem Wimmern. Seine Hände gleiten erkundend über meinen Rücken und massieren meinen Po. Ich spüre seine Fingerspitzen an meinen feuchten Falten.

Plötzlich steht die Zeit still, die Erde hört auf sich zu drehen – nichts ist mehr von Bedeutung.

Gierig nach mehr presse ich mich an ihn, knabbere an seiner Unterlippe, spiele mit seiner Zunge.

Ich spüre, wie er seine linke Hand in meinen Haaren vergräbt, meinen Kopf bestimmend nach hinten zieht und erneut unseren Kuss vertieft.

Atemlos löse ich meinen Mund von dem seinen und schnappe nach Luft, seine Zähne vergraben sich in der empfindlichen Haut an meiner Kehle, sein Knie schiebt sich zwischen meine Schenkel, reibt langsam über meinen pochenden Kitzler.

Ghost lässt mich seine Zähne spüren, er saugt sich an mir fest und beißt zu.

Die Konturen seines harten Glieds pressen sich gegen meinen Unterleib, ein heftiger Blitz durchzuckt mich.

Als er seine Lippen von meinem Hals löst, pocht die Stelle dumpf.

„Du bist absolut perfekt."

Mit seinem Daumen streicht er über meine geschwollene Brustwarze.

Vor Lust zitternd beiße ich mir auf die Unterlippe, öffne meine Augen und sehe seinen vor Erregung glühenden Blick.

Tief in meinem Unterleib breitet sich ein sehnsüchtiges Ziehen aus, meine Schamlippen werden feucht und pulsieren.

Die unglaubliche Anziehung, die seit der ersten Sekunde zwischen uns herrscht, ist so stark, dass ich keine Chance habe, mich diesem Mann zu verweigern.

„Wenn wir das jetzt nicht stoppen, Angel, kann ich nicht mehr aufhören!"

Seine Worte sollen eine Warnung sein, doch für mich klingen sie wie ein Versprechen - ein Versprechen auf eine glückliche Zukunft.

„Ich will gar nicht, dass du aufhörst."

Mir ist durchaus bewusst, dass ich gerade mit dem Feuer spiele, doch das macht nichts. Es gibt Momente im Leben einer Frau, in denen sie sich eben die Finger verbrennen und Risiken eingehen muss.

„Hör zu, Baby! Du bist nicht irgendeine Club-Bitch. Wenn ich dich jetzt ficke, dann gehörst du zu mir."

Wow...

„Dann warte nicht länger und fick mich."

Ghost sieht mich prüfend an, ehe er einen leisen Fluch ausstößt und sich mit seiner Hand durch die Haare fährt.

„Holy Fuck, Angel. Es kann keiner sagen, dass ich dich nicht gewarnt habe!"

Mit diesen Worten legt er sich auf mich, verschränkt seine Hände mit meinen und küsst mich so hingebungsvoll, dass sich jegliche Gedanken aus meinem Kopf verabschieden.

Mit seinen knapp zwei Metern Körpergröße und seinen harten Muskeln überragt er mich um gute 30 Zentimeter. Eigentlich sollte mich seine Kraft und seine Überlegenheit einschüchtern, doch eher das Gegenteil ist der Fall, ich fühle mich so sicher wie noch nie zuvor in meinem Leben.

Zufrieden stöhnend reibe ich mich an ihm, biete mich ihm an und versinke in meiner Lust.

Dieser Rocker ist mein Kryptonit - bei ihm vergesse ich jeden meiner Vorsätze.

Welle für Welle rast ein glühendes Gefühl durch meinen Körper.

Seine starken Hände streichen geradezu ehrfürchtig über meinen Bauch.

Sein harter Schwanz reibt immer wieder über meine Körpermitte und ich weiß, dass ich verloren bin.

Wenn sich diese Sache hier so gut anfühlt, obwohl er immer noch seine Hose anhat, wie fantastisch wird es erst sein, wenn er, genau wie ich, nackt ist?

Keuchend schließe ich meine Augen, er saugt meine rechte Brustwarze in seinen Mund.

Hilflos und zitternd liege ich unter ihm, während ich es kaum erwarten kann, ihn endlich tief in mir zu spüren.

Die Frage, ob das hier richtig oder falsch ist, stelle ich mir erst gar nicht. Denn die Antwort würde definitiv *falsch* lauten. Ich kann mir nicht vorstellen, dass es die genialste Idee auf diesem Planeten ist, jetzt mit diesem Dead Rider zu bumsen.

Doch daran kann und will ich jetzt auch nichts mehr ändern...

Seine Finger gleiten zwischen meine Beine, reiben über meine Schamlippen.

Ghost kniet sich zwischen meine gespreizten Schenkel. Er lässt seinen hungrigen Blick über meinen nackten Körper gleiten.

„Du brauchst keine Angst vor mir zu haben, ich werde dich nie verletzen!"

Sein verlangender Blick, seine angespannten Gesichtszüge und seine raue Stimme sind der beste Beweis dafür, dass er seine Worte absolut ernst meint.

Unglaublich zärtlich küsst er mich auf die Stirn.
Von den vielen Emotionen überwältigt, die durch meine Adern rauschen, schließe ich meine Augen.
In der Sekunde, in der seine Fingerspitzen meine bereits feuchten Falten teilen, bin ich endgültig verloren.
Meine Synapsen explodieren, winzige Schweißtropfen bilden sich in meinem Nacken, während Ghosts Finger langsam in mich eindringt.
Wie kann es sein, dass es sich mit diesem Rocker so verdammt gut anfühlt?
Ghost beugt sich über mich, seine raue Zunge umrundet träge kreisend meine Brustwarzen. Seine scharfen Zähne beißen leicht zu, schicken einen Blitz süßen Schmerzes durch meine Nervenbahnen.
Stöhnend drücke ich meinen Rücken durch, fordere stumm noch mehr.
Mein Unterleib zieht sich pulsierend zusammen, so hat es sich mit Taylor nie angefühlt.
Keuchend genieße ich das Spiel seiner Finger. Mir ist bewusst, dass Ghost jede meiner Regungen genau beobachtet.
Er verführt mich nicht nur – er wacht auch über mich!
Mit zittrigen Fingern versuche ich, seine Hose nach unten zu ziehen, ich will ihn endlich nackt auf mir spüren...
Jede Faser meines Körpers schreit nach seiner Inbesitznahme.
„Ghost, ich...“, meine Worte verhallen ungehört, als er einen zweiten seiner langen Finger in mich schiebt.
„Schhhhh Baby, ich kümmere mich um dich.“
Stöhnend vergrabe ich meine Finger in seiner Schulter, kratze über seinen Rücken.
„Öffne deine Augen, Angel, ich will, dass du mich ansiehst, während du kommst. Ich will dass du genau weißt, wer dich fliegen lässt.“
Atemlos komme ich seinem Befehl nach. Ghost besorgt es mir mit seinen Fingern und ich spüre, wie sich meine Vagina bebend zusammenzieht.
Der brodelnde, glühende Druck, der sich in mir aufbaut ist zu stark...
Ich öffne meine Lippen und schnappe nach Luft. Die markanten Konturen seins Gesichts verschwimmen vor meinen Augen, meine Zehenspitzen krümmen sich, die Muskeln in meinen Schenkeln spannen sich an.
Oh mein Gott...
Ghost reibt ein letztes Mal mit seinem Daumen über meinen Kitzler, mehr brauche ich nicht. Mit einem lauten Schrei verliere ich mich in meiner Lust.

Heiser und atemlos hallt mein Stöhnen von den Wänden wieder, während mich ein unglaublich intensiver Orgasmus überrollt.

Wild zuckende Blitze tanzen vor meinen geschlossenen Augen. In meinen Adern beginnt das Blut zu kochen, mein Herz rast unkontrolliert.

Das war einfach unglaublich....

Mich zärtlich auf den Mund küssend entzieht er mir seine Finger, steigt aus dem Bett und zieht sich *endlich* aus.

Sein breites Kreuz besteht nicht nur aus einem muskulösen Rücken, der sich an seiner Taille zu einem schmalen Dreieck verjüngt, mein Rider hat auch einen perfekt definierten Brustkorb.

Ghost ist ein großer Mann, der aus verflucht vielen harten Muskeln besteht – Muskeln, die er gleich dazu verwenden wird, um mich hart und gnadenlos zu bumsen.

Ein dünner Streifen dunkler Haare leitet mir den Weg von seiner Brust bis hinab zu seiner beeindruckenden Erektion.

Seine vor Kraft strotzenden Oberschenkel enden in einem Knackarsch.

Respekt!

Mir die Lippen leckend lasse ich meinen Blick nach unten zwischen seine Beine gleiten. Aus einem Nest schwarzer Haare ragt sein dicker Penis hervor. Groß, dick und steinhart wartet er nur darauf, endlich in mich einzudringen.

Auf der roten Spitze seiner Eichel perlt der erste cremig weiße Tropfen. Jeder Zentimeter seines Körpers ist perfekt, der einzige Makel, den ich entdecken kann, ist das Pflaster auf seiner noch nicht ganz verheilten Schusswunde.

An seinem Kiefer zuckt ein Muskel, seine Augen sind so gespenstisch wie noch nie. Endlich kniet er sich zwischen meine Schenkel, seine Hände legen sich auf meine Knie und ziehen meine Beine noch etwas weiter auseinander.

Seinen Blicken hilflos ausgeliefert kralle ich meine Hände in das Bettlaken und versuche meinen viel zu schnell kommenden Atem etwas zu beruhigen.

Ghost streicht mit seinen Fingern über meine geschwollenen Schamlippen. Fährt die Konturen meiner Scheide nach und dringt mit seinem Daumen leicht in mich ein.

Animalisch stöhnend senkt er sich auf mich herab und presst mich mit seinem Gewicht tiefer in die Matratze.

Unsere Lippen treffen sich, wir verschlingen uns, ich tackere meinen Mund auf den seinen.

Mit jedem Zungenschlag, mit jedem weiteren geteilten Atemzug spüre ich, wie aus meinem zärtlichen Liebhaber ein fordernder Rider wird, der es kaum erwarten kann, endlich in einen gnadenlosen Rhythmus zu verfallen.

Von den unterschiedlichen Emotionen überwältigt, die durch meinen Verstand wirbeln, suche ich seinen Blick.

Ghost ist nicht einfach nur irgendein Kerl, mit dem ich bedeutungslosen Sex habe - oh nein - in meinem tiefsten Inneren spüre ich, dass diese Nacht und diese Vereinigung absolut alles verändern werden.

Dieser Mann hat die dämonischsten Augen, die ich jemals gesehen habe.

Die Muskeln in meiner Pussy zucken und brennen, ich spüre, dass ich erneut kurz davor stehe, mich in einem allumfassenden Höhepunkt zu verlieren.

Ich spüre seine Eichel gegen meine Öffnung stupsen – endlich.

Doch anstatt endlich in mich einzudringen, breitet sich ein extrem finsterer Ausdruck auf seinem Gesicht aus.

„Was ist los?"

Mit geblähten Nasenflügeln sieht er auf mich herab, sein Bizeps zuckt auf beeindruckende Weise.

„Verdammter Mist, ich habe kein Kondom."

Ich erwidere seinen Blick:

„Ich habe eine Spirale, ich kann nicht schwanger werden."

Er saugt geräuschvoll frischen Atem in seine Lunge.

„Fuck!"

Mit diesem einen Wort schiebt er sich bis zum Anschlag in mich.

Ahhh....

Ghost ist bedeutend besser ausgestattet als Taylor, es dauert einen Augenblick, bis der leichte Schmerz, der durch die extreme Dehnung entstanden ist, wieder vergeht.

„Alles OK, Baby?"

Ich beiße mir auf die Unterlippe und nicke.

„Mehr als OK."

Und das meine ich auch so.

Taylor war mein erster und bisher einziger Liebhaber – erst jetzt kapiere ich, dass ich mich mein bisheriges Leben mit einem mickrigen Würstchen zufriedengegeben habe, das meine ich jetzt nicht auf den Penis bezogen - also nicht nur. Taylor ist körperlich und charakterlich einfach am Leichtesten mit einem armseligen Würstchen zu vergleichen und Ghost, tja, dieser Dead Rider ist ein verdammtes Filetsteak.

Die Finger meines Rockers streichen über meine Hüfte, graben sich tief in mein Fleisch und halten mich fest, ehe er in einen absolut göttlichen Rhythmus verfällt.

Ich winde mich unter ihm, presse mich seinen Stößen entgegen und beobachte das faszinierende Spiel seiner sich immer wieder anspannenden Muskulatur. So fühlt es sich also an, körperlich geliebt zu werden. Ein wirklich unglaubliches Gefühl....

37. Kapitel

Ghost

Nachdenklich betrachte ich die schlafende Frau in meinen Armen, fahre mit meinen Fingerspitzen die Sternentattoos auf ihren Schläfen nach und versuche das Rätsel, das Angel für mich darstellt, zu lösen – es gelingt mir nicht.

Einerseits ist sie mutig und tough genug, um mir das Leben zu retten, andererseits ist sie unglaublich verletzlich und schutzlos.

Ihr schlankes Bein liegt auf dem meinen, ihr Atem kommt leise und gleichmäßig.

Was zur Hölle ist ihr zugestoßen?

Welcher Bastard hat es gewagt, ihr etwas anzutun?

Gleich morgen werde ich mich mit Tick unterhalten und ihn auf Angel ansetzen. Ich will, verdammt noch mal, alles über diese faszinierende Frau wissen.

Ihr süßer Geschmack liegt noch immer auf meinen Lippen, sobald ich meine Augen schließe, erinnere ich mich daran, wie es sich angefühlt hat, mich tief in ihrer Pussy zu vergraben.

Langsam und vorsichtig, darauf bedacht, sie nicht aufzuwecken, schlinge ich meine Arme fester um ihren Körper und ziehe sie noch etwas mehr an mich heran. Tief in meinem Inneren breitet sich ein seltsames Kribbeln aus. Zum ersten Mal in meinem Leben spüre ich mehr als nur Hass und Wut, ich spüre Hoffnung.

Angel ist nicht einfach nur ein weiteres Fickstück, sie ist mehr, viel mehr.

Das Problem an der Sache ist nur, da sich nicht gut mit Worten bin, kann ich dieses *mehr* nicht in Worte fassen.

Hier bei den Tacoma Dead Riders lerne ich viel über Verantwortung und den Zusammenhalt, der eine Familie auszeichnet.

In dem Augenblick, in dem ich in Angel eingedrungen bin, habe ich die Verantwortung für sie übernommen. Es mag sein, dass ich das, was da zwischen uns ist, nicht benennen kann, doch das ändert nichts an der Tatsache, dass ich ab jetzt für Angel sorgen und sie beschützen werde.

Ab dieser Nacht, ab genau diesem Moment, muss die verdammte Welt erst an mir vorbei, bevor sie auf Angel trifft.

Bis ich sie offiziell zu meiner Old Lady mache, werden noch viele Wochen vergehen, dass es aber passieren wird, steht für mich fest.

Bevor ich mit Angel über unsere gemeinsame Zukunft sprechen werde, werde ich die Geister ihrer Vergangenheit suchen, finden und auslöschen.

Ich werde nicht zulassen, dass die Schatten aus der Zeit, bevor wir uns begegnet sind, das Leben, das ich mir mit ihr wünsche, in Dunkelheit tauchen.

Wimmernd dreht sie sich in meinen Armen um, birgt ihr Gesicht an meinem Hals und seufzt zufrieden auf, als ich ihr einen sanften Kuss auf die Stirn presse.

Liebe? Glück? Keine Ahnung! Ich weiß nicht, wie sich diese beiden Emotionen anfühlen. Was ich aber weiß, ist, dass ich das warme Gefühl, das sich in mir ausbreitet, nicht mehr missen möchte. Es kommt mir so vor, als würde Angel das Eis, das sich, seit ich denken kann, in meinem Inneren befindet, langsam aber sicher zum Schmelzen bringen.

Angel und Ghost - Ghost und Angel - das klingt nach einer verflucht aufregenden Story.

Zum ersten Mal, seit ich denken kann, freue ich mich auf meine Zukunft...

38. Kapitel

Spider

Schulter an Schulter stehe ich mit Tick, Skorpion und Ace auf dem nur schwach beleuchteten Parkplatz kurz nach Dash Point. Mein Zeigefinger liegt am Abzug, in der rechten Hand halte ich ein Messer. Der kühle Ostwind fegt über das Land, er bringt Regen mit sich. Die Anspannung, die meine Brüder und mich im Griff hat, ist kaum noch auszuhalten. Diese Nacht kann uns entweder den lang ersehnten Frieden oder den sicheren Tod bringen – die nächsten Stunden werden es zeigen.

Nur wenige hundert Meter von uns entfernt warten Skorpion, Mad, Poker und Ghost in Rufbereitschaft auf einen Anruf von uns. Falls es nötig wird, sind sie unser Ass im Ärmel.

Als vor nicht ganz 48 Stunden bei Ace der Anruf von Li-Ming, dem neuen Boss der Chinesen, eingegangen ist, haben wir uns alle sehr gewundert. Zugegeben, wir waren uns alle nicht sicher, wie die Schlitzaugen auf den abgetrennten Kopf und die abgehackten Hände reagieren würden, aber ganz offensichtlich haben sie die Warnung verstanden.

Im Gegensatz zu Zuko und Akuma scheint Li-Ming verstanden zu haben, dass es nicht besonders ratsam ist, sich mit den Dead Riders anzulegen. Während des Telefonats hat er Ace um ein Treffen gebeten. Dash Point als Treffpunkt war Aces Vorschlag. Hier sind wir zwar außerhalb der Stadt, aber dennoch nicht zu weit vom Clubhaus entfernt, falls dieses Treffen nur dazu dient, uns in eine Falle zu locken.

Da es sich immer auszahlt, als Erster vor Ort zu sein, waren wir ganze dreißig Minuten zu früh hier. Jetzt sehe ich fast ein Dutzend schwarze SUVs auf uns zukommen – es wird ernst! Zahlenmäßig sind wir diesen Drecksäcken definitiv unterlegen.

Nur das Wissen, dass Fire bei Abigail im Haus ist und sie beschützt, lässt mich jetzt ruhig bleiben.

Wenn Li-Ming gekommen ist, um uns abzuschlachten, haben wir ihm nicht viel entgegenzusetzen.

Ace stößt einen derben Fluch aus, checkt das Magazin seiner Beretta und lässt den Schlitten einmal vor- und zurückschnappen.

„Männer, jetzt wird es ernst. Wenn es sein muss, bringt sie alle um, nehmt so viele mit wie es geht, ehe wir untergehen..."

Der Präsident der Riders hat ganz offensichtlich kein Vertrauen in Li-Ming. Mir geht es da nicht anders.

Ich presse die Zähne aufeinander und atme tief durch. Es ist mir scheißegal, was das Schicksal mit mir vorhat, ich mache da nicht mit.

Ich werde heute Nacht nicht auf einem verschissenen Parkplatz in Dash Point verrecken.

Die SUVs bilden einen Kreis um uns, das grelle Licht der Scheinwerfer blendet mich so, dass ich kaum etwas sehen kann.

Die Türen der Wagen öffnen sich, hinter jeder von ihnen postiert sich ein Chinese mit einem Sturmgewehr. Wenn die jetzt das Feuer eröffnen, sind wir in wenigen Sekunden Geschichte...

Ace gibt mir mit einem Kopfnicken zu verstehen, dass ich ihn begleiten soll. Mit großen Schritten gehen wir auf Li-Ming zu. Mein Zeigefinger juckt, er ist jederzeit bereit abzudrücken.

Die Lippen des Chinesen verziehen sich zu einem berechnenden Lächeln, das seine Schlitzaugen nicht erreicht.

Völlig egal, wie gut die Absichten dieses Mannes sein mögen, ich traue ihm keinen Schritt weit über den Weg. Es gibt eine Gruppe von Menschen auf dieser Welt, die sind dümmer als zehn Meter Feldweg, die meisten Chinesen, die ich bisher kennengelernt habe, gehören definitiv zu dieser Gruppe.

Li-Ming deutet mit seinem Kopf zur Begrüßung eine Verbeugung an, Ace imitiert diese Geste, ich bleibe gerade stehen.

Eine Verbeugung gehört bei den Chinesen zur Respektsbezeugung – ich empfinde jedoch keinen Respekt, sondern nur Hass.

„Es freut mich, dass wir dieses Treffen einrichten konnten!"
Li-Ming spricht völlig akzentfrei, im Gegensatz zu den meisten seiner Landsleute, scheint er kein Problem mit der amerikanischen Aussprache zu haben.

„Sind das nicht ein paar Männer und ein paar Waffen zu viel für ein harmloses Treffen?"

Meine Stimme klingt schneidend. Li-Ming zuckt mit den Schultern.

„Verzeiht mir, dass ich nach dem Paket, das ihr mir freundlicherweise zugeschickt habt, etwas misstrauisch bin."

„Zuko und Akuma haben sich für diesen Weg entschieden. Es war ihre Entscheidung, einen Krieg mit den Riders zu beginnen. Jetzt liegt es an dir, ob du diesen fortführen willst."

Trotz der vielen Männer herrscht plötzlich absolute Stille. Das ist der Augenblick, der alles entscheidet. Li-Ming müsste seinen Männern nur ein Handzeichen geben und die Sache wäre entschieden.

„Wenn ich es wollte, wärt ihr bereits alle tot. Oder glaubt ihr wirklich, dass eure Männer, die 400 Meter weiter südlich auf ein Zeichen von euch warten, mich davon abhalten könnten, euch wie räudige Köter abknallen zu lassen?"

Li-Ming lacht laut auf, anscheinend fand er seinen Kommentar besonders witzig. Ich für meinen Teil würde ihm am liebsten das Genick

brechen, damit sein Lachen verstummt.
Eines muss ich diesem Stäbchenfetischisten allerdings lassen, er ist gut. Alleine die Tatsache, dass er weiß, dass wir ein paar Männer für den Notfall in der Hinterhand haben, beweist, dass er sehr gründlich ist.

Ace zündet sich eine Kippe an.

Li-Ming schüttelt seinen Kopf und beruhigt sich wieder.

„Ich will nicht euren Tod, Ace, ich will eine Geschäftsbeziehung."

What a Fuck...
Ace lässt den Rauch durch seine Nase entweichen.

„Was für Geschäfte sollen das sein?"
Die Stimme meines Präsidenten klingt abweisend. Es ist offensichtlich, dass er kein Interesse an einer Zusammenarbeit mit den Chinesen hat.

Li-Ming greift in die Innentasche seiner Jacke, ich versteife mich, reiße meinen Arm hoch und ziele mit der Mündung meiner Waffe direkt auf seine Stirn.

„Ruhig Rider, wenn du nicht cool machst, verlieren meine Männer die Nerven – willst du das?"
Ich lasse meinen Blick zu den hinter den offenen Autotüren stehenden Chinesen gleiten, jeder einzelne von ihnen ist schussbereit.

Prüfend sehe ich zu Ace, der mir mit einem Kopfnicken zu verstehen gibt, dass ich meine Waffe wieder senken kann.

Fluchend nehme ich meinen Arm runter, mir gefällt das alles nicht.

Als Li-Ming seine Hand wieder unter der Jacke hervorzieht, hält er ein dickes Bündel Dollarscheine zwischen den Fingern.

Er wirft es in die Luft, Ace fängt es mit Leichtigkeit auf.
Prüfend löst er den schwarzen Gummi und blättert durch die 100-Dollar-Noten.

„Wofür soll das sein?"
„Waffen, wir wollen an eure Russischen Sturmgewehre."

Aces Augenbrauen wandern in die Höhe.

„Ihr wollt Kalaschnikows? Wieso? Du scheinst ganz offensichtlich kein Problem damit zu haben, deine Männer auszurüsten!"

„Das warum ist nicht deine Angelegenheit, Rider."

Ace spuckt auf den Boden und wendet sich wieder dem Chinesen zu.

„Das kann ich nicht alleine entscheiden. Darüber muss abgestimmt werden. Wenn die Mehrheit der Riders dafür ist, werden wir sehen, wie sich so eine Geschäftsbeziehung zwischen uns aufbauen lässt. Wenn meine Brüder allerdings dagegen stimmen, wird das nichts."
Li-Ming hebt seinen rechten Arm, seine Männer senken die Waffen.

„Tu das, Ace." Mit diesen Worten dreht sich Ming um und geht zu einem der SUVs.

„Dein Geld?"

„Betrachte es als Anzahlung."

Genauso schnell wie die Chinesen aufgetaucht sind, verschwinden sie auch wieder. Ich starre dem Autokorso so lange hinterher, bis die roten Lichter in der Dunkelheit verblasst sind.

„Zur Hölle. Dass sich dieses Treffen so entwickelt, hätte ich ja nie gedacht!"

„Ich auch nicht, Bro."

Ace holt sein Handy hervor. Ich höre, wie er mit Slide telefoniert und ihn darüber informiert, dass er mit den restlichen Riders zurück zum MC fahren soll.

Tick und Skorpion, die während der Unterredung bei den Bikes geblieben sind, kommen uns entgegen. Skorpion steckt seine Waffe weg und zündet sich eine Marlboro an.

„Wie geht es jetzt weiter, Präs?"

Ace setzt sich auf sein Bike und sieht Skorpion an.

„Wir fahren zum Club und stimmen drüber ab."

Tick gibt ein unzufriedenes Grunzen von sich.

„Du willst also allen Ernstes mit diesen Drecksäcken ins Geschäft kommen? Scheiße Ace, das gefällt mir nicht, das gefällt mir ganz und gar nicht."

Als Sergeant at Arms ist er für die Sicherheit des Clubs verantwortlich, es ist also nicht weiter verwunderlich, dass er den Schlitzaugen doppelt misstraut.

„Reg dich ab, Tick. Wenn es uns gelingt, die Chinesen an uns zu binden, könnten sie uns zukünftig als starker Verbündeter den Rücken decken."

Fluchend schüttelt Tick den Kopf.

„Fuck! Diese Wichser wollten uns töten. Schon vergessen?"

Ace sieht Tick eindringlich an.

„Sie *wollten* uns umbringen – wir *haben* sie umgebracht. Sie haben ihre Lektion gelernt. Wenn der Club dafür stimmt, werden die Chinesen unsere Taschen mit Dollars füllen."

Der Tonfall unseres Präsidenten macht deutlich, dass für ihn diese Diskussion beendet ist.

„Lasst zum Club fahren, ich bin drecksmüde."

Slide nimmt mir die Worte aus dem Mund.

Endlich steigen wir auf unsere Maschinen und machen uns auf den Heimweg.

Auch wenn ich mir nicht sicher bin, was ich von dem Vorschlag des Chinesen halten soll, bin ich erleichtert, dass uns heute Nacht keine Kugeln um die Ohren geflogen sind. In den letzten Wochen habe ich so viele Leben ausgelöscht, dass ich aufgehört habe mitzuzählen.

So sehr ich die Chinesen auch hasse, Li-Ming hätte uns heute ohne Probleme in die Hölle jagen können – er hat es nicht getan.
Vielleicht sollte ich dieser Sache neutral gegenüberstehen?

Während die anderen ihre Bikes auf dem Hof parken, rolle ich zu Ace rüber.

„Brauchst du mich heute Nacht noch?“
„Nein, wir stimmen erst morgen ab, Bro. Sei einfach um 10:00 Uhr wieder da. Ach und schick Fire zu mir, ich hab da noch was für ihn zu erledigen.“
Wir verabschieden uns und ich mache mich auf den Weg zu Abi.

Vielleicht schaffe ich es heute Nacht endlich mal, mehr als drei Stunden am Stück zu schlafen...

Wenn dieser Chinese sein Wort hält, stehen dem MC endlich friedliche Zeiten ins Haus!

39. Kapitel

Abigail

Spider und die Jungs sind den ganzen Tag schon unterwegs.

Gleich nach dem Aufstehen hat mir mein Rocker einen schnellen Kuss auf die Lippen gedrückt und ist dann mit quietschenden Reifen verschwunden.

So gern ich diesen Rider auch habe, hat es mich nicht gestört, mal einen Tag allein zuhause zu verbringen. Endlich hatte ich mal wieder Zeit, mich um meinen Garten zu kümmern, es hat Stunden gedauert, bis ich den Kampf gegen das wild wuchernde Unkraut gewonnen habe. Als ich mich gerade mit einem kalten Eistee in die Sonne gesetzt habe, ist Jacob auf dem Weg zu seiner Oma an mir vorbeigefahren. Ich kann es ihm nicht übelnehmen, dass er mich nicht gegrüßt hat. Unser letztes Treffen lief ja nicht gerade besonders gut. Es hat genau zehn Minuten gedauert, bis mich mein schlechtes Gewissen rüber zu Mr. Smiths‘ Haustür getrieben hat.

Obwohl sich meine Nachbarin mir gegenüber immer sehr herzlich benommen hat, wusste ich dieses Mal nicht, was mich erwartet. Doch Mrs. Smith hat mich genauso freundlich begrüßt wie immer. Als sie mich auf einen Tee eingeladen hat, ist mir ein Stein vom Herzen gefallen.

Während sie kurz in der Küche verschwunden ist, um den Tee zu kochen, habe ich die Chance genutzt, um mich mit Jacob ungestört zu unterhalten.

Zwar konnte er nicht verstehen, wie ich mich auf einen Mann einlassen kann, der sich so benimmt, aber er hat meine Entschuldigung angenommen.

Anscheinend hat Spiders Drohung, ihn das nächste Mal, wenn er mir zu nahe kommt, umzubringen, einen bleibenden Eindruck bei Jacob hinterlassen, denn er hat sich auf den Stuhl gesetzt, der am weitesten von mir entfernt stand.

Wieder zuhause habe ich mich um die Wäsche, das Bett und all den anderen Kram gekümmert, der nun mal so anfällt. Erst als ich mich gegen 18:00 Uhr auf die Couch gesetzt und meine Füße hochgelegt habe, musste ich das erste Mal seit ein paar Tagen wieder an Susan denken.

Wie es ihr wohl geht? Ich kann nur hoffen, dass sie mir ganz bald einen Brief schreibt oder mich anruft, ich würde wirklich gerne mal wieder ihre Stimme hören.

Um kurz nach halb sieben stand plötzlich Fire vor der Türe.

Nachdem er mir erklärt hat, dass er im Auftrag von Spider da ist, um für meine Sicherheit zu sorgen, hat er sich in der Küche auf einen der Stühle gesetzt, seine Waffe vor sich auf den Tisch gelegt und sich seitdem nicht mehr von der Stelle bewegt.

Keine Ahnung warum, aber diesen Prospect finde ich wirklich extrem unheimlich. Zwar ist er vom Aussehen her weit weniger erschreckend als Ghost oder Skorpion, aber irgendetwas an seiner Art verrät mir, dass ich ihm nicht trauen kann. Ohne ihn in meinem Haus hätte ich mich bedeutend sicherer und wohler gefühlt.

Sobald Spider zurück ist, werde ich ihm sagen, dass ich es süß finde, dass er sich um meine Sicherheit sorgt, aber dass er mir Fire nie wieder schicken soll – von mir aus jeden anderen, aber nicht diesen Prospect.

Jetzt sitze ich in eine dicke Wolldecke gehüllt auf der Terrasse und sehe zu, wie die Sonne am orangefarbenen Himmel am westlichen Horizont versinkt. Wirklich entspannen kann ich mich aber nicht, da ich Fires Blicke spüre, der mich von der Küche aus beobachtet.

Erst als es so kalt wird, dass ich meine Füße nicht mehr spüre, gehe ich zurück ins Haus.

Am liebsten würde ich jetzt in mein Bett gehen und ein gutes Buch lesen, aber das fühlt sich mit Fire im Haus irgendwie merkwürdig an. Seufzend setze ich mich auf die Couch und zappe mich durch das TV-Programm. Schlussendlich bleibe ich bei *Pretty Woman* hängen. Was zur Hölle hat sich Julia Roberts nur dabei gedacht, als sie sich in diesen schleimigen Richard Gere verliebt hat?

Mir ist klar, dass viele Frauen auf diesen Typ Mann stehen. Aber für mich ist ein Mann, mit Schmalzgesicht, Anzug und roten Rosen im Mund absolut nichts. Selbst bei den Erotikszenen bleibt mein Höschen trocken. Ich bin fast eingeschlafen, als ich endlich das laute Brummen von Spiders Motorrad höre.

So wie ich das sehe, hat mein Rider weder Blumen zwischen den Zähnen noch Opernkarten dabei – wenn alles ist wie immer, dann ist er blutverschmiert und riecht nach Schweiß, Leder und Schießpulver. *Bei Gott!* Ich würde ihn gegen nichts auf der Welt eintauschen!

Ich höre, wie Fire seinen Stuhl verrückt und aufsteht – endlich bin ich ihn los.

Mir ist klar, dass ich ziemlich unfair bin. Dieser Prospect hat mir nichts getan, im Gegenteil. Die letzten Stunden hat er ununterbrochen, mit Blick auf die Haustür und mit einer geladenen Waffe, in meiner Küche verbracht, um mich zu beschützen. Oh verdammt, ich bin ganz offensichtlich ein echtes Miststück, denn jetzt, wo ich ihn endlich los bin, mache ich geistig drei Kreuzzeichen.

Spider betritt das Haus, unterhält sich kurz mit Fire und bedankt sich bei ihm, ehe er ihn zurück zum Club schickt.

Das Geräusch seiner schweren Stiefel wird immer lauter, erschöpft lehnt er sich in den Rahmen der Wohnzimmertüre und sieht mich an.

„Hey Baby..."

„Hey Rider..."

Seine ernste Miene lockert sich auf, seine Mundwinkel zucken amüsiert.

„Hast du mich vermisst?"

Anstatt ihm zu antworten stehe ich auf, gehe auf ihn zu und lege ihm meine Arme um den Nacken.

Im Nachhinein habe ich keine Ahnung, wer von uns den Kuss angefangen hat, alles, was ich weiß, ist, dass ich von dem herben Geschmack dieses Rockers niemals genug bekommen werde.

Spider küsst mich mit solch einer Gier und Sehnsucht, dass es mir den Atem verschlägt.

Wie jedes Mal, wenn ich meine Lippen auf die seinen tackere, breitet sich in mir die Gewissheit aus, dass dieser Mann mein Schicksal ist. Völlig egal, was in den nächsten Jahren noch auf uns beide zukommen wird – zusammen werden wir es schaffen.

Als er seinen Mund wieder von mir löst, bestehen meine Knie nur noch aus Wackelpudding.

Oh verdammt, ich bin verloren!

Ein Kuss, ein lächerlicher Zungenkuss und meine Sinne spielen völlig verrückt. Mich fest an seine Brust drückend, vergräbt Spider seine Nase in meinen Haaren und inhaliert meinen Duft.

„Ist alles OK? Konntet ihr alles klären?"

„Es ist alles mehr als OK."

Ich streiche mit meiner Nase an seinem Hals entlang und lecke ihm über sein Ohrläppchen.

„Wie meinst du das genau? Machen uns die Chinesen keine Probleme mehr?"

Aus seiner Brust löst sich ein dunkles Knurren.

„Uns, meine Süße...", das *uns* betont er ganz besonders, „ ... machen die Chinesen keine Probleme. Sollte einer dieser Reisfresser auch nur zu lange in deine Richtung schauen, bringe ich ihn ohne zu zögern um. Aber davon abgesehen scheint endlich mal alles in eine friedliche Richtung zu laufen. Li-Ming hat kein Interesse an einem Krieg mit den Dead Riders. Wenn jetzt nicht wieder irgendein unvorhersehbarer Scheißdreck passiert, herrscht endlich Ruhe."

Ruhe... Das klingt zu schön, um wahr zu sein. Seit ich bei den Riders bin, war immer irgendetwas los. Von Ruhe konnte nie auch nur annähernd die Rede sein.

Vielleicht habe ich ja wirklich Glück und meine Gebete wurden erhört.

Alles, was ich mir wünsche, ist ein Happy End für mich und meinen Rocker.

„Bringst du mich ins Bett?"

Seine großen Hände umfassen meinen Po, er hebt mich hoch und presst mich mit dem Rücken gegen die Wohnzimmertüre.

„Nein! Kein Bett...", seine Zunge dringt in meinen Mund ein, seine Finger schieben sich in meine Hose, umfassen meine Schamlippen, „... das ist zu weit weg!"

Echt jetzt?

„Das sind geschätzte zwanzig Stufen."

Ungeduldig zerreißt er mein Shirt.

„Sag ich doch, zu weit weg!"

Ich gebe auf, gegen diese Männerlogik komme ich niemals an.

Im Grunde genommen ist es egal, wo wir Sex haben, es spielt keine Rolle, ob im Bett, an der Türe oder wie letzte Nacht auf dem Küchentisch. Alles, was zählt ist, dass wir zusammen sind, dass wir uns lieben und dass wir ein verdammt langes und glückliches Leben vor uns haben.

Selbst wenn dieser Li-Mong oder wie auch immer er heißen mag, nicht zu seinem Wort steht, werden Spider und seine Brüder einen Weg finden, mit diesem Problem fertigzuwerden. Typisch Frau habe ich schon eine ganz genaue Vorstellung davon, wie unsere gemeinsame Zukunft aussehen wird.

Als Erstes hole ich meinen Abschluss nach und dann will ich mit meinem Rocker eine Familie gründen. Ich will dasselbe, was Amy mit ihrem Ace und Ellen mit Slide hat: das perfekte Leben.

In dem Augenblick, in dem ich Spiders Finger in mir spüre, verpuffen all meine Gedanken, meine Synapsen brennen durch und meine Nervenbahnen stehen in Flammen. Ich lege meine Hand auf seine Brust, spüre den kraftvollen Schlag seines Rocker Hearts unter meinen Fingern. In einem der vielen Romane, die ich gelesen habe, stand, dass man wahre Liebe nicht mit Worten beschreiben kann, die Autorin hatte Recht. Dank Spider weiß ich, dass wahre Liebe nicht in Worte gefasst, jedoch gespürt werden kann.

Zufrieden sitze ich in dem alten Holzstuhl, den ich mir letzte Woche auf dem Flohmarkt gekauft habe, halte mein Gesicht dem Himmel entgegen und genieße die letzten Sonnenstrahlen des Tages.

Mit meinem Finger streiche ich über das *GBNF*-Patch auf meiner Kutte. Selbst jetzt, drei Jahre später, denke ich beinahe täglich an Catcher.

Gone but not forgotten ...

In so mancher Situation stelle ich mir die Frage, was mein Onkel wohl dazu sagen oder an meiner Stelle tun würde. Wenn er mich jetzt so sehen könnte, wäre er wahrscheinlich sehr glücklich.

In den vergangenen drei Jahren habe ich meinen Schulabschluss nachgeholt, ich habe versucht, Spider zu domestizieren, und ich denke, bis zu einem gewissen Grad ist mir das auch ganz gut gelungen.

Ich bin glücklich – wir sind glücklich.

Amy, Ellen, Nicki und all die anderen Ladys sind mir ans Herz gewachsen. Die Dead Riders sind meine Familie. Von Susan habe ich in den vergangenen Monaten immer wieder Briefe erhalten. Zuletzt hat sie mir geschrieben, dass sie sich neu verliebt hat, und das ausgerechnet in einen spießigen Bankdirektor. Aber was soll ich sagen, wahrscheinlich passt dieses gutbürgerliche Leben besser zu ihr, im MC war es ihr immer zu laut, zu wild und zu gefährlich. Für mich hingegen ist es genau richtig.

Ich liebe das Abenteuer!

Spider erzählt mir viel, jedoch längst nicht alles.

Trotz meiner unendlichen Neugierde ist das auch ganz gut so. Ich weiß, auch ohne dass er mir jedes Detail erzählt, wie sein Tag war. Ich erkenne es in seinen Augen und an seinem Geruch.

Wenn es ein guter Tag war, dann kommt er zu mir heim und riecht nach Leder, Motoröl und Tabak. Wenn ich allerdings auch noch Schießpulver an ihm erschnuppern kann, weiß ich, dass er einen harten Tag hatte.

Bis auf die Schussverletzung vor einem knappen Jahr gelingt es meinem Rocker, fliegenden Kugeln auszuweichen.

Als Erstes höre ich das laute Geboller seiner Harley, dann schwere Schritte. Erst als ein Schatten auf mich fällt, öffne ich meine Augen.

„Hey Baby."

Spider stützt sich mit den Händen auf den Armstützen des Stuhls ab, beugt sich zu mir herunter und küsst mich tief und langsam – genauso wie ich es am liebsten mag.

Unsere Zungen finden sich, umschlingen sich, lieben sich.

Sein herber Geschmack berauscht meine Sinne, ich stöhne verzückt auf. Süchtig nach mehr, vergrabe ich meine Finger in seinen Haaren und ziehe ihn so noch etwas weiter zu mir herab. Erst als sich meine Lunge zusammenzieht und nach frischem Sauerstoff verlangt, löse ich mich von ihm.

„Langsam, meine Süße."

Unsere Blicke treffen sich.

„Warum langsam?"

„Weil ich dich sonst auf der Stelle vögeln werde ..."

Oh, das klingt gut ...

„Dann lass dich nicht davon abhalten, Dead Rider."

Seine Lippen verziehen sich zu einem amüsierten Grinsen.

„Sicher? Eigentlich habe ich vor dem Haus eine Überraschung für dich stehen. Aber wenn du sie nicht willst …"

Oh, dieser Schuft weiß genau, dass ich schrecklich neugierig bin.

„Was für eine Überraschung?"

Er umfasst meine Handgelenke, ich gebe seine Haare frei, sodass er sich wieder aufrichten kann.

„Du musst dich entscheiden. Entweder ficke ich dich oder aber ich zeige sie dir."

Das ist gemein ...

„Okay. Dann zeig sie mir und dann machen wir weiter, wo wir aufgehört haben."

Aus seiner Kehle löst sich ein lautes Lachen.

„Oh Baby. Ich bezweifle, dass du in ein paar Minuten noch an Sex denkst."

Spider streckt mir seine Hand entgegen, ich ergreife sie und lass mich von ihm aus dem gemütlichen Holzstuhl ziehen.

Hand in Hand, mit verschränkten Fingern gehen wir durch den Garten, am Haus vorbei bis vor zur Einfahrt.

Als Erstes sehe ich Spiders Bike, es dauert einen Moment, bis ich die Deuce, die dahinter steht, entdecke. Ich erkenne auf den ersten Blick, dass es sich dabei um dasselbe Motorrad handelt, auf dem Ghost mir das Fahren beigebracht hat.

Fragend sehe ich Spider an, der gibt meine Hand frei, verpasst meinem Po einen Klaps und gibt mir zu verstehen, dass ich sie mir genauer ansehen soll.

Erst als ich direkt vor ihr stehe, erkenne ich die Veränderungen. Der Sitz ist mit neuem Leder bespannt und der Tank wurde mit einem Schriftzug verziert.

Du und ich für immer – zusammen in den Sonnenuntergang ...

Tränen steigen mir in die Augen.

„Du schenkst mir die Deuce?“

Spider nickt, kommt auf mich zu und zieht mich an seine Brust.

„Aye, Baby.“

Er umfasst mein Gesicht und streicht mir federleicht mit seiner rauen Daumenkuppe über die Lippen. In den Tiefen seiner Augen erkenne ich die Liebe, die er für mich empfindet.

„Aber warum?“

Verwundert sehe ich von ihm zu dem wunderschönen Motorrad und wieder zu ihm zurück.

„Du hältst mein Rocker Heart in deinen Händen. Ich weiß jetzt schon, dass ich diese Entscheidung in den nächsten Jahren ein Dutzend Mal bereuen werde – wahrscheinlich sogar öfters. Aber ich weiß, wie sehr du es geliebt hast, auf ihr zu fahren. Ich will, dass du glücklich bist, Abi.“

Oh wow. Jetzt bin ich sprachlos.

„Warum jetzt?“

Mir ist klar, dass ich meine Klappe halten und mich einfach freuen sollte. Aber ich will einfach wissen, warum er seine Meinung geändert hat.

„Ich weiß, dass du ein Baby möchtest. Und das ist okay, denn ich kann es kaum erwarten, deinen Bauch anschwellen zu sehen. Aber bevor wir eine Familie gründen, will ich dir die Welt zeigen. Verdammt, Abi, ich brauche dich noch eine gewisse Zeit nur für mich. Ich bin noch nicht bereit, dich zu teilen. Lass uns noch ein Jahr warten und Seite an Seite über die Highways rasen, bevor ich dich schwängere und in Watte packe.“

Seine letzten Worte amüsieren mich, ich kann mir nur allzu gut vorstellen, wie Spider sein wird, wenn ich erst mal sein Kind unter meinem Herzen trage. Er ist ja jetzt schon absolut überfürsorglich und besitzergreifend. Während sein Alltag aus Schießereien und Blutvergießen besteht, würde er mich am liebsten von allen Gefahren fernhalten.

Vor einem Monat habe ich ihm das erste Mal gesagt, dass ich ein Baby will, seitdem haben wir uns immer wieder über dieses Thema unterhalten. Für uns beide steht fest, dass wir Kinder wollen, nur über den Zeitpunkt sind wir uns nicht einig geworden.

Die Deuce ist quasi eine Art Bestechung.

„Ein Jahr, Spider, nicht länger ...“

Er nickt ernst.

Endlich haben wir eine Einigung gefunden.

Am liebsten würde ich vor Freude auf und ab hüpfen. Ich löse mich aus Spiders Umarmung und lasse meine Finger über den Schriftzug gleiten.

Du und ich für immer – zusammen in den Sonnenuntergang ...

Vor nicht ganz zehn Minuten war ich mir noch sicher, dass ich eigentlich nicht noch glücklicher sein könnte – ich hatte mich getäuscht.

Mit seinem Blick in meinem Rücken steige ich auf die Harley, klappe mit meinem Fuß den Ständer ein und starte den Motor. Das vertraute Vibrieren des Motors erwacht zwischen meinen Schenkeln zum Leben. Hinter Spider auf seinem Bike zu sitzen ist ja schon ein Erlebnis, das auch nach all der Zeit noch mein Herz rasen lässt. Aber verdammt. Mit dem berauschenden Gefühl, selbst am Gas zu drehen, kann das nicht mithalten.

„Lust auf eine Spritztour?"

Spider hält mir meinen Helm entgegen. Wo hat er den denn jetzt plötzlich her?

„Immer."

„Das dachte ich mir schon, du Rockerbraut."

Seine Hände legen sich auf die meinen, wir küssen uns.

„Danke für diese Megaüberraschung."

„Immer, Baby. Als dein Mann ist es meine Aufgabe, deine Wünsche zu erfüllen."

Er zwinkert mir verspielt zu, presst seine Lippen ein letztes Mal kurz auf die meinen und schwingt sich dann auf seine Harley. Noch bevor ich den Helm aufgesetzt habe, sieht er mich eindringlich an.

„Lass es langsam angehen, Baby, du bist eine lange Zeit nicht mehr gefahren."

Na ja, so lange ist es auch noch nicht her. In der Vergangenheit ist es mir immer wieder gelungen, Tiger, einen der neuen Prospects, dazu zu überreden, dass er mir seine Maschine ausleiht. Doch das werde ich Spider ganz gewiss nicht verraten, das Letzte, was ich will, ist, dass Tiger wegen mir einen Kopf kürzer gemacht wird.

„Okay, ich lasse es langsam angehen."

„Braves Mädchen."

Anstatt ihm zu antworten, rolle ich von der Einfahrt und gebe, ohne auf ihn zu warten, Gas.

Es dauert keine drei Sekunden, ehe er mich eingeholt hat.

Reines Endorphin rauscht durch meine Adern, es fühlt sich einfach großartig an, Motorrad zu fahren.

Die Sonne neigt sich weiter gen Westen, die Wolken am Himmel färben sich lila. Seite an Seite fahren wir in den Sonnenuntergang.

Hoffentlich in den ersten von vielen ...

Wenn mein Leben eine Lovestory wäre, dann wäre das jetzt das perfekte Happy End.

Buchempfehlung
Erotische Romane von Bärbel Muschiol

Kennt Ihr schon alle Rocker Romane von Bärbel Muschiol?

Die Rocker Serie besteht aus:

1. Rocker Dämon – Ace und Amy
2. Rocker Devil – Slide und Ellen
3. Rocker Bastard – Razzor und Nicki
4. Rocker Heart – Spider und Abigail

Ihr könnt die Rocker Romane als Taschenbücher und eBooks lesen!

„Rocker Dämon – Ace und Amy"

Klappentext:
Es ist ein Deal, um ihren Vater zu retten. Amy liefert sich Ace, dem dämonischen Präsidenten der Dead Riders aus. Doch schon bald genießt sie diese neue und gefährliche Welt des gefürchteten Rockerclubs. Das vollkommene Ausgeliefertsein, Aces Gier und der harte, bedingungslose Sex führen sie in immer neue Höhen. Aber die Schatten der Vergangenheit drohen das neue Glück zu zerstören. Gewalt bricht über die Familie der Riders herein und führt in ein tödliches Blutbad. Prickelnde Erotik, gnadenlose Härte und Dominanz und wahre Freundschaft zeichnen diese spannende Geschichte aus, die mehr als eine Lovestory ist: furchteinflößend, dabei sexy, verdammt heiß und voller Gefühl!

Taschenbuch ISBN: 978-3-95573-549-4
eBook ISBN: 978-3-95573-550-0

Klarant Verlag

Lernen Sie die Titel des Klarant Verlages kennen und besuchen Sie uns im Internet unter:

www.klarant.de

Sie können dort Näheres über unsere Autoren erfahren, viele weitere interessante Bücher und eBooks finden und Leseproben herunterladen.

Mit dem kostenlosen Newsletter unter

www.liebe-lesen.de

erhalten Sie aktuelle Informationen rund um das Verlagsprogramm, wie beispielsweise spannende Neuerscheinungen und Gewinnspiele.